KNAUR

Im Knaur Taschenbuch Verlag sind bereits folgende Bücher der Autorin erschienen:
Mit der Flut kommt der Tod
Der Austernmörder
Grab im Deich
Die letzte Tide
Die Pestheilerin
Die sizilianische Heilerin
Die Heilerin von Lübeck
Die Strafpilgerin

Über die Autorin:
Kari Köster-Lösche, geboren 1946, wuchs in Schweden am Meer auf und lebt heute in Norddeutschland. Nach einem Studium der Tiermedizin promovierte sie in Bakteriologie. Seit 1985 arbeitet sie als freie Autorin. Bekannt wurde Kari Köster-Lösche mit ihren zahlreichen historischen Romanen, darunter der Bestseller »Die Hakima«. Besondere Beliebtheit genießen ihre historischen Kriminalromane um den Husumer Wasserbauinspektor Sönke Hansen – »Tod im Biikefeuer« ist der fünfte Band dieser Serie.

Kari Köster-Lösche

Tod im Biikefeuer

Kriminalroman

KNAUR

Besuchen Sie uns im Internet:
www.knaur.de

FSC
www.fsc.org
MIX
Papier aus verantwortungsvollen Quellen
FSC® C083411

Vollständige Taschenbuchausgabe 2015
Knaur Taschenbuch

Redaktion: Claudia Schlottmann
Karte: Computerkartographie Carrle
Illustration: Shutterstock/Blan-k
Umschlaggestaltung: ZERO Werbeagentur, München
Umschlagabbildung: Heinz Wohner / LOOK-foto; FinePic®, München
Satz: Adobe InDesign im Verlag
Druck und Bindung: CPI books GmbH, Leck
ISBN 978-3-426-51508-2

2 4 5 3

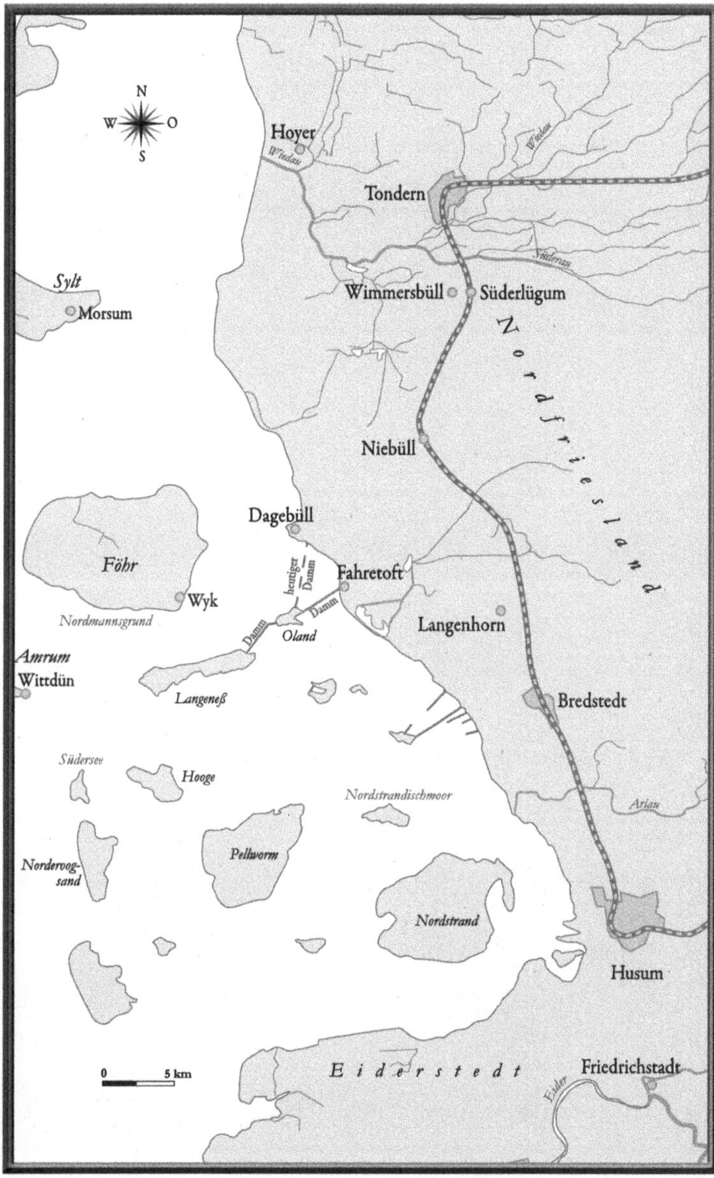

N
W
O
S
Hoyer
Wiedau
Wiedau
Tondern
Süderau
Sylt
Morsum
Wimmersbüll
Süderlügum
Nordfriesland
Niebüll
Dagebüll
Föhr
heutiger Damm
Fahretoft
Wyk
Damm
Damm
Oland
Nordmannsgrund
Langenhorn
Amrum
Wittdün
Langeneß
Bredstedt
Südersee
Hooge
Nordstrandischmoor
Arlau
Pellworm
Norderoog-
sand
Nordstrand
Husum
0
5 km
Eiderstedt
Friedrichstadt
Eider

Prolog

Das Biikefeuer loderte wild und hoch, angefacht durch die Böen nahender Sturmwolken. Sein Schein reichte bis zur Kirchwarf der Hallig Langeneß und hüllte das alte Gebäude mit dem frei stehenden Glockenturm in ein gespenstisch fahles, rötliches Licht.

Die Halligleute sahen staunend zu.

»Wenn nur die Funken nicht bis auf die Warf fliegen«, murmelte eine ängstliche Stimme.

Einige der Schaulustigen drehten sich zu den gefährdeten Gebäuden um, zu denen auch das reetgedeckte Pastorat gehörte. Hin- und hergerissen zwischen Neugierde auf das in diesem Jahr besonders große Feuer und dem Verantwortungsgefühl für die Häuser, machten sie sich auf den Weg zur Warf. Man hörte noch die Diskussionen über verfügbare Leitern und Eimer, dann wurden die Männer auf der Ack vom Rauch eingehüllt, und die Stimmen verklangen.

Die Gäste vom Festland interessierten sich nicht für die Gefahr, sondern waren fasziniert von diesem außerordentlichen Ereignis. Brände kannten sie hinreichend, aber kein Biikefeuer, wie es auf den Inseln und Halligen noch Tradition war. Ein Fremder in Uniform lachte sogar, von den Einheimischen mit verwunderten Blicken bedacht.

Die Flammen arbeiteten sich im Holzstoß nach oben, leckten bald an der Strohpuppe, die an einer Stange befestigt war und den Holzhaufen krönte. Erneut fanden die Flammen frische Nahrung. Der Kopf der Puppe nickte nach vorne, die verschlissenen Ärmel ihrer Jacke rutschten zwischen die losen Hölzer, und allmählich sackte die ganze Puppe mit der Stange nach unten, als würde sie von ihrem eigenen Gewicht gezogen.

Hitze verbreitete sich an der Leeseite des Holzstoßes, Funken und graue Ascheflocken stoben durch die Luft, wirbelten um die Gesichter der Nächststehenden und legten sich auf ihre Schultern. Die Zuschauer drängten nach hinten. Ein junger Mann schob mit einem Rechen herabgefallene Hölzer dichter an den Haufen.

Die Windböen kamen in rascherer Folge und wurden stärker. Plötzlich setzte Schneeregen ein, mit scharfen, peitschenden Tropfen aus Südwest. Dort türmten sich Gewitterwolken, Blitze zuckten, das Donnergrollen kam häufiger und wurde lauter. Mehrere Zuschauer flüchteten, die Gesichter gerötet von der Hitze.

Nach einer Weile ließ die Kraft des Schauers nach, und die Böen schliefen ein. Die Flammen an der Spitze des Haufens züngelten nur noch. Von der Strohpuppe war nichts mehr zu sehen.

Der Holzhaufen sackte knarrend und raschelnd in sich zusammen, Glut rollte über das schwarz verbrannte Gras. Zwischen nicht ganz verbrannten Ästen quoll am Boden Rauch hervor.

Die meisten Leute, Einheimische wie Besucher, schüttelten die Nässe von den Jacken und sammelten sich abseits der

Biike um einen Kessel, in dem vom Wirt der Warf Hilligenlei Glühwein ausgeschenkt wurde, eine Gabe der Regierung in Berlin, die zum Fest eingeladen hatte.

Ein Mann und eine Frau blieben beim Feuer stehen und wedelten gemeinsam eine Rauchschwade beiseite. Sie zog davon und gab für einen Augenblick die Sicht auf die unterste Lage des Holzhaufens frei, die noch nicht vollständig verbrannt war. Unverkohlte Zweige, die zu einem Bündel verschnürt waren, zogen ihre Blicke auf sich.

Die Frau trat so plötzlich einen Schritt zurück, dass sie stolperte. Der Mann sah sie beunruhigt an. »Was ist?«

Stumm griff sie nach seinem Arm und zerrte ihn ungestüm zu sich heran. »Eine Hand«, flüsterte sie entsetzt in sein Ohr.

Sie bebte vor Angst, und er verstand sie kaum.

Einen Augenblick später gelang es ihr, sich verständlich zu machen. »Siehst du die gedörrte Hand, deren Finger wie Klauen nach einem Ast greifen?«

Er schob den Kopf vor und erkannte, was sie meinte. Unauffällig blickte er sich um. Dann holte er sich den in der Nähe liegen gebliebenen Rechen, schnippte sorgfältig Äste und verkohlte Holzstücke über die Totenhand und warf weitere Zweige darüber, bis sie nicht mehr zu sehen war.

Danach raunte er der Frau einige Worte zu. Wie auf Kommando begann sie zu lächeln, hakte ihn unter und legte träumerisch ihren Kopf an seine Schulter, als amüsiere sie sich prächtig. Nach einer Weile schlugen sie Hand in Hand gemächlich den Weg ein, der zu ihrem Nachtquartier führte.

Kapitel 1

Die Dunkelheit senkte sich über den Hafen von Husum, als die Arbeiter mit ihrem Ewer zum Festland zurückkehrten. Sie hatten eine der letzten Fuhren Brennmaterial für das große Biikefeuer, das in wenigen Tagen auf Langeneß angezündet werden sollte, auf die Hallig gebracht, waren müde vom Entladen und Stapeln des Holzes, durchgekühlt, obwohl der Februartag verhältnismäßig warm war, und hatten sich ihren Feierabend redlich verdient.

Alle vier Männer waren sich bewusst, dass sie ein Fest vorbereitet hatten, das so nie mehr wiederholt werden konnte: Ein alter Brauch wurde mit dem Feuer wiederbelebt, aber dieses Mal wurden nicht wie im 17. Jahrhundert die nach Holland aufbrechenden Walfänger verabschiedet.

Der Vormann der Gruppe, Heinrich, streckte die Beine in der schmalen Plicht von sich, so gut es ging, und schob zum Nachdenken die Mütze über die Augen. Er war der Einzige, der sich erkundigt hatte, warum das diesjährige Biikefeuer von Langeneß so wichtig für Preußen und das Kaiserreich war, dass sogar die Bauverwaltung des Dammbaus in Husum in die Vorbereitungen einbezogen worden war.

Es sollte etwas ganz Neues und Aufregendes werden: Die preußische Politik sah vor, mit dem Festakt zur Eröffnung des zweiten Teilstücks des Damms zwischen dem Festland und der Hallig Langeneß auf die einzigartige Halliglandschaft Nordfrieslands aufmerksam zu machen. Gäste sollten kommen und in Zukunft ihre Sommerferien auf den Halligen verbringen, am liebsten Begüterte, aber auch Familien mit Kindern oder Künstler wären willkommen. Der wachsende Fremdenverkehr hatte nach Sylt und Föhr viel Geld gebracht, der Aufschwung war vor allem in den Bädern Westerland und Wyk sichtbar, warum sollte so etwas also nicht auf der Hallig Langeneß möglich sein?

So ließen sich auch die aufwendige und kostspielige Steinbedeichung der flachen Ufer und der gerade abgeschlossene Dammbau von Langeneß zur Hallig Oland besser rechtfertigen, hatte es doch sogar schon Politiker gegeben, die für die Aufgabe der Halligen votiert hatten.

Dieses Biikefeuer sollte zum Paukenschlag für den neu angefachten Fremdenverkehr werden, außerdem würde man nachträglich das zwanzigste Jahrhundert in beispielloser Art und Weise begrüßen. Heinrich überlegte, ob für ihn dabei etwas herausspringen könnte, noch war er sich nicht schlüssig darüber.

Das Wasser im schmalen Hafenbecken, in das sie einliefen, schimmerte im Licht weniger Laternen an Hauseingängen. Am Sackende bewegten sich einige Gestalten, aber Kai und Straße längs des Beckens lagen verlassen da, auch in den meisten Häusern rührte sich nichts. Nur aus einer Kneipe kam Lärm.

»Sieh mal! Was ist das denn?«, fragte einer der Arbeiter in die Runde und deutete mit dem Kinn auf ein Schiff.

Die beiden Dösenden wachten auf, und Heinrich schob die Mütze an ihren Platz. Sie alle wussten sogleich, was gemeint war. Am Kai war längsseits ein Boot mit einer unüblich langen Gaffel vertäut.

»Einer der neuen Elbkutter, die Schiffsbaumeister Junge in der Stör für den Krabbenfang baut«, versetzte Heinrich abfällig und schüttelte den Kopf. »Gerader Vorsteven und überhängendes Heck. Neumodischer Kram.«

Der Jüngste der Gruppe interessierte sich weniger für das Boot als für die beiden Männer, die etwas ungeübt Reisetaschen, eine Kiste und mehrere undefinierbare Packstücke an Bord hievten. Zwei auf dem Vorderdeck stehende Seeleute rührten keine Hand, um ihnen zu helfen. »Krabben entlädt der jedenfalls nicht. Was macht er denn hier?«

»Krabben hat er gar nicht geliefert. Auf diesen Kuttern montieren sie die Kessel auf dem Deck. Und der Kessel ist kalt, wie man sieht, sonst würde der Schiffer nicht auf dem Deckel lümmeln.«

»Die Kiste sieht aus wie eine Weinkiste. Aber was dieses lange Paket enthalten könnte, ist mir ein Rätsel.«

»Da gibt es doch so ein Spiel mit langen Schlägern …«, fiel Heinrich ein.

»Golf. Das ist in diesem Jahr erstmals bei der Olympiade dabei«, erklärte der Jüngste eifrig. »Aber die Schläger, die man dafür braucht, sind nicht so lang.«

»Jedenfalls soll das anscheinend eine Vergnügungsfahrt werden. Der Schiffsjunge holt schon die Achterleine ein. Die wollen ablegen. Jetzt, bei Dunkelheit!«

Plötzlich tauchte aus einer Gasse ein Mann in blauer Uniform auf, dessen Stiefel auf dem Kopfsteinpflaster zwischen den Häusern so laut knallten, dass es widerhallte. Mit schneidigen Bewegungen sprang er an Deck des Kutters.

Auf einmal kam Leben in die Seeleute. Der Eigner eilte ans Ruder. Der Schiffsjunge sprang zur Steuerbordklampe am Bug, schnickte mit geübter Handbewegung die Leine vom landseitigen Poller und stieß das Boot vom Kai ab. Die Passagiere tauchten in das Logis ab.

Heinrich sah mit spöttisch herabgezogenen Mundwinkeln zu. Kein Zweifel, der Uniformierte war der Tonangebende in der Gruppe.

»Die segeln wirklich in die Nacht hinein«, sagte einer ungläubig.

Heinrich grunzte abfällig. »Vermutlich wollen sie nicht weit. Ich kann mir schon denken, wohin. Bei dem geringen Tiefgang. Höchstens ein Meter.«

»Na?«

»Erst nach Nordstrand. Der mit der preußischen Uniform ist bestimmt ein höherer Dienstgrad aus Berlin. Und morgen wollen sie dann weiter nach Oland, wetten? Dort werden sie im Haus des Regierungsbaumeisters zechen, unter dem Vorwand, den Damm nach Langeneß ein zweites Mal abnehmen zu müssen. Unter den erschwerten Bedingungen eines kalten Winters mit viel Landunter und Eisgang.« Gelächter schüttelte ihn, das kaum lustig war, sondern sich verächtlich anhörte.

»Landunter hatten wir doch gar nicht«, widersprach einer.

»Aber wissen die in Berlin das? Bestimmt nicht!«

»Vermutlich prüfen sie auch, ob wir nicht kostbare Faschinen unter das Brennmaterial für das Biikefeuer geschmuggelt haben.«

»Als ich das letzte Mal die Vorräte kontrolliert habe, hatten wir gar keine mehr«, wandte Heinrich ein. »Jedenfalls werden die Kerle feiern und das Ganze als mehrtägige Dienstreise abrechnen.«

»Woher weißt du das?«

Heinrich wiegte den Kopf, als hüte er ein Geheimnis. Schließlich sagte er: »Das weiß doch jeder. Wir arbeiten, die bedienen sich.«

»Seltsam, dass sie dafür einen Kutter aus Holstein anheuern. Wir haben doch genug eigene Boote, die obendrein für das Wattenmeer gebaut wurden …«

»Seeleute aus Holstein, besonders solche von der Elbe, haben außerdem keine Ahnung von unseren Gewässern hier«, warf der Schiffer ein, der das Gespräch verfolgt hatte, und ließ das Groß raus, damit die Fahrt am Wind sich verlangsamte. »Vielleicht wollen die zahlenden Passagiere nicht, dass man um ihre Anwesenheit weiß. Jedenfalls nicht wir Schiffer, die wir hier zu Hause sind. Schließlich hätten wir Anspruch darauf, dass sie einen von uns anheuern.«

»Merkwürdig. Da steckt doch irgendwas dahinter. Irgendein Schurkenstreich.«

»Ach, was. Dazu sind die zu blöde. Arrogant und hochnäsig. Die Sorte kenne ich.« Heinrich lachte wieder, so laut, dass es über den Hafen scholl. »Was macht ihr hier? Findet ihr überhaupt euren Weg in unseren Gewässern?«, brüllte er.

Schiffer und Schiffsjunge spähten irritiert herüber, während ihr Kutter unter dem vorgeheißten Großsegel und mit dem beginnenden Ebbstrom am einheimischen Ewer vorbeizog. Sie zogen es vor, nicht zu antworten.

Die Arbeiter sahen dem Schiff feindselig hinterher. »Immer dasselbe. Ein fremder Kutter für die Gäste, ein Regierungsbaumeister aus Berlin für unseren Damm, ein Fest, das den Halligleuten übergestülpt wird. Sollen sich doch alle um ihren eigenen Kram kümmern!«

»Genau! Es wäre viel vernünftiger gewesen, den Husumer Wasserbauinspektor den Dammbau überwachen zu lassen, und nicht einen Berliner. Was weiß so einer schon von unseren Strömungen, Prielen und Sänden? Hoffentlich geht das gut mit den Dämmen zum Festland«, meinte der Schiffer.

Alle außer Heinrich nickten. Er machte sich seine eigenen Gedanken.

»Herr Sönke Hansen!«

»Ja, Herr Petersen?« Wasserbauinspektor Hansen, von seinem Vorgesetzten auf dem Flur so unvermutet streng angesprochen, zog fragend die Augenbrauen in die Höhe.

»Wegen Ihrer Fahrt nach Langeneß.«

»Ja?«

»Sie bedenken bitte, dass mit manchen der Herren aus Berlin nicht gut Kirschen essen ist. Seien Sie um Himmels willen vorsichtig.«

»Ich bin immer vorsichtig, Herr Petersen.«

»Sie sind immer geradeheraus. Das ist das Gegenteil von vorsichtig. Aber Ihnen ist bewusst, dass wir das Wohlwollen der Herren aus Berlin und Potsdam benötigen, um Geld für alle weiteren Schutzmaßnahmen bewilligt zu bekommen, nicht wahr?«

»Jede Sekunde«, beteuerte Hansen.

Sein Chef grinste. »Sie werden die Herren so umsichtig betreuen, als wären Sie deren Kindermädchen! Erfüllen Sie ihnen alle Wünsche.«

Hansen verzog das Gesicht.

»Doch, doch! Und vor allem keine Zwischenfälle! Nichts, was die Laune der Besucher beeinträchtigen könnte.«

»Ich weiß, Herr Petersen«, seufzte Hansen. »Keine Orkane, kein Eisgang, keine Brände, keine Ratten, keine harten Betten, saubere Nachttöpfe, keine Beschwerden der Halligleute über die Gäste – wenn, dann nur in friesischer Sprache.«

»Nein, nicht einmal in Friesisch«, warnte Petersen. »Passen Sie auch auf, dass Sie zuverlässige Schiffer dingen, so dass die Rückfahrten der Gäste pünktlich erfolgen können. Die wollen alle ihre Züge erreichen.«

»Ja.«

»Sie haben die volle Verantwortung für ein gelungenes Biikebrennen«, sagte Petersen abschließend. »Wir können keine Gerüchte riskieren, das Wasserbauamt von Husum hätte den Preußen die Übernahme der Aufsicht beim Dammbau geneidet und deswegen das Fest torpediert.«

Hansen nickte ermattet.

Kapitel 2

Deichbauinspektor Sönke Hansen, Mitarbeiter im Husumer Wasserbauamt, führte seit seiner Heirat mit Jorke Payens, die von der Hallig Langeneß stammte, ein zufriedenes Leben in ihrem gemeinsamen Haus in der ruhigen Woldsenstraße von Husum.

Hier standen bescheidene Häuser aus Backstein mit dem Giebel zur Straße, davor jeweils ein kleiner, meistens mit Hortensien bepflanzter Vorgarten und hinter dem Haus ein längliches Grundstück mit einem oder zwei Pflaumenbäumen und zuweilen einem Gemüsegarten. Aber es gab noch Baulücken in der erst vor etwa zehn Jahren neu errichteten Straße, die nach und nach geschlossen wurden. Nicht selten zogen Leute aus, um in die mehrstöckigen Jugendstilhäuser der Innenstadt überzuwechseln, und andere zogen ein. Es war eine saubere, bürgerliche Wohngegend für Familien mit Kindern und ordentlichem Einkommen. Entsprechend stand am Beginn der Straße eine Litfaßsäule mit Reklame.

Jorke war noch im Besitz ihres elterlichen Anwesens auf der Ketelswarf von Langeneß, nachdem die Eltern, in der offenen Halbtür stehend, vom Blitz erschlagen worden waren, und würde dieses auch nicht aufgeben. Sie segelte regelmäßig zur Hallig, um nach dem Rechten zu sehen, hatte dort aber weder im Wohnhaus noch im Kuhstall Verpflichtungen. Ein entfernter Vetter bewirtschaftete den Hof und hatte dafür Wohnrecht erhalten. Hansen begleitete seine Frau und Agge, ihren gemeinsamen einjährigen Sohn, so oft wie möglich dorthin.

Als Hansen am Spätnachmittag nach Hause kam, streifte er gleich hinter der Haustür die Schuhe ab und stürmte auf Socken nach oben ins Schlafzimmer, wo er Jorke wirtschaften hörte. »Ich habe den Urlaub erhalten«, verkündete er gutgelaunt, hob den krabbelnden Agge vom Boden auf und setzte ihn sich auf den Schoß. Dann wuschelte er ihm ausgiebig die weißblonden Haare, die ihn zu seinem Ebenbild machten. »Trotzdem habe ich Pflichten. Petersen legt Wert darauf, dass ich vom Beginn der Feierlichkeiten auf Langeneß bis zur Abfahrt aller Gäste anwesend bin und ein Auge auf alles habe. Vor allem will er, dass ich mich um die dienstlich anwesenden Preußen kümmere: Erklärungen zu Volksbräuchen abgebe, für Fahrgelegenheiten zwischen Damm und Biike sorge, den Pastor und den Lehrer vorstelle und dergleichen. ›Und bitte keine üblen Zwischenfälle!‹, sagte er noch.«

Jorke, die dabei war, für einen Aufenthalt von mindestens einer Woche Kleidung zusammenzupacken, schmunzelte. »Die Hallig soll also einen möglichst guten Eindruck machen.«

»Ja. Vielleicht könntest du ein paar friesische Lieder vortragen?«, fragte Hansen mit Schalk in den Augen.

»Nein, wirklich nicht, Sönke! Die Hallig ist doch kein zoologischer Garten.«

»Na gut«, sagte Hansen nun wieder ernst. »Vor allem kommt es Petersen darauf an, den Dammbau als notwendig und äußerst gelungen darzustellen. Das Loblied darauf muss ich mir zwar aus den Fingern saugen, aber das wird schon werden.«

»Dieser Damm sollte doch wohl Wind und Wellen aushalten können«, widersprach Jorke erstaunt. »Ein solch für die Ewigkeit errichtetes Bauwerk haben wir Halligleute vorher noch nie gesehen.«

Plötzlich kochte Hansens Zorn wegen der Fehlplanung der Berliner Fachleute wieder hoch. »Ja, gegen die Bauweise ist überhaupt nichts einzuwenden, die Männer haben ohne Fehl und Tadel gearbeitet, auch alle unsere Erfahrungen aus den Uferbefestigungen der Halligen berücksichtigt. Ich bin den Damm vor einer Woche noch abgeschritten.«

»Was beunruhigt dich dann?«

»Immer noch die Streckenführung. Die zwischen Langeneß und Oland halte ich für richtig. Aber ich misstraue diesem schnurgeraden Bauwerk von Oland zum Festland. Da prallt die Strömung des Süderaue-Ausläufers, der sich nördlich von Oland mit der Norderaue vereinigt, im rechten Winkel gegen den Damm. Ich halte das für die ungeschickteste, wenn nicht sogar gefährlichste Lösung.«

»Aber du hast es dem Oberbaudirektor Petersen doch gesagt?«

»Zigmal. Aber er steckt in der Klemme. Er meint, ich solle den Mund halten, weil das Ministerium nur die kürzeste Verbindung zum Festland bezahlen wollte. Andernfalls hätten wir gar nichts bekommen.«

»Das ist natürlich ein einsehbarer Grund«, meinte Jorke und zog im Vorbeigehen Agges Daumen aus Sönkes Mund. »Hast du dir die Hände gewaschen?«

»Hab's vergessen«, antwortete Hansen reuig. »Außerdem solltest du nicht mich, sondern Agge fragen.«

»Den brauche ich nicht zu fragen.« Jorke betrachtete die schmutzigen Finger ihres Sohnes. »Er hat eben den Staub vom Koffer gewischt und ist in alle Zimmerecken gekrabbelt, um sie zu inspizieren.«

»Das härtet mich gegen Krankheiten ab«, versetzte Hansen, mit den Gedanken ganz woanders. »Eine große Unsicherheit liegt darin, dass der Damm Ende September fertig wurde, wir aber weder im Herbst noch im bisherigen Winter Eisgang oder schwere Stürme gehabt haben. Bei schlechtem Wetter hat sich der Damm noch nicht bewähren müssen, und wir haben keine Ahnung, was im schlimmsten Fall passieren könnte.«

»Ja, ich verstehe«, sagte Jorke teilnahmsvoll. »Hoffentlich wirst du nicht am Ende für alle Schäden verantwortlich gemacht, wenn es tatsächlich schiefgeht.«

»Auf Petersen habe ich bisher immer vertrauen können. Es hängt allein vom Mut seines direkten Vorgesetzten in Schleswig ab, zuzugeben, dass wir rechtzeitig unsere Einwände vorgetragen haben«, bemerkte Hansen nüchtern. »Und wenn wir die Hierarchie bis in die oberste Spitze betrachten, landen wir beim preußischen Kriegsministerium. Ein Glück, dass sie nicht bis zu uns hinunter durchregieren. Denn eines weiß ich genau: Je höher der Dienstrang, desto feiger.«

Jorke nickte. Dann lauschte sie mit schräg gelegtem Kopf. »Horch mal, Sönke. Was ist denn auf der Straße los?«

Von draußen waren das wütende Gebrüll eines Mannes, dazwischen aufgeregte kindliche Stimmen und das empörte Quieken eines Schweins zu hören. Aber was in aller Welt hatte ein Schwein in dieser Gegend von Husum zu suchen, in der es keinen einzigen Bauernhof gab? Hansen reichte Agge an seine Frau weiter und nahm die Treppe nach unten in großen Sprüngen.

In der Haustür blieb er verblüfft stehen. Ein Schwein mit auffallend roter Haut rannte wie ein Irrwisch auf der Straße umher, auf der einen Seite gestoppt von Hansens zeterndem Nachbarn Heinrich, auf der anderen Seite von drei jungen Burschen und zwei Kindern, die die Straße mit wild fuchtelnden Armen zu sperren versuchten. Einer der älteren Knaben spurtete todesmutig auf das Tier zu, das ihn sogleich aufs Korn nahm. Beide flitzten im Kreis herum, bis man nicht mehr wusste, wer hinter wem her war. Endlich gelang es dem Jungen durch einen herzhaften Sprung über einen Staketenzaun, seine Waden vor den scharfen Eckzähnen des Schweins in Sicherheit zu bringen.

Vor seiner Gartenpforte stehend, wedelte der neu zugezogene Hausbesitzer hilflos mit den Händen in der Luft herum, ein Däne, der abwechselnd in seiner Muttersprache das Schwein beschwor, in seinen Vorgarten zurückzukehren, und auf Deutsch den Nachbarn aufforderte, zu verschwinden.

»Was quakt er da in seinem Kartoffeldänisch?«, schrie Heinrich.

»Nun ist aber gut«, rief Jorke über Hansens Schulter hinweg in energischem Ton, schob ihren Mann beiseite und eilte an ihm vorbei auf die Gasse. »Du bist jetzt still, Heinrich Sörensen!«, befahl sie dem lautstarken Nachbarn, »und ihr Kinder auch! Die Sau versteht euch doch gar nicht! Sie ist dänisch, was ihr schon an der Farbe sehen könnt. Jeder von euch bekommt einen Winterapfel zur Belohnung für eure Hilfe, aber dann geht ihr brav nach Hause.«

Der älteste Lehrling nickte großzügig, was für alle Kinder das Signal für ihr Einverständnis war. Sie sammelten sich um Sönke Hansen, der die Äpfel bereits aus der Küche geholt hatte und verteilte.

»Heinrich, was ist los?«, erkundigte sich Jorke streng, während sie die Sau mit leisem Händeklatschen vor sich her in Richtung des Dänen scheuchte.

Heinrich, ein stämmiger Mann zwischen vierzig und fünfzig, dessen faltiges Gesicht an einen Boxerhund erinnerte, blies vor Empörung die Backen auf. Dann fand er endlich seine Stimme wieder. »Erkennst du nicht, dass der Kerl ein dänisches Protestschwein in seinem Vorgarten hält?«, bölkte er.

Hansen musterte die Sau interessiert. Nun, nachdem sich alles beruhigt hatte, wanderte sie gemächlich vor Jorke her, naschte unbeeindruckt am Rand der Straße an den winterwelken Resten von Gras und Kräutern und machte nicht im Geringsten den Eindruck, entwischen zu wollen. Ihre Haut war rot vom Rüssel bis zum Kringelschwanz, mit Ausnahme eines handspannenbreiten weißen Bandes, das sich quer über die Schultern bis zu den vorderen Klauen erstreckte. Hansen begann zu lachen, als er verstand. Die Sau war rot und weiß wie der Dannebrog, die Flagge der Dänen und auch die der dänischen Minderheit in Südschleswig.

»Was gibt's da zu lachen, Sönke?« Heinrich bellte wieder los.

»Es ist doch nur ein Schwein …«

»Aber ein Ersatz für die dänische Flagge! Die Preußen haben sie verboten, und nun kommen die renitenten Dänen uns mit ihren rotbunten Schweinen. Sie hintertreiben die deutschen Gesetze. Was wollen sie überhaupt hier?« Er ballte die Fäuste.

»Wohnen, Heinrich«, antwortete Hansen ruhig. »Sie leben seit Jahrhunderten oder besser seit Jahrtausenden in dieser Gegend. Wir Nordfriesen sind später eingewandert, haben uns aber meistens gut mit den Dänen verstanden. Wir stellten sogar öfter die Leibwache ihrer Könige.«

»Aber heutzutage provozieren sie!«, beharrte Heinrich. »Erst mit Fahnen und jetzt mit Schweinen …«

Jorke beobachtete, wie die Sau durch die Pforte in den dänischen Vorgarten fand, und schlenderte dann zurück zu Heinrich. Sie tätschelte ihm beschwichtigend den Arm. »Ich bin ziemlich sicher, dass ein Schwein besser schmeckt als eine Fahne, Heinrich. Das beweist den guten Geschmack und die Vernunft der Dänen. Außerdem ist es eine sehr schöne Sau. Also, was ist gegen sie einzuwenden?«

Hansen grinste verstohlen. Jorke brachte Heinrich mit ihrer bäuerlichen Vernunft tatsächlich zum Schweigen. Mit saurer Miene ging er in sein Haus zurück und knallte die Tür hinter sich zu. Er würde sich bald von selbst beruhigen.

Jorke und Sönke gesellten sich zu dem Dänen, den sie nach seinem Einzug noch nicht kennengelernt hatten, und stellten sich vor. Mit seiner Latzhose und den Holzpantoffeln war er alles andere als ein Städter, er wirkte fast zierlich, dabei zäh wie ein Halligbauer.

»Ich bin Lars Ebsen«, sagte er. »Danke für eure Hilfe. Mir scheint, Jorke versteht etwas von Schweinen. Jedenfalls mehr als ich. Muss ich ihm einen Stall bauen?«

»Ihr«, verbesserte Jorke. »Es ist eine Sau. Eine Art Sattelschwein. Die sind normalerweise schwarz mit weißem Streifen. Bisher habe ich nur ein einziges Exemplar dieses rotbunten Schlages gesehen, aber schon häufiger davon gehört. Und natürlich, sie braucht einen Verschlag mit einem stabilen Bretterzaun drum herum. Du kannst Erk, deinen Nachbarn zur anderen Seite, bitten, dir beim Bauen zu helfen. Das macht er gerne, er lebt allein, seine Frau ist gestorben, und er ist froh, wenn er was zu tun hat. Er ist sehr geschickt mit den Händen.«

»Ja, das mache ich. Danke für den Rat.«

»Und tu es bald. Die Sau würde sonst deine schön abgestochenen Beete im Vorgarten ruinieren. Dort sind die meisten Würmer.«

»Hast du Familie?«, erkundigte sich Hansen. Man musste sich schließlich beizeiten orientieren, wie alt die Kinder in der Nachbarschaft waren und ob sie sich als Spielkameraden für Agge eigneten.

Lars schüttelte betrübt den Kopf. »Mein Weib ist abgehauen, weil ich wegen meiner Dienstzeiten so selten zu Hause bin. Und Kinder haben wir keine.«

»Ja, was machst du denn beruflich?«, erkundigte sich Hansen verwundert.

»Ich bin bei der Eisenbahn beschäftigt. Seitdem die Marschbahn von Altona nach Tondern einen Anschluss an das dänische Hauptbahnnetz bekommen hat, stellen sie auch mal einen Dänen ein, weil nicht alle Fahrgäste Deutsch sprechen.«

»Man sieht: Preußen können zuweilen auch Vernunft walten lassen«, bemerkte Hansen anerkennend und zwinkerte dem Nachbarn zu.

Lars hakte die Daumen hinter seine Hosenträger und grinste breit. »Ich will euch ersparen, die sieben mir bekannten Fälle von preußischer Vernunft aufzuzählen. Jetzt muss ich erst einmal die Sau nach hinten einrangieren. Wenn ihr Häuschen fertig ist, lade ich euch alle ein, um meinen Einzug und den des Schweins zu feiern. Braucht sie eigentlich einen Namen, Jorke?«

»Besser nicht. Man hat dann Hemmungen, sie zu essen.«

»Leuchtet ein. Mojn, mojn, ihr beiden.«

Jorke und Sönke sahen der Sau nach. Diese wusste bereits, wo sie hingehörte. Folgsam trippelte sie um die Ecke des

Hauses und verschwand, Lars in den klappernden Holzschuhen auf den Fersen.

Hansen sah ihm noch nach, während Jorke ins Haus zurückeilte, um sich um Agge zu kümmern. Als er die Pforte schloss und sich umdrehte, stellte er fest, dass Heinrich wieder aus seinem Haus gekommen war und Kurs auf ihn genommen hatte, immer noch mit wütendem Gesicht. »Hast du dir heute freigenommen?«, erkundigte er sich in beschwichtigendem Ton.

»Freigenommen! Von wegen!«, blaffte Heinrich. »Jetzt, wo der Damm fertig ist, braucht die Bauverwaltung uns nicht mehr. Entlassen bin ich!«

Hansen sog erschrocken Luft ein und betrachtete Heinrich mitfühlend. Entlassen! In seinem Alter! Wovon sollte der Mann jetzt leben? Eine neue Stelle zu finden würde nicht einfach sein. Zumal Hansen genau wusste, dass die Bauverwaltung, die den Dammbau unter Aufsicht des preußischen Kriegsministeriums verantwortete, eine ganze Anzahl Arbeiter weiterbeschäftigte. Entlassen wurden üblicherweise die weniger Tüchtigen, die Älteren mit nachlassenden Kräften und die Querulanten. Zu welcher Sorte Heinrich gehörte, war ihm nicht bekannt. Aber zu alt, um kräftig zuzupacken, wirkte sein Nachbar nicht, im Gegenteil. »Warum?«

»Weiß ich nicht!«, gauzte Heinrich.

Hansen schüttelte verständnislos den Kopf, sagte aber nichts.

»Um noch mal auf die Dänen zurückzukommen«, begann Heinrich, als er erkannte, dass er von Hansen keine Meinung hören würde, und zeigte mit ausgestrecktem Arm auf die Litfaßsäule. »Da! Lies, was auf dem Plakat steht: *Kommt zur Hallig Langeneß. Pflegt alte nordfriesische Bräuche. Das erste wirklich gigantische Biikefeuer im neuen Jahrhundert fin-*

det statt am 21. Februar 1900. Was sagst du dazu, dänisch gesinnter Nachbar Sönke Hansen!«

»Ich sage, dass wir alle friedlich miteinander leben können, Heinrich. Du benutzt den Begriff ›dänisch gesinnt‹ wie eine Beschimpfung und meinst mich. Es gibt dazu nicht den geringsten Anlass. Ich bin von Amts wegen sogar ausgeguckt worden, den preußischen Gästen beim Biikefeuer die nordfriesischen Bräuche zu erklären und nahezubringen.«

Heinrich starrte ihn einen Augenblick mit offenem Mund an. »Du? Ausgerechnet du?«, stammelte er dann.

»Ich bin so nordfriesisch, wie einer nur sein kann«, erinnerte Sönke ihn freundlich.

Heinrich schwenkte seinen Kopf wie ein angriffslustiger Bulle. »Ich bin nur froh, dass sie nicht dir die Überwachung des Dammbaus übertragen haben. Da ist ja ein Preuße noch besser. Mit den Dänen haben die auch nichts am Hut.« Er drehte sich um und stapfte davon, rechtschaffen bis unter die Pudelmütze.

Du liebe Zeit, dachte Hansen, will der Mann den deutsch-dänischen Krieg auf eigene Faust fortsetzen?

Kapitel 3

Einige Tage später fanden sich Sönke Hansen, Jorke und Agge in aller Frühe bei dem Ewer Magdalena ein, der regelmäßig von Husum nach Langeneß verkehrte, sofern das Wetter es zuließ. Der Küstensegler war im Außenhafen vertäut, wo er zwischen Bug- und Heckleine schaukelte. Das Schwatzen anderer Passagiere erreichte die kleine Familie bereits, bevor sie zustieg. Etliche saßen in der kleinen Kajüte unter Deck, andere drängten sich in der Plicht.

Die meisten wollten offensichtlich zum Biikefeuer, wahrscheinlich hauptsächlich Verwandte vom Festland oder von den Inseln Pellworm und Nordstrand, die erst nach Husum mussten, um dort in das Boot nach Langeneß umzusteigen. Alle waren spürbar in erwartungsvoller Stimmung und manche schon festlich angezogen. Auch Jorke hatte das dunkle Kopftuch der Halligfrauen über ihre blonden, lockigen Haare gelegt und trug dazu das große Schultertuch, das sie in der Stadt sonst nicht benutzte.

Sie legten ab.

Hansen kannte keinen der Mitfahrer und setzte sich achtern zum Schiffer Ingwert Lorenzen, mit dem er über dies und jenes, vor allem über das Wetter, klönen konnte, sobald sie aus dem Hafen und in der Hever waren, wo bei dieser Windrichtung wenig Segelmanöver vonnöten waren. Jorke blieb bei den Frauen weiter vorne. Agge würde für die nächsten Stunden genügend Gesprächsstoff abgeben.

Der Südostwind war handig und trieb sie auf dem Ebbstrom zügig vorwärts. Noch war es dunkel. Der Schiffer ließ das Großsegel weit auswehen und zündete sich dann gemächlich seine Pfeife an.

Spät am Vormittag wurde endlich die Sonne sichtbar. Noch lag sie winterlich tief über dem Horizont und ließ die kurzen Wellen blitzen und blinken. Weit im Südwesten ballten sich Wolken wie schwarze Klumpen über dem Wasser zusammen.

»Sieht ziemlich düster aus da hinten«, bemerkte Hansen, nachdem sie in Pohns Bucht eingebogen waren und er, um Lorenzen ein wenig zur Hand zu gehen, beim Halsen den Baum abgefangen hatte. Den kleinen Ruck, den das Boot dabei erfuhr, merkten die schwatzenden Frauen gar nicht, und Lorenzen nickte ihm zu, weil Hansen ihm das erschrockene »Huch« bei größeren Schaukelbewegungen erspart hatte.

Lorenzen nahm die Pfeife aus dem Mund. »Bei der Windrichtung kann es noch Tage dauern, bis das Wetter hier ankommt. Wenn überhaupt. Bis dahin habe ich hoffentlich alle Gäste zur Hallig geschafft. Was dann wird, werden wir sehen.«

Hansen musterte sorgenvoll den Horizont und fand, dass die Schwärze sich trotzdem seit dem Morgen weiter ausgebreitet hatte. »Und ich hoffe, das Wetter spielt uns keinen bösen Streich. Wer weiß, wie viel Geld die Preußen für die weitere Bedeichung bewilligen, wenn sie oder gar ihre Ehefrauen schlechte Erfahrungen auf der Hallig machen. Die erwarten mit Sicherheit ein rauschendes Fest.«

»Ich habe die Ankündigungen auf diesen Reklamesäulen in Husum gelesen. Rauschendes Fest! Und was die für ein Holz zur Hallig haben transportieren lassen! Das Ganze ist ja eine einzige Schnapsidee«, spie Lorenzen förmlich heraus. »Man möchte denen Hagel, Sturm und Landunter wünschen, damit sie mal sehen, wie es ist, wenn man es trotz aller Widrigkeiten auf Inseln und Halligen aushält. Die haben ja keine Ahnung, dass das Festland geschützt wird, weil wir Halligleute unsere Köpfe hinhalten. Und sie wissen auch nicht, wozu Dämme benötigt werden. Aber ein Fest wollen sie dort feiern!«

»Tja, es gibt eben Menschen, die sich in Berliner Salons vergnügen und das für das Leben halten«, stellte Hansen fest. »Ich gönne ihnen trotzdem ein erfreuliches Erlebnis am Petritag.«

Der Schiffer sog emsig an seiner Pfeife, bis der aufsteigende Qualm ihn zufriedenstellte. Dann wies er mit dem Pfeifenstiel zu einem kleinen Eiland an Steuerbord. »Auf Nordstrandischmoor ist die Flagge aufgezogen. Von dort wollen auch noch Leute mit nach Langeneß. Das nimmt ja gar kein Ende in diesen Tagen.«

Hansen schmunzelte. Lorenzen wirkte zufrieden. Die zusätzlichen Einnahmen konnte er gut gebrauchen.

»Morgen soll ich übrigens noch Gäste am Anleger von Oland absetzen. Einen Preußen und seine Frau.«

»Seine Frau?« Sönke hörte es ungläubig. »Bauleiter Zimmermann weiß doch, wie es hier zugeht. Wie kann er seine Frau mitbringen?«

»Nicht der Bauleiter. Jemand Höheres aus Berlin, der bei Zimmermann auf Oland unterkommt.«

»Und dem Höheren mit Frau wird zugemutet, am Abend des Biikefeuers notfalls über den Damm von Oland nach Langeneß zu stapfen? Bei Dunkelheit, Wind, Regen, Hagel und was es da sonst noch gibt, hin und wieder zurück? Hast du das wirklich richtig verstanden, Ingwert?«

»Ich kann ja lesen! Der Brief kam gestern. Vielleicht wollen sie sich in eine Lore hocken, die vom Bauleiter höchstpersönlich geschoben wird.« Der Schiffer brach in ein vergnügtes Lachen aus, und die Vorstellung war so komisch, dass Hansen ebenfalls lachen musste.

Anschließend verfiel er in Schweigen. Welche Vorstellung machten die in Berlin sich eigentlich von einer Hallig? Und war der Regierungsbaumeister Zimmermann, der seine Dienstwohnung für die Zeit des Dammbaus auf Oland hatte, über diese Gäste überhaupt informiert, oder sollte es auch für ihn eine Überraschung sein? Hätte Petersen davon gewusst, hätte er ihn, Hansen, jedenfalls darauf aufmerksam gemacht. Denn je größer die Zahl der Gäste auf Oland war, desto schwieriger wurde es, die passende Anzahl von Loren am richtigen Ende des Schienenstrangs bereitzuhalten, um sie hin und her zu befördern.

Die einzige Personengruppe, um die er sich nicht zu kümmern brauchte, waren Zeitungsschreiber. Petersen hatte nur einen aus Berlin erwähnt.

Am Ilef, dem neuen Hafen an der Nordküste von Langeneß, wartete ein Bauer mit Pferd und Wagen auf Sönke und seine Familie. Wegen seines dringenden Interesses, Hansen rechtzeitig und wohlbehalten auf der Hallig zu wissen, hatte Wasserbauamtsleiter Petersen, ohne Hansen zu informieren, zum Telefon gegriffen und alles organisiert. Immerhin hatte der Bauleiter in seinem Dienstraum auf Oland einen Fernsprecher, und von dort war alles zu Fuß über den Damm nach Langeneß übermittelt worden.

Schließlich waren sie sechs Leute, die auf dem Wagen mitfuhren, alle fröhlich und in gespannter Erwartung. Mit Ausnahme von Sönke Hansen.

»Warum bist du so still?«, flüsterte Jorke ihm ins Ohr. »Machst du dir wegen des Wetters Sorgen? Ich habe gesehen, wie ihr beide über die schwarze Wand am Horizont diskutiert habt.«

»Das ist gar nicht mal das Schlimmste«, gab Sönke leise zurück. »Ich erzähle es dir später.«

Die Ketelswarf war die größte Warf auf Langeneß und hatte die meisten Einwohner. Als Jorke und Sönke ankamen, waren einige der Frauen in den Hausgärten, um dort vor dem Fest Ordnung zu schaffen und winterliche Überbleibsel wie herabgewehtes Reet oder von Büschen abgebrochene Ästchen zusammenzurechen. Sie winkten und riefen: »Willkommen!«

In Jorkes Haus stand alles zum Besten, die Küche war eingeheizt und warm, und auch in der Dörns hatte sich die Wärme über den Hinterladerofen ausgebreitet.

Jorke merkte nach einiger Zeit, dass Vetter Jellef humpelte. Er hatte sich ein dickes Knie geholt, wie er zugab, und zuckte zusammen, als Agge, der auf ihn zulief, sich an dem Bein festhalten wollte.

»Wie ist das gekommen?«, erkundigte sich Jorke teilnahmsvoll.

»Eine spakende Kuh … beim Ausmisten.«

»So was passiert. Ich kann dir einen Umschlag mit Öl vom Gurkenkraut machen, der nimmt die Schmerzen. Und du, Brodina, wie geht es dir? Ja, ich sehe schon.«

Die Nachbarin Brodina war über siebzig, trotz ihres Alters aber frisch und kregel. Sie hatte bereits begonnen, Grünkohl zu zupfen, wie immer bereit, helfend einzuspringen, wenn Jorke mit ihrer Familie kam.

»Gut, dass ihr heil angekommen seid«, meinte Brodina mit freundlicher Miene, die sich jedoch sogleich verdüsterte.

»Warum sagst du das?«

»Habt ihr euch auf See denn gar nicht umgesehen? Helllichter Tag, aber Hooge liegt da wie eine tote schwarze Ratte vor noch schwärzeren Wolken. Ich sage euch, es wird ein Unglück geben.«

»Aber, Brodina«, rief Jorke entsetzt. »Doch nicht jetzt! Alle kommen zum Feiern.«

»Sie sollten besser auf dem Festland bleiben!«

»Es ist zu spät, Brodina«, wandte Hansen nüchtern ein. »Die Gäste sind unterwegs, die Fahrten verabredet, nichts lässt sich mehr aufhalten.« Abgesehen davon, dass eine Spökenkiekerin nicht als verlässliche Quelle für das Wetter galt, jedenfalls bestimmt nicht bei preußischen Besuchern.

»Auf diesem Fest liegt kein Segen. Ich sehe Streit und Tod kommen. Und Feuer.« Brodina erschauerte, schwenkte die Hand im Waschwasser und zog ihr Schultertuch fester um den Hals.

Sönke atmete tief durch, um nicht etwas Heftiges von wegen Aberglauben zu erwidern, und blickte zu Jorke hinüber. Streit war abzusehen, aber Tod? Wer sollte denn sterben? Und Feuer? Feuer lag auf der Hand, deswegen waren sie schließlich hier. Hatte sie etwa Angst vor dem brennenden Holzstoß? Biike gab es doch seit jeher auf den Halligen.

Jorke verstand. »Aber, Brodina«, sagte sie und streichelte tröstend deren faltige, bräunliche Wange. »Es wird schon nichts passieren.«

»Schiffer Ingwert Lorenzen meint, es könnte noch Tage dauern, bis diese Wolkenwand sich zu uns vorgeschoben hat«, warf Sönke bekräftigend ein.

»Ach, Ingwert. Was weiß der schon!«

Der eigensinnige Ton der alten Frau signalisierte Sönke, dass sie jetzt besser von etwas anderem sprechen sollten.

»Agge hat neulich die Windpocken gehabt«, verkündete Jorke, die ein feines Gespür für Stimmungen hatte. »Aber er hat sie gut überstanden.«

»Er ist ein munteres Kerlchen«, bestätigte Brodina und strich ihm über die Locken. »Er ähnelt sehr meinem Eschel, den ich mit drei Jahren begraben musste.«

Auch nicht das angenehmste Gesprächsthema. Sönke rollte die Augen und stöhnte verhalten. Jorke sah zu ihm herüber.

»Ich denke, ich sollte die Federbetten in der Dörns beziehen. Hilfst du mir dabei, Sönke? Du könntest die Bettwärmer füllen.« Jorke öffnete resolut die Tür zur Stube.

Hansen folgte ihr aufatmend. Das Beunruhigende an Brodinas Voraussagen war, dass sie nach übereinstimmender Meinung oft zutrafen. Aber daran wollte er wirklich nicht glauben.

»Jorke, willst du nicht lieber mit Agge zurückfahren? Jetzt ist noch Zeit«, rief Brodina in eigensinnigem Ton hinter ihnen her, bevor Sönke die Tür hinter sich schließen konnte.

Jorke antwortete nicht. Aber als sie sich zu Sönke umdrehte, erkannte er, dass Brodinas Prophezeiung sie nicht unberührt ließ. Er nahm sie in den Arm. Allmählich beruhigte sich ihr klopfendes Herz, und sie schmiegte sich in seine Umarmung.

»Manchmal ist der Umgang mit den Alten schwierig«, sagte sie schließlich und löste sich aus Sönkes Armen, um Agge zu küssen und an seinem sonnengelben Haar zu schnuppern, was sie zu trösten schien.

Sönke lächelte auf Jorke hinunter. »Ja. Das Schlimme ist, dass diese Prophezeiungen immer so vage sind, dass es leichtfällt, sie zu bestätigen, sofern man daran glauben möchte. Wenn es übermorgen hagelt, sagt man, Brodina habe recht gehabt. Und wenn an Ostern jemand stirbt, erinnert man sich auch an ihre Vorhersage und meint, dass sie es schon zu Petri gewusst hat.«

Jorke richtete sich wieder auf und nahm Sönkes Hand. »Du meinst also nicht, dass ich mit Agge zurückfahren sollte?«

»Auf gar keinen Fall. Wir lassen unser Leben doch nicht von einer Spökenkiekerin bestimmen. Außerdem geht das gar nicht.«

»Dass du keine Zweifel hast, beruhigt mich etwas.« Jorke nahm Agge auf und setzte sich mit ihm in einen der beiden Alkoven, um ihm Mütze und Jacke auszuziehen. Plötzlich runzelte sie die Stirn und blickte zu Sönke hoch. »Wieso geht es eigentlich nicht? Was meinst du damit?«

»Das liegt klar auf der Hand. Petersen sieht sich als Verantwortlicher für den Dammbau, und ich bin sein Mitarbeiter vor Ort, auch wenn ich für die Biikewoche Urlaub genommen habe, um mich keinen Vorwürfen auszusetzen. Ich bin also offiziell als Vertreter des Wasserbauamtes hier. Du als meine Ehefrau bist in gewisser Weise in diese dienstlichen Angelegenheiten eingebunden und bist obendrein die Besitzerin eines hiesigen Hofes.«

»Ja. Und?«

»Jetzt stell dir vor, dass du mit Agge vor einem gewöhnlichen Sturm nach Husum zurückfährst: Man würde es als Flucht auslegen. Kurz gesagt, dein eigener Ehemann, der die Schutzmaßnahmen für die Hallig plant und baut, misstraut diesen. Nur dir erzählt er unter vier Augen die Wahrheit. Und du lässt deinen Vetter, dein Vieh und deinen Hof im Stich, um dein Kind zu retten.«

»Ich verstehe. So ein Unsinn.« Jorke schüttelte sich vor Unbehagen.

»Und – würde es ausführlicher heißen – Sönke Hansen hat uns die Durchdämmung der Priele zwischen den Halligen Nordmarsch, Langeneß und Butwehl aufgeschwatzt, und wir waren dumm genug, ihm zu vertrauen. Obwohl dadurch unser ganzes bisheriges Leben über den Haufen geworfen wurde, wir den Bootsverkehr zwischen den drei Halligen aufgeben, Brücken bauen und Pferde anschaffen mussten, und so weiter. Hansen tönt laut, dass alle Gefahren durch Sturmfluten für die Hallig jetzt beseitigt sind – aber beim ersten drohenden Sturm schickt er die Familie zum Festland. Wahrscheinlich vermutet er, dass der neue Damm einen unheilvollen Einfluss auf die Strömungen an den Halligufern haben wird.«

»Wir sind die Verlierer«, setzte Jorke die möglichen Gedanken der Halligleute fort. »Traue keinem vom Wasserbauamt und keinem Preußen!«

»Ja, genau. Vermutlich würden sie sich sogar in Zukunft gegen alle weiteren baulichen Maßnahmen sträuben.«

»Warum müsstest eigentlich im Gefahrenfall du den Kopf hinhalten und nicht die Preußen?«

Sönke zuckte mit den Schultern. »Das ist einfach so. Niemand traut den Preußen großes Wissen über die Verhältnisse hier zu, Strömungen, Winde, Watt et cetera. Uns vom Wasserbauamt aber durchaus. Wenn es schiefgeht, sind infolgedessen wir schuld, weil wir es nicht verhindert haben.«

»Die Hallig hat schon schreckliche Stürme überstanden, und das wird sie auch weiterhin«, befand Jorke. »Umso mehr, als jetzt manche Ufer gegen Abbruch befestigt worden sind. Und wenn sich wirklich Anwachs am neuen Damm bildet, wie ihr behauptet, wird es hier mit jedem Jahr sicherer werden. Wer würde denn ausgerechnet jetzt abhauen?«

Sönke schmunzelte erleichtert. »Du hast vergessen, die Warfen zu erwähnen. Ich glaube fest daran, dass in Zukunft keine mehr durch Sturmfluten zerstört werden und auch keine Menschen mehr ertrinken. Du wirst feststellen, dass unsere Schutzmaßnahmen der reinste Segen für die Halligen sind.« Sollte allerdings die Wasserhöhe aus irgendwelchen bisher unbekannten Gründen steigen, sähe es anders aus … Aber das verschwieg er.

»Was war denn eigentlich das Schlimme, über das du vorhin nicht sprechen wolltest?«, fragte Jorke, während sie die Betten bezog, um den übermüdeten Agge hinzulegen.

Sönke, der am Fenster stand und über das Meer hinwegsann, drehte sich um. »Es kommt noch ein höheres Tier zu Besuch. Unangemeldet. Also vermutlich zur Kontrolle. Oder er versteht sich nicht mit dem Mann, der für die Berliner Seite alles organisiert, und beabsichtigt, ihn zu ärgern.«

»Auf jeden Fall wird es für dich dadurch wieder ein Stück komplizierter. Wenn es nicht sogar Zwietracht gibt, in die du zwangsläufig verwickelt wirst«, folgerte Jorke.

Sönke nickte und wandte sich wieder der See zu. Von der Dörns aus hatte man den schönsten freien Blick über das Fahrwasser im Süden, während von der Küche an der Nordseite des Hauses der Fething zu sehen war und dahinter drei andere Häuser die Sicht nach Norden und Westen verstellten.

Das Wasser lag wie bleiern unter den letzten Sonnenstrahlen, ohne dass eine Wellenbewegung erkennbar gewesen wäre, selbst die Pricken neigten sich nur leicht im Strom. Hinter Hooge drohte unverändert die schwarze Wand, es schien, als wäre sie kein bisschen vorangekommen. Vielleicht hatte der Schiffer recht, und die Hallig käme wieder einmal davon.

Gedankenlos fuhr Hansen mit den Fingern über die Geranien, die auf den Fensterbrettern auf kleinen Holzgestellen standen, damit sie es von unten nicht kalt hatten. Brodina hatte liebevoll für sie gesorgt, und dank der Sonnenstunden auch im Winter blühten sie schon.

Um die Ketelswarf herum führte ein sandiger Weg zu den weiter östlich gelegenen Warfen. Niemand war darauf unterwegs, bis ein schwerer Ackergaul in Sicht kam, der einen Wagen mit Kratt zog. Kratt, das niedrige Gestrüpp von der Geest, konnte nur vom Festland stammen, hier auf der Hallig gab es das nicht. In einigen Hausgärten waren Johannisbeerbüsche und Pflaumenbäume gepflanzt worden, mehr ließ die unwirtliche Natur nicht zu. Offensichtlich war die Fuhre zur Kirchwarf bestimmt, in deren unmittelbarer Nähe die Biike gezündet werden sollte.

Hinter dem Wagen her wanderten zwei Männer, einträchtig in ein Gespräch vertieft.

»Sieh mal, Jorke«, sagte Sönke verblüfft. »Der neue Ratmann Ewert Knutsen und der Regierungsbaumeister Alfred Zimmermann schwatzen miteinander wie dicke Freunde.«

»Das kann nicht sein«, widersprach Jorke, während sie das Daunenbett in Agges Rücken feststopfte. »Ewert war der streitbarste Gegner des Dammbaus, auch noch, als sie ihn schon längst begonnen hatten. Zuweilen giftete er sehr ungerecht gegen die Preußen. Gegen euch vom Wasserbauamt allerdings nicht weniger.«

»Inzwischen ist offenbar die große Versöhnung eingetreten. Übrigens wollen sie auf die Warf. Sie biegen auf unsere Ack ein.«

»Ach, du lieber Gott!« Jorke sprang zu dem kleinen Spiegel zwischen den Alkoven hinüber und begann ihre Locken unter das Kopftuch zu schieben.

Hansen lachte. »Gib dir keine Mühe. Du siehst mit den Locken im Gesicht reizend aus, niedlich, würde ich sagen, wenn du es mir nicht verboten hättest.«

»Du weißt, warum, Sönke.« Auch Jorke konnte streitbar sein – die Zeitungsnachrichten aus Berlin und aus aller Welt bestätigten ihr immer wieder aufs Neue den Anspruch der Frauen auf Respekt und Gleichberechtigung.

Sönke beschwichtigte sie mit einem Kuss.

»Besuch für euch«, rief Jellef von nebenan.

Die beiden Besucher hatten bereits am Küchentisch Platz genommen. Brodina war verschwunden, kein Wunder, denn sie konnte Ewert nicht ausstehen und pflegte daraus kein Hehl zu machen.

»Auch wieder mal da, Jorke?«, fragte Ewert Knutsen.

Sie ersparte sich eine Antwort auf die dümmliche Frage und zog sich einen Stuhl heran. Sönke setzte sich auf einen Hocker neben sie.

»Immerhin bist du zurückgekommen, um mit uns den neuen Damm zu feiern.« Knutsens Gesicht verzog sich zu einem künstlichen Grinsen, das Jorke abscheulich fand, wie immer, wenn sie mit ihm zu tun hatte.

»Ja, selbstverständlich. Hast du etwas anderes vermutet?«, fragte sie kühl.

»Guten Morgen, Herr Hansen«, grüßte Zimmermann förmlich und streckte ihm die Hand entgegen.

»Moin, Herr Zimmermann.« Hansen schlug ein. Der Mann war zu hochnäsig, um ihm sympathisch zu sein, aber das ließ ihn nicht seine übliche Höflichkeit vergessen. »Sie bereiten ja ein mächtig aufwendiges Fest vor. Donnerwetter! Ich habe schon auf dem Schiff gehört, dass immer noch Holz vom Festland auf den Weg geschickt wird.«

»Ja, das ist notwendig. Die hiesige Bevölkerung stellt uns kaum Holz zur Verfügung.«

»Das ist wahr, Herr Zimmermann«, griff Jorke mit blitzenden Augen ein. »Die Bevölkerung, wie Sie uns nennen, hat kaum Holz! Schwemmholz ist selten!«

Der Baumeister sah sich um. »Aber hier ist es doch warm.«

»Dank der Ditten.«

»Ach, dieser Kuhmist in Fladen.«

Jorke sah bei seinem abfälligen Ton rot. »Möchten Sie sich nicht einmal selbst an der Herstellung beteiligen? Mist aus der Kuhle schaufeln, auf der Warf ausbreiten, mit den Füßen durchkneten und verdichten, in Form stechen, Fladen aufstellen, trocknen lassen, wenden, auf den Dachboden transportieren … Aufwendig, das versichere ich Ihnen.«

Zimmermann schmunzelte über ihren Eifer. »Wenn Sie gestatten, Frau Hansen, das hört sich an, als ob wir hier bei Eingeborenen in unterentwickelten Kolonialländern wären, wie in …« Ihm fiel nichts ein. »Das kann ich doch kaum glauben.«

»Türkei, Indien«, schlug Hansen vor. »Azoren.«

»Danke, Herr Kollege. Die genau meinte ich«, sagte Zimmermann gönnerhaft.

Bevor er es sich mit Jorke ganz verdarb, wechselte Hansen hastig das Thema. »Bei der Menge an Holz fragt man sich, ob sichergestellt ist, dass der Holzstoß nicht zu nah an Kirche, Pastorat und Lehrerwohnung aufgebaut wird. Man denke an Funkenflug, wenn es auffrischen sollte.«

»Das lass nur meine Sorge sein, Sönke. Wir wohnen schon eine Weile auf der Hallig. Ein paar Jahrhunderte.« Knutsen verzog die Lippen in einer Weise, die Hansen wohl bedeuten sollte, dass es ihn nichts anging.

»Einen Lütten für die Herren?«, meldete sich Jellef neben dem Herd zu Wort und schwenkte einladend eine braune Tonflasche.

»Das ist Medizin für streitbare Leute«, sagte Jorke erleichtert, noch bevor jemand ablehnen konnte.

Jellef humpelte herbei, fünf Gläschen auf der Handfläche balancierend, die er geschickt auf dem Küchentisch abstellte. Jorke war die Einzige, die ablehnte, als er auch ihr einschenken wollte.

»Nun denn. Zum Wohl!« Zimmermann stürzte den Klaren in einem Zug hinunter. »Jetzt ist ja doch mit dem Bau in preußischer Hand alles etwas schneller gegangen, nicht wahr, Hansen? Berlin hat eben mehr Möglichkeiten, durchzugreifen.«

»Durchzugreifen«, wiederholte Hansen betont respektvoll. »Oh, zweifellos.«

»Sie hören sich nicht sehr überzeugt an.«

»Doch, doch«, widersprach Hansen.

»Weshalb sind Sie eigentlich hergekommen?«, erkundigte sich Jorke schnippisch. »Einfach nur, um sich bei meinem Mann zu melden?«

»Zu melden? Natürlich nicht. Und jetzt halten Sie sich mal aus dem Gespräch von Männern heraus, Frau Jorke«, befahl Zimmermann und wandte sich Hansen zu. »Es geht darum, dass nach dem Biikebrennen jemand mit amtlicher Verantwortung dafür sorgen muss, dass alle Gäste aus Berlin und Schleswig zuverlässig zu ihren Gastgebern auf den Weg gebracht werden. Derjenige muss sich auch darum kümmern, dass die Herren, die in meiner Dienstwohnung auf Oland Nachtquartier nehmen, zuerst zum Festessen nach Hilligenlei gefahren und danach zurück zum Damm und in die Loren gesetzt werden.«

»Derjenige soll also ich sein?«

Zimmermann überging die Frage. »Vier Loren sind ja wohl betriebsbereit, soviel ich weiß.«

»Das habe ich auch gehört«, bestätigte Hansen freundlich. »Direkt bin ich im Gegensatz zu Ihnen mit dem Dammbau ja nicht befasst gewesen. Werden die Herren die Loren selber schieben?«

»Selber schieben?« Zimmermann betrachtete ihn, als wäre er eine Art Gewürm. »Die Herren aus den Ministerien? Das können sie nicht, sie sind dafür weder ausgebildet, noch haben sie das passende Schuhwerk. Nein, da müssen Sie schon Einheimische rekrutieren.«

»Wie hoch werden die bezahlt?« Jorke mischte sich kämpferisch ein, bevor Sönke sich danach erkundigen konnte. Über sie würde sich im Amt niemand beschweren, sie konnte man auch nicht unter Druck setzen.

»Dies ist eine Feier zu Ehren der Bauherren und zum Vergnügen der Nutznießer«, bölkte Zimmermann ungehalten. »Es ist doch wohl selbstverständlich, dass die Halligbevölkerung sich dankbar erweist!« Er erhob sich, klopfte mit der Faust auf den Tisch und marschierte zur Tür. Knutsen folgte ihm wortlos. Augenblicke später fiel die Außentür zu.

»So ungefähr habe ich mir den Ablauf vorgestellt«, sagte Jorke. »Sie lehnen sich nach der Befehlsübermittlung zurück, und die schwierigen Details überlassen sie dir.«

Niemand sagte etwas.

»So, und jetzt bekommst du deinen Umschlag, Jellef. Setz dich hin und leg das Bein auf den Hocker. Du hinkst ja erbärmlich. Beinwurz wäre in diesem Fall besser als Öl vom Gurkenkraut. Das weiß ich vom Apotheker, mit dem ich mich öfter über Heilmittel unterhalte. Aber da hättest du mit deinem Unfall bis April, Mai warten müssen.«

Jellef senkte resigniert den Kopf. Gegen die Hausherrin war kein Ankommen.

Kapitel 4

Kaum dass sein Knie verbunden war, sprang Jellef auf und goss ihnen allen noch einen Schnaps ein. Dieses Mal protestierte auch Jorke nicht. »Hast du Töne!«, brummte er aufgebracht. »Was für eine Bagage, Sönke.«

Hansen zuckte mit den Schultern. Er kannte diese Art von Vorgesetzten zur Genüge und wunderte sich über nichts mehr. »Auf eins freue ich mich richtig«, sagte er grinsend. »Zimmermann hat anscheinend keine Ahnung, dass aus Berlin noch ein höherer Beamter mit Gattin anreist. Und in seinem Haus auf Oland zu wohnen beabsichtigt. Das könnte ein herzerfrischendes Erschrecken geben.«

»Nur dass es schwieriger für dich wird, je mehr Gäste kommen, weil dann die Fahrerei immer komplizierter wird. Sie werden alle Verantwortung auf dich abladen.« Jorke krauste ahnungsvoll die Nase. »So nett dein Vorgesetzter Herr Petersen auch ist – du bist Deichbauer, kein Diplomat. Soviel ich weiß, lernen diese Leute, jedem recht zu geben, mit dem sie es zu tun haben. Das ist nicht gerade deine Stärke.«

Sönke zupfte spielerisch eine Locke unter Jorkes Kopftuch heraus. »Ich bin kein Diplomat, richtig. Aber eins steht fest. Wir müssen trotzdem alle diese Beamten und Politiker zufriedenstellen, allein schon, um weitere Gelder für die Halligsicherung zu bekommen.«

»Stimmt. Wenn du nicht auch so wie diese Großstadtleute wirst, bin ich zufrieden.« Dann gab Jorke einen Stoßseufzer von sich und strahlte Jellef an. »Zum Glück gibt es ja auch Leute auf der Hallig, die anders als Knutsen sind. Solche, auf die man sich verlassen kann, wenn Not am Mann ist. Stimmt's, Jellef?«

»Stimmt.« Jorkes Vetter goss sich schnell noch einen ein. »Ewert hat zwar seine Gefolgschaft, aber ich glaube, die meisten sind nicht auf seiner Seite, auch wenn sie es nicht laut sagen. Als Ratmann taugt er nichts. Kein Überblick, keine Vorsorge.«

»Wir müssen mit ihm leben, Jellef. Wir lassen das Biikebrennen auf uns zukommen.« Sönke trank das letzte Schlückchen aus seinem Glas.

Als Sönke und Jorke später wieder allein in der Dörns waren, vergewisserte sich Jorke, dass Agge schlief und zugedeckt war. Am Fußende des Alkovens hatte sich die Katze zusammengerollt, mit der sich Agge gleich angefreundet hatte. Es war angenehm warm im Raum, und die Fliesen an der Fenswand waren trocken.

»Was beschäftigt dich, Jorke?«, erkundigte sich Sönke, der ihr die Nachdenklichkeit anmerkte.

»Du warst doch auf den Azoren«,[1] sagte Jorke und drehte sich zu ihm um. »Du hast mir nie erzählt, dass sie dort mit Ditten heizen.«

1 siehe: *Die letzte Tide*

»Tun sie auch nicht. Ihr Vieh weidet oben in den Bergen, wo es das ganze Jahr über baumlose grüne Fluren mit bestem Gras gibt. Der Mist bleibt natürlich dort oben liegen. Kochen und heizen können die Leute mit Holz aus den Wäldern. Die Bäume umzingeln geradezu die Dörfer, die alle direkt am Wasser liegen.«

Jorke ließ sich verdutzt in einen Alkoven fallen. »Du hast diesen Bauleiter als Großmaul entlarvt, und er hat es noch nicht mal gemerkt?«

»Genau. Zimmermann hat keine Ahnung, wie ich feststellen musste. Mist als Brennmaterial in der Türkei und in Indien hingegen stimmt. Brockhaus-Wissen.«

Jorke lachte.

»Da kommt schon wieder eine Fuhre Holz.« Sönke schüttelte den Kopf. »Die werden doch wohl nicht die ganze Kirchwarf abfackeln wollen.«

»Vielleicht könnte man die nächsten Fuhren hinter der Honkenswarf verstecken«, schlug Jorke listig vor. »Wenn alle Halligbesucher fort sind, teilen wir das Holz unter die Haushalte auf.«

»Jorke, kommst du mal?«, hörten sie Jellef aus der Küche rufen. »Noch ein Gast.«

»Nanu.«

Jorke ging nachsehen, und Sönke folgte ihr neugierig.

In der Küche stand ein junger Mann mit verlegener Miene, in der einen Hand einen Schlapphut, in der anderen einen Tornister. »Guten Tag«, sagte er schüchtern. »Ich bin Ihnen zugeteilt worden, aber ich bekomme den Eindruck, dass Sie davon nichts wissen.«

»Wer teilt denn Gäste zu?«, fragte Jorke verdutzt, jedoch keineswegs abweisend, obwohl der junge Mann sehr ungewöhnlich aussah.

»Ein Herr Ewert Knutsen, der Ratmann, also der Bürgermeister, soviel ich weiß. Im Gasthof auf Hilligenlei sind alle Betten mit Gästen belegt, wie mir gesagt wurde. Aber Herr Knutsen war so freundlich, mich darauf hinzuweisen, dass ich mich an Sie wenden könne, weil Sie Platz hätten.«

»Das hat er gesagt?«

»Ja. Ganz bestimmt.«

»Keine Sorge, junger Mann«, warf Hansen ein. »Auch wenn uns diese Art von Zuteilung unbekannt ist, ein Plätzchen findet sich. Im Schweinestall neben den Ferkeln oder auf dem Dachboden – vielleicht etwas kalt – oder im Hock bei den Mutterschafen. Die Mistkuhle ist am wärmsten, die dampft meistens. Sie würden allerdings ein wenig müffeln.«

Der anfangs hoffnungsvolle Gast sah Jorke mit großen, erschrockenen Augen an.

»Lassen Sie sich nicht von meinem Mann veräppeln«, meinte Jorke lachend. »Natürlich haben wir ein Bett für Sie.«

Erleichtert ließ der Gast seinen Tornister auf den Boden sinken.

»Das ist Sönke, mein Mann, Jellef am Tisch ist ein Vetter von mir, und ich heiße Jorke. Und wer bist du?«

»Nils Nordmann aus Arnis, Journalist beim *Schlei-Boten*«, stellte er sich mit einem artigen Diener vor.

»Aber du kommst von weiter her, oder?«

»Ich bin in Berlin geboren und dort zur Schule gegangen. Ich gehöre zur Bewegung des Herrn Hermann Hoffmann, bin Wanderbursche.«

Das sagte Sönke Hansen nichts.

Nordmann sah ihn angestrengt nachdenken. »Unter uns nennen wir uns auch Wandervögel.«

»Ah, so. Ein Blick auf deine Stiefel lässt mich jetzt darauf schließen, dass du das Wandern gewohnt bist.«

»Richtig.«

»Nicht verkehrt für einen Besuch auf den Halligen. Auf die Lore bist du also nicht angewiesen, um zurück aufs Festland zu kommen.«

»Das hört sich wie ein Vorzug an.«

»Ist es auch. Vermutlich werden die Besucher Schlange stehen müssen, um nach dem Biikebrennen in einer Lore mitfahren zu können.« Hansen krauste die Stirn. »Hast du Knutsen mitgeteilt, dass du Journalist bist? Wahrscheinlich nicht, oder?«

»Nein.«

»Das hätte ich mir denken können. In dem Fall hätte er sofort sein eigenes Bett für dich geräumt.«

»Sönke …« Jorke schüttelte leise den Kopf.

»Aber es stimmt doch.«

Nordmann blickte von einem zum anderen. »Da bin ich wohl gleich in halliginterne Auseinandersetzungen geraten.«

»Nein, so schlimm ist es nicht«, wehrte Hansen ab. »Aber wie überall gibt es auch hier Fraktionen.«

»Du bist kein Halligbauer«, sagte Nordmann ihm auf den Kopf zu und musterte Hansen mit hochgezogenen Augenbrauen.

»Richtig. Ich bin Deichbauer im Wasserbauamt in Husum.« Hansen schmunzelte innerlich. Der Zeitungsschreiber hatte es faustdick hinter den Ohren, so täuschend harmlos er dank seiner Jugend am Anfang auch gewirkt hatte.

»Ich zeige dir, wo du schlafen kannst. Komm mal mit, Nils.« Praktisch wie immer, sorgte Jorke für das Nächstliegende.

»Er kann die Kammer haben, und ich ziehe in den Pesel«, bot Jellef an. »Die Kammer erwärmt sich etwas, vor allem, wenn die Küchentür offen bleibt und ich den Herd in der Nacht nicht ausgehen lasse.«

»Ich will keine Umstände machen!«

»Machst du auch nicht, Nils. Jellef hat recht. Dein Schlafzimmer zu Hause ist vermutlich wenigstens verschlagen. Unsere Pesel sind nicht beheizbar.«

»Ich mache eine kleine Wanderung zum Holzstoß und sehe mich um, bevor es dunkel wird, Jorke.« Hansen stieg in seine kräftigen Arbeitsstiefel, nahm die alte Arbeitsjacke vom Haken und verzog sich nach draußen.

Eine beachtliche Menge Holz war dort abgeladen worden, wo das Biikefeuer brennen sollte. Mit Sicherheit würde man es auf den umliegenden Inseln und Halligen sehen können. Auf Föhr, Hooge und Pellworm würde man staunen.

Hansen stiefelte gemächlich, die Hände auf dem Rücken, über den durch Wagen und Schuhwerk zerfurchten und zertrampelten Boden. Jetzt, am späten Nachmittag, war außer ihm niemand hier.

Die Halligleute hatten hauptsächlich moderndes Holz geliefert, das man zum Bauen nicht mehr brauchen konnte, verrottende Säcke und eine durchgelegene Matratze. Ein paar Nägel waren in den Abfall geraten und eine Säge. Natürlich konnte man auf der Hallig kein Schwemmholz oder gar Bauholz, das bei Sturm etwa auf Amrum ins Wasser geweht worden war, entbehren. Zumal es im bisherigen Winter kaum stärkere Winde gegeben hatte und die Ausbeute wahrscheinlich karg war.

Zu seinem Erstaunen stieß Hansen hinter einem unübersichtlichen hohen Haufen Kratt beinahe mit einem Besucher zusammen. Er trat rückwärts und entschuldigte sich, noch bevor er denjenigen ganz in Augenschein hatte nehmen können.

»Ganz meinerseits«, sagte sein Gegenüber gewandt. »Groterjan mein Name. Major Groterjan, Kriegsministerium.«

Hansen hätte auch ohne die Uniform am schneidigen Ton den Militär erkannt. »Sönke Hansen«, stellte er sich selber missmutig vor. Was um Himmels willen kamen hier für Gäste an? Was wollten sie denn alle?

»Dem Namen nach sind Sie einer, der ständig auf der Hallig lebt. Mit Kühen und Schweinen. Riecht man an Ihnen aber nicht.« Groterjan stimmte ein gackerndes Lachen an. »Meine ich natürlich nicht so …«

»Haben Sie Hühner?«, entfuhr es Hansen.

»Wieso?«

»Hört sich so an. Meine ich natürlich auch nicht so.«

»Was habe ich mit Hühnern zu tun?« Groterjan musterte Hansen abweisend.

Impertinenz stand einem von der Hallig nicht zu, wie Hansen wusste. Er verkniff sich das Grinsen. Den Gockel und das Gackern, hätte er sagen können. Aber ihm fiel Petersens Mahnung ein. »Lassen wir das.«

Groterjan schien Hansen jetzt erst richtig zur Kenntnis zu nehmen. »Sie sind also von hier. Selbstverständlich waschen sich auch Halligbewohner. Haben ja unendliche Mengen Wasser zur Verfügung.« Wieder gackerte er.

Hansen gab keine Antwort, betrachtete vielmehr mit heimlicher Schadenfreude Groterjans elegante Lederstiefel, deren Schäfte bis an die Waden schlickverschmiert waren.

»Was ich noch sagen wollte … Ist das nicht zu wenig Holz für ein Freudenfeuer? Ein bisschen mehr sollte man doch wohl zu einem solchen Anlass erübrigen können. Was meinen Sie?«

»Es ist bereits zu viel Holz«, widersprach Hansen. »Das Kratt scheint mir sehr trocken zu sein. Und Funkenflug ist gefährlich, wenn Reetdächer in der Nähe sind.«

Groterjan drehte sich ungläubig zur Kirchwarf um. »Sie meinen diese Häuser da oben? Die sind viel zu weit weg, um gefährdet zu sein. Meine Erfahrung aus dem Schützengraben … Na ja, lassen wir das, wie Sie zu sagen belieben. Ich habe jedenfalls Regierungsbaumeister Zimmermann meine Meinung mitgeteilt, aber bisher hat er sie nicht berücksichtigt. Es war ja auch kein Befehl, bin ja nicht sein direkter Vorgesetzter. Nur der Vertreter des Staates, der das Geld gibt. Kennen Sie Zimmermann?«

»Ja.«

»Na, dann wissen Sie ja, was ich meine. Ich frage mich sowieso, wo er ist. Wir wollten uns hier treffen, um zusammen nach Oland zurückzufahren. Ich bin offenbar zum Warten verdammt.«

Hansen blickte nach Westen, wo am Himmel noch ein heller Streifen stand, dann zum Wasser, von dem in der zunehmenden Dunkelheit bereits nichts mehr zu sehen war. »An Ihrer Stelle würde ich mich sofort auf den Weg nach Oland machen. Das Wasser läuft schon auf, es wird höchste Zeit. Sie müssen den Damm unter Ihren Füßen noch sehen können, wenn Sie ihn als Wegunkundiger begehen wollen. Auf dem Herweg haben Sie offenbar schon hinreichend Bekanntschaft mit Pfützen auf dem Damm gemacht.«

Hansens Gegenüber wurde eine Spur blasser. »Ja, ist denn da niemand, der die Lore schiebt? Ich dachte …«

»An einen offiziellen Lorenschiebedienst? Nein. Die Loren der Feldbahn muss man selber bewegen. Hier kann man auch nichts ordern, weder Automobile noch Pferdedroschken mit Fahrpreisanzeiger.«

Groterjan hörte stumm vor Empörung zu. Dann langte er in die Tasche und holte eine Handvoll Kleingeld heraus, die er Hansen vor die Nase hielt. »Würden Sie …?«

Hansen berechnete im Stillen den ungefähren Wasserstand und die Entfernung unter Berücksichtigung der Tatsache, dass kaum Wind ging. Schließlich schüttelte er ohne Bedauern den Kopf. »Nein, es geht nicht. Sie kämen noch gut nach Oland, aber ich nicht mehr trocken zurück.«

»Undankbares Volk hier«, schimpfte Groterjan außer sich. »Wir wenden so viel Geld auf, um einen Damm für die Hallig zu bauen, und Sie verweigern mir die Benutzung!«

»Nicht im Geringsten. Ich kann Ihnen morgen gern einen Jungen besorgen, der Sie bereitwillig in einer Lore rüberschiebt.«

»Soll ich etwa hier neben dem Holzstoß übernachten?«, keifte Groterjan.

Panik beherrschte den Mann, der einst im Schützengraben gewesen war. Und was, wenn dieser anscheinend altgediente Soldat vom Damm abkam und im tiefen Schlick landete? Es gab tückische Stellen, die eine Kuh verschlucken konnten, wenn man unkundig war.

Und Hansen war die Verantwortung für alle diese Leute zugeschoben worden. »Wenn Sie nicht allein hinüberwandern möchten, kann ich Ihnen nur anbieten, in meinem Haus zu übernachten«, schlug er vor.

»Das nehme ich an«, antwortete Groterjan rasch.

»Dann kommen Sie mal mit«, befahl Hansen kurz angebunden und, wegen der vielen zusätzlichen Arbeit, mit schlechtem Gewissen gegenüber Jorke. Und gegenüber Jellef. So viele Gäste zu beköstigen riss ein tiefes Loch in die Wintervorräte.

In der Küche flackerte auf dem gemauerten Herd ein heimeliges Feuer, und darüber hing ein Kessel, in dem leise eine Speise köchelte.

»Jorke, ich habe noch einen Gestrandeten aufgelesen, der ein Bett braucht«, berichtete Hansen resigniert, nachdem er in Socken zum Küchentisch getappt war. »Herr Groterjan aus Berlin.«

»Major Groterjan«, berichtigte der Mann kernig und schlug die Hacken seiner Stiefel zusammen. »Es ist mir ein Vergnügen, Madam.« Resolut ergriff er Jorkes Hand und simulierte einen Kuss auf den Handrücken.

Brodina rümpfte abfällig die Nase.

»Willkommen, Herr Groterjan«, brachte Jorke überrascht hervor und griff nach einem weiteren Teller, den sie auf den Tisch stellte. »Nehmen Sie Platz, wir essen gleich. Es gibt Holundersuppe mit Grießklößchen.«

»Holundersuppe mit Klößchen. Superb. Nehme ich jedenfalls an, ich kenne diese Speise nicht. Kann ich vorher noch den Fernsprecher benutzen?«

»Welchen Fernsprecher?«, fragte Jorke automatisch, weil sie ihre Aufmerksamkeit auf Nils Nordmann richtete, der gerade hereinkam. Mit einer Handbewegung bedeutete sie ihm, wo er Platz nehmen sollte.

»Den zum Telefonieren«, erklärte Groterjan nachsichtig.

»So etwas gibt es auf der Hallig nicht.«

»Aber ich muss Herrn Zimmermann doch mitteilen, dass er sich ein Gedeck sparen kann.«

»Das ist unmöglich, Herr Major«, antwortete Sönke freundlich, der die Küche verlassen hatte, um Nils zu holen, und sie jetzt hinter ihm wieder betrat. »Zimmermann wird schon merken, dass Sie nicht da sind, und auch kaum annehmen, dass Sie als gestandener Soldat verlorengegangen sein könnten.«

Groterjans unzufriedenes Schweigen ließ eine Pause im Gespräch entstehen.

»Sind Sie Berliner?«, erkundigte sich Nordmann.

Groterjan straffte den Rücken. »Selbstverständlich. Sie auch, nicht wahr? Nett, hier einen Landsmann zu treffen, der nicht im Ministerium beschäftigt ist. Was machen Sie denn?«

»Ich werde Bericht erstatten.«

Groterjans Miene gefror. »Zeitungsschreiber?«

»Genau«, erwiderte Nils fröhlich und schien sich überhaupt nicht am Missfallen des Majors zu stören. »Die Hallig als Refugium des natürlichen Lebens. Ich werde ausführlich darüber berichten. Ich hoffe, die Hallig leidet keinen Schaden durch großstädtische Einflüsse, die ihr fremd sind.«

»Rückkehr zur Natur, ja? Sind Sie etwa Mitglied dieser idiotischen Bewegung namens Wandervögel?«

»Richtig.« Nils schmunzelte. Angriffe und Ablehnung dieser Art waren ihm nicht fremd, wie Hansen erkannte.

»Ausgerechnet!«, schnaubte Groterjan. »Wollen Sie die Hallig auch noch mit Ihren weltfremden Vorstellungen vergiften? Die Leute gegen das von Ihresgleichen so verachtete, angeblich muffige Bürgertum aufhetzen? Freikörperkultur, ja, Nacktkultur? Zurück zu den Affen? Wo wir uns gerade bemühen, ein wenig richtige deutsche Kultur auf die Halligen zu bringen.«

Nils schüttelte mit ungläubigem Stirnrunzeln den Kopf, sagte aber nichts. Auf eine Diskussion dieses Niveaus wollte er sich wohl nicht einlassen.

Stattdessen griff Hansen ein. »Das reicht, Herr Major! Sie sind Gast in unserem Haus, genau wie Herr Nordmann. Bitte benehmen Sie sich entsprechend!« Die Schärfe seines Tadels ließ keinen Zweifel aufkommen, wie ernst er es meinte.

»Was? Was erlauben Sie sich?«

»Was erlauben Sie sich, Herr Major? Ich bin als stellvertretender Leiter des Wasserbauamtes Husum hier für Organisatorisches zuständig, aber Diskriminierung der Halligbevölkerung und ihrer Gäste in dieser Art und Weise werde ich nicht dulden.«

Der Major zuckte sichtlich zusammen und nahm hastig einen Löffel Suppe. »Ich bin vielleicht etwas über das Ziel hinausgeschossen«, nuschelte er mit vollem Mund. »Im Ton. Nicht in meiner Meinung.«

»In der Wortwahl, Herr Groterjan, in der Wortwahl, hinter der immer Gedanken stehen«, verdeutlichte Jorke. »Bitte halten Sie uns Halligleute weder für dumm noch für zurückgeblieben.«

Der Major nahm den Löffel aus dem Mund und grunzte mürrisch, was man als Zustimmung deuten konnte. Dann hielt er Brodina seinen Teller zum Nachfüllen hin.

Als sie damit zum Herd ging, murmelte sie vor sich hin: »Hi koon ääse as en diker.«[2]

Erbost, wie Hansen herauszuhören glaubte. Er holte tief Luft, sagte aber nichts.

»Was hat Ihre Zugehfrau Unziemliches von sich gegeben?«, fragte Groterjan misstrauisch.

»Es ist ein gutes Deicharbeiteressen, das jedem zu schmecken pflegt«, übersetzte Jorke geistesgegenwärtig den wenig schmeichelhaft gemeinten Spruch. »Übrigens ist Brodina keine Zugehfrau. So etwas haben wir hier nicht. Sie hilft uns, wenn Not am Mann ist. Sozusagen.«

»Aha. Interessant.« Groterjan betrachtete Brodinas in dunkle Röcke gehüllte Gestalt, als versuche er, fremdartiges Eingeborenenleben zu begreifen.

2 Friesisch: Er kann essen wie ein Deicharbeiter.

Nach dem Essen zeigte Jorke dem Major den Alkoven, in dem er im Pesel nächtigen sollte. »Ihre Kleider legen Sie am besten auf der Truhe ab, Schränke haben wir nicht.« Außer dem Alkoven und der Truhe gab es in dem Raum lediglich einen großen Tisch. Nur gut, dass Groterjan nicht wusste, dass darauf üblicherweise die Toten der Familie aufgebahrt wurden.

In die Küche zurückgekehrt, flüsterte Jorke ihrem Mann ins Ohr: »Ich hoffe, Jellef schnarcht heute Nacht ausgiebig.« Dann schürte sie nochmals das Feuer, das ausnahmsweise nicht mit dem Stulp abgedeckt wurde und das Jellef in der Nacht füttern sollte.

An ihren eckigen Bewegungen erkannte Hansen, welcher Zorn in ihr brodelte. Recht hatte sie – luxusgewohnte Gäste schufen Unfrieden, wenn sie ihre Gastgeber wie Personal behandelten.

Kapitel 5

Heinrich Sörensen stürmte in das Kontor der Husumer Bauverwaltung, die die Arbeiten an Steindeichen und Dämmen organisierte. Erhard Meier, der Kontorist, der an seinem Pult stand und schrieb, runzelte verärgert die Stirn.

»Warum hast du mich entlassen?«, brüllte Heinrich.

»Benimm dich! Und sprich mich gefälligst mit Sie an, wie es sich gehört!«, befahl Meier reserviert, während er Heinrichs Kopfbedeckung naserümpfend musterte. »Und nimm hier drin die Mütze ab!«

»Wieso? Ich bin doch nicht mehr euer Angestellter!« Heinrich rückte nachdrücklich seine graue Schieberkappe zurecht, die er an diesem Tag als politisches Signal trug. Im ganzen Land nahmen die Arbeiter den Klassenkampf auf, und er tat es auf seine Weise. »Übrigens gilt meine Frage ebenso für Ernst Eschelsen und Gerlich Hinrichsen. Die waren nur zu feige, mit mir herzukommen und Rechenschaft für ihre Entlassung zu verlangen.«

»Entlassungen spreche nicht ich aus, sondern meine Vorgesetzten, das weißt du.«

»Wer?«

Bevor Meier antworten konnte, klopfte es. Ein junger Mann sah zur Tür herein und zog seine Pudelmütze vom Kopf. »Herr Meier, wir haben nicht genug Basaltsteine für Emmelsbüll. Was sollen wir machen?«

»Löcher vorläufig mit grobem Schotter füllen, bis die Steine geliefert sind, dann auswechseln«, antwortete Heinrich prompt.

»Verschwinde!«, fauchte Meier. »Deine Ratschläge sind nicht erwünscht.«

Ein Arm erschien, der den Arbeiter behutsam beiseiteschob, und dann schlängelte sich Lars Ebsen in das Büro des Kontoristen. Als er Heinrich entdeckte, wollte er auf den Hacken kehrtmachen, wurde aber von Meier zurückgehalten. »Bleiben Sie hier, Herr Ebsen, und nehmen Sie Platz. Wir sind ohnehin fertig.« Und seinen jungen Mitarbeiter beschied er: »Nehmt Schotter, ich ordere Basalt.«

Heinrich ließ seinen hasserfüllten Blick zwischen Meier und Ebsen hin und her wandern. »Ein Däne wird von den Preußen eingestellt, aber wir Einheimischen werden entlassen!« Danach verließ er ohne ein weiteres Wort das Kontor.

Major Groterjan lag noch in den Federn, als die Familie Hansen sich samt Jellef und Nils an den Frühstückstisch setzte. Agge in seinem Kinderstuhl brabbelte fröhlich vor sich hin. Jorke und Brodina hatten alle Hände voll zu tun, um die hungrigen Mäuler zu stopfen. Den streitbaren Major vermisste niemand.

Anschließend zogen sich Sönke und Nils an, um den Holzstoß zu besichtigen, der möglicherweise schon fertiggeschichtet war. »Vielleicht wandern wir auch noch nach Oland hinüber. Es passt mit der Tide«, erwähnte Sönke nebenbei. »Sobald Nils den Weg kennt, kann er nach Belieben hin, um sich mit den Besuchern im Haus des Bauleiters zu unterhalten. Sich orientieren kann er zum Glück, das Marschieren ist er gewohnt, und ich schreibe ihm die Niedrigwasserzeiten auf. Dann ist er völlig unabhängig.«

Jorke nickte. »Haltet euch nicht zu lange auf Oland auf. Ich meine, die schwarze Wolkenwand wäre über Nacht näher gerückt. Ich habe gesehen, wie du sie vorhin auch schon argwöhnisch beäugt hast. Du befürchtest anscheinend einiges.«

»Oh, oh«, jammerte Brodina leise, bevor Sönke dementieren konnte, und schaukelte nach Art alter Leute auf ihrem Hocker vor und zurück. »Achtundsechzig war es genauso. Da war …«

»Lass nur, Brodina«, mahnte Jellef gelangweilt, stand auf und zog sich die Weste zurecht, die im Sitzen hochgerutscht war. »Wir wissen das schon.«

»Nein, nein! Du weißt das nicht, damals warst du gar nicht hier!«, platzte Brodina erzürnt heraus. »Da kam der Sturm ganz langsam, und noch langsamer ging er. Wir hatten drei Tage lang Landunter, es ebbte überhaupt nicht mehr, und am Ende war auf der Neu-Peterswarf die Mauer des Pesels eingedrückt.«

»Wir wollen hoffen, dass es diesmal nicht so schlimm wird«, bemerkte Hansen, der seine Schuhe fertiggeschnürt hatte und aufstand, um seine lange Gestalt zu strecken, wofür die Küche allerdings etwas zu niedrig war.

»Ein kurzes Landunter, das nur eben das Halligland bedeckt, wäre nicht schlimm«, fand Jorke. »Die Leute sollen gerne mal sehen, womit wir zu leben haben.«

»Na ja.« Hansen hatte da seine Zweifel. Er wagte sich gar nicht vorzustellen, welche Aufregung die halligfremden Besucher erfassen würde, wenn sie sich auf dem kleinen Erdhügel, Warf genannt, von Wasser umgeben sähen und sich kurz vor dem Ertrinkungstod wähnten. Ganz abgesehen davon, dass sie nicht planmäßig würden abreisen können. »Das Gute ist allerdings, dass wir mit Nils immerhin einen unerschrockenen Journalisten hierhaben, der einen wunderbaren Bericht über das kleine Wunder der Natur, Landunter genannt, verfassen könnte.«

»Stimmt«, pflichtete Jorke ihm bei. »Sobald der Wind sich gelegt hat, die Gefahr also vorüber ist, sobald die Sonne die kleinen Wellen auf dem Halligland zum Glitzern bringt und im Übrigen die See ganz still daliegt, ist es wunderschön hier, Nils.«

»So wie du schwärmst, Jorke, möchte man fast hoffen, dass es so kommt«, warf Nils schmunzelnd ein.

»Nein, nein! Verruft es nicht«, grummelte Brodina, die sich von allen unverstanden fühlte.

»Wenigstens ist kein anderer Zeitungsschreiber auf der Hallig«, spann Sönke den Gedankengang weiter, »der womöglich bei den Besuchern Panik ausfindig machen und künftige Sommergäste vergraulen würde. Du könntest ja auch die Tapferkeit der Berliner Gäste hervorheben, Nils …«

»Das denn wohl doch nicht«, lehnte dieser schroff ab. »Ich bin wegen der Hallig hier. Illustre Gäste interessieren mich nicht.«

Hansen lächelte, umarmte Jorke und Agge und verließ die Küche, Nils auf den Fersen.

Zehn Minuten später war Sönke wieder da, Jorke hatte noch nicht einmal die Frühstücksbretter gespült. »Nanu? Was ist denn?«

»Noch ein Notfall, gewissermaßen.« Hansen lotste eine Frau in die Küche, die ihm mit einem gewissen Widerwillen Folge leistete.

Misstrauisch musterte sie die Katschur genannte schräge Decke über dem Fenster, die aussah, als wäre sie kurz vor dem Herabfallen, den noch nicht abgeräumten Tisch und die Kiste für Brennholz und Ditten. Der offene Herd rief anscheinend vollends ihren Abscheu hervor.

Eine Dame, was will die denn hier?, fragte sich Jorke, überrascht angesichts des Pelzmantels, der hochgeknöpften Stiefelchen und des Huts, der wie für einen Herrn gemacht aussah. Hut und durchweichte Stiefelchen waren ganz gewiss nicht für das Wetter auf der Hallig geeignet. Insgesamt sah die Besucherin aus wie eine Katze, die man durchs Wasser gezogen hatte.

»Frau Direktor Herrmann«, stellte Sönke förmlich vor, und Jorke sah ihm an, wie wütend er war. »Frau Direktor Herrmann und ihr Gatte sind die Überraschungsgäste aus Berlin, die sich brieflich bei Ingwert Lorenzen angekündigt hatten.«

»Ach, die.« Jorke brauchte nicht lange zu fragen, warum Sönke sie hergebracht hatte. »Dann setzen Sie sich doch und ziehen Sie die Stiefel aus, Frau Herrmann. Ich bringe Ihnen dicke Socken. Darin werden Ihre Füße schnell wieder warm.«

Frau Herrmann sagte keinen Ton des Dankes, sondern sah sich weiterhin missbilligend um, während sie eine Hutnadel aus der modischen Komposition aus Filz, Schleife und Federbusch zog.

Als Jorke mit den Socken zurückkehrte und auch eine Wolldecke über dem Arm hatte, saß Frau Herrmann auf dem besten Stuhl des Hauses und bibberte, dass ihre Zähne klapperten.

»Das ist ja wohl kratzige Schafwolle! Igitt!«

»Sie können die Socken auch ausschlagen, ebenso wie die Decke«, entgegnete Jorke gleichmütig. »Ich sage es Ihnen nur beizeiten: Wir erwarten Sturm mit Landunter und haben hier keinen Arzt, falls Sie sich verkühlen. Zum Festland kommen Sie während dieser Zeit nicht.«

Hansen zog sich unauffällig zur Tür zurück. »Ich gehe dann mal wieder.« Er verschwand rasch.

Jellef hatte bereits das Weite gesucht, und Brodina packte lärmend das schmutzige Geschirr in einen Bottich und ging in die Diele, um es zu spülen.

»Mein Gatte hat mich hierher mitgenommen, in der Annahme, es ginge überall so kultiviert zu wie in Berlin. Vielleicht nicht gerade wie in einem Salon, aber doch immerhin erträglich.« Frau Herrmann lachte gekünstelt. »Wir sind erst heute früh angelandet worden. Warum lächeln Sie? Es stimmt!«

»Sofern Sie sich für einen Fisch halten, stimmt es.« Jorke konnte sich das Lachen nicht verbeißen. Gut, dass Sönke geflüchtet war – wie alle Männer in peinlichen Situationen. Er musste ja nicht erfahren, dass sie die Frau Direktor, Gattin von Soundso, wie jedermann behandelte und keineswegs so standesgemäß, wie sie es wohl erwartete.

Frau Herrmann machte eine eingeschnappte Miene. Dann, urplötzlich, fing sie an zu lachen, ein helles, fröhliches Lachen. »Man landet nur Fische an? Na gut, wir sind also an Land gegangen. Besser? Wissen Sie was, Frau Jorke, Sie sind erfrischend ungekünstelt.«

Dazu wusste Jorke nichts zu sagen.

»Und Ihr Mann scheint auch so ein richtig patenter Kerl zu sein. Trotz Gattin hier und Gattin da, genau wie die Herren am Holzstoß. Ich hasse das! Aber Herr Sönke hat mich ohne Federlesens hierher eingeladen, als er meine Pein erkannte, und wir waren beide erleichtert. Mein Mann, meine ich, war erleichtert, und ich auch. Ich heiße übrigens Liselotte.«

»Was?« Jorke war so perplex, dass sie ihren Gast anstarrte wie ein Kalb mit zwei Köpfen. Eben noch verwöhnte Großstädterin, jetzt schon auf Du und Du. Das kannte Jorke nicht. Sie war immer noch sprachlos, als Frau Liselotte begann, ihre unendlich langen Schuhbänder zu lösen, um sich anschließend wütend die Stiefelchen von den Füßen zu zerren und in Richtung Herd zu schleudern.

Liselotte Herrmann wackelte mit den Zehen und fuhr sich mit den Fingerspitzen durch die aufgesteckten Haare, um ihre Frisur zu lockern. »Endlich«, stöhnte sie, warf den Pelz achtlos über eine Stuhllehne, streifte sich kurzerhand die Socken über die Füße und wickelte die Decke um sich.

Jorke sah erst jetzt, wie schmal sie war, auf der Hallig würde man sie für unterernährt halten.

»Wissen Sie, mein Mann und ich vertragen uns nicht besonders gut. Aber er hat eine gesellschaftliche Stellung zu wahren, und ich unterstütze ihn dabei. So ist die Abmachung für unsere Ehe, und davon haben wir beide unseren Vorteil. Nur etwas unbequem für mich, weil ich mich so verbiegen muss.«

Jorke mochte gar nicht glauben, was ihr hier anvertraut wurde. Liselotte liebte ihren Mann also nicht und er sie auch nicht. »Sie wären wahrscheinlich gar nicht auf die Hallig gekommen, wenn Sie die Wahl gehabt hätten?«

»Doch, in Knickerbockern durchaus. Zusammen mit meiner Freundin. Wenn du verstehst, was ich meine.«

Eine Ahnung beschlich Jorke. Vor allem aber verstand sie, dass Liselotte Herrmann sich gezwungen sah, etwas vorzutäuschen, was nicht ihre Herzensangelegenheit war. Sie schien außerdem einsam zu sein, wenn sie sich so schnell an jemanden anschloss. Jorke empfand spontan Mitleid mit dieser Frau, die so anders zu sein schien als alle anderen Frauen, die sie kannte.

»Darf ich bei dir rauchen?«

»Ja, durchaus«, erlaubte Jorke zögernd. Böiger Wind pustete ja auch gelegentlich Rauch vom Kochfeuer durch die Küche.

Als Liselotte Herrmann eine Zigarettenspitze nebst Zigarette aus dem Pelz hervorgezaubert und am Herd mit etwas Glut angezündet hatte, klopfte es an der Tür.

»Wir haben einen weiteren Gast«, erklärte Jorke und nickte zur Tür. Erstaunt beobachtete sie, wie Frau Herrmann die Zigarette zwischen die brennenden Ditten warf, an den Tisch stürzte, nach ihrem Hut griff und ihn rasch aufsetzte.

Jorke verstand. Erst als ihr Gast die Füße unter dem Tisch versteckt hatte, rief sie: »Herein.«

Die Tür wurde aufgestoßen, und Groterjan erschien, bereits in Uniform. Er starrte Frau Herrmann an, ohne Jorke zu beachten.

Liselotte Herrmann fasste sich als Erste. »Was machen Sie denn hier, Major?«

»Frau Direktor Herrmann, guten Morgen, dasselbe könnte ich Sie fragen. Ich bin dienstlich hier.«

»Nun, mein Gatte auch. Er hat mir nicht mitgeteilt, dass Sie hier sein werden.«

»Mir hat er nicht einmal mitgeteilt, dass er hier sein wird«, äußerte Groterjan pikiert.

»Ah, ja. Er wird seine Gründe gehabt haben. Vielleicht eine unangekündigte Inspektion? Wie auch immer, ich habe Sie im Haus des Regierungsbaumeisters gar nicht gesehen. Wir waren heute früh allerdings nur kurz dort. Jedoch hätten wir ja zusammen in der Lore herfahren können. Aber vielleicht ist es mit dem Organisationstalent dieses Herrn Zimmermann nicht so weit her.«

»Ich habe auch meine Zweifel an ihm. Es ist beileibe nicht genug Holz für das Feuer vorhanden.« Groterjan setzte sich Frau Herrmann gegenüber. »Dass wir uns nicht begegnet sind, liegt daran, dass ich nicht auf Oland übernachtet habe, sondern hier. Man wollte mir zumuten, in der Dunkelheit allein über einen Schienenstrang, dessen Verlauf ich nicht hätte sehen können, zu dieser Insel hinüberzuwandern oder sogar zu waten.«

»Hallig, nicht Insel«, warf Jorke ein. »Das ist ein großer …«

Groterjan wandte sich ihr zu und ließ sie gar nicht erst aussprechen. »Wie auch immer. Frau Jorke, haben Sie zufällig Laugenburger Käse? Muss nicht sein, wäre aber schön. Ich liebe ihn.«

»Den haben wir nicht, Major. Wir erzeugen hingegen selbst einen Käse, den wir auf dem Käsebrett unterhalb des Reetdaches reifen lassen. Er schmeckt Ihnen bestimmt auch sehr gut. Möchten Sie den probieren?«

»Nein. Der dürfte doch sehr staubig sein.«

Jorke, die es für überflüssig hielt, ihm zu widersprechen, ging zum Dittenschacht, um Mistfladen zu holen.

»Frau Jorke, Sie können jetzt servieren.«

Jorke versteinerte und bemühte sich, die Unverschämtheit zu ignorieren.

»Herr Major, Sie sind hier nicht im Kempinski! Was erlauben Sie sich?«, platzte Liselotte an Jorkes Stelle ärgerlich heraus.

Um ein Haar hätte Jorke ihrer Besucherin zugezwinkert. Ohne den Major zu beachten, verließ sie die Küche und ließ die Tür offen.

»Das ist mir bekannt, Frau Direktor«, zischte Groterjan erregt, »aber wir haben inzwischen das Jahr 1900 und führen moderne Sitten auch auf den Halligen ein. Man wird es spätestens beim spektakulären Feuerwerk heute Abend anerkennen müssen.«

»Sie bereiten ein Feuerwerk vor?«, erkundigte sich Frau Herrmann in einem Ton, der ungläubige Bewunderung ausdrückte. »Wie in der Großstadt?«

»So ähnlich. Ein Geschenk der Regierung in Berlin an die Halligbevölkerung. Es soll eine Überraschung sein. Da aber unser Fachmann heute früh mit den Vorbereitungen beginnen muss, kann ich es Ihnen jetzt schon verraten. Erstaunlich, dass Ihr Gatte Ihnen gegenüber auch das nicht erwähnt hat.«

Groterjans Ton war auffallend süffisant. Jorke schätzte ihn inzwischen als einen Mann ein, der es liebte, andere Menschen zu verspotten, vielleicht sogar, ihre Geheimnisse zu erforschen. Vermutlich hätte Liselotte ihre Zigarette ruhig rauchen können.

Aber Jorke hatte keine Lust, sich mit solchen Problemen zu befassen. Viel wichtiger war, dass ganz gewiss auch Sönke nichts von diesem Feuerwerk wusste. Und die Halligbewohner waren auch nicht gefragt worden. Mit einer Schiffsladung Mehl, Zucker und Rüben – für Schweine und Rinder – wäre ihnen sicher besser gedient gewesen als mit einem großstädtischen Ereignis.

Jorke ging zurück in die Küche und setzte dem anspruchsvollen Major wortlos eine Schüssel Brei vor.

»Ich dachte, es gäbe hier herum Austern«, sagte er und äugte unzufrieden auf den Teller. »Ein Austernfrühstück wäre formidabel gewesen …«

»Nicht schon morgens. Außerdem erwarten wir von Besuchern, dass sie die Austern selbst einsammeln.« Dabei hatte das Austernsammeln natürlich nichts mit der Tageszeit, nur mit der Tide zu tun. Wütend stapfte Jorke aus der Küche. Diesmal schloss sie die Tür hinter sich.

Sie löste Brodina ab, die gerade mit Agge spielte. Der Kleine wurde allmählich müde, und während Brodina sich bis zum Mittag in ihr eigenes Haus zurückzog, sang Jorke Agge Kinderlieder vor, bis er einschlief.

Geraume Zeit nachdem Major Groterjan das Haus verlassen hatte und zum Holzstoß marschiert war, kam Sönke zurück, ohne Nils.

Auf Jorkes Nachfrage erzählte er ihr, was alles an diesem Morgen passiert war. Als Erstes war Zimmermann von Oland herübergekommen. Er hatte die beiden Begleiter des Majors mitgebracht. Der eine war ausgerechnet ein weiterer Zeitungsschreiber. »Der soll ganz sicher ein Loblied auf Groterjan und die großzügige Regierung singen«, meinte Sönke düster. »Vermutlich wird sein Bericht völlig anders ausfallen als der von Nils. Und jetzt rate mal, wer der zweite Begleiter war.«

»Ein Feuerwerker oder wie diese Leute heißen mögen«, sagte Jorke. Sie sprach leise, mit dem Daumen zur Küche deutend, in der Liselotte Herrmann immer noch saß und vermutlich rauchte.

»Stimmt. Aber woher weißt du das?«

»Ich habe hier auch meine Verbindungen«, flüsterte Jorke gespielt hochnäsig. »Der Major und Liselotte giften sich mit allem an, was wissenswert ist.«

»Liselotte?«

»Sie ist eine ganz vernünftige Person, solange man sie allein am Küchentisch hat. Wenn jemand anders dazukommt, führt sie sich auf wie eine Diva. So stelle ich mir jedenfalls eine Theaterdame vor, wie vom Varietéplakat. Eine Abmachung mit ihrem Mann zwingt sie dazu.«

»Eine Abmachung«, wiederholte Sönke ratlos und wollte in die Küche gehen.

»Du wolltest mir doch berichten, was an der Biike passiert ist«, rief Jorke ihm nach. »Und wo ist eigentlich Nils?«

Sönke kehrte um, nahm Agge auf den Schoß und setzte sich an den Tisch am Fenster der Dörns. »Stimmt, das muss ich dir noch erzählen. Kaum hatte sich Groterjan zu uns gesellt, nörgelte er an Zimmermann und dessen Planung herum. Es endete in einem handfesten Streit über die Holzmenge, die nötig und angemessen sei. Die Halligbewohner könnten ja in den nächsten Jahren wieder kleinere Feuer ausrichten, meinte der Major, aber zur Feier des Damms und zur Jahrhundertwende lasse Berlin sich nicht lumpen.«

»Und dann?«

»Schließlich erklärte Zimmermann sich bereit, nach Oland zurückzufahren, um von dort aus mit dem Bauhof in Fahretoft zu telefonieren und noch mehr Holz zu ordern. In Fahretoft haben sie aber, soviel ich weiß, gar kein Holz mehr. Und kein Ewer kann es von Husum bis hierher noch rechtzeitig schaffen. Diese Leute aus Berlin haben einfach keine Ahnung von nordfriesischen Entfernungen.«

»Macht nichts«, meinte Jorke. »Dann ist das Feuer eben kleiner. Und die anderen?«

»Groterjan hat sich Zimmermann angeschlossen, vermutlich, um weiterzunörgeln. Und Nils erbot sich, die Lore zu schieben, also durfte er sie begleiten.«

»Aber der Major hat seine kleine Tasche nicht mitgenommen«, stellte Jorke erschrocken fest. »Er hat doch wohl nicht vor, bei uns wohnen zu bleiben? So war das ja nicht abgemacht.«

»Würde mich nicht wundern. Ich hatte den Eindruck, dass Herrmann und Groterjan sich spinnefeind sind. Der Major plusterte sich auf wie eine Amsel im Schnee, um Zimmermann in Gegenwart von Herrmann herunterzuputzen und zu demonstrieren, dass er im Rang meilenweit über ihm steht. Klar, dass Groterjan alles tun wird, um nicht im selben Haus wie sein Vorgesetzter, Direktor Herrmann, übernachten zu müssen.«

»Die Höflichkeit gebietet es, wenigstens zu fragen, ob er sich hier als Sommergast benehmen darf«, schnaubte Jorke.

»Er erkühnte sich heute früh, mir das Servieren des Frühstücks zu erlauben. Stell dir das vor! Ich bin doch nicht sein Bursche. Ich bin rausgegangen, um nicht rüde zu antworten. Liselotte ist ihm über den Mund gefahren.«

»Unverschämtes Pack!«

»Ich glaube mittlerweile, unser großes Biikefeuer wäre schöner ohne all diese Gäste aus Berlin, die hauptsächlich herkommen, um ihre eigenen Bedürfnisse zu befriedigen«, seufzte Jorke. Sie zog einen der erhitzten Handknäufe vom Bileggerofen ab und wickelte ihn in eine feuchte Windel, die schnell trocknen sollte. »Die anderen sind ausgenommen, zum Beispiel unser Nils. Bei Liselotte bin ich noch unentschlossen, wie ich sie beurteilen soll. Sie ist vor allem auf der Flucht vor ihrem Mann.«

»Na ja. Gib ihr eben Asyl.«

»Nein, das geht nicht«, sagte Jorke entschieden. »Unsere Betten sind alle belegt. Groterjan und Jellef im Pesel, Nils in der Kammer und wir drei in der Dörns. Alle Gäste der Bauleitung müssen heute Nacht über den Damm zurück nach Oland.«

»Wenn du Agge in die Wiege legst, wird ein Bett in der Dörns frei«, wandte Sönke leise ein.

»Nein, wirklich nicht, Sönke! Wir können nicht zulassen, dass alle diese Fahrlässigkeiten, Animositäten und Feindschaften auf unserem Rücken ausgetragen werden!«

Auf die Diskussion ließ sich Sönke nicht ein. »Wenigstens haben wir kurz nach elf heute Nacht Niedrigwasser. Ich denke, sie werden es alle nach Oland schaffen, auch wenn die Loren mehrmals hin und her fahren müssen. Wenn es ganz schlimm kommt und kein Oländer an der Biike anwesend ist, muss ich mit den Leuten rüberfahren, um sicherzustellen, dass sie heil ankommen. Prachtvolle Aussichten!«

Es dunkelte schon, als Jorke mit Agge auf dem Arm in der Dörns am Fenster stand und nach dem Wetter schaute. Die schwarze Wolkenfront war ohne Zweifel näher gerückt. Der Weg unterhalb der Warf war menschenleer. Noch waren die Nordmarscher Besucher des Feuers nicht unterwegs. Zur Ostseite, wo der Stoß aufgeschichtet war, hatte Jorke keine Sicht, sie hätte durch den Stall gehen und aus dem Haus treten müssen.

Stattdessen ging sie in die Küche, die eingeräuchert war von Liselottes Zigaretten. Die Besucherin saß schweigend am Tisch und sah Brodina bei der Vorbereitung des Essens und Jellef beim Füttern des Kochfeuers zu.

»Wirst du nachher mit zum Feuer kommen?«, erkundigte sich Jorke höflich.

Liselotte zuckte die Schultern. »Ich werde müssen. Soviel ich weiß, sind wir auswärtigen Gäste anschließend alle beim Wirt zum Grünkohlessen eingeladen. Nicht dass ich wüsste, was das ist.«

»Ein sehr herzhaftes Mahl. Zusammen mit dem gekochten Grünkohl gibt es kleine gebratene Kartoffeln, die gesüßt sind, dazu Kochwurst und Schweinebacke.«

Die Abneigung stand Liselotte ins Gesicht geschrieben, aber sie sagte nichts.

»Weißt du, bis das Essen auf dem Tisch steht, haben die Männer schon genügend Schnäpse gekippt, um auf dich nicht zu achten. Die Kartoffeln wirst du sicher mögen«, tröstete Jorke sie. »Das Fleisch brauchst du ja gar nicht aus dem Topf zu angeln, und der Grünkohl macht den ganzen Teller grün, auch wenn du nur ein paar Blätter darüberschiebst. Nasch ein bisschen davon, und kein Mensch wird merken, dass du das Zeug verabscheust.«

»Du bist ein ganz liebenswürdiger Mensch«, sagte Liselotte dankbar. »Ich mag dich. Darf ich Agge einmal halten?«

»Aber sicher.« Jorke setzte ihren Sohn kurzerhand auf Liselottes Schoß. Er staunte die fremde Frau mit großen Augen an, dann wandte er sich dem Hut zu, der auf dem Tisch lag, und griff nach dem Federbusch.

»Ganz vorsichtig, Agge, wie bei unserem Tiger«, warnte Jorke. »Tu den Federn nicht weh, sonst erschrecken sie und fangen an zu gackern.«

Als Agge ganz sanft über die Federn strich, kamen Liselotte beinahe die Tränen. »Am liebsten würde ich hier bei Agge bleiben. Was geht mich das preußische Feuer an?«

Ja, da hat sie recht, dachte Jorke. Diese sogenannte Feier hatte längst nichts mehr mit dem zu tun, was die Einheimischen als ihre ureigenste Angelegenheit betrachteten.

Kapitel 6

Draußen war es schon tiefdunkel, als Jorke Agge ins Bett gebracht hatte und Brodina erschien, um über seinen Schlaf zu wachen.

Jorke ging zu Liselotte in die Küche und hielt ihr ein Paar mit Gras ausgestopfte Holzschuhe hin, als Ersatz für die feuchten Stiefelchen. Liselotte musterte die Schuhe mit einer Mischung aus Verwunderung und Verzweiflung. Dann erst bemerkte sie, dass ihre Gastgeberin zur Feier des Tages ihre Tracht angezogen hatte, und machte große Augen.

Jorke trug einen dunklen, gefältelten Rock über dem Unterkleid, eine ebenso dunkle Bluse mit durchbrochener Stickerei und darüber den traditionellen Silberschmuck mit Ketten und Kugeln. Um den Kopf hatte sie ein besticktes Tuch geschlungen.

Widerspruchslos nahm Liselotte die Holzschuhe entgegen.

Arm in Arm stapften sie anschließend die Ack hinunter auf den Weg, der zur Kirchwarf führte. Jorke achtete darauf, dass Liselotte, die um einen Kopf kleiner war als sie selbst, in den ungewohnten Holzschuhen nicht ausrutschte. Die Biike brannte noch nicht. Zuweilen blitzte ein Licht durch die Dunkelheit, als ob man dabei sei, sie anzuzünden.

»Müsstest du nicht bei deinem Mann sein?«, erkundigte sich Jorke vorsichtig. »Dieser Major …«

»Ach, Groterjan«, sagte Frau Herrmann wegwerfend. »Der weiß sowieso Bescheid. Irgendwann wird er sein Wissen zu seinem dienstlichen Vorteil nutzen, das ist meinem Mann und mir klar – es gibt auch Dinge, bei denen wir uns einig sind. Aber vielleicht ist Otto schon pensioniert, bevor der Kerl auf die Idee kommt, diese Munition zu verwenden.«

»Es muss schrecklich sein, jemanden als Untergebenen zu haben, vor dem man sich fürchten muss.« Teilnahmsvoll drückte Jorke Liselottes Arm.

»Ist es. Wir vermeiden es deshalb, über ihn zu sprechen.«

Das war auch für Jorke ein Signal, obwohl Liselotte es gewiss so nicht gemeint hatte. Jorke sah sich um. In der Ferne über der Hallig Hooge wetterleuchtete es, ein Zeichen, dass ein schweres Wintergewitter im Anzug war. Jorke hoffte inständig, dass es nicht während des Biikebrandes über sie herfallen würde.

Sie schlossen sich den Nordmarschern an, die in einer größeren Gruppe von Westen anmarschiert kamen. Außer »Moin, moin« gab es zwischen ihnen wenig zu sagen; trotz der Überdeichung der Priele zwischen den beiden Halligen, die Langeneß und Nordmarsch zu einer einzigen Hallig gemacht hatte, waren die Bewohner einander immer noch recht fremd.

Bis zur Kirchwarf war es nicht weit, aber man konnte sie nicht sehen, weil der ungewohnt hohe und breite Holzstoß davorstand. Der Himmel darüber sah düster aus, kein Stern war auszumachen. Das lauteste Geräusch war das Schwatzen der Besucher, das sich aus der Ferne zu einem Gesumm vereinigte.

Dann aber rief eine befehlsgewohnte Stimme, die alles übertönte: »Bitte zuerst die Illumination beachten, eines der Geschenke der Regierung an die Halligbevölkerung!«

Jorke und Liselotte passierten einen Pferdewagen, der bereitstand, um die auswärtigen Gäste nachher zum Grünkohlessen auf die Warf Hilligenlei zu kutschieren, und mischten sich unter die Schaulustigen, die erwartungsvoll nach dem versprochenen Feuerwerk Ausschau hielten.

Jorke verlor Liselotte schnell aus den Augen, als diese sich aufmachte, ihren Mann zu suchen.

Plötzlich ging es los. Auf der Fenne nördlich des Weges knallte es, dann schossen drei Fontänen aus Lichtblitzen und -kugeln in die Höhe. Knapp über dem Boden waren sie durch leuchtende Bögen in allen Farben miteinander verbunden. Die meisten Halligleute, die so etwas noch nie gesehen hatten, staunten unter Ah- und Oh-Rufen, aber es gab auch einige, die sich duckten und mit den Händen ihren Kopf zu schützen versuchten. Weinende Kinder wurden unter die Fittiche ihrer Mütter genommen.

Eine Weile hielt das farbenprächtige, prasselnde Spektakel noch an. Als die letzten Funken erloschen waren, wandten sich alle wieder dem Holzstoß zu.

Jorke entdeckte ihren Mann. Einen Kopf größer als die meisten Besucher, überragte er den Baumeister Zimmermann und Major Groterjan, mit denen er plauderte. Jorke nahm Kurs auf die Männer, nur um Sönke zu signalisieren, dass sie und Liselotte jetzt dazugestoßen waren.

Zwischen dem Holzstoß und dem breiteren Gewässer, das die Halligen Langeneß und Butwehl voneinander trennte, hatte man ein kleines Kochfeuer entfacht, über dem ein eiserner Kessel am Dreibein hing. Selbst gegen den Wind konnte

Jorke den Rum riechen. Das Gebräu wurde bereits ausgeschenkt. »Heute frei!«, rief der Wirt der Kneipe auf Hilligenlei von Zeit zu Zeit ermunternd. »Geschenk aus Berlin.«

»Für Gott und Kaiser«, brüllte jemand, dessen Stimme Jorke unbekannt war.

»Für Gott und Kaiser«, gaben Groterjan und Zimmermann kernig zurück. Einige Halligleute fielen zaghaft ein.

Jorke bahnte sich ihren Weg zwischen Ausschank und Holzstoß hindurch, als sie von einem ihr fremden Mann angesprochen wurde.

»Hallo«, begann er, »sind Sie möglicherweise Frau Hansen, die Frau von Sönke Hansen? Ich sah Sie in Begleitung von Frau Direktor Herrmann eintreffen.«

»Es war zwar umgekehrt, aber ungefähr stimmt es«, antwortete Jorke kühl und wollte sich an ihm vorbeischlängeln. Er wirkte wenig vertrauenswürdig.

Der Mann vertrat ihr den Weg. »Nicht so schnell, gute Frau. Wir haben es doch alle nicht eilig, oder.«

»Was wollen Sie?«

»Mich ein bisschen mit Ihnen unterhalten. Sie sind hier geboren und wissen über die Hallig Bescheid.«

Der Mann stellte Fragen, die dem Tonfall nach Behauptungen waren. Er musste sich ausgiebig über sie erkundigt haben. Jorke musterte ihn wortlos. Er trug einen altmodischen, schmal geschnittenen dünnen Gehrock mit fadenscheinigen Kanten, der an den Knöpfen spannte. Am Kragen blitzte eine wollene Weste hervor. Trotzdem wirkte er mit seiner roten Nase verfroren, oder er hatte schon ausgiebig dem Grog zugesprochen. Der Bart war ungepflegt und ging in Stoppeln über, die im Hemd verschwanden. »Sprechen Sie mit Ewert Knutsen, dem Ratmann, unserem Bürgermeister.«

»Das habe ich schon. Er hat mich an Sie verwiesen und an Ihren Mann. Es wäre doch jammerschade, wenn ich schreiben müsste, dass Sie mir die Auskunft verweigert haben. Oder!«

»Ach, Sie sind der Journalist, der mit Herrn Groterjan gekommen ist?«

»Mit Major Groterjan, richtig. Auch er ist davon überzeugt, dass Sie über das Leben auf der Hallig Interessanteres zu berichten haben als Ihr Mann. Sie kennen die Interna hier. Wie die Leute von Langeneß zu denen von Nordmarsch stehen, Feindseligkeiten, Streitereien über Grundstücke, Weiderechte, das Verhältnis zu den Preußen und Dänen und so weiter. Ich will über das Leben, wie es hier wirklich ist, berichten.«

Allein die Wortwahl trieb einen Schauder über Jorkes Rücken. Den Kerl dürstete es nach unappetitlichen Einzelheiten. Offenbar wollte er das von Malern und Fotografen verbreitete Bild der Halligen als einer friedlichen, sauberen Naturlandschaft mit einfachen, ehrlichen Menschen bewusst umstoßen. Und sie sollte ihm bestätigen, was zu schreiben er vorhatte.

Als er sah, dass sie zögerte, legte der Journalist für einen Augenblick seine Ruppigkeit ab und versuchte sich an einem Lächeln, das Jorke allerdings nicht überzeugen konnte.

»Mein Name ist übrigens Gerd Müller von der *Berliner Allgemeinen Zeitung*.«

»Ich habe jetzt keine Zeit, Ihnen Auskunft zu geben«, flüchtete sich Jorke in eine Ausrede, die nicht zu widerlegen war. »Mein Mann wurde seitens des Wasserbauamtes beauftragt, für die Gäste zu sorgen, und dabei unterstütze ich ihn.«

»Ja, eben. Ich kann in meinen Bericht auch lobende Worte über ihn einfließen lassen«, unterbrach Müller sie.

Oder auch das Gegenteil, dachte Jorke erschrocken, während sie mechanisch weitersprach. »Also, ganz kurz gefasst:

Ich kümmere mich um Gestrandete, Besucher ohne Nachtquartier, trockne ihre nassen Sachen, besorge warmen Ersatz, füttere Hungrige … Wer weiß, wofür ich heute noch gebraucht werde. Sie können morgen Vormittag zu uns kommen, dann nehme ich mir Zeit für Sie.«

»Die reinste Florence Nightingale der Hallig.« Mit spöttischem Grinsen ließ Müller Jorke stehen und schlug sich zum Grogausschank durch.

Mit wütend vorgeschobenem Unterkiefer sah sie ihm nach. Was für ein unappetitlicher Kerl. Wäre sie noch die einfache Halligbäuerin von früher gewesen, wäre sie zweifellos sein wehrloses Opfer geworden. Sie musste sich unbedingt mit Sönkes Hilfe gegen ihn wappnen.

»Höre ich dich mit den Zähnen knirschen, Liebling?« Sönke umfing Jorke von hinten und schmiegte seine ausgekühlte Wange an ihre.

Jorke nickte. Ihr Mund war so trocken vor Sorge, dass ihr das Sprechen schwerfiel. »Dieser Journalist von Groterjan, Gerd Müller heißt er, versucht, mich zu erpressen. Ich soll ihm Schlechtes über die Hallig erzählen. Als Belohnung winken lobende Worte über dich.«

»Oho, so einer ist das. Und wenn du es nicht tust, denunziert er mich?«

»So musste ich ihn verstehen. Ich habe ihn hingehalten, er kommt morgen zu uns.«

»Erzählen wir ihm doch ruhig das Negative: Die Hallig hat keine befestigte Straße, die Ufer sind noch nicht überall gegen Wellenschlag gesichert, manche Warfen sind zu niedrig und bei Sturmflut in besonderer Gefahr. Uns wird noch mehr einfallen, wenn wir darüber nachdenken.« Sönke lächelte zuversichtlich. »Dass mit dem Geld für weitere Schutzmaßnahmen geknausert wird, während für Holz, Feuerwerk und Rum genügend da zu sein scheint, werden wir aus Höflichkeit nicht erwähnen.«

Jorke drehte sich um und fiel ihrem Mann erleichtert um den Hals. »Das ist natürlich genau das, was er nicht hören will. Aber egal. Du wirst es ihm erzählen. Ein Glück, dass ich dich habe. Er hat mir wirklich Angst gemacht.«

»Überflüssig. Mit dem werden wir fertig. Sie stecken den Holzstoß jetzt an. Zimmermann hat sich gerade aufgemacht, den Befehl zu geben.«

»Und was ist mit dem zusätzlichen Holz?«

»Das hat die Hallig tatsächlich rechtzeitig erreicht. Zimmermann hat mit seinem Anruf in Fahretoft Himmel und Hölle in Bewegung gesetzt. Die zuständigen Leute haben es geschafft, den regulären Zug von Husum nach Tondern so lange aufzuhalten, bis das Holz aufgeladen war, dann wurde es in Langenhorn abgeladen, wo bereits ein Fuhrwerk wartete. Der Fuhrmann karrte das Holz nach Fahretoft und brachte es zur Lore, die über Oland hierhergeschoben wurde. Kurz bevor die ersten Schaulustigen eintrafen, wurden die Faschinen in den Holzstoß eingebaut.«

»Faschinen?«

Sönke nickte gleichmütig. »Ja. Das sind diese Buschwerkgebinde aus Holz, die beim Dammbau verwendet werden. Das Holz wird fest zu Rollen verschnürt oder verdrahtet. Die Rollen werden dann mit Spickpfählen befestigt, die in den Boden eingeschlagen werden. Auf diese Weise lässt sich auch in tiefer liegendem Gelände ein sehr stabiler Unterbau herstellen. So einen Damm nennt man Buschdamm. Zwischen die Äste wird schwerer Kleiboden eingeschwemmt. Weil die Faschinen so dicht gepackt sind, verfaulen sie nur sehr langsam. Diese Technik verhindert über längere Zeit ein Auskolken.«

»Aha. Es hört sich aber nicht an, als ob diese Faschinen als Feuerholz gedacht wären«, bemerkte Jorke kritisch.

»Ganz bestimmt nicht. Sie machen den Dammbau teuer. Solange es verantwortbar ist, wird ein Damm als Erddamm angelegt, das heißt, Klei wird in einiger Entfernung ausgegraben und zum Damm aufgeschichtet. Nur wenn die Gefahr durch die Strömung als hoch eingeschätzt wird, entscheidet man sich für einen Buschdamm mit Faschinen. Ich glaube deswegen nicht, dass es legal ist, Faschinen zu verbrennen«, meinte Sönke, »aber Kratt und loser Busch waren wohl nicht mehr verfügbar. Oder es ging einfach schneller, ein paar Faschinen zu verladen.«

Der riesige Holzstoß wurde von jungen, eifrigen Männern an mehreren Seiten gleichzeitig angesteckt. Die umfangreiche Basis war gegen zu schnelles Abbrennen mit morschen Holztoren, alten Türen und modernden Brettern geschützt, die man dagegengelehnt hatte, darüber lag ein Gewirr von Kratt und Holunderästen.

Anfangs leckten die Flammen nur zaghaft am feuchten Holz, aber bald loderten sie hoch und erfassten die Spitze der Biike. Im zuckenden Lichtschein wurde dort oben eine füllige Strohfigur sichtbar, die an einer kräftigen, senkrecht in den Holzstoß gesteckten Stange befestigt war. Angekleidet mit Jacke, Hose und Mütze, wirkte sie auf den ersten Blick wie ein gegen die Kälte warm vermummter Mensch.

»Wo haben sie denn diese dicke Strohpuppe her?«, raunte Jorke ihrem Mann ins Ohr.

»Vom Festland mitgebracht. Die Preußen haben sich nicht lumpen lassen. Irgendjemand von denen beherrscht das Organisieren aus dem Effeff.«

»Das wird diesen Gerd Müller freuen. Er ist doch offenbar als Lobhudler der Regierung hier«, bemerkte Jorke verächtlich.

Sönke legte seinen Arm um ihre Schultern. »Vergiss ihn. Wir sollen uns freuen, hat Petersen mir auf die Seele gebunden.«

»Er hat nicht uns beide gemeint, Sönke, sondern dass du für die Freude der Gäste sorgen sollst.«

Sönke zog eine missmutige Miene. »Ja, ich mache mich besser auf, um mich bei den einzelnen Gruppen der guten Stimmung zu versichern.«

Direktor Herrmann drängte sich an den Hansens vorbei. »Ihr habt ja einen stattlichen Strohbären. Hübsch! Hoffentlich ist er so kompakt, wie er aussieht, damit er lange brennt.«

Noch bevor Jorke sich erkundigen konnte, was er meinte, war er schon im Gewühl verschwunden. »Wo ist eigentlich Nils?« Sie sah sich um. Als Sönke nicht antwortete, stieß sie ihm den Ellbogen in die Rippen. »Guck mal«, sagte sie erschrocken. »Das Gewitter kommt jetzt doch rasch näher.«

Wenn man genau hinhörte, war neben dem Prasseln des Feuers auch ein fernes Donnergrollen zu hören. In einem schwarzen Wolkenberg verbarg sich Hooge.

»Diese Entwicklung ist gerade jetzt nicht so wünschenswert«, erwiderte Sönke bedächtig, indes er überlegte, wo die Zuschauer sich am besten in Sicherheit bringen könnten, falls es zum Schlimmsten käme.

»Die Kirchentür ist offen«, sagte Jorke, die keine Mühe hatte, seine Gedanken zu erraten. »Und auch im Schulraum haben eine Menge Leute Platz. Zusammen müsste es für alle reichen. Vorhin habe ich kurz mit Lehrer Lüdde gesprochen. Du könntest ihn vielleicht zu seinem Vater hochschicken, damit der nicht allzu überrascht ist, wenn die Warf gestürmt wird. Und er sollte den Gästen erklären, dass er der Pastor ist und sie trotz Grog die Würde des Kirchenraums zu achten haben. Lüdde könnte die Gäste einweisen, wenn es wirklich so weit kommt.«

»Gute Idee. Hol dir auch ein Gläschen Grog, Jorke, dann überstehst du den restlichen Abend ein wenig sorgenloser«, schlug Sönke vor. »Du bist wenigstens hier am Feuer nicht im Dienst. Ich gehe jetzt.«

»Ich bin immer im Dienst, wenn wir auf der Hallig sind, Sönke. Und Grog kommt für mich nicht in Frage! Ich muss meine Sinne beisammenhaben, damit ich unsere Gäste nachher nicht in die falschen Betten schicke. Aber du könntest ja den Besuchern zuprosten.«

Sönke grinste und schüttelte den Kopf. »In Anbetracht des Wetters behalte ich lieber einen klaren Kopf.«

Zimmermann und Groterjan standen immer noch beisammen, inzwischen hatte sich auch Herrmann zu ihnen gesellt. Bescheiden hielt sich Nils im Hintergrund, als Hansen bei der Gruppe ankam.

»Es sollten eigentlich fünf Fontänen sein«, nörgelte Groterjan gerade mit lauter Stimme. »Na, der Bursche kriegt morgen was zu hören!«

»Haben Sie ihm die Zahl denn vorgeschrieben, Herr Major?«

»Herr Direktor Herrmann! Wir haben alles minutiös geplant. Da kann es keinen Irrtum gegeben haben.«

»Wie wäre es mit einem weiteren kleinen Grog, die Herren?«, fragte Hansen leutselig, drängte sich in den Kreis und zog Nils mit hinein. Gerade in diesem Augenblick rutschte die dicke Strohfigur in die Tiefe des Holzstoßes und ließ eine Kaskade von Funken aufsprühen.

»Ich denke, wir sollten nochmals auf die großzügigen Spender anstoßen, auf den Kaiser, auf Berlin und auf die Preußen, das gehört sich einfach«, schlug Herrmann vor.

»Direktor Herrmann hat recht«, meinte Zimmermann. »Auf der Hallig ist das so üblich.«

Die mürrische Miene von Groterjan, die im Schein des mittlerweile lodernden Feuers gut zu erkennen war, hellte sich mühsam auf.

Während die Herren darauf warteten, dass ihnen eingeschenkt wurde, betrachtete Hansen besorgt die ersten tiefschwarzen Wolken, die rasch über sie hinwegzogen. Der Wind kam jetzt in böigen Stößen, und dicke Regentropfen wehten ihm ins Gesicht.

»Der Sturm kommt jetzt unausweichlich, oder?«, fragte Nils leise.

Hansen nickte.

Angefacht von den Böen, lösten sich aus dem knisternden, locker geschichteten Kratt an der Spitze des Holzstoßes Funken und stoben in die Luft. Hoffentlich fliegen sie nicht bis zu den Reetdächern hinüber, dachte Hansen.

Wie als Antwort auf Hansens Besorgnis gab es unter einigen Halligleuten Gemurmel und Getuschel, und von irgendwo hörte man: »Wenn nur die Funken nicht bis auf die Warf fliegen.« Eine Gruppe von Männern machte sich auf zur Kirchwarf.

»Warum hauen die ab?«, fragte Groterjan, ohne die Stimme zu dämpfen. »Dieses Desinteresse ist ja unhöflich, wenn nicht sogar ungehörig.«

»Das ist nicht ungehörig, sondern Verantwortungsgefühl. Die Männer haben Angst um die Dächer, weil die Funken in den Böen weit fliegen können. Sie werden Leitern bereitstellen, Eimer und Stangen, um im Notfall brennende Reetbunde von den Dächern zu ziehen«, erklärte Hansen ruhig, obwohl er innerlich kochte.

»Ziegeldächer würden das Problem lösen!«

Nils warf Hansen unauffällig einen Blick zu. Dieser Major war einfach unerträglich. Wenigstens stimmte ihm sein Vorgesetzter nicht auch noch zu.

»Ich muss mich um ein paar andere Gäste kümmern. Ich wünsche den Herren noch einen schönen Abend, bis wir uns in der Kneipe wiedersehen«, verabschiedete sich Hansen. »Ich habe für uns fünf einen großen Tisch reservieren lassen.«

Groterjan fixierte ihn mit strengem Blick. »Ich hoffe doch sehr auf Austern als Vorspeise.« Er ließ Hansen keine Zeit, eine diplomatische Antwort zu formulieren, dahin gehend, dass es bei einem Grünkohlessen ganz gewiss keine Austern geben würde. »Haben Sie Müller mitgezählt? Der soll schließlich über uns schreiben.«

Nicht über die Hallig?, ging es Hansen durch den Kopf. »Dann schlage ich vor, dass auch Nils Nordmann zu der Runde stößt. Ich informiere den Wirt, dass er einen Tisch dazustellen soll.« Ohne Widerspruch zuzulassen, verließ Hansen die Gäste und schlug sich zum Wirt von Hilligenlei durch, der trotz des fast geleerten Kessels immer noch von hoffnungsvollen Leuten umringt wurde.

Es begann mit Macht zu schütten. Dicke Tropfen, die auch Schneeregen sein konnten, flogen waagerecht durch die Luft, getrieben von starken Windstößen, und ließen die Flammen zischen. Dichter Rauch stieg auf. Über Hooge zuckten Blitze, und es grummelte.

Sönke Hansen fand seine Frau an der Luvseite des Holzstoßes, wo sie zwar dem peitschenden Regen, aber weniger dem Rauch ausgesetzt war. Er strich ihr sachte über den Rücken. »Ich glaube, die Gefahr des Funkenflugs ist vorbei.«

»Dafür kommt jetzt der Sturm«, sagte Jorke nüchtern. »In der Ferne heult er schon. Es könnte immerhin sein, dass uns das Gewitter erspart bleibt. Häufig zieht es über Pellworm zum Festland.«

Sönke zog Jorke an der Jacke an sich und trat ein paar Schritte zurück, um einer dicken Rauchschwade zu entgehen, die einer alten Halbtür entstieg. »Weißt du, wo Liselotte Herrmann abgeblieben ist?«

»Nein. Aber sie weiß, dass sie mit den Ehrengästen nach Hilligenlei fahren soll und wo der Wagen steht. Also wird sie sich wohl auf die Suche nach ihrem Mann machen.«

Sönke reckte den Hals und versuchte, über das heruntergebrannte Feuer zu spähen. Rauch und starker Regen behinderten seine Sicht. Ein seltsamer Geruch stieg ihm in die Nase.

Auf einmal packte Jorke seinen Arm. »Sieh mal!«, flüsterte sie. »Eine Hand im Feuer.«

Hansens Blick folgte Jorkes bebendem Finger. Die Tür war in sich zusammengesackt. Dahinter wurde eine Hand aus Knochen und teilweise verbrannten Sehnen sowie verkohlten Fingernägeln sichtbar. Sie ragte aus einem Holzbündel heraus, das vom Feuer noch nicht verzehrt worden war. »Himmel noch mal«, fluchte er. »Eine Leiche in der Biike! Das hat uns noch gefehlt!«

Jorke starrte nur, stumm vor Entsetzen.

Kapitel 7

Um des Seelenfriedens seines Chefs willen hatte Sönke Hansen nicht vor, auf der Hallig über den Fund der Skeletthand zu sprechen. Er hatte noch Petersens »Bitte keine Zwischenfälle!« im Ohr. Plötzliche Todesfälle hasste der Leiter des Wasserbauamts, vor allem, weil immer die Gefahr bestand, dass jemand sie mit den Deichbauarbeiten in Verbindung brachte. Nach dem Motto: Dieser Unfrieden hat erst Einzug gehalten, seitdem die Ufer befestigt werden. Vorher war es hier viel friedlicher!

Also beschloss Sönke, vorerst abzuwarten. Möglicherweise stellte sich der Fund als harmloser heraus, als es auf den ersten Blick den Anschein hatte.

Er und Jorke saßen am frühen Morgen am Küchentisch und sprachen leise über ihre Entdeckung. Alle Gäste schliefen noch, einschließlich Liselotte, die sich geweigert hatte, in tiefer Nacht mit der Lore nach Oland zu fahren. Als sie mit fester Stimme angekündigt hatte, lieber auf einer Kirchenbank zu übernachten, hatte Sönke sie ins Payenshaus mitgenommen. Jetzt schlief sie in Agges Alkoven.

»Weißt du, Jorke«, sagte Sönke nachdenklich. »Ich hoffe, dass es sich um einen ganz dummen Zufall handelt, wie er schlimmer gar nicht sein könnte, aber eben doch um einen Zufall und weder um eine Leichenverbrennung noch um ein Verbrechen. Möglicherweise ist es keine Leiche aus heutiger Zeit. Zufällig erzählte mir Lüdde, dass sie vor dem Aufbau des Holzstoßes den Boden einebnen mussten. Durch Überschwemmung des nahen Priels waren viel zu viele Löcher entstanden. Unser Nachbar Arfast hat dafür gesorgt, dass unterhalb der Ketelswarf in Ufernähe Schlick ausgegraben wurde, mit dem man die Löcher dann aufgefüllt hat. Die Männer fanden dabei eine ganze Menge Pissers und haben sie unter sich aufgeteilt. Lüdde war richtig begeistert.«

»Das wäre ja die beste Erklärung!«, nickte Jorke. »Ich meine, natürlich ...«

»Ich weiß.« Sönke bedeckte ihre unruhigen Hände mit seinen Pranken und hielt sie fest.

»Und nicht unwahrscheinlich«, fuhr Jorke zunehmend hektisch fort. »Vor vielen Jahren sind irgendwo da in der Nähe zwei junge Leute ertrunken, ein Mädchen von zehn Jahren und ihr fünfzehnjähriger Bruder. Es steht im Kirchenbuch. Die beiden stammten von der Rickertswarf, die allerdings schon achtzehnhundertfünfundzwanzig aufgegeben wurde. Bisher hat man nur ihre Schädel gefunden. Aber in einem befand sich noch eine graue, weiche Masse. Gehirn ... nach so vielen Jahren, stell dir vor! Körperteile, die durch den Schlick unter Luftabschluss geraten, verwesen nicht, hat mir der Lehrer Lüdde schon früher mal erzählt.«

»Gruselig. Aber möglich ist es.« Hansen bemühte sich um Zuversicht in der Stimme. Aber in Jorkes Augen sah er den gleichen Zweifel, den er selber hegte. Ihm war kein Schlick an der Hand aufgefallen.

Jorke nickte tapfer.

»Ansonsten könnte es ein Streit unter Nachbarn gewesen sein, und die Leiche wurde unter dem Holz versteckt. Was hältst du davon?«

»Nichts«, kam es wie aus der Pistole geschossen. »So heimtückisch sind die Halligleute nicht. Wenn jemand umkommt, dann, weil er im Rausch im Priel ertrinkt oder sich bei der Jagd auf dem Watt im Nebel verlaufen hat oder vom Blitz erschlagen wird. Morde kommen bei uns nicht vor.«

»Tja. Dann bleiben wir dabei, an einen Zufallsfund aus dem Watt zu glauben.« Sönke blickte aus dem Küchenfenster nach Norden. Im Fething wogte das Schilf, und ein Nachbarsjunge pumpte Wasser für das Vieh hoch. Der Pflaumenbaum im Gemüsegarten gegenüber bog sich. »Der Wind frischt immer noch auf. Seltsam, wie lange es diesmal dauert, bis er Sturmstärke erreicht. Ich habe den Männern angeboten, mich beim Aufräumen der Holzreste zu beteiligen, bevor sie sich mit dem Wasser auf der Hallig verteilen oder gar in die Fethinge geschwemmt werden. Besser, ich beeile mich, sonst findet noch jemand vor mir die verkohlte Hand.«

Jorke nickte bekümmert.

Sönke beugte sich über sie und gab ihr einen Kuss. »Gib ihn an Agge weiter.«

»Nein, den will ich selbst behalten.«

»Gut, dann noch einer für Agge.« Sönke schmunzelte, als er seine sorgenvolle Frau in der Küche zurückließ.

Von der Biike waren ein Haufen Asche, einige Kokosfasern, vermutlich von der Matratze, verkohltes Holz und ein wenig Draht übrig geblieben. Der Starkwind, der immer mehr zunahm, hatte schon eine lange graue Aschespur nach Osten geweht.

»Jemand hat hier Schweineknochen verbrannt«, schimpfte Lüdde, der Sohn des Pastors, der auf dem Festland Lehrer war. Er war dabei, die Überreste des Feuers in eine Karre zu schaufeln. Zwei schwarz verfärbte Knochen polterten in die hölzerne Wanne. »Wollte sich wohl ersparen, sie beim Dittenmachen aus der Mistkuhle zu klauben.«

»Tatsächlich?« Hansen trat betont gemächlich zu ihm, hielt aber gleichzeitig nach der Skeletthand Ausschau, die auch Lüdde nicht für Schweineknochen halten würde. Endlich entdeckte er sie. Er positionierte sich so, dass er dem jungen Mann die Sicht darauf verstellte.

»War aber ein unterernährtes, hochbeiniges Vieh. Vielleicht sogar ein Kalb. Weißt du, was das ist, Sönke?«

Die zwei langen, schlanken Knochen in der Wanne konnten unmöglich einem Schwein gehört haben. Vermutlich hatte sich Lüdde, der Vogelkenner war, nie sonderlich mit landwirtschaftlichem Vieh beschäftigt. »Keine Ahnung«, sagte Sönke. »Bin kein Bauer.«

»Na, ich auch nicht.«

»Lüdde, komm doch mal! Guck dir das an«, rief der Bauer Boj, der die Ack der Kirche von Ascheflocken säuberte.

Lüdde rannte los.

Hansen griff sich ein kaum verkohltes Stöckchen und kratzte Asche von der Skeletthand. Sie steckte zwischen Hölzern, deren Rinde sich nicht einmal vom Holz abgelöst hatte. Seltsam. Vermutlich hatte der Regen die Flammen vorher gelöscht.

Von der Hand waren auf den ersten Blick nur die vier Finger zu sehen. Der Daumen war krampfhaft nach innen gebogen. Die Muskeln waren verbrannt, aber die Sehnen konnte man noch erkennen, zusammengeschnurrt wie geräucherte Aalhaut. Ein schwacher Geruch nach verbranntem Fleisch stieg Hansen in die Nase. Er biss die Backenzähne zusammen und nahm, das Gesicht zum grauen Himmel gereckt, eine Prise Frischluft, bevor er weitermachte. Die Idee von der Hand aus dem Schlick konnte er nunmehr ad acta legen, denn erkennbare Sehnen und verbranntes Fleisch sprachen nicht für eine Leiche aus alten Zeiten.

Unter dem Daumen der Skeletthand lugte etwas Graues hervor, fest an die verkohlte Handfläche gedrückt. Hansen bog den Daumen vorsichtig zurück und zog einen kleinen metallenen Gegenstand hervor, so verrußt, dass man auch durch Reiben nicht erkennen konnte, was er darstellen sollte. Hansen steckte ihn ein und versenkte die Knochenhand im Wasser hinter sich, gerade rechtzeitig, bevor Lüdde zurückkam und seine Schaufel aufhob.

»Die Mütze der Strohpuppe gehörte mir«, erzählte Lüdde lachend. »Und jetzt schwamm sie im Priel, angesengt und verdreckt. Ich werde sie aufbewahren, als Andenken an gestern.«

»Ja«, sagte Sönke abwesend. Dass er mit dem viereckigen Metallstück ein Indiz für einen gewaltsamen Tod gefunden hatte, würde seinem Chef Petersen ausreichen, um von ihm die Aufklärung des Todesfalls zu verlangen. Und vor allem würde Hansen den Beweis erbringen müssen, dass der Vorfall in keinerlei Zusammenhang mit den Bedeichungsmaßnahmen stand und auch nicht auf kommendes Unheil hinwies.

»Wohin mit dem Zeug, Boj?«, rief Lüdde, als die Karre voll war.

»Alles in den großen Priel hinter dir abkippen, dann schwimmt es noch vor dem Auflaufen des Wassers davon.« Boj lebte auf der Hallig, im Unterschied zu Lüdde, der schon lange auf dem Festland wohnte.

Sie arbeiteten schweigend weiter. Zum Glück entdeckte Lüdde nichts Verräterisches mehr. Sönke aber auch nicht. Die Hand und die beiden langen Knochen waren alles, was von dem Toten übrig geblieben war. Falls sie überhaupt zusammengehörten.

Boj war mit seiner Arbeit fertig und kam zu ihnen herüber. »Ein Glück, dass ihr beide mitgemacht habt. Andres, mein fauler Nachbar von der Mayenswarf, ist heute früh nicht aus den Federn gekommen. Dabei war es abgemacht, dass er sich beteiligt.«

»Wir haben es ja auch so geschafft.«

»Werden wir Landunter bekommen, Boj?«, fragte Sönke.

Boj betrachtete den Himmel. Im Südwesten war er über Hooge immer noch schwarz, und die Wolkenfront zog sich inzwischen bis Amrum. »Bestimmt. Heute Nachmittag, wenn das Wasser wieder aufläuft. Es frischt ja auch immer noch auf. Ich mache mich jetzt auf den Weg nach Hause, da gibt's vor dem Sturm noch einiges zu tun.«

Boj war kaum mit Schaufel und Besen auf der Schulter losmarschiert, als aus der anderen Richtung ein Pferdewagen in Sicht kam. Als er die Kirchwarf umrundet hatte, kletterte Otto Herrmann vom Bock.

»Ist meine Frau denn immer noch nicht unterwegs?«, schimpfte er griesgrämig. »Man kann doch auf der Hallig nicht so trödeln wie in Berlin, das müsste sie allmählich wissen. Groterjan ist schon auf Oland.«

»Offensichtlich ist sie noch nicht aufgebrochen«, sagte Hansen beschwichtigend. »Sie hätte ja hier vorbeikommen müssen. Ist denn Ingwert Lorenzen mit seinem Ewer schon da?«

»Auch noch nicht.« Der Missmut stand dem Berliner ins Gesicht geschrieben.

Kein Wunder, dass Liselotte sich von ihm fernhielt, wann immer sich die Gelegenheit bot, dachte Hansen. Vermutlich machte er ihr unter vier Augen noch ganz andere Vorhaltungen.

»Ich bin der Meinung, dass er heute gar nicht kommt«, warf Bandik ein, der Bauer auf dem Bock. Die Bandixwarf, auf der er und zwei andere Familien wohnten, lag ganz im Osten von Langeneß, wo der Damm nach Oland anfing. »Er müsste bei Sturm zurück. So bekloppt ist er nicht.«

»Du meinst also auch, dass wir Sturm bekommen?«, vergewisserte sich Sönke.

»Ganz sicher.«

Hansen verließ sich auf die Erfahrung der beiden Halligleute, mehr noch als auf seine eigene. In diesem Fall war er allerdings derselben Meinung. Er spähte zur Ketelswarf, wo gerade zwei Personen vorsichtig Jorkes Ack herabschritten. »Ich glaube, da kommt Ihre Frau, zusammen mit Nils. Jemand hat wohl Ausschau nach dem Wagen gehalten.«

»Na, dann soll sie ruhig bis hierher stiefeln«, versetzte Herrmann gehässig. »Ihre Schühchen kann sie in Berlin sowieso wegwerfen.«

Hansen runzelte abweisend die Stirn. Das war keine Art, mit der eigenen Frau umzugehen. Jedoch waren spitze Bemerkungen auch gestern Abend während des Grünkohlessens gefallen.

»Ich wende dann mal den Wagen.«

»Tun Sie das«, bestätigte Herrmann.

»Je eher Sie über den Damm kommen, desto besser«, warnte Bandik. »Die Wellen werden womöglich schon bald drüberschlagen.«

»Ja, ich hoffe, die Frau beeilt sich!«

Hansen fand für solche Distanz gegenüber der eigenen Frau keine Worte.

»Agge ist ja ein ganz Süßer«, versicherte Liselotte Sönke unbefangen, als sie und Nils heran waren.

»Kann ich bestätigen«, fügte Nils hinzu. »Ich habe ihm aus einer Walnussschale eine kleine Klapper angefertigt. Er ist mit Leibeskräften dabei, seine Fingerchen daran zu üben. Oder daran zu nagen.«

»Du hast wohl mit dem Jungen gespielt, Lotte, statt dich auf den Weg zu machen! Wir haben es eilig!«, gauzte Herrmann.

»Davon weiß ich nichts.«

»Nein, wie auch? Du weißt nie etwas.«

Liselotte Herrmann verzog nur ein wenig die Lippen, während sie sich an Hansen wandte. »Otto fürchtet sich nämlich vor der Seefahrt. Er wird vorher immer ganz nervös, musst du wissen, Sönke.«

Hansen waren die gegenseitigen Anwürfe peinlich. Aber er nickte nur. Er hatte andere Sorgen.

»Wenn du nicht solche Angst um deinen Pelz hättest, könnten wir uns bequem mit der Lore zum Festland schieben lassen.«

Bandik, der mit aller Gemächlichkeit der Welt zuhörte, nachdem er sein Fuhrwerk gewendet hatte, schüttelte den Kopf. »Heute nicht. Als die letzte Fuhre Holz vom Festland kam, war der Damm zwischen Fahretoft und Oland schon wieder ausgekolkt. Den kann man vor der Reparatur nicht mehr befahren. Die Leute vom Bauhof kommen mit dem Stopfen von Schäden kaum mehr nach. Wird noch ein paar Tage dauern.«

»Woher weißt du das, Bandik?«, fragte Hansen, plötzlich aufmerksam geworden.

»Der eine der Männer, die das Holz gebracht haben, hat früher an dem Damm gebaut. Der kennt genau die Stellen, an denen die Strömung schon immer am heftigsten dagegengeprallt ist. Der hat es mir erzählt.«

»Es bleibt also als einziger Ausweg, auf den Schiffer zu warten, der heute vermutlich nicht mehr kommen wird.«

»Was?« Liselotte starrte ihren Mann aufgebracht an.

»Bandik ist der Meinung«, erklärte Herrmann. »Ich denke, wenn wir auf Oland sind, wird Lorenzen inzwischen Bescheid gegeben haben, dass er nicht kommt.«

»Da kennen Sie ihn aber schlecht. Solche neumodischen Dinge wie Fernsprechapparate verachtet er. Er setzt voraus, dass Sie einen Sturm erkennen können, wenn er da ist. Und dann segelt er natürlich nicht. Kein vernünftiger Mensch geht bei Sturm mit einem kleinen Boot auf See, wenn er nicht muss. Keiner der Gäste kommt heute von der Hallig. So ist es nun mal, wenn man mit der Natur lebt.«

»Ja, natürlich«, sagte Liselotte tonlos, indes ihr die Gedanken im Kopf zu rotieren schienen.

Sie tat Hansen leid.

»Dann aber flott jetzt«, befahl Herrmann und stieg zu Bandik auf den Bock.

Liselotte Herrmann musterte sprachlos den Leiterwagen, in dem sie Platz nehmen sollte. An den schrägen Wänden klebte Schlick, dornige Zweige waren von der jüngsten Fuhre übrig geblieben, und ein schmutziger Sack bedeckte einen Teil des Bodens.

Hansen hielt ihr seine Hand hin, um ihr hochzuhelfen.

Voller Empörung trat Liselotte einige Schritte zurück. »Nein«, stammelte sie, »nein, wirklich nicht. Wenn es ausgeschlossen ist, dass wir heute nach Husum zurückkommen, bleibe ich hier.«

»Jorke würde uns bestimmt eine saubere Decke leihen, und ich könnte die Lore schieben«, bot Nils eifrig an.

»Ich weiß, ich kenne dich jetzt ein bisschen, Nils«, sagte Liselotte verzweifelt und tätschelte dem Journalisten sanft die Wange. »Du bist ein lieber Junge. Aber das Haus des Bauleiters ist mit diesen Männern überfüllt. Mit Männern, die mit allen Kniffen um höhere Posten buhlen, einander beim Vorgesetzten herabsetzen und sich sogar Journalisten und die Öffentlichkeit zu Hilfe holen – um das Wort ›kaufen‹ zu vermeiden –, um Meinungen in ihrem Sinn zu beeinflussen! Ich möchte da nicht einbezogen werden. Da kann es leicht zu Mord und Totschlag kommen.«

Hansen zuckte zusammen. Es hatte doch nicht etwa drüben bei Zimmermann Mord und Totschlag gegeben?

»Wir könnten Ihnen die Hallig zeigen! Die untergegangenen Warfen. Bald kommen die ersten Zugvögel durch. Mit viel Glück könnten Sie schon Säbelschnäbler zu Gesicht bekommen. Die Wildgänse sowieso. Einige Ringelgänse sind bereits hier, die bleiben für Wochen. Ihnen wird es nicht langweilig werden, Frau Direktor Herrmann, wenn Sie noch ein paar Tage bleiben.« Lüdde lachte sie verschmitzt an.

Hansen schmunzelte. Liselotte hatte einen neuen Verehrer gefunden. Das fiel ihr leicht, obwohl ihr männliche Werbung, nach dem, was Jorke sagte, vielleicht gar nicht so willkommen war.

»So lange hatte ich gar nicht vor zu bleiben. Aber vielleicht überlege ich es mir noch.«

Otto Herrmann schnaubte verächtlich. »Fahren Sie los, Bandik! Meine Frau bleibt hier.«

»Wer schiebt Ihre Lore?«, rief Nils hastig und legte die Hand an den Wagenkasten, als wolle er ihn aufhalten.

Bandik sah zu seinem Fahrgast hinüber und grinste spöttisch. »Ich jedenfalls nicht.«

Herrmann knirschte mit den Zähnen und blickte von Nils zu Lüdde, der nachdrücklich den Kopf schüttelte, und zurück. »Ja, dann spring auf, mein Junge. Du schiebst.«

Nils enterte wortlos den Wagen. Hoffentlich hat er wenigstens Papier und Bleistift bei sich, dachte Hansen. Denn deswegen wollte er doch wohl mit. Sonst hatte er nichts dabei außer seiner warmen Kleidung. Es war nicht geplant gewesen, dass er an diesem Tag abreiste.

Bandik schnalzte mit der Zunge, und das Pferd zog an. Hansen, Liselotte und Lüdde sahen dem Wagen wortlos nach. Nils drehte sich um und winkte gutgelaunt.

»Meine Güte, wenn das immer so zugeht in Berlin, möchte ich da nicht wohnen«, murmelte Lüdde. »Dagegen ist Husum ja eine Sommerfrische.«

Hansen verbarg ein trübes Lächeln, als er kurz an seinen Nachbarn, den streitbaren Heinrich, denken musste. Aber der war nur ein Polterer, kein Intrigant, was ein Riesenunterschied war.

»Sönke, entschuldige bitte, dass ich mich euch für eine weitere Nacht aufgedrängt habe«, bemerkte Liselotte schuldbewusst. »Aber wenn du Otto näher kennen würdest …«

»Der Einblick in das dienstliche Verhältnis der Herren bei der Runde gestern Abend hat mir gereicht«, sagte Hansen knapp und bot ihr höflich seinen Arm. »Komm, wir gehen zurück. Jorke freut sich bestimmt. Und Agge.«

»Ich muss meinem Vater noch vor dem Sturm mit den Fensterläden helfen«, sagte Lüdde, winkte und rannte los.

»Ich hoffe, unser Nils kommt bei den Herren aus Berlin nicht unter die Räder. Wenn sie unter sich sind, benehmen sie sich keineswegs so kultiviert, wie man es von ihnen erwarten würde.«

»Vielleicht halten die beiden Journalisten ja zusammen und bremsen die Herren ein wenig«, meinte Sönke.

Liselotte blieb abrupt stehen. »Meinst du das im Ernst? Du kennst Gerd Müller nicht!«

»Nein, kaum. Aber du offenbar.«

»Ja. Das ist ein gefährlicher Mann. Er befindet sich immer bei den Gewinnern, das heißt, er dreht sich schneller als der Wind und erweist sich stets demjenigen gefällig, der gerade das Sagen hat. In den Ministerien geht er ein und aus, oft weiß man gar nicht, von wem er sich gerade protegieren lässt. Trotzdem verbreitet er meistens nur Klatschgeschichten, am liebsten über die höheren Ränge, aber auch über Frauen wie mich.«

»Nils hat in der Runde gestern Abend einen hinreichenden Eindruck von den gegenwärtigen Fronten bekommen. Und er ist intelligent, er wird aufpassen. Vor allem, weil es ihn ja selbst drängte, mit nach Oland zu fahren. Vielleicht hat er einen bestimmten Grund dafür.«

»Das könnte allerdings sein.«

»Jorke hat mir erzählt, wie Müller sich an sie rangemacht hat, wenn du den groben Ausdruck entschuldigst. Seine Forderung, von ihr Interna über die Hallig zu erfahren, grenzte schon an Erpressung. Er hat sich für heute bei uns angemeldet. Offenbar scheut er sich nicht, seine wohlwollende Berichterstattung über mich von Jorkes Bereitschaft zu plaudern abhängig zu machen.«

»So ist er!«

»Da können Jorke und ich wohl von Glück sagen, dass dieser Morgen einen anderen Verlauf nimmt als geplant und Müller früher aufbrechen muss, weil er sonst das Schiff verpasst. Vorsicht, rutsch nicht auf dem Möwendreck aus!«

Vor dem Haus empfing Jorke sie ohne ein Zeichen von Überraschung. Sie umarmte Liselotte stumm, als Sönke sich die Bemerkung gestattete, dass man keinem Menschen zumuten könne, in einem Wespennest zu übernachten.

Kapitel 8

Als sie vor Jorkes Elternhaus auf der Ketelswarf standen, heulten die Windböen um die Gebäude. Sand wirbelte auf, wo die Grasnarbe verschwunden war, weil dort sonst Schweine wühlten und Hühner pickten.

»Es dauert nicht mehr lange, schätze ich, bis die ganze Hallig unter Wasser steht«, mutmaßte Hansen, der nach Süden Ausschau hielt.

Die Wellen schlugen schon hart ans Ufer und warfen Wasserkaskaden in die Höhe. Auf dem winterlich gelben Halligland glänzten einzelne Wasserlachen, die schnell zusammenfließen und eine einzige Wasserfläche bilden würden. Wehe dem Gast, der jetzt noch neugierig am Ufer unterwegs war und nicht wahrnahm, dass sich die Hallig hinter seinem Rücken mit Seewasser füllte. In der Gischt verborgen blieb auch die im vergangenen Jahrhundert aufgegebene Rickertswarf, von deren ertrunkenen Kindern Jorke erzählt hatte.

Im Windschutz der Mauern umrundeten sie das Haus. Die Stalltür war geschlossen, drinnen muhten die Kühe. Neben der Stalltür stand der Nost, der bis zur Oberkante mit Trinkwasser für die Tiere gefüllt war. Jellef schloss gerade die Fensterläden auf der Nordseite.

Einige Halbwüchsige von den Nachbarn waren noch dabei, vom Fething Wasser für die Tiere hochzupumpen. Das Wasserfass im Stall hatte Jellef sicher auch schon gefüllt. Sofern bei Landunter Salzwasser in den Fething schlug und sich mit dem Regenwasser mischte, musste man dieses Brackwasser so lange wie möglich als Tränke vermeiden. Niemand wusste, warum das so war, aber die Kälber überlebten nicht lange, wenn sie das Salzwassergemisch tranken.

Hansen wanderte gedankenvoll hinter Jorke und Liselotte her. Hier waren seine Kenntnisse nicht gefragt.

Liselotte, die sich schon zuvor im Stall umgesehen hatte, ließ sich alles genau erklären. »Wo kommt denn euer eigenes Trinkwasser her?«, fragte sie ratlos.

»Wir leiten das Regenwasser von den Dächern in Soode, die aussehen wie Brunnen, aber natürlich keine sind, sondern nur Zisternen. Das versalzt in der Regel nicht.«

»Sie steht vor dem Vordereingang, ich habe sie gesehen.«

»Du darfst dir einen Sturm auf der Hallig nicht etwa romantisch vorstellen, Liselotte«, sagte Jorke bekümmert. »Im Haus ist es dunkel wegen der geschlossenen Fensterläden, und manchmal lassen wir wegen der Brandgefahr auch das Feuer ausgehen, so dass es kalt wird. Dann heißt es nur noch die Schatulle mit den Wertsachen und Urkunden im Auge behalten und in Decken gehüllt warten, bis der Sturm abflaut.«

»Ja«, sagte Liselotte, »ich verstehe. Manche Naturereignisse sind wohl vor allem für unkundige Gäste interessant. Es gibt sogar Leute, die bei Katastrophen gerne zuschauen, solange sie nicht selber betroffen sind. Auch in der Stadt.«

»Tatsächlich?«

»Ja, mein Mann«, antwortete Liselotte erbittert. »Als mein Elternhaus abbrannte. Aber reden wir nicht mehr davon.«

»Ja. Wir sollten zusehen, dass wir etwas Warmes in den Magen bekommen, solange das Feuer noch brennt«, entschied Jorke. »Wann ist Hochwasser, Sönke?«

»Am Spätnachmittag. So um fünf Uhr.«

Im Kessel, der über dem Feuer hing, brodelte es hörbar, und er verströmte einen herzhaften Duft. Brodina hatte Schwarzsauer aufgesetzt. »An einem solchen Tag braucht man etwas Kräftiges«, sagte sie angesichts des Gastes bestimmt. »Und wo dieser anspruchsvolle Militärmensch nun fort ist, können wir uns etwas Gutes leisten. Nicht wahr, Jorke?«

»Aber ganz bestimmt, Brodina. Schwarzsauer ist genau richtig.« Jorke schmiegte ihre Wange an Brodinas spärliche graue Haare und umarmte sie.

»Was ist Schwarzsauer?« Liselotte wedelte sich mit beiden Händen den Duft unter die Nase.

Brodina drehte sich zu ihr um. »Frau Liselotte, auf die Gefahr, dass Sie das Essen nicht mögen, sage ich trotzdem geradeheraus, was Jorke vielleicht verschweigen würde. Es sind Schnuten, Pfoten und Rippen vom Schwein. Und natürlich Schweineblut. Wenn Sie das scheußlich finden, wäre es besser, Sie nähmen nur eine kleine Portion zum Probieren. Jorke würde nämlich den zurückgelassenen Rest wegschütten, weil in der Stadt andere Sitten herrschen, auf jeden Fall nicht die Sparsamkeit wie hier. Und Jellef ist auch mal so satt, dass er nicht mehr herunterbringt, was andere übrig lassen. So, das ist meine Meinung!«

Jorke und Sönke starrten die alte Frau sprachlos an. Brodina hatte noch nie eine derart lange und resolute Rede gehalten. Noch bevor sie sich gefasst hatten, ergriff Liselotte das Wort.

»Ich verstehe vollkommen, Frau Brodina. Danke, dass Sie mir die Augen geöffnet haben. Hier herrscht kein Überfluss, wie wir ihn in der Stadt, zumal in Berlin, gewohnt sind. Vermutlich waren wir drei Gäste mehr, als sich der Haushalt leisten kann.«

»Es ist ja gut, dass Sie das verstanden haben«, murmelte Brodina, und damit war für sie die Angelegenheit erledigt.

Liselotte Herrmann wandte sich an Jorke. »Es tut mir so leid, warum hast du keinen Einwand erhoben?«

Jorke lächelte nur und schüttelte den Kopf. Sie war dankbar, dass Liselotte keine Bezahlung anbot, denn mitunter fehlte es ja weniger an Geld als an der Möglichkeit, die Vorräte auf dem Festland zu ergänzen. »Mach dir keine Sorgen um uns alle. Wir haben im Keller Sauerfleisch, Butter, Gurken und anderes genug, um über den Sturm hinwegzukommen. Brodina hat Brot gebacken, es wird uns an nichts fehlen. Außerdem ist unser Haushalt insofern begünstigt, als ich in der Stadt einkaufen kann und immer Vorräte mitbringe.«

Nachdem auch Jellef hereingekommen war, setzten sie sich zu Tisch. Liselotte ließ sich auffüllen und löffelte mit gutem Appetit das weiche Fleisch, das mit Kräutern, Zwiebeln, Pfefferkörnern und Lorbeerblättern die beste Grundlage für die kommenden ungewissen Stunden abgab.

»Übrigens, auch der Grünkohl hat mir gut geschmeckt«, sagte sie.

Hansen musste daran denken, wie schwer es ihm beim Grünkohlessen gefallen war, zwischen den lautstarken Berlinern gute Miene zu machen.

»Du bist ja so still, Sönke«, bemerkte Liselotte, um sich dann sofort an Jorke zu wenden. »Übrigens, sei dankbar, dass du den Laugenburger Käse, den der Major so liebt, nicht im Haus hast. Der stinkt, dass man ihn von einem Halligende zum anderen riechen würde.«

Jorke schmunzelte.

»Noch besser als den Grünkohl fand ich die Lieder, die mit so viel Herz gesungen wurden. Und die Reden, die ich zwar nicht verstanden habe, soweit sie in Friesisch gehalten wurden, in Plattdeutsch aber schon etwas mehr. Und alle waren launig. Es war ein richtig schönes Fest. Ich werde im Sommer wiederkommen. Mit … Nun, ja.«

Am Spätnachmittag klopfte es an der Tür. »Wollt ihr mit raus?«, brüllte eine Männerstimme gegen das Heulen des Sturms und den Regen an. »Ich hörte, ihr habt einen Gast, der sich für die Hallig interessiert.«

Sönke ließ den Nachbarn ein. »Sicher. Wir ziehen uns eben mal an. Möchtest du einen Kurzen, bis wir fertig sind, Arfast?«

Das ließ sich der vierschrötige Mann nicht zwei Mal sagen. Am Küchentisch sitzend, mit einem gefüllten Schnapsglas zwischen den Pranken, folgten seine Augen Liselotte, die hinausging, um sich von Jorke sturmsichere Kleidung verpassen zu lassen.

»So etwas spricht sich im Nu herum«, sagte Jorke, während sie aus der Truhe in der Dörns Wolljacken und Ölzeug herausklaubte und auf den Dielen ausbreitete. »Deinen Mann und den Major hätte niemand eingeladen, sich das Meer bei Landunter anzusehen.«

»Ich weiß das zu schätzen«, murmelte Liselotte überwältigt.

Wenige Minuten später gingen sie los, in Lee des Nachbarhauses noch geschützt, aber dann traf sie der Sturm mit voller Stärke.

»Ich klemm dich mir mal unter den Arm«, rief Arfast Liselotte ins Ohr. »So ein dünnes Hemd wie du fliegt uns sonst noch davon. Und du, Jorke, husch, auf meine andere Seite!«

Untergehakt, mit gegen Wind und Hagel gebeugten Köpfen, traten sie dem Sturm auf der Westseite der Warf entgegen. Sönke hielt mit der einen Hand Liselotte fest, mit der anderen eine brennende Sturmlaterne.

Gegen die Windrichtung zu blicken war trotz der Südwester nur dann möglich, wenn die Windböen und der Hagel für einen Moment nachließen. Im Zwielicht des Spätnachmittags sah man, dass der Sturm das Wasser zu Wellen aufpeitschte, die den Warfabhang vollkommen bedeckten. Nur eine Handbreit trennte ihre Stiefel noch vom aufgewühlten Wasser.

»Wir stehen ja praktisch im Meer«, keuchte Liselotte erschrocken.

»Ja. Das nennt man Landunter.« Arfast zeigte über das Wasser nach Westen. »Wenn du genau hinguckst, siehst du gelegentlich ein Licht aufblitzen. Das ist die nächste Warf.«

»So hatte ich mir das nicht vorgestellt!«

»Das kann sich keiner vorstellen, der es nicht erlebt hat.«

»Ich hoffe«, brüllte Sönke, »dass unsere beiden Journalisten auf Oland sich das auch anschauen und nicht mit den Preußen Karten spielen und Wein trinken.«

»Nils spielt nicht, da bin ich sicher! Der sammelt Informationen.«

Liselotte stimmte Jorke zu, aber keiner konnte ihr Nicken in dem aufs Neue peitschenden Hagelschauer und der zunehmenden Düsternis sehen. Wie ein Mann machten sie kehrt, ohne einander loszulassen, und ließen sich vor die Haustür wehen. Jellef erwartete sie schon, um hinter ihnen die Planken des Schotts vor der Tür in die Schienen zu klopfen. Als sie das sah, war in Liselottes Augen erstmals Furcht zu lesen, aber Jorke umarmte sie tröstend.

Nach dem Geheul draußen kam ihnen die auskühlende Küche wie ein Hort der Stille und des Friedens vor.

Sönke und Jorke gingen nicht zu Bett, sondern übernahmen die Wache. Auch Jellef sollte einmal die Möglichkeit haben, bei Sturm zu schlafen. Außerdem hätte Hansen sowieso kein Auge zugemacht.

Jorke ging zwei Mal in den Stall, sprach den drei Kühen, die sie mit dem vorhandenen Heu im Winter durchfüttern konnten, beruhigend zu, kraulte das Schwein und schwatzte mit den träumenden, im Schlaf gackernden Hühnern, während sie sich in der Stallgasse erleichterte.

Als sie im Morgengrauen die obere Klappe der Stalltür öffnete und nach Osten blickte, hatte über ihr das Gebraus schon nachgelassen. Die tiefschwarze Sturmfront war über dem Festland angekommen. Dahinter, über dem Horizont, hellte sich ein schmaler Streifen schon auf.

Am Morgen war der Spuk vorbei. Der Wind wehte nur noch mäßig. Es ebbte, und das Wasser floss bereits vom Halligland ab, nur die Priele waren noch breit wie Seen und ein Durchkommen ans Ufer nicht möglich.

»Am späten Vormittag müssen wir Liselotte nach Oland schaffen. Ingwert Lorenzen trifft bestimmt bald ein, der ist zuverlässig.«

Jorke nickte.

»Weißt du, ich zerbreche mir schon die ganze Zeit den Kopf darüber, wie der Major gestern nach Oland gekommen ist, mitsamt diesem Journalisten und dem Feuerwerker, der schließlich eine Menge Zubehör zu transportieren hatte.« Sönke bestrich eine Schwarzbrotscheibe mit Butter. »Mit der Lore von Fahretoft doch wohl nicht!«

»Guten Morgen. Worum geht's?«, fragte Liselotte, die gerade in die Küche gekommen war und den letzten Satz gehört hatte.

»Wie ist der Major nach Oland gekommen? Weißt du das?«

Liselotte runzelte die Stirn. »Als wir mit dem Herrn Lorenzen auf Oland ankamen, lag an der Löschbrücke ein Schiff. Es segelte davon, während wir die Lore bestiegen.«

»Hast du den Namen des Schiffes gesehen?«

Liselotte schüttelte den Kopf.

»Ist dir irgendetwas daran aufgefallen?«

»Sönke, ich verstehe nichts von Booten«, antwortete Liselotte beschämt. »Für mich sieht eins wie das andere aus, nur größer oder kleiner.«

»War es denn groß?«

»Ja, bestimmt doppelt so lang wie das von Ingwert Lorenzen.«

»Haben wir hier eigentlich gar nicht«, murmelte Hansen und schüttelte unzufrieden den Kopf. »Weder auf Hooge noch in Wyk haben die einheimischen Fischer solch große Schiffe.«

»Vorne stand ein komischer Apparat«, erinnerte sich Liselotte. »Eine Art Kessel – wie von einer Dampfmaschine vielleicht?«

»Ein Kessel!« Sönke Hansen sprang auf, stieß seinen Stuhl zurück und rannte aus der Küche.

Nach geraumer Zeit kam er zurück und setzte sich etwas vergrätzt wieder auf seinen Platz am Küchentisch. Er übersah Agge, der seine Hände nach ihm ausstreckte.

»Was ist los, Sönke?«

»Arfast hat das Schiff nicht gesehen. Ich muss zu Bandik. Aber noch ist das Wasser nicht abgeflossen. In ein, zwei Stunden geht es wahrscheinlich.«

»Und warum?« Jorke machte ein fragendes Gesicht.

»Ich will wissen, was das für ein Schiff war. Ein Kessel auf dem Bug hört sich nach Krabbenkutter an. Bandik hat ihn bestimmt mit seinem Fernglas beobachtet.« Sönke kniff den Mund zu und ließ die Gedanken wandern. Was ihn im Moment am meisten beschäftigte, war die Frage, wer die Möglichkeit gehabt hatte, eine Leiche in der Biike zu verstecken. Außer den Halligleuten hatten sich eine Menge Gäste eingefunden. Wie war jeder einzelne von ihnen hergekommen? Mit einem einheimischen Schiffer zum Hafen Ilef oder zur Anlegestelle auf Oland? Oder mit der Lore über die transportablen, leicht verlegbaren Schienen der Arbeitsbahn von Fahretoft nach Oland und weiter nach Langeneß? Hansen war während der Nachtwache klargeworden, dass er alles in seine Überlegungen mit einbeziehen musste. Einstweilen waren weder Halligleute noch Gäste vom Verdacht befreit.

Jorke ließ ihn in Ruhe nachdenken. Aus Erfahrung wusste sie, wann er nicht gestört werden wollte.

Agge greinte los. Liselotte nahm ihn hoch und spielte ihm einen Rhythmus auf der Walnussklapper vor, die Nils angefertigt hatte. Für den Augenblick schien er getröstet.

»Warum weint er denn?«, fragte Hansen, der plötzlich hochschreckte.

»Er ist unzufrieden. Die Vormittagsmilch fehlt ihm. Unsere Kühe stehen alle trocken ...«

»Na ja, morgen können wir vielleicht zum Festland ...« Hansen verschwieg, dass er dies bezweifelte.

Drei Stunden später trat Boj in die Küche von Jorkes Haus. Seine Stiefel waren schlickverschmiert, die Hosenbeine darüber nass, und er wirkte erschöpft.

»Einen Lütten«, entschied Jellef sofort und holte die Flasche.

»Ausziehen«, kommandierte Jorke. »Ich suche dir gleich eine trockene Hose heraus. Komm mal mit.«

Nach ein paar Minuten kam Boj in den geliehenen Sachen zurück und ließ sich ermattet auf einen Stuhl am Küchentisch fallen.

»Irgendwas nicht in Ordnung?«, fragte Jorke beunruhigt.

»Ja, leider.« Boj kippte den Schnaps hinunter und schüttelte sich.

»Nun sprich, Boj«, verlangte Jorke ungeduldig.

»Andres ist verschwunden.«

Brodina heulte auf. »Ich habe es euch gesagt! Ein Unglück!«

»Erzähl!«

»Abgemacht war, dass Andres und ich euch helfen, die Reste des Biikefeuers zu beseitigen. Seine Mutter sagte mir aber am Morgen, dass er noch schläft. Daher bin ich allein von Nordmarsch losgewandert.«

»Ja, das hat Sönke mir erzählt.«

»Heute Mittag aber kam Andres' Mutter zu uns ins Haus gestürzt und berichtete, dass er überhaupt nicht in seinem Bett gewesen ist. Ob wir ihn gesehen hätten.«

Brodina gab jammernde Geräusche von sich. Sie schaukelte wieder auf dem Hocker am Herd vor und zurück, die Augen mit den Händen bedeckt. Es war ihre Haltung, wenn sie trauerte.

»Oh« war das Einzige, was Jorke herausbrachte.

»Ja. Aber das ist nicht alles.« Boj schluckte trocken, und sein Adamsapfel schoss vor wie der Schnabel eines Seeadlers, der nach einem erbeuteten Fisch hackt.

Das Feuer auf dem Herd knisterte, aber sonst war es gespenstisch still in der Küche.

»Ich war bei den Feddersens auf der Trojburg, bevor ich zu euch kam«, murmelte Boj. »Die haben es ein bisschen knapp, deshalb sollten ihre beiden Kinder heute früh Blaumuscheln von der Buhne holen. Jetzt werden sie vermisst … Die Eltern haben alles abgesucht.«

»Nein!« Jorke ließ sich auf einen Hocker sinken und schlug entsetzt die Hände vor den Mund. Die Jungen waren zehn und dreizehn Jahre alt. Es hatte sich doch hoffentlich nicht wiederholt, was vor achtzig Jahren geschehen war? »Sie könnten sich auch an Land gerettet haben!«

Boj zuckte die Schultern. »Ich glaube kaum. Der Ridd ist tief. Wer dort unter einer Welle von Schlick und Sand begraben wird, erstickt. Vielleicht findet man irgendwann ihre Knochen.«

Jorke nickte mit zusammengepressten Lippen, während Boj sich erhob. »Jorke, ich muss weiter, bis zum Lorenbahnhof, wenn nötig. Vielleicht finde ich Andres ja noch. Die Hose kriegst du in den nächsten Tagen zurück.«

Tiefes Schweigen herrschte in der Küche, als er sich die Stiefel anzog.

Sönke sprang auf. »Warte, Boj, ich begleite dich.« Mit einem kurzen Blick gab er Jorke zu verstehen, dass er zu Bandik gehen würde. Im Osten war es wegen des höher gelegenen Landes früher trocken als im Westen.

Erst nachdem die Männer fort waren, räusperte sich Liselotte. »Von all diesen feierwütigen Preußen hat keiner auch nur die geringste Ahnung, wie ihr hier wirklich lebt. Ich wusste es auch nicht. Ich bin euch dankbar, dass ihr mich für zwei Tage daran habt teilhaben lassen.«

»Du darfst gerne länger bleiben«, bot Jorke an. »Wir haben noch nie jemanden aus Berlin zu Gast gehabt, der so hingebungsvoll mit Agge geschmust hat. Ich glaube auch, dass Sönke heute nicht mehr zurückkehrt.«

Kapitel 9

Am nächsten Tag kehrte Sönke von der Bandixwarf zurück, zusammen mit Nils, der von Oland herübergekommen war.

Die wichtigste Nachricht, die sie mitbrachten: Nirgendwo gab es eine Spur von Andres. Schon am Tag des Biikefeuers hatte ihn niemand zu Gesicht bekommen. Man musste ihn als vermisst betrachten.

Jorke schnappte so heftig nach Luft, dass es allen auffiel. Sönke, der sofort ahnte, dass sie an die Skeletthand dachte, signalisierte ihr mit den Augen, dass sie ihren Verdacht für sich behalten sollte. Bisher hatte er niemandem von dem Fund erzählt, und das beabsichtigte er auch weiterhin nicht zu tun.

Die zweite Information war, dass Major Groterjan tatsächlich für die Hin- und Rückfahrt ein größeres Schiff geheuert hatte, das mit ihm, dem Feuerwerker und Gerd Müller an Bord am Tag des Biikebrennens in aller Frühe Anker gelichtet hatte. An Bord gegangen waren sie in Husum, und dorthin würden sie auch zurückkehren. Anfänglich hatte der Elbkutter in der Nähe des Anlegers von Oland geankert, während des Sturms hatte der Schiffer ihn dann in den Schutz der Langenesser Landzunge am Osterwehl verlegt. Eigner und Schiffsjunge waren an Bord geblieben.

Als Nils Oland verlassen hatte, wartete Otto Herrmann hingegen, bis aufs Blut gereizt, immer noch auf Lorenzens Ewer.

»Und er bittet Sie, Frau Herrmann, so schnell wie möglich zu kommen«, übermittelte Nils artig.

Liselotte schmunzelte bitter. »So höflich hat er sich bestimmt nicht ausgedrückt, Nils. Eher in der Art: ›Wenn mein Weib nicht bald zur Stelle ist, reise ich ohne sie ab.‹«

»So ungefähr«, gab Nils widerstrebend zu, um dann eifrig fortzufahren: »Ich kann Ihre Lore schieben. Allerdings: Zum Damm müssten Sie wandern.«

»Gut«, sagte Liselotte entschlossen. »Das mache ich. Er soll mich nicht als Versagerin beschimpfen können.«

Während Jorke ihr in der Dörns half, die wenigen Sachen, die sie mitgebracht hatte, handlich zu verpacken, musste sie an den gewaltigen Unterschied zwischen der Frau Direktor Herrmann bei ihrer Ankunft und der abreisenden Liselotte denken.

»Was siehst du mich so an?«, erkundigte sich Liselotte, die das offenbar spürte.

»Du hast dich verändert«, sagte Jorke leise. »Das macht die Hallig. Hier sieht man viele Dinge anders als auf dem Festland.«

»Du hast recht. Die größte Veränderung steht mir allerdings in Berlin bevor. Ich werde mich von meinem Mann trennen. Es wird einen Skandal geben, aber den stehe ich durch.«

»Und deine Freundin?«

»Ich werde mir eine Wohnung in ihrer Nähe suchen.«

»Dann wünsche ich dir alles Gute.« Jorke umarmte sie fest.

Als sie in die Küche zurückkehrten, warteten Nils und Sönke schon, beide fertig angezogen. »Abwechselnd schieben geht schneller«, gab Sönke als Erklärung an.

Aber Jorke wusste natürlich, dass es ihm vor allem um seine Verantwortung für Liselotte als Gast ging.

Jorke packte wie üblich bei der Hausarbeit an, die auch ohne sie erledigt werden würde, aber sie mochte sich nicht als Gast im eigenen Haus fühlen. Doch sie blieb unruhig und ersehnte Sönkes Rückkehr. Das Wasser lief am Nachmittag schon auf, und die Männer waren immer noch nicht zurück.

Mit den Gedanken bei der Leichenhand streute Jorke vor der Stalltür den Hühnern eine Handvoll Grassamen vom Sommer hin. War Andres der Tote im Biikefeuer? Die vermissten Kinder schieden ihrer Meinung nach aus. Wie auch immer der Körper des Toten in den Holzstoß gelangt war – verborgen unter Kratt auf einem Leiterwagen, hätte man seinen Transport von Nordmarsch zur Kirchwarf jedenfalls bewerkstelligen können. Danach wanderten ihre Gedanken von selbst wieder zu Sönke.

Kaum kreisten sie um ihn, entdeckte Jorke zwei Wanderer, die unterhalb der Kirchwarf in Sicht kamen. Sönke, den sie am Gang erkannte, und offenbar Nils. Gott sei Dank, dachte sie. Dabei pflegte sie gar nicht ängstlich zu sein. Aber so viel war in den letzten Tagen geschehen, mehr als in einem Monat in Husum.

Als die beiden die Ketelswarf erreicht hatten, sah Jorke ihrem Mann sofort an, dass er schlechte Nachrichten brachte, aber er schüttelte den Kopf. Nicht zwischen Tür und Angel, hieß das.

Wenig später saßen sie alle am Küchentisch. »Nickels von der Hunnenswarf hat Liselotte nach Oland hinübergeschoben. Der ist zuverlässig«, berichtete Sönke emotionslos. »So viel zum besseren Teil unserer Erlebnisse. Weniger schön: Bandik hat Andres' Leichnam gefunden, er wurde am Damm angetrieben. Sein Ruderboot lag in der Nähe. Boj ist dort geblieben, um den Transport nach Nordmarsch zu organisieren.«

Jorke saß wie erstarrt da. Der etwas pummelige, immer gutgelaunte Andres war tot. Er war ein netter Kerl gewesen. Wieder war der Hallig ein Heiratskandidat abhandengekommen, dabei hatte er bestimmt schon eine Liebste gehabt.

»Beim Deichbau war Andres immer hilfsbereit und anstellig«, sagte Sönke mit einem Seufzer. »Wenn Sturm drohte, war er von den Halligleuten der Letzte, der die Baustelle verließ. Er hat mir jedes Mal noch beim Sichern loser Teile geholfen, vergessene Hacken und Schaufeln auf die nächste Warf gebracht ...«

»Was mag er gewollt haben? Fischen?«

»Vielleicht ist er zur Sandbank hinausgerudert, um Seehunde zu jagen, meinte Bandik. Eine Zeitlang gab es Seenebel am Tag vor Biike, deshalb wäre Gelegenheit gewesen. Und Andres war Jäger.«

»Das stimmt. An dem Tag, an dem ich angekommen bin, zog Nebel auf, während ich noch auf Hilligenlei war«, bestätigte Nils. »Das war zur Zeit des Niedrigwassers, und jagen konnte er doch wohl nur dann.«

»Richtig.« Sönke musterte Nils so forschend, als würde er sich über den jungen Mann erstmals Gedanken machen.

Jorke fragte sich, welche Überlegungen das sein mochten.

»Nils, es gibt noch einen Aspekt, unter dem Andres' Tod zu betrachten ist«, begann Sönke entschlossen. »Ich habe es dir bisher nicht erzählt, weil ich keinen Gast damit konfrontieren wollte, solange die Angelegenheit eine Sache der Hallig zu sein schien.«

»Das ist sie also nun nicht mehr«, konstatierte Nils.

»Nein, das ist sie nicht mehr. Vielleicht hast du etwas beobachtet, was bei der Aufklärung hilft.«

»Worum geht's?«

»Im Holzstoß befand sich offenbar ein Toter. Und da nun Andres' Schicksal halbwegs geklärt ist und von der Hallig keiner vermisst wird …«

»Die Kinder«, erinnerte ihn Jorke.

»Die sind doch erst am Tag nach Biike verschwunden. Fehlt auf Oland jemand?«

Nils winkte ab. »Ausgeschlossen. Das hätte ich erfahren. Ich habe mit zwei Anwohnern gesprochen, die erstaunlich mitteilungsfreudig waren. Vielleicht, weil sie sich über das feuchtfröhliche Fest im Wohnhaus des Bauleiters geärgert hatten. Da muss es an den beiden Abenden heiß hergegangen sein. Auch noch in der Nacht nach Biike.«

»Das wirft leider auch auf uns vom Wasserbauamt ein schlechtes Licht«, knurrte Sönke. »Die Halligleute unterscheiden nicht groß zwischen den Bauämtern. Aber solange sie das alles selbst bezahlen …«

»Keiner von denen musste irgendwas selbst bezahlen«, klärte Nils ihn auf. »Nur ich. Für Bier und Essen. Weil ich kein Angestellter eines Amtes bin, wie man mir mitteilte.«

»Und Gerd Müller?«, erkundigte sich Jorke argwöhnisch. Wer erpresste, schnorrte bestimmt auch sein Bier. »Der doch sicher auch nicht.«

»Lass den Kerl, Jorke. Wir sind ihn zum Glück losgeworden, also mach dir keine Gedanken.« Sönke hauchte ihr einen schnellen Kuss auf die Wange.

»Nein, der auch nicht«, antwortete Nils auf Jorkes Einwand. »Müller gehört zu denjenigen, deren Freundschaftsdienste man sich erkaufen muss. Die Begründung war allerdings vornehmer: Es hieß, er sei in offizieller Mission des preußischen Kriegsministeriums als Berichterstatter anwesend.«

»Gut. Herrmann hat ihn also gekauft. Und was genau hat er bestellt?«, fragte Sönke wissbegierig.

»Nicht Herrmann. Der scheint aufgrund seiner hohen Position weitgehend außen vor zu sein. Und sowieso unangreifbar. Nein, es ist Groterjan, der gekauft hat: wohlwollende Berichterstattung. Er hat sein Ohr überall und weiß, wo und wie man nachhelfen muss.«

»Hmm«, grummelte Hansen. »Dem muss man wohl alles zutrauen.«

»Genau wie Gerd Müller. Der Mann neigt zum Prahlen, vor allem, wenn ihm Schnaps die Zunge löst. Unangenehm, was er da von sich gegeben hat. Die Herren waren sozusagen unter sich, auf mich hat keiner geachtet.« Nils wiegte zweifelnd den Kopf, als sei er immer noch missgestimmt über das, was er erfahren hatte.

»Nun erzähl schon!«

»Also gut. Müller gab triumphierend in die Runde, er habe jemanden gefunden, der bereit sei, auszupacken, wie es auf der Hallig wirklich zugehe. Leider sei ihm das Wetter dazwischengekommen. Aber er werde die Frau demnächst in Husum befragen. Sie sei aus Abscheu über die hiesigen Verhältnisse aufs Festland gezogen und habe dort geheiratet. Er erwarte, dass sie die dreckige Halligwäsche gründlich waschen werde. So drückte er sich aus.«

»Unverschämtheit!«, rief Jorke mit flammendem Blick. »Die Hallig ist der schönste Ort auf der ganzen Welt. Und dreckige Wäsche gibt's hier keine. Oder meinte er gar nicht mich?«

»Doch, ganz sicher. Er sprach davon, dass der Ehemann seiner Gewährsperson zwar für eine ziemlich ehrliche Haut gehalten wird, es andererseits aber auch einen Grund dafür geben müsse, dass der ursprünglich für den Bau des Damms zuständige Wasserbauinspektor durch einen Regierungsbaumeister aus Berlin ersetzt worden sei.«

Sönke blieb die Spucke weg. Jorke sprang fuchsteufelswild auf. »Das will er doch wohl nicht etwa in seiner Berliner Zeitung schreiben!«

»Doch. Und eure Namen will er nennen, das bezeichnet er als notwendige Ehrlichkeit gegenüber den Lesern.«

»Hat ihm denn niemand widersprochen? Groterjan, der unsere Gastfreundschaft in Anspruch genommen hat? Zimmermann?«

»Nein.«

»Sönke, sag doch auch was!«, forderte Jorke.

»Ich fahre am besten morgen aufs Festland, um Petersen ins Bild zu setzen. Möglicherweise kann mein Chef den Artikel noch verhindern.«

»Ich komme natürlich mit!«, verkündete Jorke. »Ich muss ihm selbst erzählen, was Müller für ein Schmierfink ist.«

»Nein! Das machst du nicht! Du bleibst hier«, befahl Sönke mit finsterem Gesicht. »Du bringst es fertig, mich zu desavouieren. Du würdest sogar ohne mein Wissen im Wasserbauamt auftauchen.«

Jorke sprang auf, blitzwütend. »Du willst wohl sagen, ohne deine Erlaubnis! Ja, das würde ich. Ich brauche nicht die Erlaubnis meines Ehemanns, um zu tun, was ich für richtig halte. Darüber hinaus bin ich involviert! Ich weiß besser als du, was Müller mir gesagt hat, Sönke!«

Hansen hörte, dass Jorke sowohl Lautstärke als auch Tonhöhe steigerte. Sie geriet außer sich, was er bisher noch nie erlebt hatte. Es war auch das erste Mal, dass sie sich ernsthaft stritten. Sie stand mit den Händen in den Hüften vor ihm. Freiwillig nachgeben würde sie nie.

Brodina saß auf ihrem Schemel, hörte dem Streit mit offenem Mund zu und stützte dabei Agge bei seinen unermüdlichen Laufversuchen.

»Ich möchte einen Vorschlag machen.«

Sowohl Sönke als auch Jorke wandten sich Nils sofort zu, als hätten sie nur darauf gewartet, dass jemand den gordischen Knoten durchschlug.

»Dass Sönke so schnell wie möglich zum Festland muss, um seinen Chef zu informieren, ist klar. Gleichzeitig muss aber geklärt werden, wie die Leiche eines Auswärtigen auf die Hallig gekommen ist. Wenn Jorke hierbliebe, könnte sie unter der Hand versuchen, das festzustellen, wahrscheinlich sogar unauffälliger als Sönke.«

»Eigentlich ist die Leiche das größere Problem, auch für Petersen«, gab Hansen zu. »Jedenfalls auf lange Sicht.«

»Ich bleibe hier und unterstütze Jorke«, spann Nils seinen Vorschlag fort. »Erkundigungen einzuziehen ist schließlich mein Beruf. Und du, Sönke, könntest dich auf dem Festland auf die Suche nach verschwundenen Personen machen oder die Polizei einschalten oder was dir sonst noch sinnvoll erscheint, um herauszufinden, wer hier im Feuer geendet ist.«

»Das klingt nicht unvernünftig«, sagte Sönke zögernd. »Ganz und gar nicht. Was meinst du, Jorke?« Er konnte darauf wetten, dass sie sich davon locken lassen würde, einem Geheimnis in Eigenverantwortung auf die Spur zu kommen.

Jorke schob die Lippen vor und wiegte den Kopf, als ob es da viel zu erwägen gäbe. »Ja, doch, das könnte ich mir vorstellen. Gut, ich bleibe hier, wenn Nils mir hilft. Übrigens wäre da noch etwas. Du hast das wahrscheinlich nicht mitgekriegt, aber Herrmann hat bei der Biike die Strohpuppe als

Strohbär bezeichnet und gemeint, hoffentlich sei sie schön kompakt. Für ihn schien das eine Bedeutung zu haben, die sich mir nicht erschloss.«

»Strohbär? Das Wort kenne ich nicht«, bestätigte Hansen.

»Ich glaube, ich kann euch das erklären.« Nils wirkte betroffen.

»Erzähl!«

»Strohbären tanzen zusammen mit einem Narren durch die Straßen, meistens zur Fastnacht. Altes Brauchtum, hauptsächlich im Süden Deutschlands, gibt es aber fast überall, außer im Norden.«

»Und was ist so Besonderes daran?«

»In Strohbären steckt immer ein Mensch.«

»Du liebe Zeit!« Jorke verlor jede Farbe.

»In Schleswig-Holstein gibt es noch eine andere Variante.«

»Ja?«, fragten Jorke und Sönke wie aus einem Mund.

»Die Strohpuppen, die in manchen Dörfern im Osterfeuer verbrannt werden, sind kaum mehr als ein Strohwisch, in denen kann man in der Regel nichts verstecken«, erläuterte Nils. »Außer in der Elbmarsch. Dort sind die Holzstapel riesig, und die Puppen sind richtige Kaventsmänner. Das Stroh steckt unsichtbar in Jacke und Hose. Wegen der großen Entfernung von den Zuschauern und weil die Sicht auf die Strohpuppe sowieso bald durch den Rauch erschwert wird, hat man den Eindruck, ein Mensch würde verbrannt.«

Sönke hielt einen Augenblick den Atem an. Es wurde immer komplizierter. »Also, um es zusammenzufassen: Es gibt zwei unterschiedliche Bräuche. Beim einen verhüllt das Stroh einen tanzenden Menschen, und das Ganze heißt Strohbär. Beim anderen werden Kleidungsstücke mit Stroh ausgestopft, so dass die Puppe wie ein Mensch aussieht. In beiden Fällen wird das Gebilde verbrannt. Richtig so?«

»Genau«, bestätigte Nils und nagte auf seiner Unterlippe. »Aber da ist noch etwas Makabres, was ich euch nicht verschweigen will: In den großen Holzstapeln, bei denen der Aufbau schon Tage vorher beginnt, richten sich mitunter spielende Kinder eine Höhle ein. Es gibt Fälle, in denen sie lebendig verbrannt sind. Wir haben davon selbst berichtet.«

Sönke sah in Jorkes Augen das gleiche Entsetzen, das er spürte. Sein erster Gedanke galt den Jungen von der Trojburg.

»Vielleicht also doch die vermissten Kinder?«, fragte Jorke und konnte ein Schluchzen nicht unterdrücken.

»Das wäre zu grausam«, erwiderte Hansen mit brüchiger Stimme. »Außerdem waren sie doch nach der Biike noch da. Die Eltern können sich nicht derart irren. Ich denke eher an den Strohbären. Herrmann hat davon gesprochen, sagst du?«

Jorke versuchte, sich zu fassen. »Ja, aber es wird bestimmt schwierig, mit ihm zu reden. Liselotte will sich von ihm trennen. Und er hat ganz sicher gemerkt, dass sie bei uns willkommen war und wir auf ihrer Seite standen.«

»Mal sehen, wie ich das angehe.« Sönke stand auf und gab Jorke einen liebevollen Kuss, um sie die kleine Unstimmigkeit vergessen zu lassen.

Nils, der dicht neben ihr saß, lehnte sich zurück und wehrte einen möglichen Übergriff durch den Hausherrn mit ausgestreckten Händen ab. »Ich nicht.«

Sönke grinste gewollt unverschämt, ohne dass es ihm richtig glückte. Trotzdem war er Nils dankbar, dass er versuchte, die Beklemmung, die alle erfasst hatte, zu verscheuchen.

Am nächsten Morgen fand Sönke sich beizeiten an der alten Anlegestelle am Heeg ein, um auf den Ewer von Ingwert Lorenzen zu warten. Jorke begleitete ihn. Eine ganze Reihe von Besuchern, die vom Sturm auf der Hallig festgehalten worden waren und erst an diesem Tag ihre Verwandten verließen, stand herum. Das fröhliche Schwatzen, das sonst zu herrschen pflegte, war einem gedämpften Murmeln gewichen. Einige beobachteten stumm das heransegelnde Boot, das vor dem hellen Horizont gut zu sehen war und schnelle Fahrt machte. Hooge und Pellworm lagen hingegen im Dunst.

Zu Jorke und Sönke gesellte sich unerwartet Ratmann Ewert Knutsen mit finsterer Miene. »Drei Tote auf Nordmarsch«, sagte er. »Andres sollte den Hof übernehmen. Der Verlust schmerzt. Wir Halligleute werden immer weniger. Weniger bewohnbare Warfen, weniger Einwohner.«

»Eben aus diesem Grund die Bedeichungsmaßnahmen«, flocht Sönke ein.

Knutsen warf ihm einen giftigen Blick zu.

»Wir haben davon schon gehört«, pflichtete Jorke dem Ratmann mit ehrlicher Trauer bei. Trotzdem wunderte sie sich, dass er ausgerechnet zu ihnen kam.

»Ich erzähle es dir nicht, um deine Neugierde zu befriedigen«, antwortete Knutsen gehässig. »Wir brauchen noch einen Sarg. Für einen Erwachsenen oder für ein Kind. Zwei haben wir selber. Irgendjemand von euch Leuten auf Langeneß sollte doch wohl wissen, ob ihr einen Sarg vorrätig habt. Aber bisher habe ich, verdammt noch mal, keinen gefunden, der Auskunft geben konnte!«

»Der Sarg. Darüber weiß ich auch nicht Bescheid«, sagte Jorke betroffen. »Sind die Kinder denn gefunden worden?«

Knutsen schnaubte. »Ihre Leichen.«

Jorke wechselte einen Blick mit Sönke. Vermutlich waren die Kinder an einer Stelle in tiefen Schlick geraten, wo sie vor dem Sturm noch gefahrlos Muscheln hatten sammeln können. Aber sie mochte nicht fragen. »Ich weiß nur, dass für einen Erwachsenen immer ein Sarg da sein sollte. Ich höre mich um und sorge dafür, dass er euch gebracht wird.«

Knutsen nickte und ging.

»Wenigstens können die Eltern an den Gräbern trauern«, bemerkte Jorke niedergeschlagen.

»Ja«, stimmte Sönke zu.

Eine Weile herrschte zwischen ihnen Schweigen.

»Eine bessere Gelegenheit, in vielen Haushalten vorzusprechen, könnte ich gar nicht finden«, raunte Jorke ihrem Mann später in dem vergeblichen Versuch zu, das Entsetzen zu überspielen, das sie wie ein grauer Nebel umfing. »Den Sarg werde ich möglichst spät entdecken.«

Kurze Zeit später legte der Ewer am Steg an. Hansen nahm beide Festmacher an, belegte sie an den hölzernen Pollern und half älteren Personen an Bord. Als alle Platz gefunden hatten, warf er die Achterleine auf das Heck, lief nach vorne, stieß das Boot ab und sprang mit der Bugleine in der Hand an Bord.

Jorke winkte ihm und dem Boot nach und wanderte dann am Südufer entlang zur Ketelswarf zurück. Auf der benachbarten Fenne standen bunte Brandgänse in einer Gruppe zusammen, noch war es zu früh für sie, sich Nisthöhlen zu suchen. In der Ferne schwebte eine große Schar Ringelgänse herunter, um zu weiden. Das Halligland war bedeckt mit gelbem, flach gelegtem Gras, aber die Gänse fanden darunter bereits Futter. Das Wasser lief ab, und unterhalb des Ufers befand sich grauer Schlick, außerdem Tang und viele Muscheln, die die Wellen bei dem starken Wind aus Süd hochgeworfen hatten.

Jorke sammelte einige angetriebene Austern auf. Obwohl diese bis vor einigen Jahren als preußisches Regal zu den geschützten Delikatessen gehört hatten, die bis nach Petersburg versandt wurden, aßen die Halligleute sie gar nicht so gerne, sie zogen die Pissers und die Hünne vor. Aber Nils würde sich vielleicht über eine Speise freuen, die er sich in einem Restaurant nicht leisten konnte. Journalisten wurden nicht gut bezahlt, soviel Jorke wusste.

Unterwegs hatte sie sich überlegt, wie sie am besten vorgehen sollte. Im Auftrag des Ratmanns nach dem Sarg zu forschen erschien ihr trotz des traurigen Anlasses wie ein Wink des Himmels.

»Wo fangen wir an?«, fragte Nils tatendurstig, als Jorke in die Küche getreten war.

»Die vermissten Kinder sind tot aufgefunden worden«, sagte sie einfach, setzte sich und nahm Agge auf den Schoß.

»Das war alles andere als ein schönes Fest.«

Jorke nickte.

»Ihr habt mir nicht glauben wollen. Ich habe es wohl gemerkt, auch wenn ich eine alte Frau bin.« Brodinas Stimme war anklagend.

Jorke murmelte zustimmend und hielt Agge fest, der strampelte und wieder auf den Boden hinunterwollte, wo er zwischen Brodina und Nils hin und her getappt war. Dann ließ sie ihm unversehens seinen Willen, als ihr einfiel, wie kurz ein Kinderleben sein konnte.

Agge plumpste auf den Hosenboden und wuschelte die getigerte Katze, die an ihm vorbeistrich. Brodina stellte ihn auf die Füße und zog ihn mit sich hinaus in die Diele.

Jorke stieß einen tiefen Seufzer aus und konzentrierte sich auf ihre Aufgabe. Sie musste herausfinden, wie die Leiche in den Holzstoß gekommen war. »Ich denke, wir sollten mit dem Stroh und dem Holz anfangen. Am besten gehen wir der

Frage nach, wie und von wem der Holzstoß aufgebaut wurde. Außerdem zum Beispiel: Wann kam aus welcher Richtung eine Fuhre? Wer war daran beteiligt? Und von wo kam die Strohpuppe? Solche Dinge.«

»Nicht verkehrt«, meinte Nils. »Am besten machen wir eine Liste von Lieferungen, die wir selbst gesehen haben oder von denen wir zuverlässig wissen.«

»Das sind nicht viele. Kratt kam von Westen, also vom Ilef oder vom Fennschlot, als Sönke und ich gerade auf der Hallig angekommen waren. Am Spätnachmittag wurde nochmals Kratt aus dem Westen angeliefert. Mehr habe ich nicht gesehen.«

»Die allerletzte Fuhre aus Osten nicht zu vergessen, die via Eisenbahn und Kutsche über Oland angeliefert wurde«, ergänzte Nils. »Die trinkfesten Herren im Bauleiterhaus haben damit geprahlt, wie sie der Bauverwaltung in Husum Beine gemacht haben. Dabei hatten die eigentlich gar nicht genug Leute dafür.«

»Sönke war am Nachmittag unserer Ankunft ja noch am Holzstoß, um sich zu vergewissern, dass alles klappte. Kurz nachdem du zu uns gekommen warst. Und da war schon viel Holz aufgeschichtet, viel mehr als sonst bei uns üblich, hat Sönke erzählt. Aber Groterjan, der ja ein Kenner von Biiken ist, mäkelte daran herum.«

Nils grinste schwach. »Die Berliner haben euch regelrecht überfahren, stimmt's? Auch mit dem Feuerwerk.«

Jorke nickte schweigend. Sie wollte keine Undankbarkeit zeigen. Und obwohl sie Nils gut leiden konnte, blieb er doch immer, was er war: ein Journalist, der sein Wissen in Zeitungen zu Geld machte. Diese Frage hätte auch Gerd Müller gestellt haben können.

Kapitel 10

Das Haus war kalt und leer ohne Jorke und Agge. Aber dass er allein nach Husum fuhr, war Sönkes eigener Vorschlag gewesen, um nicht zu sagen, seine Anweisung, und da konnte er sich jetzt nicht beschweren.

Während er Papier und Holz in den Ofen schichtete und beides anzündete, dachte er über die Strohpuppe nach. Sie war sicherlich mit den Gästen aus Berlin gekommen, jedenfalls von weiter her.

Konnte das Opfer bereits in der Strohhülle nach Langeneß gebracht worden sein, um an Ort und Stelle zum Beispiel erstochen und anschließend auf dem Holzstoß befestigt zu werden?

Makaber und zu kompliziert. Ein Fremder hätte dazu die Hilfe mindestens eines Einheimischen gebraucht. Wenn allerdings Geld im Spiel war, war nichts ausgeschlossen. Seinem Amtschef musste Hansen alle Möglichkeiten vortragen.

Über dem Hafenwasser waberte am nächsten Morgen der Nebel, und auch das Wasserbauamt wurde von den grauen Schwaden eingehüllt.

»Nun, ist alles gutgegangen? Haben Sie alle Gäste gesund und fröhlich nach Hause verfrachten können?«, fragte Petersen und bedeutete Hansen mit einer Handbewegung, sich ihm gegenüberzusetzen.

»Alles ist weitgehend gut abgelaufen, trotz Landunter am Tag nach dem Fest«, antwortete Hansen diplomatisch, aber mit schlechtem Gewissen. Umständlich rückte er sich den Stuhl zurecht. »Die Gäste des Bauleiters Zimmermann sind alle abgesegelt, denn der Damm von Oland zum Festland lässt sich derzeit mit Loren nicht befahren. Außerdem hatten wir Überraschungsgäste aus Berlin, Direktor Herrmann und seine Frau. Der Direktor und Major Groterjan sind sich spinnefeind. Frau Herrmann und Groterjan haben übrigens bei uns übernachtet.«

»Hauptsache, sie haben einen guten Eindruck von der Hallig und den Schutzmaßnahmen bekommen.«

»Bei Groterjan bin ich mir da nicht so sicher. Er ist ein missgünstiges Ekel und ein Besserwisser! Außerdem ist mir schleierhaft, warum er einen zehn Meter langen Elbkutter anheuern musste, um nach Oland zu segeln. Das Schiff blieb die ganze Zeit zu seiner Verfügung.«

»Die Herren lassen sich nicht lumpen.«

Sönke seufzte. »Das ist es nicht allein. Er brauchte zugegebenermaßen viel Platz für einen Feuerwerker und dessen Utensilien sowie für einen Journalisten. Und es könnte sein, dass er auch noch eine besonders dicke Strohpuppe, genannt Strohbär, für die Spitze der Biike transportiert hat. Im Umfang von zwei Menschen.«

Petersen runzelte die Stirn und sah Hansen forschend an. »Spuck's aus, Sönke. Was beunruhigt dich?«

Wenn Petersen privat wurde, gab es keine Ausflüchte mehr. »Im Biikefeuer war eine Leiche versteckt. Es war niemand von der Hallig, das ist bereits geklärt.«

»Wer hat die Leiche gesehen?«, fragte Petersen scharf.

»Nur Jorke und ich. Es war auch nur eine Leichenhand. Zwei Langknochen, wohl Unterschenkel, gingen für Kälberknochen durch und landeten im Priel. Vielleicht waren sie aber auch älter und gehörten nicht zu unserer Leiche, sondern waren mit dem Schlick ausgegraben worden, der zur Einebnung des Bodens benötigt wurde. Sie waren vollkommen schwarz. Ich könnte mir vorstellen, dass sie durch das Liegen im …«

»Die Hand«, erinnerte Petersen Hansen.

»Ja, die war frisch, jung. Es hingen noch Sehnen dran. Sie war anscheinend zufällig durch feuchtes Holz geschützt gewesen, das auch nicht verbrannt ist. Im Übrigen hatte dieser Groterjan so viel Holz geordert, dass das Feuer lichterloh brannte und sehr heiß gewesen sein muss. Die Halligleute fürchteten bereits um die Häuser der nächstliegenden Warf.«

Petersen drehte einen Bleistift zwischen den Fingern und schüttelte anhaltend den Kopf. Er blickte über den Hafen, wo nur einige Mastspitzen zu sehen waren, und fasste dann wieder Hansen ins Auge. »Hat das Ganze etwas mit dem Strohbären zu tun?«

»Möglich, ich weiß es nicht«, gab Hansen zu. »Aber dort, wo die zur Fastnachtszeit üblich sind, tanzt der Strohbär zusammen mit anderen wilden Figuren auf der Straße, ohne dass man erkennen kann, dass in ihm ein Mann versteckt ist. Es wäre nun möglich, dass im Strohbären ein lebender Mensch gesteckt haben könnte und als eine Art makabrer Schabernack verbrannt wurde. Es sind schon Kinder in solchen großen Holzhaufen zu Tode gekommen, vermutlich so schnell erstickt, dass sie sich gar nicht mehr bemerkbar machen konnten. Technisch wäre das also möglich. Die andere Erklärung wäre, dass der Strohbär einen Toten verbarg.«

Petersen presste entgeistert die Hände an seine Wangen. »Noch schlimmer konnte es ja kaum kommen!«

»Hinzu kommt«, fuhr Hansen nüchtern fort, »dass Groterjan einen Kutter, dessen Heimathafen an der Elbe liegt, geheuert hatte. Als Zahlender konnte er jederzeit Reiseziel und Reisezeit bestimmen, konnte laden lassen, was er wollte, und musste keine Gäste akzeptieren. Außerdem hat dieser Schiffstyp im Gegensatz zu den kleinen Ewern hier im Wattenmeer eine auffallend große Ladekapazität; die Strohpuppe hätte bestens unter Deck Platz gefunden. Außerdem verlangte Groterjan auf der Hallig Brennholz in einer Menge, die für drei Biiken gereicht hätte. Auf jeden Fall entwickelte sich bestimmt genügend Hitze, um eine Leiche vollständig zu verbrennen. All das wirft Fragen auf. Ich denke, ich sollte zuerst ihm auf den Zahn fühlen.«

Petersen schüttelte den Kopf. »Ausgerechnet der! Der Mann ist brandgefährlich.«

»Kann ich mir denken«, pflichtete ihm Hansen düster bei.

»Ich hätte Sie warnen sollen. Ich dachte nicht, dass Sie Gelegenheit haben würden, mit ihm länger in Kontakt zu treten. Einer wie er nutzt üblicherweise die Möglichkeit, sich Vorgesetzten anzudienen, ohne Rücksicht auf andere Personen. Dass er bei Ihnen übernachten würde, war nicht vorgesehen.«

»Natürlich nicht. Es war ja zuerst nur, weil er wegen des Wassers nicht allein über den Damm wollte und es für mich zu spät war, ihn zu begleiten. Die zweite Nacht blieb er, weil er nicht mit Herrmann in einem Haus übernachten wollte. Seine Kenntnisse über unseren Haushalt hat er dann auch dafür ausgenutzt, den Journalisten Gerd Müller, den er zu seiner Unterstützung nach Langeneß mitgebracht hatte, auf meine Frau zu hetzen. Und dieser wiederum scheute sich nicht, Jorke zu erpressen, um sie zum Reden zu bringen. Sie sollte ihm Negatives vom Leben auf der Hallig erzählen.«

»Und? Hat sie?« Petersen war ausgesprochen hellhörig, so dass es schon manchmal peinlich wurde.

»Natürlich nicht. Es kam übrigens wegen des Wetters gar nicht zu dem Gespräch. Aber der Kerl gibt nicht auf. Er hat die Sache nach Husum verlegt.«

Petersen nickte. »Wir werden ihn also nicht los. Das Schlimme ist die Befragungstechnik solcher Leute. Ihre Fragen lassen einem als Antwort die Wahl zwischen Pest und Cholera. Der Befragte kann sich kaum herauswinden.«

»Dieser Zeitungsschreiber muss doch zu stoppen sein. Können Sie nicht beim Vorgesetzten von Groterjan intervenieren, mit dem Argument, dass dessen Freund Müller mit der verlogenen Geschichte, die er sich aus den Fingern zu saugen droht, auch die Politik der Preußen torpediert? Wenn es gar nicht zu vermeiden ist, müsste man Herrmann einbinden, ich kenne deren Hierarchie nicht genau.«

»Gut, ich kümmere mich um die Berliner. Herrmann war zwar nicht vorgesehen als Gast, aber vielleicht ist er jetzt unsere Rettung. Und Sie forschen dem Kutter hinterher. Vielleicht gibt es Zeugen, die gesehen haben, was er lud, bevor er nach Oland segelte.« Petersen zog eine graue Akte zu sich heran, das Signal für Hansen, dass die Unterredung beendet war.

Hansen war erleichtert, dass Petersen ihm das unangenehme Gespräch wegen Groterjan und Müller abnehmen wollte. Zuversichtlich machte er sich auf den Weg zum Hafen. Bei ablaufendem Wasser war er in Husum angekommen, jetzt lief es auf. Der Elbkutter hatte den Hafen natürlich längst verlassen. Aber mehrere Ewer lagen vor Bugleinen und Heckanker senkrecht zur Kaimauer, besetzt mit betriebsam arbeitenden Fischern, die das Deck schrubbten oder ihre Fischkisten im Hafenwasser spülten.

Hansen nahm einen, den er kannte, aufs Korn. »Moin, Knut«, grüßte er, ließ sich auf dem Steinpflaster vor dem Bug nieder und baumelte über dem Hafenwasser mit den Beinen. »Willst du eine Prise?« Er hielt dem Schiffer eine Schnupftabakdose hin, ein bewährtes Bestechungsmittel. Er selber schnupfte nicht. »Ich habe ein paar Fragen.«

Knut brummte: »Na, gut. Hab aber nicht viel Zeit, meine Tochter hat Geburtstag.« Er bediente sich.

»Hast du ein, zwei Tage vor Biikebrennen hier im Hafen einen der neuen Krabbenkutter von der Elbe gesehen?«

»Nö.«

»Aber ich«, meldete sich der Nachbar, der interessiert zugehört hatte. Sofort bekam er die Schnupftabakdose gereicht und griff zu. Nach einem herzhaften Niesen erklärte er sich. »Ich musste zu unchristlicher Abendzeit meine Fische entladen, weil meine Frau auf der Treppe ausgerutscht war. Beinbruch. Ich kam erst bei Dunkelheit mit ihr aus der Klinik zurück und dann hierher.«

»Ja«, nickte Hansen auffordernd.

»Ich weiß, welches Schiff du meinst. Es war ja das einzige fremde im Hafen, außerdem hatte er uns von unseren gewohnten Liegeplätzen vertrieben. Der Kutter nahm drei Männer an Bord, die mit zwei Kutschen ankamen. Das waren die beiden, die immer am Bahnhof auf Reisende warten.«

»Alle beide?«

»Ja, wegen des vielen Gepäcks, nehme ich an. Sie hatten etliche Seesäcke, Kisten und ein langes Paket zu verladen.

Darüber gab es eine Diskussion mit dem Schiffer. Es schien, als wären sie sich nicht einig.«

Hansen merkte auf. »Wie lang war denn das Paket?«

Der Fischer wiegte den Kopf. »Länger als das Ruder eines gewöhnlichen Ruderbootes. Vielleicht sechs, sieben Fuß. Das Ding war in Säcke eingeschlagen.«

Sönke grinste wegen des veralteten preußischen Längenmaßes. Also etwa zwei Meter. Fischer schätzten keine Änderungen. Dann ließ er das Schnupftabakfläschchen noch mal die Runde machen. »Und dann haben sie abgelegt?«

»Nein, nicht sofort. Sie warteten auf den Militär. Jedenfalls war der Mann in Uniform. Er war gleich nach der Ankunft in die Hohle Gasse geeilt und kam auch von da zurück.«

Damit konnte Hansen zunächst nichts anfangen.

»Weißt du, irgendetwas kam mir seltsam vor. Wenn du auf deinem Schiff zahlende Passagiere hast, noch dazu einen Militär im höheren Rang, die immer gute Trinkgelder zu geben pflegen, guckst du doch als Schiffer nicht frech zu, wie die Gäste sich mit dem sperrigen Zeug abmühen. Insbesondere nicht solche, die gar nicht gewöhnt sind, an Bord und wieder zurück an Land zu jumpen.«

»Nein, bestimmt nicht. Hat keiner geholfen?«

»Nein. Der Zweite war ein Junge, und der lümmelte auch herum.«

»Hast du dafür eine Erklärung?«

»Entweder sie kannten den, der das Boot geheuert hatte, vorher schon und hatten sich mit ihm zerstritten, oder mit dem langen Paket war was. Die Gäste wollten es nach unten bringen, das war ganz deutlich, und der Schiffer schüttelte den Kopf. Als der Uniformierte kam, ging der Streit noch heftiger weiter. Womöglich stank das Zeug. Sie haben es schließlich ans Waschbord gelascht.«

»Welchen Umfang hatte es eigentlich?«

Der Fischer breitete die Arme in voller Länge aus, dann verkleinerte er zügig den Abstand zwischen seinen Händen. »So ungefähr.«

Mit anderen Worten: Seine Maßangaben waren nicht sehr verlässlich. Immerhin hatte Hansen Anhaltspunkte erhalten. »War eigentlich noch jemand im Hafen zu der Zeit?«

»Ein Ewer lief ein, einer von denen, die die Arbeiter zum Dammbau transportieren. Ich habe nicht weiter auf sie geachtet, ich hatte es eilig. Die waren mächtig spät, wahrscheinlich weil sie gegenan kreuzen mussten. Aber sie trieben lauthals ihren Spott mit den Leuten vom Kutter.«

»Warum?«

»Das weiß ich nicht.«

Hansen reichte ein letztes Mal den Schnupftabak herum und sprang auf. »Danke. Bis zum nächsten Mal.« Hinter sich hörte er lautes Niesen und zufriedenes Ausschnauben, als er zum Amt zurückging.

Konnte es sein, dass Groterjan einen Toten in der Strohpuppe hatte transportieren lassen? Der Geruch verströmte? Tief in Gedanken stieg Hansen die Treppe des Wasserbauamtes hoch, wo er gleich seinem Chef Petersen über den Weg lief.

»Der Schaden ist schon eingetreten«, knurrte dieser erbost. »Der Artikel ist heute früh in der Morgenausgabe der *Berliner Allgemeinen Zeitung* erschienen. Groterjan hat ihn mir in Teilen vorgelesen.«

»Und?«

»Ich gebe ihn nur so ungefähr wieder«, sagte Petersen. »Es sei ein gewaltiges Freudenfeuer auf der Hallig Langeneß zur Feier des neuen Damms angezündet worden. Das Reichsbauamt und das Kriegsministerium hätten in vorzüglichem

Einvernehmen zusammengearbeitet. Feuer und Feuerwerk seien ein Spektakel gewesen, das der Halligbevölkerung in ewiger Erinnerung bleiben werde. Leider hätten die lokalen Verantwortlichen nicht den Erwartungen entsprochen. Die Loren zum Transport der Gäste auf dem neuen Damm seien nicht immer zur Stelle gewesen, schon gar nicht sei gewährleistet gewesen, dass diese von den Einheimischen geschoben wurden; das hätten häufig die Gäste selber übernehmen müssen. Und so weiter.«

»Das ist eine gewaltig schiefe Darstellung!«

»Na ja. Mussten wirklich Gäste selber schieben?«

»Von Oland nach Langeneß kein einziges Mal, die hatten immer Leute zur Verfügung. In der anderen Richtung passte es zuweilen mit dem Wasser nicht, weil unsere Leute dann nicht mehr trocken nach Langeneß zurückgekommen wären. Da hat uns aber Nils Nordmann, ein umgänglicher junger Journalist von der Schlei, Wandervogel und gut zu Fuß, ausgeholfen. Er schob und blieb dann einfach auf Oland. Ein anderer Gast hat meines Wissens nicht schieben müssen.«

»Wird dieser Nordmann auch schreiben?«

»Er wird ein Loblied auf die Hallig singen«, verkündete Hansen zuversichtlich.

»Das ist gut. Trotzdem: Er ist vermutlich gänzlich unbekannt, schreibt für eine ländliche Zeitung, und dagegen steht dann der Artikel von dem Platzhirsch aus Berlin.«

»Das ist wohl so.«

»Ach ja, und ganz zum Schluss«, fiel Petersen noch etwas aus dem Text von Müller ein: »Man hoffe, dass die Unzuverlässigkeit der Einwohner in den Augen der zukünftigen Sommerfrischler durch die Schönheit der Natur wettgemacht werde.«

Hansen fühlte sich angesichts solcher Anwürfe hilflos und wütend. Als er sich anschickte, murrend die Treppe nach oben zu steigen, rief ihn Petersen zurück.

»Waren Sie am Hafen? Haben Sie etwas herausgefunden?«

»Ja. Ich habe einen Fischer gefunden, der den Krabbenkutter gesehen hat. Seine Zeugenaussage entlastet Groterjan keineswegs. Die Gäste brachten ein langes, dickes Packstück mit, um das es auf dem Boot Streit gab. Der Schiffer weigerte sich anscheinend, es im Schiffsrumpf aufzubewahren, obwohl da ja Platz gewesen sein müsste. So wurde es an Deck gelascht. Der Fischer mutmaßte, das Ding habe vielleicht gestunken.«

»Ein Toter in der Strohpuppe?«, fragte Petersen gedämpft.

Hansen zuckte mit den Schultern und kaute auf der Unterlippe herum. »Mir ist noch eingefallen, dass in der ehemaligen Bünn vielleicht der Schiffer selbst eine Strohpuppe gelagert haben könnte. Immerhin war er von der Elbe, und in der Seestermüher Marsch, einer der Elbmarschen, sind die großen bekleideten Strohpuppen üblich.«

Petersen seufzte vernehmlich.

»Bevor wir uns auf das Glatteis des Majors begeben, befrage ich weitere Zeugen, von denen ich erst durch den Fischer erfuhr. Als der Kutter beladen wurde, lief gerade ein Boot mit Arbeitern des Husumer Bauhofs ein, Rückkehrern von Langeneß. Die trieben ihren Spaß mit den Gästen auf dem Kutter, der Fischer wusste aber nicht, warum.«

Jorke konnte mit der ihr übertragenen Aufgabe gleich im eigenen Haus anfangen. Brodina, die mit ihrem fünfundsiebzigjährigen Ehemann in der alten Kate am östlichen Rand des Fethings lebte und schon zwei Kinder und ein Enkelkind begraben hatte, wusste möglicherweise am besten, wo sich der Langenesser Sarg befinden konnte.

»Brodina!« Jorke wartete, bis die alte Frau aus der Versunkenheit aufgetaucht war, mit der sie üblicherweise Gemüse putzte oder häkelte, bevor sie weitersprach. »Wir hatten doch immer einen Sarg hier auf der Hallig vorrätig …«

»O ja! Einen gediegenen braunen Sarg mit goldenen Leisten am Deckel und eisernen Griffen. Das waren noch schöne Zeiten!«

»Wieso?«, fragte Jorke verblüfft.

»Na, heute haut der Tischler auf Amrum doch nur schlechte, dünne Planken zusammen – wenn es ganz schlimm kommt, Treibholz. Und Zierat gibt es gar nicht. Wer will denn damit in die Erde kommen? Da nagen die Würmer ja schon an einem, bevor der Pastor sein Gebet beendet hat.«

»Ah, so.« Das Gespräch machte Jorke verlegen, weil sie einem möglicherweise schauerlichen Todesfall nachspürte, während Brodina geradezu auflebte in der Beschäftigung mit dem Tod. Auf keinen Fall durfte die alte Frau erfahren, womit sich Jorke befasste, denn da würde es heißen, das sei unnatürlich, das Festland habe sie verdorben und dergleichen mehr. Ihr stieg das Blut zu Kopfe.

Nach einer Weile unternahm Jorke noch einen Versuch. »Weißt du denn, wo dieser minderwertige Sarg untergestellt ist?«

»Aber, Jorke«, tadelte Brodina. »Warum sollte ich mich um schlechte Särge scheren!«

Das stimmte, aber es half Jorke nicht weiter. »Und dein Mann?«

»Er weiß, was wir brauchen, um mehr muss er sich nicht kümmern.«

»Ja, recht hast du, Brodina.« Jorke sprang auf, und auf ihren Wink folgte Nils ihr in die Diele. »Wir machen jetzt eine Runde über die Warf«, sagte sie leise. »Ich glaube, am geschicktesten ist es, ich erkundige mich nach dem Sarg und du nach den Holzfuhren. Wenn du dich vorstellst, wird dir jeder abnehmen, dass du einen richtig guten, sachlichen Bericht über die Hallig schreiben willst, und dazu gehören nun mal Details.«

Unterhalb des Nachbarhauses war die trächtige Sau herausgelassen worden. Sie pflügte mit Feuereifer durch die Erde, auf der Suche nach Würmern, die rar waren, wenn Salzwasser über die Warf gegangen war. Das namenlose Protestschwein ihres Husumer Nachbarn Lars Ebsen kam Jorke in den Sinn. Das hatte diese Sorge nicht. Vermutlich ähnelte Lars' Garten inzwischen Ackerland.

»Wir gehen zuerst zu den Petersens«, entschied Jorke. »Arfast hat schon gelegentlich den Ratmann vertreten, er könnte es also wissen.«

Arfasts Haus befand sich jenseits des Fethings. Jorke öffnete die Tür, streifte sich die Holzpantinen ab und ging in die Küche. Nils tappte auf Socken hinterher.

Arfast schnitzte gerade am Rumpf eines Schiffes, das für seinen fünfjährigen Sohn bestimmt war. Jorke trat zu ihm und bewunderte das Werk mit dem auffallend tiefen Kiel. Der kleine Junge saß zu Arfasts Füßen und spielte mit Schneckengehäusen Bauernhof. Die Hünne waren Kühe, die Tinkeltuten Schafe, und die Stallabteilungen hatte er mit Stöcken markiert. Jorke wuschelte ihm zur Begrüßung das Haar.

Arfast ließ das Messer sinken. »Es soll eben kein Halligprahm für den Heutransport werden, sondern ein seetüchtiges Schiff mit zwei Masten und verstellbarem Ruderblatt«, erklärte er. »Seit die Priele überdämmt wurden, ist die Zeit des Heutransports im Boot endgültig vorbei, und die Kinder müssen sich darauf einstellen. Vielleicht gehen sie wieder zur See wie zu Walfangzeiten.«

Jorke nickte anerkennend. Arfast hing wohl weniger an den alten Gewohnheiten als die meisten Halligbewohner. »Ich soll im Auftrag des Ratmanns nach dem Sarg suchen, der als Reserve auf irgendeinem Dachboden steht. Weißt du, wo der sein kann?«

»Warte.« Arfast blickte zur Zimmerdecke und dachte nach. »In den letzten, an den ich mich erinnere, kam Ipcke. Danach hätte ja sofort ein neuer in Auftrag gegeben werden müssen. Aber von dem habe ich nie reden hören. Ich weiß es also nicht.«

»Na ja, da kann man nichts machen. Aber Nils möchte dich auch noch etwas fragen.«

»Nur zu.«

Nils schlurfte vor. »Du weißt ja, dass ich einen Bericht über die Hallig, insbesondere das Biikebrennen, schreiben möchte. Mich interessiert das Brennmaterial. Womit feuert ihr denn, wenn sich die Preußen nicht darum kümmern?«

»Ach, da kommt schon genug zusammen. Die Biike ist sonst ja viel kleiner.«

»Eigentlich sollte man vermuten, dass ihr euch gedacht habt: Wenn die Preußen ein hohes Feuer haben wollen, sollen sie doch selbst dafür sorgen«, warf Jorke ein. »Oder?«

Arfast grinste breit und blieb ihr die Antwort schuldig. »Ich weiß von drei Fuhren, die an der Löschbrücke von Oland ankamen, zwei weitere im Ilef von Nordmarsch, also alle über See. Vermutlich alles Ewer mit Kratt von der Bauverwaltung in Husum. Die letzte Fuhre kam über den Damm von Fahretoft.«

»Wie viel Mann begleiteten die Fuhre über den Damm?« Nils hatte sein Notizbuch hervorgekramt und hielt die Antworten sorgfältig fest.

»Zwei, wie immer, mit der Lore. Einer schiebt, der andere geht zur Sicherheit mit, oder sie schieben abwechselnd.«

Nils schrieb und blickte dann wieder auf. »Ich hörte, es hätte da einen Zwischenfall gegeben?«

»Na ja, nichts auf dieser Welt bleibt geheim, selbst auf der Hallig nicht. Ich weiß nur, dass es Streit gab, aber nicht, warum.«

»Wer waren denn die beiden? Oländer?«

»Niemand von hier. Vom Festland.«

»Na, macht nichts. Irgendjemand wird es schon wissen, Arfast. Wir müssen weiter, wegen des Sarges. Sobald wir ihn gefunden haben, sollen wir ihn nach Nordmarsch schicken. Allmählich eilt es.«

Arfast krauste die Nase, als ob er Witterung aufnähme, und spante ein paar Holzschnitze vom Rumpf ab. »Glaub ich aufs Wort. Vielleicht hat der Pastor eine Idee. Am besten, ihr geht zuerst zu ihm.«

Jorke und Nils verabschiedeten sich, zogen ihre Schuhe an und stapften die Ack hinunter. »Die Kirchwarf ist die nächste Warf auf dem Weg nach Osten, die kennst du ja schon. Wir werden genau da nicht hingehen. Ich befürchte nämlich auch, dass der Pastor weiß, auf wessen Dachboden der Sarg steht«, sagte Jorke.

Kapitel 11

Die Ewer, die von der Bauverwaltung benutzt wurden, befanden sich in einem Seitenarm der Husumer Au.

Es ebbte, als Hansen ankam, die meisten Boote im Hafen lagen auf dem Kiel oder auf der Seite im Schlick. Ein einziger Mann war dabei, die oben liegende Steuerbordseite seines Ewers mit dem Schrubber von Algenbewuchs und Pocken zu befreien. Seine Stiefel waren bedenklich tief im Schlick eingesunken.

»Moin, moin«, grüßte Hansen. »Eine Frage. Warst du kurz vor Biiken zufällig auf Langeneß oder Oland, um Kratt zu bringen?«

»Die Bauverwaltung hat ja wohl auch noch anderes zu tun«, schnaubte der Schiffer.

»Also nein?«

»Genau: Nein!« Er zog bedächtig an seinem rechten Bein. Es schmatzte vernehmlich, aber nur die grobe graue Socke kam zum Vorschein, der Stiefel blieb stecken. »Verdammt!« Soviel er auch zerrte, der Stiefel blieb, wo er war. Auf einem Bein stehend, hatte er keine Chance.

»Ich komme an Bord und helfe dir raus«, bot Hansen an.

»Meinetwegen.«

Nach einiger Zeit befanden sich Schiffer und Stiefel an Bord und Hansen wieder an Land. »Ist mir auch schon passiert«, gab der Wasserbauinspektor zu. »Ich steckte bis zu den Oberschenkeln im Schlick, und kein Mensch war in der Nähe. Zum Glück stand ich nahe der neuen Uferbefestigung, so konnte ich mich an den Basaltsteinen rausziehen und wenigstens einen Stiefel retten. Aber mühsam. Seitdem gehe ich nur noch einbeinig ins Watt.«

Der Schiffer grinste breit, während er die Schlickklumpen mit der Handkante vom Stiefel streifte. »Hört sich nach Langeneßer Deichbau an. Also, worum geht's?«

»Ich suche den Schiffer der letzten Fuhre Kratt für die Biike. Oder die Arbeiter, die mitfuhren.«

»Zur preußischen Biike. Ich glaube, das war der Ewer von Häme Johannsen. Der muss mit drei Leuten gefahren sein, weil am Fernsprechapparat aus Berlin Dampf gemacht wurde.«

»Und die Arbeiter?«

»Alle kenne ich auch nicht, aber einer von denen heißt Heinrich.«

»Heinrich und weiter?« Hansen hatte allerdings nicht viel Hoffnung, dass der Mann es wusste.

Der Schiffer schob die Unterlippe vor und schüttelte den Kopf. »Der hat so ein vorlautes Lästermaul, ich habe nichts mit dem zu tun. Mit dem legt man sich besser nicht an.«

Eigentlich war jetzt nicht die richtige Zeit, um die Bauverwaltung aufzusuchen. Auch deren Angestellte hatten Anspruch auf eine kleine Mittagspause. Da Hansen aber sowieso am Kontor vorbeigehen musste, klopfte er an die Tür. Sie ließ sich öffnen, und von drinnen war eine wütende Stimme zu hören.

»Nein, ich weiß es nicht! Woher soll ich das wissen? Uns haben weder Herr Zimmermann noch Fahretoft unterrichtet.«

Hansen spähte in den Raum. Der Kontorist Erhard Meier von der Verwaltung war sichtlich verärgert, aus der Lautstärke des Teilnehmers am anderen Ende der Leitung ließ sich schließen, dass der es auch war.

Hansen verharrte an der Tür. Von dem blechernen Geschnatter der Gegenseite verstand er kein einziges Wort.

»Ich begehe die Strecke nicht. Es gehört nicht zu meinen Aufgaben, mich um stehengebliebene Loren zu kümmern. Und ich bin keine Lusche, was fällt Ihnen denn ein, Herr Major!«

Bei Hansen fiel der Groschen. Mit fliegenden Fingern schrieb er auf ein Blatt seines Notizbuches »Damm ausgekolkt!« und hielt es dem Kontoristen vor die Augen.

Meier signalisierte Hansen, dass er begriffen hatte. »Sollten Sie sich allerdings mit Hörensagen zufriedengeben, kann ich Ihnen mitteilen, dass der Damm an einer Stelle ausgekolkt ist. Möglicherweise ist das die Stelle, an der der Benutzer der Lore sich entschloss, den restlichen Damm bis zur Lütten Jenswarft in Fahretoft zu Fuß zu gehen. Noch etwas, Herr Major. Ist Ihnen so ganz zufällig bekannt, dass wir nur die Materialien liefern? Wie die Strecke aussieht, sollten Sie in Ihrer eigenen Dienststelle erfragen, am besten vielleicht bei Regierungsbaumeister Zimmermann. Auf Wiederhören, Herr Major!« Er knallte den Hörer in die Wandgabel, zerrte sich die Ärmelschoner von den Armen und schmetterte sie wutentbrannt auf das Stehpult. Dann warf er sich auf den Bürostuhl vor dem Schreibtisch. »Danke, Hansen, das war gerade rechtzeitig.«

»War das Major Groterjan?«

»Ja. Unangenehmer Mensch.«

»Kann ich bestätigen. Unter uns. Ich habe ihn auf Langeneß kennengelernt.«

»Er wollte mir die Schuld dafür geben, dass sich mitten auf der Strecke Oland–Fahretoft eine stehengebliebene Lore befindet und der Damm nicht befahrbar ist. Woher soll ich wissen, wer sie bewegt hat und warum derjenige nicht weitergefahren ist? Wir liefern Kratt, Pfähle, Faschinen und Arbeiter auf Anforderung, aber wir sind nicht für den Bau verantwortlich. Die Aufträge, was zu liefern ist, bekomme ich von Zimmermann. Und was geht Groterjan das überhaupt an? Nicht jeder, der in diesem Kriegsministerium tätig ist, hat das Recht auf Auskunft!«

»Keine Ahnung. Ich dachte sowieso, Groterjan sei schon längst abgereist. Seit wann steht die Lore da?«

»Das weiß ich nicht. Die allerletzte Holzlieferung für die Biike kam ja per Lore vom Bauhof Fahretoft über Oland nach Langeneß. Ob später noch jemand zwischen Festland und Oland gefahren ist, kann man dir sicher auf der Lütten Jenswarft sagen. Groterjan hat übrigens aus Berlin angerufen. Meine Frage, was ihn die Lore angeht, war nicht ganz ernst gemeint. Er ist so. Muss alles wissen, alles kontrollieren, auch wenn er, genau genommen, nicht zuständig ist. Aber warum interessierst du dich dafür?«

»Eigentlich interessiert mich das gar nicht. Ich wusste nichts von der stehengebliebenen Lore, nur vom beschädigten Damm. Ich bin wegen einer Frage gekommen, die du mir hoffentlich beantworten kannst. Vor einigen Tagen lag ein Elbkutter im Hafen, und ich suche jemanden, der mir über ihn Näheres erzählen kann. Einer eurer Ewer soll gerade aus Langeneß zurückgekommen sein, als der Kutter ablegte. Der

Schiffer war Häme Johannsen, und einer der Arbeiter heißt Heinrich.«

Meier blätterte in einem Journal mit schwarzem Deckel. »Häme Johannsen mit einer Fuhre nach Langeneß von Husum aus ... Der ist gerade Richtung Emmelsbüll unterwegs. Der Heinrich, der mit ihm fuhr, heißt mit Nachnamen Sörensen.«

»Mein Nachbar«, erkannte Hansen überrascht. »Ich dachte, ihr hättet ihn entlassen.«

»Haben wir auch. Aber dank dieses anspruchsvollen Herrn Groterjan, der sich auf einmal in unsere Belange mischte, hatten wir nicht genug Leute. Wir mussten tatsächlich extra für die Vorbereitung der Biike einige der Entlassenen zurückholen. War eine etwas peinliche Situation für uns. Aber wenn irgendwann wirklich etwas an Deichen und Dämmen passiert und schnell gehandelt werden muss, müssen uns junge, flinke Kerle zur Verfügung stehen. Der Schlusspunkt der Arbeiten am Damm war so gesehen ein guter Entlassungstermin für die älteren, wenn auch erfahreneren Arbeiter. Auch für diejenigen, die wie Heinrich Sörensen schon längere Zeit nur noch im Reparaturtrupp des Bauhofs gearbeitet haben.«

»Na ja.« Hansen dachte daran zurück, wie unerträglich sich Heinrich aufgeführt hatte. Und wer würde diese Älteren einstellen, die eine Frau hatten und möglicherweise junge Kinder, die sich noch nicht selbst ernähren konnten? »Ich weiß dann, was ich wissen wollte. Danke und tschüss.«

Gedankenvoll wanderte Hansen zurück zum Wasserbauamt. Warum interessierte sich Groterjan für eine stehengebliebene Lore? Woher wusste er überhaupt davon? Meier hatte weder von der Lore noch von dem ausgekolkten Damm Kenntnis gehabt, obwohl er derjenige war, der im Auftrag von Zimmermann das Material zur Reparatur hätte zusammenstellen und losschicken müssen. Und das konnte er nur, wenn man ihm mitteilte, wie viele Meter Erd- oder Buschdamm saniert werden sollten. Das waren große Unterschiede, was das Material betraf. Aufs Geratewohl würde er nichts schicken.

Und wer war überhaupt mit der Lore gefahren? Bandik hatte Hansen ausdrücklich darauf hingewiesen, dass der Damm Oland–Fahretoft gegenwärtig nicht befahrbar war.

Im Amt ging Hansen schnurstracks zu Petersen.

»Haben Sie etwas erreicht?«, fragte dieser erwartungsvoll.

»Nicht viel. Ich kläre Frage auf Frage. Aber dieser Major ist mir auf unangenehme Weise voraus. Er hat in der Bauverwaltung angefragt, warum auf der Strecke Oland–Fahretoft eine Lore stehengeblieben ist. Vermutlich an der Stelle, die in der Strömung immer in Gefahr ist, auszukolken. Meier wusste nichts davon, Zimmermann hat noch nicht mal das benötigte Material zur Reparatur geordert. Bisher ist unbekannt, wer die Lore geschoben und wer Groterjan benachrichtigt hat. Und zu welchem Zweck.«

»Die Lore ist möglicherweise erst in zweiter Linie wichtig. Sie bleiben Groterjan auf den Fersen.«

»Gut, dann befrage ich jetzt Heinrich Sörensen, der etwas Seltsames an dem Kutter bemerkt haben muss. Der ist zufällig mein Nachbar, anschließend mache ich Feierabend.«

»Morgen erstatten Sie Bericht.«

Heinrich rechte gerade das winterliche Gras seines Vorgartens zusammen, als Hansen ankam. Der Staketenzaun war frisch gestrichen, es sah ganz nach Vorbereitung auf den Vorfrühling aus. Nach diesem warmen Februar war das nicht ganz verkehrt. Es sprach für Heinrichs Umsicht.

Hansen trat vorsichtig über die ersten Schneeglöckchen in seinem eigenen Garten hinweg an den Zaun und winkte seinem Nachbarn.

Heinrich lehnte den Rechen an einen Baum und kam heran, ein gutmütiges Grinsen im Gesicht. »Wieder da, Nachbar?«

»Seit vorgestern schon. Alles ruhig hier?«

»Ruhig und friedlich.«

Das beruhigte Hansen. Der Streit mit Lars Ebsen war wohl beigelegt. »Wir hatten ein schönes Biikebrennen, etwas aufwendig allerdings. Ich habe gehört, dass man einige von euch sogar in den Dienst zurückholen musste, um rechtzeitig mit den Vorbereitungen fertig zu werden. Bist du wieder fest angestellt?«

»Ach wo.« Heinrichs Hände klammerten sich so fest um die Spitzen zweier Zaunlatten, dass die Knöchel weiß wurden.

Er war keineswegs ausgeglichen. Hansen beschloss, das Thema zu wechseln. »Vielleicht wird es ja noch«, sagte er. »Die können doch nicht ganz ohne erfahrene Leute auskommen.«

Heinrich spuckte aus.

»Ich habe auf der Hallig einen Major Groterjan kennengelernt«, erklärte Hansen. »Seltsamer Mensch. Sehr anspruchsvoll. Er hat uns in unserem eigenen Haus mit seinen großstädtischen Wünschen überfahren, als würden wir ein Luxushotel führen.« Zu seiner Überraschung lachte Heinrich, es hörte sich schadenfroh an.

»Das ist ein Kerl, der versteht zu leben«, bemerkte er.

»Kennst du ihn denn?«

Heinrich schwenkte den Kopf. »Nicht sehr gut. Habe aber einiges über ihn gehört. Über Austern, die er verlangt, als hätte er Anspruch drauf, und dass er die Leute, die seine Schuhe putzen, fertigmacht, wenn er sich nicht in ihnen spiegeln kann. Und was Husum betrifft, so marschiert dieser Major immer, wenn er hier ist, zu käuflichen Frauen, und wenn die Zeit noch so knapp wird. Da war er bestimmt auch, bevor der Elbkutter ausgelaufen ist. An dem Abend, als sie nach Langeneß aufbrachen.«

Es überraschte Hansen, dass Heinrich auf den Kutter zu sprechen kam, bevor er ihn danach gefragt hatte.

»Ich habe laut gelacht«, berichtete Heinrich selbstgefällig. »Der Major sagt immer, ich lache, wie ein Ziegenbock meckert. Ich wusste, es ärgert ihn, dass er hier nicht unerkannt an Bord eines fremden Kutters gehen kann, den er für viel Geld extra geheuert hat. Er denkt immer, er wäre schlauer als andere Leute.«

Seltsame Antwort. Wieso kannte der Major Heinrichs Lachen? »Groterjan war also schon öfter hier?«

»Ja. Als er das erste Mal zur Erkundung der Örtlichkeiten für die Biike hier war, hatte ich von der Bauverwaltung den Auftrag, ihn herumzuführen …«

»Auch zu den Frauen?« Es gab in der Stadt zwei, deren Namen bekannt waren. Im Allgemeinen vermied man es, über sie zu sprechen.

»Auch zu den Weibern, ja«, knurrte Heinrich. »Ich sollte alles tun, was er befiehlt.«

Meier, Leiter der Bauverwaltung, wollte sich mit dem offenbar berüchtigten Groterjan wohl gut stellen, dachte Hansen. »Hast du irgendwas mitbekommen von einem Streit zwischen dem Major und dem Schiffer des Kutters?«

Heinrich schüttelte den Kopf. »Aber mit dem Kerl muss man umgehen können.«

»Es ging anscheinend um ein langes Paket auf Deck.«

»Gesehen habe ich das«, bestätigte Heinrich. »Ich hielt es für Ersatzspieren und Segel, die etwas schlampig in eine Art Segelsack gestopft worden waren.«

»Nur gehörte das Paket dem Major.«

»Tja.« Heinrich grinste etwas spöttisch. »Danebengeschossen.«

Hansen nickte ihm zu und hob die Hand zum Gruß, während er sich zum Gehen wandte. Heinrich irritierte ihn. Offenbar machte er sich gern über andere lustig.

Zu Hause heizte Hansen die Stube und nahm sich dann endlich ungestört das kleine Plättchen vor, das er der Skeletthand entwunden hatte. Mit einem Rest von Rotwein, den er in der Küche entdeckte, setzte er sich an den Tisch, wo das Licht der Lampe am hellsten schien.

Der Gegenstand war eindeutig aus Metall, möglicherweise ursprünglich emailliert. Durch Reiben erreichte er gar nichts, auch nicht mit einem Tupfer von Jorkes grüner Seife. Erst Waschbenzin förderte einen schmalen roten Streifen an der Kante des Rechtecks zutage, alles andere schien abgegriffen oder im Feuer beschädigt worden zu sein.

Das half ihm nicht weiter.

Grübelnd ging Hansen zu Bett und schlief auch schlecht. Am Morgen wachte er mit der ärgerlichen Erkenntnis auf, dass er mit Major Groterjan sprechen musste, um zu erfahren, was in dem Paket gewesen war. Also eine Auskunft per Fernsprecher einholen, obwohl selbstverständlich das Gespräch von Angesicht zu Angesicht aufschlussreicher gewesen wäre. Aber eine Dienstreise nach Berlin würde man ihm keinesfalls bewilligen.

Allerdings konnte er diesen unangenehmen Anruf noch ein wenig hinausschieben, indem er erneut bei der Bauverwaltung vorstellig wurde, um eine vergessene Frage zu stellen.

Meier war schon an der Arbeit, er hatte mehrere Seekarten mit Föhr, Amrum, den Halligen und Husum auf seinem großen Tisch ausgebreitet und studierte sie aufmerksam. »Es ist immer dieselbe Stelle, die auskolkt«, sagte er zu Hansen, ohne sich lange mit Grüßen aufzuhalten, und legte den Zeigefinger darauf.

»Das Wasserbauamt hat bereits zu Beginn der Planung darauf hingewiesen, dass die Streckenführung für den Damm Oland–Fahretoft falsch gewählt ist«, entgegnete Hansen.

»Ich weiß, ich weiß. Und wir werden immer wieder mit der Nase draufgestoßen.«

»Eines Tages wird eine anhaltend starke Strömung den halben Damm wegreißen«, prophezeite Hansen. »Der Sturm braucht nur über mehrere Tiden aus derselben Richtung zu blasen – das hält der Damm nicht aus.«

»Ich glaube, Zimmermann weiß das. Er hat eine düstere Andeutung gemacht, als er mich wegen der Lore auf dem Damm anrief.«

»Aber er kann sich nicht durchsetzen. Deswegen hat es mich auch so sehr gewundert, dass es ihm gelungen ist, den Transport des letzten Holzes per Marschbahn derart perfekt zu organisieren.«

Meier sah jäh hoch. »Wie kommst du darauf?«

»So wurde es mir auf der Hallig erzählt.«

»Unfug! Das hat Groterjan bewerkstelligt. In Wahrheit war es so, dass Zimmermann sich mit Fahretoft verbinden ließ, nur um zu hören, dass dort kein Ästchen Holz mehr vorhanden war. Anschließend sprach er mit mir, und ich habe ihm das bestätigt. Dann schepperte es, wohl weil der Hörer an der Leitung baumelte und gegen die Wand schlug, und dann war Groterjan an der Sprechmuschel. Und wie! Er brüllte, und ich verstand wenig, bis er sich mäßigte.«

Hansen konnte sich die Szene lebhaft vorstellen.

»Ich sollte Männer organisieren, die hier in Windgeschwindigkeit Rollhölzer zu Faschinen binden sollten; Fahretoft hätte einen Kutscher mit Wagen zur Bahnstrecke geschickt, an die Stelle, die dem Damm am nächsten liegt und mit einem Fahrzeug zu erreichen ist; sein Ministerium würde dafür sorgen, dass der nächste Zug nach Norden aufgehalten würde, bis die Würste aufgeladen wären, und dann hätte der Zug an der Strecke zu halten, wo die Kutsche warte. So war das!«

Hansen verschlug es einen Augenblick die Sprache.

»Er befiehlt, und die Arbeit machen andere.«

»Warum mussten eigentlich Faschinen hergestellt werden?«

»Sie nehmen als Fracht den kleinsten Raum ein, bei größtem Holzvolumen. Wir hätten ja nicht einen Gepäckwaggon voll mit Kratt laden können.«

»Ja, das ist das Einzige, was mir wirklich einleuchtet.«

Alles andere kam Hansen immer seltsamer vor, je mehr er sich auf dem Rückweg dem Wasserbauamt näherte. Auf diese letzten Holzladungen hätte man gut verzichten können, für die Biike waren sie überflüssig und wegen des Funkenflugs sogar gefährlich gewesen.

Eines aber hatte sich für ihn geklärt. Groterjan war ein außergewöhnliches Organisationstalent. Dazu kam die Angst, die die meisten Leute vor ihm empfanden, weshalb sie widerspruchslos parierten. Diesem Major war der versteckte Transport einer Leiche auf die Hallig ohne weiteres zuzutrauen. Also war jetzt dringend das Telefonat an der Reihe.

Hansen sprach sich mit seinem Chef ab. Am liebsten wäre ihm sogar gewesen, Petersen als Zeugen dabeizuhaben, aber der hatte keine Zeit. Er war schon auf dem Sprung nach Schleswig, zur routinemäßigen Berichterstattung in seiner vorgesetzten Behörde.

Der einzige Vorteil von Petersens Abwesenheit bestand darin, dass Hansen in dessen Büro auf einem bequemen Stuhl an der Wand Platz nehmen konnte und ein kleines Schreibtischchen für seine Notizen zur Verfügung hatte.

Zu Hansens Erstaunen war Groterjan nach der umständlichen und zeitraubenden Vermittlung sofort am Apparat. Er hatte offensichtlich einen eigenen Fernsprecher im Büro.

»Worum geht's?«, erkundigte sich der Major nicht einmal besonders grantig, eher neugierig.

»Um Ihre Fahrt zur Hallig mit dem Kutter.«

»Und wenn ich geschwommen wäre, würde es Sie nichts angehen, Hansen!«

»Wir hatten leider einen unangenehmen Vorfall auf der Hallig, den ich bitte, vertraulich zu behandeln«, fuhr Hansen unbeeindruckt fort. »In der Biike befand sich eine Leiche, genauer gesagt Leichenteile. Wir suchen nach deren Herkunft und befragen alle, die größere Gepäckstücke auf die Hallig gebracht haben.«

»Auf das Naheliegende kommen Sie nicht?«, höhnte Groterjan. »Fragen Sie doch mal, welche Halligfrau in anderen Umständen war!«

»Keine, die es nicht immer noch wäre«, versetzte Hansen kühl. »Das Leichenteil war darüber hinaus zu groß für einen heimlich geborenen Säugling.«

Groterjan schnappte nach Luft. »Sie sprechen das so kaltschnäuzig aus, als hätten Sie jeden Tag mit so etwas zu tun.«

»Das trifft nicht zu, wir sind nur gewohnt, unsere Schutzmaßnahmen für die Hallig mit allen Mitteln zu verteidigen. An ihnen darf kein Makel hängenbleiben, sonst akzeptiert die Halligbevölkerung sie nicht. Wir verteidigen somit auch das preußische Kriegsministerium.«

»Das heißt, Sie werden keine Ruhe geben, bevor Sie von mir eine Antwort haben?«

»Genau.«

»Also gut.«

Überraschenderweise gab Groterjan nach, und Hansen überlegte, um welche Finte es sich jetzt wieder handeln könnte, während er fast automatisch antwortete: »Wir wüssten gern, um was es sich bei dem langen Paket handelte, das Sie an Bord brachten.«

Groterjan lachte schallend. »Da sind Sie aber auf dem Holzweg. Es war ein Baum, eine deutsche Eiche, als Gastgeschenk für Oland.«

Nahm der Mann ihn auf den Arm? Hansen verkniff sich die Frage im letzten Augenblick, während er sich die Eiche im Salzwasser bei Landunter vorstellte. »Haben Sie die gepflanzt?«, fragte er stattdessen.

»Nein. Übergeben, mit Grüßen vom Reichstag.«

Das Pathos wurde immer schlimmer. Warum nicht gleich vom Kaiser? Um nicht laut herauszuprusten, konzentrierte sich Hansen auf die zweite Information, die er erhalten hatte. »Und worum ging es bei dem Streit zwischen Ihnen und dem Schiffer?«

»Privatsache!«, fertigte Groterjan ihn ab.

»Keineswegs«, konterte Hansen. »Der Streit drehte sich um das Paket, das im Mittelpunkt unseres Interesses steht. Völlig unnötig, wenn es um einen Baum ging.«

»Also gut. Um Käse.«

Wie ein Blitz fuhr Hansen die Erinnerung an ein Tischgespräch durch den Kopf, bei dem der Major schon nicht mehr anwesend gewesen war. »Um Laugenburger?«, fragte er nach.

»Ja, genau. Der Käse lagerte innerhalb der Verpackung gut gekühlt zwischen den Blättern der Eiche. Er war allerdings schon sehr reif. Der Kutterfischer blieb störrisch bei der irrigen Meinung, dass seine Krabben den Käsegeruch annehmen würden, und verweigerte mir ein trockenes Plätzchen unter Deck.«

»Nun ja, viele Leute bezeichnen den Laugenburger ja auch als Stinkekäse«, konnte Hansen sich nicht enthalten zu sticheln, »der Schiffer hat ihn also durch die Sackleinenhülle gerochen. Da kann man ihm seine Absage nicht übelnehmen.«

»Dieses Gespräch ist von meiner Seite beendet«, erklärte Groterjan aufgebracht. »Scheren Sie sich und Ihre Leichensuche zum Teufel.«

Ein metallisches Klicken, dann fragte das Fräulein vom Amt geschäftsmäßig: »Haben die Teilnehmer das Gespräch beendet?«

»Ja«, knurrte Hansen und sank verärgert und enttäuscht am Tisch zusammen. Das Paket hatte weder eine Strohpuppe noch eine Leiche enthalten. Die Ankunft einer Eiche auf Oland war nachprüfbar. Damit musste er diesen Verdacht ad acta legen.

Aber wie war die Strohpuppe nach Langeneß gelangt?

Kapitel 12

Jorke und Nils hatten sich auf sämtlichen Warfen südlich der Ketelswarf nach dem Sarg erkundigt und waren überall auf ratloses Kopfschütteln gestoßen. Niemand wusste etwas. Mittlerweile waren sie im Bandixkoog angekommen und wollten als Letzten Bandik befragen.

Gedankenlos blickte Jorke einigen Ringelgänsen hinterher, die inmitten einer schon weidenden Schar landeten. Sie ahnte bereits, dass es diesen Sarg auf Langeneß und Butwehl nicht mehr gab. Dass man ausgerechnet die Bandixwarf ganz im Osten als Standort ausgesucht hatte statt einer Warf in der Mitte der zusammengeschlossenen Halligen, war höchst unwahrscheinlich.

Zugleich mit ihnen traf Bauleiter Zimmermann ein, der von Oland kam und auch zu Bandik wollte.

»Moin, Herr Zimmermann«, grüßte Jorke kühl und trat ohne Aufforderung in die Diele des Hauses. Sie hatte das hochnäsige und abweisende Gehabe des Bauleiters bei seinem Besuch mit dem Ratmann auf der Ketelswarf nicht vergessen.

Bandik kam ihnen entgegen und bat sie in die Küche.

»Ich brauche mal wieder normale Gesellschaft«, gab Zimmermann zur Erklärung an, was Bandik mit einem Nicken quittierte. Zimmermann ließ sich matt auf einen Stuhl am Tisch nieder, während er in seiner Manteltasche grub.

Jorke betrachtete ihn einen Augenblick verwundert, dann wandte sie sich Bandik zu. »Und ich bin nur der Ordnung halber gekommen, um nach dem Langenesser Sarg zu fragen. Die Nordmarscher hätten ihn gerne. Ich vermute allerdings schon, dass er nicht hier ist.«

Zimmermann stellte eine Flasche Köm auf den Tisch.

Bandik schüttelte den Kopf, während er sich mit einem Seitenblick vergewisserte, dass seine Frau bereits den Tee aufgoss.

»Damit wäre das geklärt«, bemerkte Jorke, zufrieden, dass sie ihre Mission beendet hatte.

»Ist der Schaden im Damm nach Fahretoft schon behoben?«, erkundigte sich Bandik.

»Noch nicht«, antwortete Zimmermann und stopfte gemütlich seine Pfeife. »Ich warte auf das Material und die beiden Männer, die die Arbeit machen sollen. Die Bauverwaltung ist so knapp an Arbeitern, dass sie nicht von einem Tag auf den anderen jemanden schicken kann. Sollten sie heute ankommen, kann ich das von hier ja gut sehen.«

»Von Land aus können sie nicht arbeiten?«

»Nein, das geht nicht, auf dem Festland ist keine Lore, die sind alle diesseits des Dammschadens. Die Männer müssen das Material an der Löschbrücke abladen und auf der Lore hinschieben.«

»Hat sich denn inzwischen geklärt, wer diese eine Lore mitten auf dem Damm stehengelassen hat?«, wollte Bandik wissen und erzählte Jorke in aller Geschwindigkeit, worum es ging.

Währenddessen stellte seine Frau jedem eine Tasse hin und

goss ein. Bandik nahm Zimmermanns Flasche und gab wie selbstverständlich einen Schuss Köm hinzu.

»Das wissen wir immer noch nicht.« Zimmermann paffte unbewegt, machte aber auch nicht den Eindruck, als ob ihn das Ganze besonders interessiere.

»Jedenfalls waren die Letzten, die von Land über den Damm kamen, die beiden Arbeiter, die die Faschinen und diese seltsame Strohfigur brachten. Das wäre beinahe noch danebengegangen, hat der eine erzählt, während wir die Fracht von der Lore auf meinen Wagen umluden.«

»Was war denn an der Strohfigur seltsam?«, fragte Nils harmlos.

»Das war eine richtig klobige Walze, die war so potthässlich, die musste ja ins Feuer.«

»Es hat mich gewundert, wie schnell sie verbrannt war«, bemerkte Zimmermann.

Oder durch das Gewicht einer darin versteckten Leiche hinuntergerutscht, dachte Jorke, ohne es auszusprechen. »Haben Sie die Strohpuppe und das Holz gar nicht auf Oland in Augenschein genommen?«

»Nein, ich habe die Männer vom Haus aus beobachtet, als sie vorbeifuhren, wollte sie aber nicht zwingen, die Lore abzubremsen, nur um sich bei mir zu melden. Wozu?«

»Das war nett von Ihnen. Und gut, dass Major Groterjan nicht bei Ihnen war«, entschlüpfte es Jorke, die eigentlich überhaupt keinen Anlass hatte, ihn zu loben.

Zimmermann lächelte milde. »Darum musste ich mich nicht sorgen. Die Herren waren ins Kartenspiel vertieft. Ich habe später zum Aufbruch regelrecht mahnen müssen.«

»Ich hatte gedacht, dass Sie überprüfen müssen, was Sie geordert haben …«, versuchte Jorke, ihren Fehler vergessen zu machen.

»Ich habe nichts geordert. Das hat alles Major Groterjan veranlasst. Ich habe mich nur um die Beseitigung der Schäden zu kümmern.«

Jorke machte ein fragendes Gesicht.

»Die Lore war zu schwer beladen. Sie hat dem vorgeschädigten Dammstück den Rest gegeben. Es ist unter den Schienen zusammengebrochen und die Gleisrahmen mit dazu.«

»Der Major wusste vermutlich nicht, wie es um den Damm stand …« Zwar konnte Jorke Groterjan nicht ausstehen, aber eine unausgesprochene Anklage mochte sie nicht stehenlassen, und so hatte es sich für sie angehört.

»Doch, er wusste es. Ich hatte ihn gewarnt. Der Schaden bestand bereits, aber die Vorbereitungen für die Biike verhinderten die rechtzeitige Ausbesserung. Material und Männer wurden auf höchsten Befehl abgestellt, um das Fest zu ermöglichen.«

»Ist das Ihr Ernst?«, fragte Jorke ungläubig. »Lieber Biike als Sicherheit?«

»Genau so war es. Ich bin von Herzen dankbar, dass die harte Strömung nach der Biike nicht den ganzen Damm weggerissen hat. Das wäre eine Katastrophe gewesen, nicht nur im Sinne der Schutzmaßnahmen, sondern auch für mich persönlich.«

Jorke musste sich daran hindern, Zimmermann mit offenem Mund anzustarren. Ihr erster Eindruck von ihm war ein völlig anderer gewesen. Konnte es sein, dass die wenigen Tage, die die höheren Herren aus Berlin bei ihm zu Besuch gewesen waren, ihn derart umgekrempelt hatten? Oder war ihm einfach nur klargeworden, dass er alles, was passierte, auszubaden haben würde? Groterjan saß am längeren Hebel und konnte dazu noch mit Hilfe von Müller die Öffentlichkeit beeinflussen. Sönke hatte ihr die Raffinesse erklärt, mit der in den Ministerien gearbeitet wurde.

»Kanntest du die Männer, die die Fracht begleitet haben, Bandik? Ich meine, waren sie erfahren mit Dämmen im Wasser?« Nils hatte den Bleistift gezückt und sein Notizbuch vor der Nase, damit jeder sah, dass diese Information für seinen Artikel wichtig war.

»Nein, ich kannte sie nicht. Aber der eine hat ganz sicher schon Dämme oder Deiche gebaut. Ich vermute sogar, dass er seine Kenntnis an dem Teilstück Fahretoft–Oland erworben hat. Die Arbeiter haben damals vom Festland aus gearbeitet.«

»Und wieso meinst du, dass er über den Dammbau Bescheid wusste?«

»Er war derjenige, der mich darauf aufmerksam machte, dass der Damm nicht mehr befahren werden kann. Darüber hatte es mit dem zweiten Mann unterwegs sogar Streit gegeben. Ich glaube, der hatte sich geweigert, die Lore über die gefährliche Stelle zu schieben, das musste der andere dann ganz allein machen.«

»Und wie hieß der Mutige? Der muss auf jeden Fall namentlich genannt werden«, befand Nils eifrig. »Ohne ihn wäre ja das Ganze fast ins Wasser gefallen …«

Bandik grinste. »Nun, das vielleicht nicht ganz. Trotzdem weiß ich nicht, wie er hieß.«

»Die Bauverwaltung in Husum führt natürlich Buch, wer was zu welchem Zeitpunkt tut«, flocht Zimmermann ein. »Die Namen bekommen Sie dort.«

»Übrigens«, fuhr Bandik gemächlich fort, »der Mutige hat mich zur Biike begleitet, um die Würste und den Strohmann abzuladen. Der andere machte sich direkt nach der Ankunft auf Langeneß ohne die Lore zu Fuß auf den Rückweg.«

»Habt ihr die Faschinen zusammen in den Holzstapel eingebaut?«

Erstmals zögerte Bandik. »Nein, nur danebengelegt. Manche Leute von der Hallig sind etwas eigen, was die Biike betrifft, und schichten das Holz nach ihren Vorstellungen. Mein Begleiter wollte dabei zusehen, und ich bin nach Hause gefahren.«

»Hast du den Mann später noch mal gesehen. An der brennenden Biike, zum Beispiel?«

»Nein. Aber du weißt selbst, wie schwierig es ist, jemanden in dem Gedränge, dem Rauch und der Dunkelheit zu erkennen. Da muss man ihm ja fast auf die Füße treten.«

Nils schlug die nächste Seite seines Heftes auf. »Diejenigen, die sich für das Aufschichten der Biike berufen fühlen, fingen sofort mit dem Einbau der Rollen an, vermute ich.« Er notierte in Windeseile.

»Nein, nein, die waren gar nicht da. Es war überhaupt keiner am Holzstoß, ich nehme aber an, dass sie bald gekommen sind. Nach sechs Uhr fällt die Dunkelheit rasch, und dann wird ja der Stoß auch schon gezündet.«

Bandik machte sich daran, eine zweite Runde auszugeben. Jorke, die sich bereits benommen fühlte, dankte und erhob sich. »Wir müssen zurück zur Ketelswarf«, sagte sie. »Vielleicht finden wir heute noch jemanden, der nach Nordmarsch will und die Botschaft mitnehmen kann, dass Langeneß und Butwehl keinen Sarg besitzen.«

Zimmermann blieb noch. Überhaupt schien er sich mit Bandik gut zu verstehen. Wahrscheinlich kam er öfter von Oland herüber.

An diesem Tag fand sich keiner mehr, der den Ratmann benachrichtigen konnte. Jedoch war dies nicht weiter schlimm, denn Jorke, die ihre Aufgabe als beendet ansah, beabsichtigte ohnehin, mit Agge und Nils nach Husum zurückzukehren.

Ingwert Lorenzen sollte planmäßig am nächsten Tag vom Heeg aus absegeln, und dort würde sie eine Botschaft zu Knutsen senden können.

»Nils, heute Abend gibt es Austern«, verkündete Jorke frohlockend. »Ich habe sie gestern auf dem Rückweg vom Anleger gesammelt. Ich hoffe, du magst sie.«

»Keine Ahnung«, gab Nils freimütig zu. »Aber da sie so teuer sind und der Major so gierig danach war, sind sie sicher etwas Besonderes. Ich dachte übrigens, Besucher müssten selber sammeln gehen …«

»Ach, Unsinn. Dieser Mann versteht es, andere gegen sich aufzubringen. Ich war wütend. Woher weißt du überhaupt, was ich ihm gesagt habe?«

»Das hat sich herumgesprochen. Ich glaube, jeder war schadenfroh, wenn der Major eine kleine Niederlage erlitten hatte.«

»Ach so. Groterjan konnte übrigens gar nicht ahnen, welche Besonderheit unsere Austern darstellen. Sönke hat nämlich englische Verwandte, und von denen habe ich ein amerikanisches Rezept zur Austernzubereitung bekommen. Es ist ein ganz anderer Genuss, als Dutzende von frischen Austern hinunterzuschlingen, wie es üblich ist. Das überlassen wir den Groterjans dieser Welt. Mein Rezept ist eine Zubereitung, die jedem Kempinski gut anstehen würde. So nannte doch Liselotte das Restaurant in Berlin?«

»Ja, das ist das berühmteste.«

»Na, eben. Das Austernrezept heißt ›Reitende Engel‹.«

Bei Dunkelheit speisten sie die Köstlichkeit. Zu zweit, denn Jellef mochte keine Austern. Jorke hatte die Muscheln auf dem Herd kurz gebacken, bis sie sich geöffnet hatten, dann das Fleisch vorsichtig herausgezogen, gepfeffert, mit Speck umwickelt und gebraten, bis der Speck kross war.

»Ein würdiger Abschlussabend auf der Hallig«, seufzte Nils schließlich und leerte sein Weinglas.

Jorke spürte nur ganz kurz einen Anflug von schlechtem Gewissen, denn der Wein war natürlich für Sönke und sie bestimmt gewesen. Aber sie war ja nicht nur Ehefrau, sondern auch ein Mensch, der eigenständige Entscheidungen traf. »Zum Wohl«, sagte sie zufrieden.

Noch vor dem Ablegen des Ewers entdeckte Jorke den Ratmann zwischen den Reisenden und teilte ihm das betrübliche Ergebnis mit.

»Ist gut«, sagte Ewert Knutsen. »Wir zimmern den Sarg selber.«

»Das war ja ein riesiges Biikefeuer«, lobte Jorke unvermittelt. »Und ganz schön schwierig, so viel Holz zu beschaffen, nehme ich an.«

»Na ja. Wenn man sich ordentlich ins Zeug legt, geht das. Man muss sich kümmern.«

»Tatsächlich?«, staunte Jorke. »Ich habe selbst zwei Wagenladungen an der Ketelswarf vorbeifahren sehen, aber es müssen ja mehr gewesen sein.«

»Viel mehr«, bestätigte Knutsen. »Allerdings von Nordmarsch nicht. Das meiste wurde über Oland geliefert.«

»Jedenfalls hat es gut geklappt.« Jorke sah, dass die Reisenden sich am Ewer sammelten und einer nach dem anderen an der Hand von Lorenzen vorsichtig an Bord stieg. »Wir müssen auch los.«

Als sie ihren Platz gefunden hatten, bemerkte Jorke sehr zufrieden in Nils' Ohr: »Das wissen wir nun auch. Was noch an Holz kam, hat sicher Sönke herausgefunden.«

Jorke und Sönke umarmten einander stürmisch, als Jorke aus dem Ewer gesprungen war. Sönke war dankbar, dass Jorke Nils' hilfreiche Hand ausgeschlagen hatte. Auf dem Heimweg trug er Agge im Arm und schmuste mit ihm, während Nils sich um das Gepäck kümmerte. Obwohl sie mehrere Tage getrennt gewesen waren, lud Sönke Nils ein, bei ihnen zu bleiben.

Innerlich frohlockend nahm Nils das Angebot an. Die Aufklärung des Rätsels versprach eine spannende Geschichte zu werden.

Abends saßen sie am großen Wohnzimmertisch, um zusammenzutragen, was sie festgestellt hatten.

Zuerst war Sönke dran. »Ich habe mich vor allem um den Kutter gekümmert, den Groterjan geheuert hatte. Leider kam nichts dabei heraus. Ein an Deck gelaschtes Paket, das verdächtig war, stellte sich als deutsche Eiche heraus, die auf Oland gepflanzt werden soll. Kein dicker Strohmann.«

»Das Paket liegt übrigens immer noch neben der Löschbrücke«, fügte Nils hinzu. »Nicht einmal ausgepackt. Da ist bestimmt bei Landunter Salzwasser drübergegangen.«

»So? Vermutlich wird die Eiche sowieso nicht anwachsen. Was meinst du, Jorke?«

»Bestimmt nicht. Holunderbüsche gedeihen auf der Hallig gut. Und Petersilie. Und der ein oder andere Pflaumenbaum.«

Sönke nickte. »Dann gab es noch einen Streit an Bord des Kutters, aber da ging es nur um einen Laugenburger Käse, den der Schiffer nicht unter Deck haben wollte. Und mit einem Mord endete der Streit jedenfalls nicht.«

Jorke lachte, dass es ihr Tränen in die Augen trieb. »Weißt du was, Sönke? Bestimmt musste Groterjan den Stinkekäse über Bord werfen und hoffte darauf, dass wir einen im Haus hätten.«

»Das wäre eine Erklärung.«

Sie lachten alle drei, bis die Petroleumlampe über dem Tisch ins Schaukeln geriet. Schließlich mahnte Jorke mit dem Finger auf den Lippen: »Psst. Wir sollten Agge nicht wecken.«

»Was habt ihr herausgefunden?«, fragte Sönke, wieder ernst.

»Also, wenn die Strohpuppe noch verdächtig ist ...«, sagte Jorke und wurde von ihrem Mann unterbrochen: »Ja, natürlich ist sie weiterhin verdächtig!«

»Sie kam per Lore«, berichtete Jorke. »Die Lore war mit dem Gewicht des Strohungetüms und der Faschinen überladen. Offenbar haben die beiden Arbeiter von der Bauverwaltung, die den Transport begleiteten, sich gestritten, weil der eine meinte, man könne die Lore nicht über die schadhafte Stelle im Damm bringen. Der andere hat es dann doch gewagt. Der zaghaftere Kollege hatte Schiss und ist von Langeneß sofort wieder abgehauen.«

»Und wie hießen die?«

»Das wusste Bandik nicht, aber Zimmermann meinte, Nils könne die Namen jederzeit bei der Bauverwaltung erfahren.«

»Wir kommen voran«, erkannte Sönke zufrieden. »Es läuft darauf hinaus, dass die Leiche mit Zug und Lore unterwegs war.«

Erhard Meier wunderte sich, dass Hansen schon wieder in seine Baracke kam. »Du bist in den letzten Tagen ja wohl Dauergast bei mir«, murrte er.

»Das kommt davon, wenn man in einem rätselhaften Fall die beste Quelle ist. Jetzt brauche ich die Namen der Männer, die die Würste auf dem Zug begleitet haben.«

»War mit denen was nicht in Ordnung?«, fragte Meier schuldbewusst. »Die Kürze der Zeit für die Herstellung und die wenigen Männer, die ich hatte … Es ging alles hoppla-hopp. Verstehst du?«

Hansen winkte ab. »Nein, keine Sorge. Ich will sie nur fragen, ob sie unterwegs etwas Ungewöhnliches an ihrer Fracht bemerkt haben. Es geht um die Fracht, nicht um deine Männer.«

Meier nickte und schien beruhigt. Dennoch wunderte sich Hansen, wie lange er in den Unterlagen nach den Namen der Betreffenden suchte, im Journal vor- und zurückblätterte und verglich. Schließlich sagte der Kontorist zögernd: »Die Begleiter müssten Ernst Eschelsen und Gerlich Hinrichsen gewesen sein.«

»Wieso müssten?«

»Na ja. Ich sagte es ja schon. Die Kürze der Zeit, in der alles organisiert werden musste …« Meier wirkte verlegen. »Es war schwierig, jemanden zu finden, einige lehnten ab, andere waren nicht zu erreichen. Bei denen, die zögerlich zugesagt haben, könnte es sein, dass sie untereinander die Aufgaben getauscht haben. Ich bin einfach nicht sicher, wer wirklich gefahren ist. Das Wichtigste war ja, dass es überhaupt klappte. Und das hat es!«

»Aber du hast die Männer doch ausbezahlt«, wandte Hansen ein.

»Selbstverständlich!« Empört sah Meier zu Hansen auf, als hätte dieser ihm vorgeworfen, das Geld einbehalten zu haben. »Sörensen hat seinen Lohn erhalten. Hinrichsen hat sein Geld und das für Eschelsen abgeholt, weil der verhindert war, und er hat den Empfang mit seiner Unterschrift bestätigt. Bei uns hat alles seine Ordnung.«

»Selbstverständlich! Kann ich die Adressen von Hinrichsen und Eschelsen haben? Ich könnte mir denken, dass sie etwas an der Strohpuppe bemerkt haben.«

»Welcher Strohpuppe?«

»An der für die Biike«, wiederholte Hansen. »Die begleitete die Würste.«

»Niemand hat mir etwas über eine Strohpuppe erzählt«, stellte Meier mit unsicherer Stimme fest. »Die ist doch wohl nicht illegal mitgereist?«

Hansen runzelte die Stirn. War das glaubhaft? »Die dicke Strohfigur und die Faschinen waren jedenfalls zu schwer für die schadhafte Stelle im Damm.«

»Was?« In jäher Erkenntnis richtete sich Meier plötzlich kerzengerade auf. »Hoffentlich hat das nicht noch ein Nachspiel. Nicht dass es heißt, ich hätte Fracht, die nicht von uns ist, unerlaubt mitgeschickt. Bestechung, verstehst du?«

»Keine Sorge, das träfe allenfalls auf die Begleiter zu. Aber wenn die davon ausgingen, dass alles, was zur Biike soll, rechtmäßig mitfährt, mussten sie eigentlich nicht bestochen werden.«

»Ja, das stimmt«, seufzte Meier erleichtert. »So gesehen, wäre es ja auch blöd gewesen, zu mir zu kommen, um mich zu bestechen.«

»Genau. Die Frage ist, woher wussten sie, dass die Strohfigur nach Langeneß sollte? Kann ich die Adressen jetzt haben?«

Ernst Eschelsen wohnte am nächsten, so dass sich Hansen gleich dorthin aufmachte. Das Hinterhaus, in dem die Familie mit vier Kindern hausen sollte, wirkte verwahrlost. Ungepflegt, verbesserte Hansen sich selber, um nicht ungerecht zu sein. Der Putz blätterte von den Wänden, und eine von vier Stufen zur Eingangstür war zusammengebrochen.

Die Tür wurde aufgerissen, noch bevor er oben war. Aus dem Flur quoll der Geruch von Eintopf. Unter dem Arm der

Hausfrau tauchte ein kleiner Knabe von vielleicht vier oder fünf Jahren hindurch und musterte Hansen genauso misstrauisch wie seine Mutter. Seine Haare waren strohblond, im Gegensatz zu denen seiner Mutter, die vom Küchendunst feucht waren und rabenschwarz aussahen.

Hansen stellte sich vor, damit sie gleich wusste, dass er nicht von einer Behörde kam, deren Besuch möglicherweise in dieser Familie unerwünscht war. »Ich würde gerne mit Ernst Eschelsen sprechen«, sagte er.

»Der Ernst ist nicht da.«

»Wann wird er denn wieder hier sein?«

»Weiß ich nicht.«

Das war ja sehr hilfreich. »Es geht um den Transport der Würste mit der Marschbahn nach Langeneß«, versuchte er es nochmals.

»Da sind Sie hier verkehrt. Der Ernst ist nicht mitgefahren, der ist nach Süden, um eine Arbeitsstelle zu suchen.«

Die Hausfrau war offensichtlich gesprächiger geworden, weil Ernst nicht betroffen zu sein schien. »Dann hat er ja das Geld für die Begleitung des Transports gar nicht bekommen«, bedauerte Hansen, um die Glaubhaftigkeit der Frau auf die Probe zu stellen.

Mit verkniffenem Mund zuckte Frau Eschelsen die Schultern.

»Aber Onkel Gerlich hat es doch gebracht«, krähte unvermutet der Kleine.

»Unsinn!«, fauchte seine Mutter und schob ihn hinter sich. »Das war für was anderes.«

»Stimmt doch gar nicht!«, murrte es hinter ihr.

Hansen tat so, als wären die Einwände des Jungen für ihn von keinerlei Interesse. Vorlaut eben. »Wann ist Ernst denn gefahren?«

»Na, an dem Tag, als Biikebrennen sein sollte. Das Datum können Sie an jeder Litfaßsäule ablesen.«

Hansen bedankte und verabschiedete sich. Hier würde er nicht mehr erfahren. Und ob Hinrichsen mit der Wahrheit herausrücken würde, blieb dahingestellt. Der hatte Geld gebracht, das Eschelsen nicht zustand, war also selbst an dieser Unregelmäßigkeit beteiligt, wenn nicht sogar am Betrug an einer bisher unbekannten Person.

Es war schon später Abend, als Hansen zu seinem dänischen Nachbarn hinüberwanderte, um ihm einen Besuch abzustatten. Entweder hatte Lars Ebsen an dem fraglichen Nachmittag Dienst gehabt, oder er konnte ihm den Zuständigen nennen, der die Schaffner einteilte oder beaufsichtigte. So ganz war Hansen die Organisation innerhalb der Marschbahn nicht bekannt. Jedenfalls schien es vernünftiger, jemanden zu befragen, der tatsächlich im Zug gewesen war, als Dienstpläne aus Zeiten der Verwirrung zu konsultieren.

Die Fenster in Lars' Haus waren dunkel. Schon als Hansen die Gartenpforte hinter sich zumachte, spürte er, dass das Haus leer war, es wirkte fast unbewohnt. Er blieb stehen und lauschte. Auch von der Sau war nichts zu hören. Vermutlich schlief sie schon. Lars aber ganz gewiss nicht, so spät war es wiederum nicht.

Auf Hansens Klopfen tat sich nichts. Niemand da. Vielleicht musste Lars auswärts übernachten, wenn der letzte Zug Tondern erreicht hatte.

Unzufrieden kehrte Hansen zurück. Jorke kam gerade die Treppe herunter, nachdem sie Agge ins Bett gebracht hatte.

»Hast du Lars bei Tage gesehen, Jorke?«

»Nein.«

»Oder die Gürtelsau?«

Jorke lachte. »Das Sattelschwein. Nein, im Vorgarten war es nicht, soweit ich weiß.«

»Vielleicht hat Lars es inzwischen geschlachtet oder abgegeben, um einem Streit mit Heinrich aus dem Weg zu gehen. Und ist selber dienstlich unterwegs«, murrte Hansen. »Dummerweise habe ich bisher niemanden gefunden, der mir Auskunft geben kann, wer den Transport auf der Bahn begleitet hat.«

Kapitel 13

Am nächsten Morgen suchte Hansen als Erstes Heinrich auf. Von ihm hatte er schon einige brauchbare Hinweise erhalten. Vielleicht wusste sein Nachbar ja noch mehr, wenn Hansen die richtigen Fragen stellte.

Heinrich lebte allein im Haus, nachdem seine Frau gestorben und sein Sohn auf See gegangen war. Trotzdem sah alles sehr ordentlich aus, auch der Küchentisch war bereits abgeräumt und das Frühstücksgeschirr abgewaschen. Er lud Hansen zu einem kleinen Vormittagsschnäpschen ein.

»Ich bin im Dienst, muss gleich bei meinem Vorgesetzten vorsprechen«, lehnte Hansen lächelnd ab, um der Absage die Spitze zu nehmen, »aber das soll dich nicht hindern.« Nebenher registrierte er, dass Heinrich anscheinend nicht am Hungertuch nagte. Hier in der Küche stand ein verglaster Küchenschrank mit ordentlich gestapeltem blaugemustertem Geschirr. Und im Wohnzimmer, an dem er vorbeigekommen war, hatte er ein Sofa, ein Vertiko und einen Tisch mit Spitzendeckchen gesehen.

»Na, dann prost«, meinte Heinrich, hob das Gläschen und goss den Schnaps in einem Zug hinunter. »Noch Fragen zu Groterjan?«

»Nein, das hat sich erledigt. Jetzt suche ich nach einem Paket, das eine Strohfigur enthalten haben könnte.«

»Hä?«, fragte Heinrich, beugte sich über den Tisch und fing an zu lachen. »Warum hast du das nicht gleich gesagt? Dieses närrische Ding habe ich natürlich gesehen.«

»Ach, was!« Jetzt war Hansen doch erstaunt. So prompt darauf zu stoßen, hatte er nicht erwartet. »Wo?«

»Auf dem Gelände der Bauverwaltung. Wo auch Holz, Spickpfähle für die Würste und Kratt gelagert werden, bis sie den Arbeitsgruppen an den Deichen oder Dämmen zugeteilt und an Ort und Stelle transportiert werden.«

»Wer hat die Figur denn da hingebracht?«

»Keine Ahnung. Sie lag einfach da. Um den Hals hatte sie eine Schnur mit Zettel, auf dem Biike stand. Klar, dass sie nach Langeneß sollte.«

»Sonst nichts? Von einem unbekannten Spender?«

»Anscheinend. Wir haben das Strohvieh jedenfalls für den Transport zum Bahnhof bereitgelegt.«

Hansen wurde hellhörig. Die Zeitspanne zwischen Groterjans Befehl an die Bauverwaltung und der Abfahrtszeit der Bahn konnte nicht allzu groß gewesen sein. »Du warst also da, bevor der Zug die Faschinen und die Riesenpuppe aufnehmen sollte?«

Heinrich zögerte einen Augenblick, der lang genug währte, um Hansen aufzufallen. »Ich war der Erfahrenste von denen, die außerhalb des Dienstplans kommen konnten oder als Entlassene zurückgerufen wurden. Ich habe mich an die Herstellung der Würste gemacht. Die muss man binden können.«

Man musste ihm aber auch jede Einzelheit aus der Nase ziehen, dachte Hansen ein wenig verstimmt. »Hat dir jemand geholfen?«

»Ja, eine Zeitlang einer von den jungen Kollegen, weiß aber nicht, wie der heißt. Für die Vorstellung war keine Zeit. Wir haben in rasender Geschwindigkeit gearbeitet. Aber die Verwaltung müsste das wissen.«

»Kennst du die Männer, die die Faschinen im Zug begleiten sollten? Ein Ernst und ein Gerlich.«

Heinrich presste die Lippen zusammen und goss sich noch einen ein. »Die kenne ich beide«, gab er mit schnapsgeschwängerter Atemluft zu, die Hansen zum unauffälligen Ausweichen brachte. »Beide mit mir entlassen.«

»Und?«

»Ernst bat mich um einen Gefallen, und den habe ich ihm getan.«

»Was war das?«

»Das kann ich dir nur vertraulich erzählen, um Gerlich und Ernst nicht in die Pfanne zu hauen.« Heinrich sah Hansen mit hochgezogenen Augenbrauen an.

Hansen nickte.

»Ich bin auf der Zugfahrt für Ernst eingesprungen. Er musste fort, brauchte aber das Geld dringend, deshalb hatte er dem Meier zugesagt.«

»Und Gerlich hat dann das Geld für Ernst entgegengenommen?«

»Ja«, knurrte Heinrich missmutig. »Und es Ernsts Frau gebracht. Ich hätte es auch gebrauchen können, aber versprochen ist versprochen.« Er schüttelte den Ärger ab und machte ein neugieriges Gesicht. »War mit dem Strohvieh irgendwas? Hätten wir es liegen lassen sollen?«

»Nein, auf keinen Fall! Das Vieh machte sich auf der Biike

sehr gut. Aber du weißt ja, wie es ist: In Preußen ist alles geregelt und geordnet, und die Tatsache, dass niemand wusste, woher die Strohpuppe kam, hat irgendwelche Vorgesetzte …« – Hansen machte mit der Hand eine Bewegung, die nach oben kletterte und schließlich fast die Lampe berührte – »bewogen, meinen Chef zu befragen. Der hatte keine Ahnung, und das war ihm peinlich. Chefs haben alles zu wissen, was in ihrem Bereich vorgeht, findet er. Deshalb hat er mich beauftragt, diese Sache aufzuklären.«

»Und?«

»Nichts, und. Irgendwann werden wir Berlin mitteilen, dass wir nicht herausgefunden haben, von wem die freundliche Schenkung kam, und uns nicht in der Lage sehen, uns zu bedanken. Dass uns die Sache außerdem zu unbedeutend erscheint, um weiter nach einem Strohbündel zu suchen, das längst verbrannt ist, werden wir ihnen selbstverständlich verschweigen.«

Heinrich lachte gemütlich und goss sich noch einen Kleinen ein.

Hansen schmunzelte ebenfalls, klopfte auf den Tisch und ging.

Der unbekannte Spender der Strohfigur musste gewusst haben, wo sie abzulegen war, damit sie nach Langeneß geschickt wurde. Derjenige, der so etwas zu genehmigen hatte, war Meier von der Bauverwaltung. Hansen hatte mit ihm ausführlich über die Strohpuppe gesprochen, aber Meier hatte angeblich von nichts gewusst. Hatte er gelogen? Hansen ärgerte sich jedenfalls über den Kontoristen, als er sich mit langen Schritten aufmachte, ihn zur Rechenschaft zu ziehen.

Immerhin war der Weg weit genug, dass er sich unterwegs etwas abkühlen konnte. Am Sackende des Hafens blieb er einen Augenblick stehen und schnupperte in die Brise, die von See kam und ihm geradewegs in die Nase wehte. Es war das übliche Gemisch aus Salzwasser, toten Fischen, die vom einlaufenden Wasser in die Ecken getrieben wurden, und einem Hauch von Teer.

Seewärts von hier wurden die Fischerboote geteert und kalfatert, um sie für den Sommer auf See tauglich zu machen. Das war der Vorfrühling! In diesem Teergeruch steckte für Hansen mehr Frühlingserwartung als in den Krokussen, die schon in vielen Gärten aufblühten. Er stimmte ihn fröhlich.

Beschwingt trat er in Meiers Kontor. Der erwiderte Hansens Gruß etwas mürrisch, als ahnte er schon, weshalb der Wasserbauinspektor diesmal zu ihm kam.

»Wir sprachen doch neulich über diese Strohpuppe«, begann Hansen.

»Ja.«

»Warum hast du mir nicht gesagt, dass jemand das Ding beim Frachtgut nach Langeneß abgelegt hat?«

»Die Strohpuppe?«, fragte Meier ungläubig und schüttelte dann den Kopf. »Ich sagte dir doch schon, dass in meiner Gegenwart niemand davon gesprochen hat. Das Ding war mir unbekannt, bis du davon erzählt hast.«

Hansen versuchte es mit einem Umweg. »Habt ihr eine feste Lagerstelle für Fracht zu den einzelnen Halligen?«

»Nein. Meistens werden die Sachen neben der Plattform abgelegt, wo die Würste gebunden werden. Für gewöhnlich arbeiten wir mehrere Tage für einen bestimmten Ort, und das weiß dann jeder.«

»Und es ist gleich, ob die Sachen per Boot oder per Eisenbahn befördert werden sollen?«

»Na ja, Eisenbahn kommt praktisch nie vor. Das war eine absolute Ausnahme.«

»Wer weiß das?«

»Wir.«

»Ein Fremder wird sich also bei dir erkundigen, wo er die Fracht für eine bestimmte Hallig hinlegen soll?«

»Ja, genau.« Meier stutzte plötzlich. »Da fällt mir ein, dass Major Groterjan gefragt hat, wo das Zeug für Langeneß liegt, als er letztens hier war. Er kommt gelegentlich vorbei, weil seine Behörde ja in Sachen Dammbau die Aufsicht über die Bauverwaltung führt. Eine Weile später sah ich ihn auf eine Kutsche springen, die im Gelände vorgefahren war, obwohl sie hier nichts zu suchen hat. Da war noch eine zweite, die draußen vor dem Zaun wartete. Beide hielten auf der anderen Hafenseite, als ich nach Dienstschluss das Tor schloss.«

»Es ist also zu vermuten, dass Groterjan das Ding abgelegt hat«, überlegte Hansen laut. »Aber warum ist es nicht mit der nächsten Bootsfracht mitgeschickt worden?«

»Keine Ahnung«, murmelte Meier ausweichend und wandte den Blick ab.

»Wirklich nicht?«

Meier stieß einen resignierten Seufzer aus. »Offenbar lag er an der falschen Stelle. Jedenfalls haben meine Männer das seltsame Ding nicht beachtet, weil es nicht zu den Gegenständen gehörte, die wir für den Bau oder die Ausbesserung von Deichen brauchen. Und für die Biike war nur Holz geordert worden.«

»Ich verstehe. Ist denn bekannt, wann die Strohfigur auftauchte?«

Hansens Mitgefühl machte Meier gesprächiger. »Niemand weiß das. Sie könnte tagelang dort gelegen haben. Dann fiel jemandem zufällig der anhängende Zettel ins Auge, und da war es höchste Eisenbahn, das Ding zur Hallig zu befördern.« Meier grinste über sein Wortspiel, und Hansen hatte schon verstanden.

»Deshalb wurde sie also mit den beiden Faschinen auf die Marschbahn verfrachtet.«

»Genau«, nickte Meier erleichtert. »Die späte Abreise mit dem Zug war mir höchst unangenehm, weil Groterjan normalerweise genauestens überprüft, ob alles so gemacht wurde, wie er es befohlen hat. Das habe ich dir ja schon erzählt. Ich will mir gar nicht vorstellen, was passiert wäre, wenn er mich am Fernsprecher befragt hätte, warum die Puppe noch nicht auf der Hallig angekommen ist. Stattdessen kam zum Glück Groterjans aufgeregte Anweisung, Faschinen mit dem Zug zu schicken, und von dem Strohding war da gar nicht die Rede.«

Hansen nickte ein wenig zweifelnd. Die Geschichte schien zu stimmen, jedenfalls war sie ein Stück plausibler geworden. Allerdings gab es keinen echten Beweis, dass Groterjan für die Strohfigur verantwortlich war. Wenig enthusiastisch bedankte Hansen sich für die Auskunft. Meier schien erleichtert, dass er gehen wollte.

Draußen widmete Hansen sich erstmals der Außenanlage der Bauverwaltung. Gegen Diebstahl war sie nicht gesichert. Der Staketenzaun schien hauptsächlich geeignet, ungeübte Fahrradfahrer davon abzuhalten, zwischen die Materialstapel zu geraten. Die Strohpuppe hätten zwei Männer problemlos über die Einfriedung hieven können, so dass das Schloss am Tor keine Rolle spielte.

Es konnte also jedermann das Strohbündel samt Zettel und Leiche abgelegt haben, vorzugsweise natürlich jemand, der mit den Gepflogenheiten auf dem Hof der Bauverwaltung vertraut war. Beinahe hätte Hansen laut geflucht.

Denn traf das wirklich auf Groterjan zu? Und konnte er nicht auch etwas anderes zu den nach Langeneß bestimmten

Sachen gelegt haben, das ordnungsgemäß verschifft worden war? Ein Bierfässchen für die privaten Saufgelage zum Beispiel? Weil er nicht als Urheber gelten wollte? Zuzutrauen war ihm das. Hansen merkte, dass mehr Fragen zu klären waren, als er anfangs geglaubt hatte.

Am Nachmittag war Petersen immer noch in Schleswig zum Rapport, so dass Hansen sich in sein kleines Büro zurückziehen konnte, ohne über seine Erfolge berichten zu müssen. Im Augenblick sah es allerdings eher nach einem Misserfolg aus. Statt den Kreis der in Frage kommenden Mörder einzugrenzen, hatte Meier die möglichen Täter um die ganze Stadtbevölkerung oder noch darüber hinaus erweitert.

Wütend nahm Hansen sich noch einmal das Metallstück vor, das er in der Leichenhand gefunden hatte. Ein weißer Strich und ein wenig Rot belegten, dass es auf einer Seite bunt angemalt oder emailliert gewesen war. Auf der anderen Seite war nichts zu sehen. Nachdem Hansen eine Weile darauf gestarrt hatte, sprang er voller Unruhe auf und lief zum Hausmeister. Der empfahl für die Reinigung von Gegenständen aller Art Terpentinöl und gab ihm gleich eine Flasche mit.

Das Öl erwies sich als wirkungsvoller als Testbenzin. Ein weiterer roter Fleck erschien an einer Kante des Gegenstandes. Mehr entdeckte Hansen jedoch nicht.

Während er die Flasche in den Keller zum Hausmeister zurückbrachte, überlegte er zum wiederholten Male, warum sich das Metallstück überhaupt in der Hand des Toten befunden hatte. Entweder er hatte es im Todeskampf reflexartig irgendwo abgerissen. Oder es gehörte ihm selbst, und er hatte es umklammert, weil es für ihn irgendeine Bedeutung besaß.

Möglicherweise könnte der Gegenstand sogar eine Bedeutung für diejenigen haben, die den gewaltsamen Tod untersuchten. Aber das war weit hergeholt und eher unwahrscheinlich. Man beschäftigte sich in den letzten Augenblicken seines Lebens schließlich nicht mit den künftigen Ermittlern.

Wenn Hansen wenigstens ein Motiv wüsste! Warum mordete man? Aus Hass, Angst, Habgier? Um sich vor jemandem zu schützen, der einen bedrohte? Bisher gab es jedenfalls keinen Anlass, irgendjemanden auszuschließen.

Hansen fiel natürlich Groterjan ein. Aber der hatte sich durch seine herrische Art so viele Feinde gemacht, dass er sich wohl eher als Mordopfer eignete.

Am nächsten Morgen war Petersen wieder im Wasserbauamt. Er saß mit zornrotem Gesicht vor einem Zettel, der sich als Zeitungsartikel entpuppte, als Hansen mit langem Hals Einblick zu erlangen suchte.

»Diesen Wisch hat man mir in Schleswig überreicht«, sagte Petersen mit tiefem Groll und wedelte mit dem aus einer Berliner Zeitung ausgeschnittenen Bericht. »Verdammter Gerd Müller.«

Hansen verstand. Offenbar hatte der wieder Unflat auf die Hallig geschüttet.

»Reiner Hass«, knurrte Petersen. »Diesmal gegen das Wasserbauamt gerichtet.«

Das Wasserbauamt? »Was steht denn drin?«, erkundigte Hansen sich behutsam, um Petersen nicht noch mehr zu reizen.

»Ich lese vor: ›*Schenkungen durch Fremde nimmt man auf der Hallig nicht gerne entgegen. Eigentlich folgt man da genau dem Muster vieler Naturvölker, deshalb ist den Halligleuten kein Vorwurf zu machen. Im Gegensatz zum Wasserbauamt: Dieses nimmt gerne, und noch lieber kritisiert es.*

Wenn Holz für dieses seltsame Frühlingsfeuer, genannt Büke, auf Kosten von Berlin spendiert wird, ist es zu viel Holz – Häuser gerieten angeblich in Gefahr. Weiter: Die großartige Illumination, in Gang gesetzt von einem erfahrenen Feuerwerker des Kriegsministeriums, passte nicht auf die Hallig, wie man hörte. Schließlich: Die Strohfigur gar, die wie bei vielen Frühlingsfeuern in ganz Deutschland den Holzstoß krönen sollte, wurde boykottiert und wäre ums Haar auf dem Gelände der Bauverwaltung, zuständig für Dämme und Deiche, verrottet. Wenn nicht im letzten Augenblick Major Groterjan vom Kriegsministerium die Initiative ergriffen und mit einer schon fast waghalsig zu nennenden Operation besagte Figur mit Hilfe von Kutsche, Eisenbahn, Schmalspurlore und Leiterwagen zu ihrem Ziel, nämlich der Hallig Langeneß, befördert hätte. Wer nach der Quelle des Widerstands gegen all diese freundlichen und auch kostspieligen Wohltaten aus Berlin sucht, wird schnell fündig: Oberbaudirektor Cornelius Petersen, Chef des Wasserbauamtes zu Husum, und sein Stellvertreter Sönke Hansen wehren sich gegen alles, was aus Berlin bzw. Preußen kommt. Man muss sich ernstlich fragen, ob sie sich über Gebühr der widerspenstigen dänischen Minderheit zugehörig fühlen. Möglicherweise erweist sich bei näherer Untersuchung der Vorfälle sogar, dass sie aus politischen Gründen die preußische Obrigkeit boykottieren und besser aus ihren Ämtern entfernt werden sollten. Vielleicht sind beide eine Gefahr für das deutsche Volk.›«

Hansen blieb stumm. Er wusste einfach nicht, was er sagen sollte. Jeder einzelne Satz war ein infamer Angriff. »Sie müssen sich bei Direktor Herrmann beschweren«, stammelte er schließlich unbeholfen. »Oder eine Eingabe an den Kaiser machen.«

Petersen knurrte wie eine Wildkatze.

Immerhin hieß das nicht nein und ermutigte Hansen zu einer Forderung. »Wenn es Ihnen möglich wäre ... Bitte erkundigen Sie sich bei Direktor Herrmann, warum Major Groterjan die Strohpuppe gewissermaßen anonym zur Hallig geschickt hat. Weshalb er sie so hartnäckig verschwiegen hat, wenn sie doch auch eine Schenkung an die Hallig darstellte? Er hat sich damit in Teufels Küche gebracht.« Hansen ließ unerwähnt, dass es auch andere mögliche Urheber gab. Er hatte nämlich beschlossen, zunächst auf Biegen oder Brechen festzustellen, ob es Groterjans Strohpuppe war. Und erst wenn der als Spender ausgeschieden war, würde er sich um andere Verdächtige kümmern.

Petersen nahm die Hände vom Gesicht und blickte Hansen fragend an.

»In dieser Strohpuppe muss die Leiche verborgen gewesen sein.«

Als Petersen ihn mit einem Wink stumm aus dem Zimmer scheuchte, wusste Hansen, dass sein Chef den unangenehmen Anruf sofort hinter sich bringen wollte.

Hansen hoffte inständig auf einen Erfolg, damit sie die Sache endlich ad acta legen konnten. Denn insgesamt war dieses Biikebrennen für das Wasserbauamt zu einem einzigen Ärgernis geworden.

Aber Hansen blieb unruhig. Direktor Herrmann verband wahrscheinlich hauptsächlich negative Erinnerungen mit der Hallig. Dass diese allein auf das Verhältnis der beiden Eheleute zurückzuführen waren, wusste sein Chef natürlich nicht. Hätte er ihn warnen sollen?

Noch am Spätnachmittag hatte Petersen Herrmann nicht erreicht. Verdrossen schichtete Hansen Bücher und Akten zu einem Stapel und wanderte nach Hause.

Beinahe wäre er unter eine Kutsche geraten, weil er gedankenlos und ohne sich umzusehen eine Straße überquerte. Hinter sich hörte er das Fluchen des Kutschers, drehte sich aber nicht um.

An der Mündung der Woldsenstraße in den Kuhsteig fiel ihm die Litfaßsäule ins Auge, auf der immer noch das Plakat für das Biikebrennen klebte, etwas zerrissen an den Rändern und mittlerweile unansehnlich.

Dennoch waren die Details, auf die Hansen jetzt erstmals achtete, deutlich erkennbar. Vor allem das Gebilde zuoberst des Holzhaufens: ein wulstiges Strohgebilde, am Hals und in der Mitte ausreichend eingeschnürt, um die Illusion einer Figur zu vermitteln.

Der Holzhaufen thronte in der Mitte einer Insel, deren weiße Steilküste bewies, dass das Plakat nicht hier im Norden gedruckt worden war, wo jedermann wusste, dass eine Hallig flach wie ein Pfannkuchen auf dem Wasser zu schwimmen scheint.

Wo kam das Plakat her? Hansen trat näher und fand in der rechten unteren Ecke den Namen des Druckereibesitzers, der ihn nicht interessierte, und dann den Druckort: Darmstadt. Nach kurzer Überlegung fiel ihm ein, dass Darmstadt die Hauptstadt von Hessen war.

Wahrscheinlich gab es in Hessen solche Strohpuppen – oder Strohbären, wie sie sie dort unten wohl nannten –, die an der Spitze von Reisighaufen auf Felseninseln lebten, dachte Hansen sarkastisch. Jedenfalls hätten sich Heerscharen von Betrachtern des Plakats darüber informieren können, wie so eine voluminöse Strohpuppe aussah, in der man etwas verstecken konnte.

An diesem Abend brachte Hansen nicht einmal für Agge genügend Interesse auf, um sich länger mit ihm zu beschäftigen. Maulfaul saß er auf dem Sofa, blätterte in einer Zeitschrift und überließ Jorke und Nils die Konversation.

Kapitel 14

»Dieser Direktor Herrmann ist ja nur ein lebloses Gespenst, das auf die Pensionierung wartet«, schimpfte Petersen krebsrot vor Zorn, als er den Mann endlich am nächsten Mittag erreicht hatte. »Der interessiert sich für nichts mehr!«

Hansen, der von seinem Chef gerufen worden war und ihm gegenüber Platz genommen hatte, kannte Herrmanns dienstliches Verhalten weniger als sein privates, darum nickte er nur.

»Als ich hartnäckig auf einer Antwort beharrte, ließ er sich endlich dazu herab, sich zu dem Artikel zu äußern. Gerd Müller schreibe immer so, sagte er. Man müsse sich darüber nicht aufregen. Die Leser hätten größten Spaß und würden nie das Interesse an den Schilderungen über Intrigen innerhalb der Ministerien verlieren. Ich dachte bisher, der Respekt der Bürger vor unseren staatlichen Organen würde solche Verleumdungen verhindern, aber da habe ich mich wohl geirrt.«

»Müller hat vermutlich die Protektion von Groterjan.«

»Wahrscheinlich«, stimmte Petersen düster zu. »Aber Herrmann ist der Vorgesetzte von Groterjan. Es ist seine Pflicht, dem Major Einhalt zu gebieten.«

Aber wenn er dies nicht tat, konnten zwei Beamte an der Peripherie des Kaiserreichs daran gewiss nichts ändern. Hansen wechselte das Thema. »Haben Sie sich nach der Strohpuppe erkundigt?«

»Hach, diese Strohpuppe!«, schnaubte Petersen. »An der zeigte Herrmann noch weniger Interesse als an allem anderen, er war fast abweisend. Was geht uns in Berlin eine symbolische Puppe an?, fragte er mich in pampigem Ton. Auf diesem kleinen Eiland in der Nordsee gebe es archaische Sitten, die selbst wir auf dem nordfriesischen Festland wahrscheinlich gar nicht kennen würden. Er hätte gehört, dass die Leute auf der Hallig sogar Vorratshaltung von Särgen betrieben. Von Särgen! Ob ich das wüsste.«

»Und?«

»Ich wusste es nicht«, gab Petersen verdrossen zu. »Jedenfalls bin ich jetzt am Ende meines Lateins.«

»Ich nicht!«, sagte Hansen grimmig. »Wenn es sich auch nicht um Latein, sondern um Friesisch handelt.«

Petersen hörte auf, wütende Striche auf lose Zettel zu malen, und hob den Kopf. »Was hast du vor?«

»Jorke hat einen guten Draht zu Liselotte Herrmann. Vielleicht weiß die, wie man ihren Mann zum Sprechen bringen kann.« Hansen verschwieg das Verhältnis der beiden Eheleute zueinander. Er war nicht geschwätzig. Trotzdem hoffte er auf Liselottes Verständnis für die Dringlichkeit seines Anliegens – immerhin ging es höchstwahrscheinlich um Mord – und auf ihre Klugheit.

»Versuchen kannst du es ja«, bemerkte Petersen ohne große Hoffnung. »Das Problem ist nur: Jorke kann den Fernsprecher in meinem Arbeitszimmer auf keinen Fall benutzen. Ich kann ihren Anruf nicht als dienstlich deklarieren. Hier wird korrekt gearbeitet, mögen es andere auch nicht so genau nehmen.«

»Ich weiß. Wir werden nach Fahretoft zum Bauhof fahren. Inzwischen stopfen sie am Damm Oland–Lütte Jenswarft das Loch. Ich könnte mir die Arbeiten zeigen lassen und anschließend Zimmermann am Fernsprecher Bericht erstatten, wie der Fortgang der Arbeiten sich vom Festland aus darstellt.«

Petersen schmunzelte versteckt. »Ich verstehe«, sagte er.

»Ich bin also morgen auf Inspektionsreise.«

»Geh so dicht wie möglich an die Dammbruchstelle heran und vergiss deine Stiefel nicht«, mahnte Petersen väterlich.

Auf Grandwegen gelangte die Kutsche, in der Sönke Hansen die Dienstreise zum Bauhof Fahretoft unternahm, nach Ockholm, wo viele Wasserzüge die Nähe der See andeuteten. Ihr Weg führte sie um die Dorfwarft Fahretoft herum. Auf einem sandigen Feldweg gelangten sie zur Lütten Jenswarft, auf deren Hofplatz die Kutsche halten musste, um wenden zu können. Die Baracke des Bauhofs lag am Ende des Weges, direkt am Damm.

Jorke und Agge waren mitgekommen, so dass für den Verantwortlichen des Bauhofs der Besuch wie ein Familienausflug und nicht wie eine Kontrolle wirken musste. Hansen zeigte Agge die Schafe, die auf dem hohen Seedeich neben der Warft weideten, aber das Grasen einstellten, um die Besucher erstaunt zu mustern.

Tade Ketelsen eilte bereits von der nahen Bude herbei, neben der der Schienenstrang begann, der in schrägem Verlauf auf den Damm hochführte. Sie begrüßten sich mit Handschlag. »Alles in Ordnung hier? Irgendwelche Beschwerden, Tade?«

»Keine. Wir kommen voran. Deine Frau und dein Sohn?«

»Oh, ja.« Hansen drehte sich um und holte die beiden zu sich. »Jorke und Agge.«

Tade verbeugte sich leicht, bevor er sich wieder Hansen zuwandte. »Ich denke, der Damm wird noch heute wieder befahrbar sein.«

»Fein«, sagte Hansen dankbar. »Ich weiß, ihr hier draußen tut, was ihr könnt. Schlimm nur, dass der Damm vor dem Biikefeuer nicht mehr gestopft werden konnte.«

»Zimmermann wollte. Wir wollten auch. Aber wir haben kein Material gekriegt. Dabei wäre es sicherer gewesen.«

»Wieso?«

»Wegen der letzten schweren Fuhre, die rüberging. Ich habe die beiden Männer, die die Lore nach Langeneß schieben sollten, gewarnt, dass der Damm aufgrund der Schädigung sehr unsicher ist. Aber Heinrich meinte, das wird schon gehen, und ich wusste ja, dass er die Strecke gut kennt. Also habe ich drauf vertraut, dass er weiß, was er tut.«

»Welcher Heinrich?«

»Heinrich Sörensen. Er war Vorarbeiter auf diesem Dammabschnitt, als der gebaut wurde.«

Hansens Nachbar Heinrich also. Dabei hatte der ihm nur erzählt, dass er bei der Zugfahrt für einen anderen eingesprungen war. Beinhaltete dies automatisch die Begleitung der Fracht bis nach Langeneß, oder hatte Heinrich es absichtlich verschwiegen? »Können wir näher an die Baustelle rangehen?«, erkundigte sich Hansen. »Ich würde sie gerne von nahem besichtigen. Damit wir im Wasserbauamt über den Stand der Dinge genau Bescheid wissen. Die Verantwortlichkeit hat man uns entzogen, aber dass wir stets auf dem Laufenden sind, wird in Berlin selbstverständlich erwartet.«

»Können wir machen. Aber es wird nass auf dem Damm. Wir haben bald halbe Flut.«

»Das macht nichts. Ich bin gerüstet. Dürfen Jorke und Agge in der Baubude warten, während wir da draußen sind? Vermutlich ist es dort wärmer als in der Kutsche.«

»Natürlich. Es wird ja eine Weile dauern, bis wir wieder zurück sind. Vielleicht möchte Agge mit Hölzern spielen. Ich habe abgeschnittene Enden von Spickpfählen und Holzkeile, mit denen er sich beschäftigen könnte.«

»Hervorragend«, meinte Hansen. »Agge interessiert sich schon sehr für Schwemmholz und Ditten. Würde mich nicht wundern, wenn er als junger Mann ins Baufach geht.«

»Oder ins Amt für Staubbeseitigung«, fügte Jorke nüchtern hinzu.

Die beiden Männer wanderten auf dem Schienenstrang zur Deichkrone und verschwanden dann außer Sicht.

Es dauerte fast eine Stunde, bis sie zurück waren. Jorke trat ihnen, mit Agge an der Hand, in der Tür der Baubude fröhlich entgegen. An ihrer Miene erkannte Hansen, dass sie Erfolg gehabt haben musste.

»Hat Agge nicht gequengelt?«

»Kein bisschen«, antwortete Jorke fröhlich. »Er hat aus Leibeskräften mit den Klötzen gebaut, die für ihn so neu waren, und fand es richtig spannend, wenn ich ihm Splitter aus der Haut ziehen musste. Aber jetzt ist er auch müde. Wir sollten nach Hause fahren.«

Sie verabschiedeten sich und stiegen in die Kutsche, während der Kutscher seine Unterhaltung mit dem Hofbesitzer beendete. Jorke machte es Agge auf dem Polster bequem, und er schlief ein, noch bevor die Kutsche sich in Bewegung gesetzt hatte.

»Hast du etwas erreicht?«, fragte Hansen, der unruhig auf Jorkes Antwort wartete. Um seine Nervosität zu kaschieren, spähte er über die weite, flache und von Sielzügen durchzogene Landschaft, während zur anderen Seite der Seedeich die freie Sicht auf das Meer behinderte. In der Ferne lagen zwei Warften, die von Fahretoft kam erst hinter einer Kurve in Sicht.

In den feuchten Senken wuchsen Holundersträucher. Eine Katze schnürte durch tiefes, noch winterlich geknicktes gelbes Gras. Ein Mann, der die Kutsche beobachtete, duckte sich hastig und verschwand außer Sicht. Hansen schmunzelte grimmig. Die Flinte auf der Schulter des Mannes hatte er sehr wohl gesehen. Jetzt, Anfang März, war Schonzeit für die meisten Tierarten, aber er war trotzdem auf Jagd. Hansen ging das jedoch nichts an, sollten sich andere darum kümmern.

Jorke war die Gelassenheit selbst. Sie lächelte versonnen. »Ja, natürlich habe ich etwas erreicht. Liselotte hat sich von ihrem Mann noch nicht getrennt, weil es ihm in den letzten Tagen nicht gutging und er jetzt mit schwerem Gliederreißen im Bett liegt. Sie pflegt ihn, daher war es nicht schwierig, sie zu Hause zu erreichen.«

»Gestern war Herrmann noch im Dienst.«

»Davon weiß ich nichts. Sie hat es mir so gesagt.«

»Gut. Liselotte hat unser Anliegen verstanden?«

»Sönke, wir Frauen sind nicht unbedarft«, tadelte Jorke sanft. »Liselotte weiß genau, worum es geht.«

»Aber nun dauert es noch so lange, bis ihre Antwort uns per Brief erreicht …« Hansen zappelte vor Ungeduld.

»Um das zu umgehen, wird Liselotte sich am Fernsprecher des Wasserbauamtes melden. Für alle Vermittlungen unterwegs ist sie das Fräulein vom Amt in Berlin. Es wird gut sein, wenn du Herrn Petersen darauf aufmerksam machst, dass ein solches Gespräch für dich ist und er sein Büro bitte verlassen soll. Liselotte möchte ohne Zuhörer vertraulich mit dir reden, wenn sie etwas erfahren hat.«

Hansen seufzte tief. »Ja, ich werde es ihm mitteilen.« Dieser Teil der Unternehmung war von Jorke verabredet, und darum hatte er keine Sorge, dass es schiefgehen könnte. Umso mehr beschäftigte ihn, dass Heinrich den Holztransport bis zur Hallig begleitet hatte. Und nicht nur das: Er war offensichtlich derjenige, den sie den Mutigen genannt hatten und der die Würste und die Strohpuppe bis zum Holzstoß gebracht hatte. Erwähnt hatte er es nicht. Aus Bescheidenheit, oder ging es um die Entlohnung?

»Da draußen auf der Dammbaustelle steht alles zum Besten«, berichtete Hansen seinem Chef am nächsten Vormittag zufrieden. »Ich habe vorhin mit Zimmermann telefoniert, der ebenfalls erleichtert war. So wie ich die Versammlung von Intriganten in Berlin mittlerweile kennengelernt habe, hätten die ihm ohne weiteres die Schuld gegeben, wenn jetzt ein neuer Sturm den Damm völlig weggerissen hätte.«

»Davon können wir ausgehen. Hat der Anruf bei Frau Liselotte geklappt?«

Petersens Blick schweifte durch das Büro und blieb immer mal wieder irgendwo haften, zuletzt sekundenlang an der Zimmertür, wie Hansen bemerkte. Unsicherheit zu zeigen war nicht Petersens Art, aber sein Amt und seine Amtsführung waren auch noch nie derart verleumdet worden. Man konnte nur hoffen, dass Müllers Zeitungsartikel nicht bis nach Schleswig-Holstein gelangte.

»Ja. Sie ruft hierher zurück, anders geht es nicht«, bestätigte Hansen knapp. Mehr wollte er dazu nicht äußern. Je weniger Petersen wusste, desto besser. »Sollte Herrmann länger krank sein – wollen Sie sich dann bei Groterjan beschweren? Oder gehen Sie noch eine Stufe in der Hierarchie höher? Wir können die Anwürfe dieses Schmierfinken namens Müller doch nicht auf dem Wasserbauamt sitzenlassen!«

»Groterjan möchte ich außen vor lassen, bis wir zuverlässig wissen, ob er die Strohpuppe mit der Leiche hergebracht hat. Und ob er für die Leiche verantwortlich ist.«

Hansen nickte nachdenklich, als Petersen plötzlich in die Höhe schoss, seinen Stuhl umstieß und zur Tür stürzte, um sie aufzureißen.

»Wer sind Sie?«, brüllte er und zerrte einen Mann in sein Zimmer.

Hansen starrte den ertappten Besucher, der Petersen überaus willig folgte, mit angeekelter Miene an. Gerd Müller.

»Was machen Sie hier?« Petersen packte den Fremden an den Rockaufschlägen und schüttelte ihn so heftig, dass sein Kopf von hinten nach vorne und zurück flog.

»Halt!«, rief Hansen, doch es war zu spät. Das Unglück war geschehen.

Noch bevor er dazu kam, seinen Chef vor dem tückischen Eindringling zu warnen, stellte dieser sich selbst vor. »Gerd Müller, mein Name. Ihr tätlicher Angriff auf einen Pressevertreter wird ein Nachspiel haben«, verkündete der Journalist triumphierend.

Petersen ließ ihn los und wandte sich an Hansen. »Ist das *der* Gerd Müller?«

Hansen nickte gequält. Schlimmer hätte es nicht kommen können. Abgesehen davon, dass Müller möglicherweise die Bemerkung über die Leiche in der Strohpuppe mitbekommen hatte.

»Was wollen Sie?«, fragte Petersen rüde.

»Ein kleines Interview über die Hallig mit Herrn Hansen, wie ich auch mit Frau Jorke verabredet hatte«, antwortete Müller geschmeidig. »Der Portier schickte mich zu Ihnen hoch – wobei ich davon ausgehe, dass Sie der Direktor sind –, damit ich Ihre Erlaubnis einhole. Und jetzt treffe ich Sie sogar beide an, welch glücklicher Zufall!«

Noch bevor Hansen sein Missfallen über den glücklichen Zufall äußern konnte, nickte Petersen freundlich, plötzlich wie umgewandelt. »Das dürfen Sie selbstverständlich. Übrigens, es tut mir leid, dass ich so grob gegen Sie war. Wir hatten in der letzten Woche einen Taschendieb, der sich ins Haus schlich, als unser Portier kurz abwesend war, und ich vermutete sofort eine Wiederholung des Beutezugs.«

»Schwamm drüber«, verkündete Müller großzügig.

Hansen hielt den Mund. Worauf Petersen hinauswollte, wusste er nicht. Ein Taschendieb war jedenfalls nicht im Haus ertappt worden.

»Welche schleswig-holsteinische Zeitung hat Sie denn geschickt?«, erkundigte sich Petersen, während er Müller einen Stuhl anbot.

»Keine aus Schleswig-Holstein! Man interessiert sich jetzt sogar in Berlin für die Hallig Langeneß und für das Wasserbauamt in Husum.«

»Nun, das freut uns, nicht wahr, Hansen?«

»Mich weniger«, versetzte Hansen knapp. »Herr Müller neigt offenbar zu Polemik, wenn nicht sogar zur Fälschung von Tatsachen.«

In Müllers braunen Augen schien ein Verdacht zu glimmen, aber er widersprach nicht. Anscheinend wollte er sich keine Blöße geben, denn er konnte nicht wissen, welchen von seinen beiden Artikeln Hansen meinte.

Petersen runzelte warnend die Stirn.

»Die Erwähnung der Lorenschieberei durch Gäste war unnötig«, meinte Hansen, wobei er einen etwas beleidigten Ton anschlug. Er hörte förmlich, wie Müller aufatmete.

»Im Eifer des Gefechts …«, meinte er unschuldig.

»In Ordnung«, gestand Petersen großzügig zu. »Ich gestatte Ihnen, Herrn Hansen zu befragen. Am besten wird sein, Sie legen uns den geplanten Artikel vor, außerdem reichen Sie ihn im Innenministerium in Schleswig ein und holen auch deren Genehmigung ein, bevor Sie ihn veröffentlichen. Dann gehen wir jeder möglichen Missstimmung aus dem Weg. Nicht wahr, Herr Müller?«

»Wenn Sie meinen … Es ist allerdings nicht üblich, die Presse zu kontrollieren«, sagte Müller säuerlich.

»Das macht nichts. Wir führen es einfach für Schleswig-Holstein ein.« Petersen lächelte jovial. »Wissen Sie was, Herr Müller? Als Zeichen unseres guten Willens und meiner Entschuldigung wird Herr Hansen Sie zuerst zum Mittagessen in ein gutes Restaurant führen, und dann haben Sie den ganzen Nachmittag Zeit, ihn zu befragen. Ich würde selbst mitgehen, aber ich erwarte eine wichtige Nachricht und kann mich ausgerechnet heute nicht vom Fernsprecher entfernen.«

Sie erhoben sich. Müller gab Petersen höflich die Hand, während Hansen unhörbar mit den Zähnen knirschte.

Es war wirklich eine Zumutung, den Zeitungsschmierer den ganzen Nachmittag beschäftigen zu müssen. Aber Hansen war klar, was Petersen bezweckte. Die Hoffnung bestand, dass Liselotte anrief, bevor Müller die Gelegenheit hatte, Groterjan zu informieren, dass er wegen des Leichenfundes in Verdacht stand.

Petersen hatte diese Gefahr ebenfalls gewittert, zumal er offenbar vor Hansen bemerkt hatte, dass ein Lauscher an der Tür horchte. Es kam nun darauf an, Müller so lange wie möglich unter Aufsicht zu behalten.

Am Zingel gab es Dragseths Gasthaus, wo sehr ordentliches Essen serviert wurde. Hansen bestellte eine Speckscholle, obwohl er persönlich lieber die naturbelassene Variante aß. Jedoch konnte man über Schollen und Speck länger schwadronieren als allein über Fische.

Vom Speck kam Hansen wie von selbst auf das Husumer Protestschwein zu sprechen. Müller sog alle Informationen begierig auf und lachte amüsiert über das rot-weiße Schwein. Dann fiel Hansen siedend heiß ein, dass er womöglich den Dänen damit keinen Gefallen tat. Haltet es meiner Verzweiflung zugute, bat er still um Verständnis. Ich brauche ungewöhnlichen Gesprächsstoff, egal was. In einer solch bizarren Klemme war er noch nie gewesen. Vorsichtshalber warb er kurz um Stillschweigen: »Sie sollten das Protestschwein nicht erwähnen, um die Differenzen zwischen Dänen und Preußen nicht zu vertiefen. Es ist nur ein Kuriosum am Rande.«

Müller nickte gleichgültig und las die Speisekarte von oben bis unten sorgfältig durch. Anschließend bestellte er das teuerste Essen, Lammrücken, Lammhaxe und Lammwürstchen mit Bratkartoffeln, dazu eine Flasche Wein. Bei einer Zigarette ließ er die fürstliche Mahlzeit langsam ausklingen.

Hansen hätte ihm noch mehr Zigaretten gegönnt. Immerhin war es bereits später Nachmittag, als sie ins Wasserbauamt zurückkehrten.

Leise erkundigte sich Hansen beim Pförtner, ob Petersen noch im Haus sei.

»Der Herr Direktor führt seit geraumer Zeit ein Gespräch am Fernsprecher«, flüsterte der Mann.

Wahrscheinlich war er oben gewesen, um die ausgehende Post abzuholen, und hatte es bemerkt, oder Petersen hatte ihm sogar die für Hansen bestimmte Botschaft mitgegeben. Erleichtert brachte der Wasserbauinspektor den Journalisten

Müller in sein kleines Büro und gab ihm ausgiebig weitere Auskunft, in der Gewissheit, dass sie den Text überprüfen durften, bevor er gedruckt wurde.

Am nächsten Morgen erschien Petersen ungewöhnlich früh zum Dienst und ließ sofort Hansen rufen. Den beschlich ein ungutes Gefühl, als er seinem Chef gegenübersaß.

»Frau Liselotte Herrmann hat unsere Notlage wegen Gerd Müllers unverschämter Artikel und seiner zufälligen Anwesenheit in Husum erkannt«, berichtete Petersen, »und war dann bereit, mir sofort zu erzählen, was sie von ihrem Mann erfahren hatte, statt auf dich zu warten.«

»Er wusste also Bescheid?« Hansen wunderte sich. Es sah Groterjan nicht ähnlich, andere an seinen einsamen Entscheidungen zu beteiligen.

Petersen holte tief Luft. »Nicht nur das. Laut Frau Liselotte war es folgendermaßen: Das Strohungetüm war eine Schenkung des Herzogtums Sachsen-Altenburg an das Ministerium. Da aber in Berlin keine Frühjahrsfeuer lodern dürfen, hat Direktor Herrmann entschieden, dass die Strohfigur sich prächtig als Schenkung für die Hallig Langeneß zum Biikefeuer eignen würde. Und da Groterjan als offizielle Abordnung von Berlin hinfahren sollte, war es selbstverständlich, dass er außer Feuerwerk und Baum auch die Strohfigur mitnahm.«

Hansen blies die Backen auf. Ihm war die Konsequenz klar.

»Groterjan sträubte sich zuerst und erklärte sich schließlich nur widerwillig bereit, das Ding hinzuschaffen.«

»Deswegen hat er die voluminöse Puppe quasi heimlich im Hof der Bauverwaltung abgelegt«, murmelte Hansen. »Wahrscheinlich war es ihm sowieso egal, ob sie hinkommt oder nicht.«

»Ja«, seufzte Petersen. »Als ich Frau Liselotte fragte, warum Groterjan sich am liebsten geweigert hätte, erklärte sie das mit der abgrundtiefen Feindschaft zwischen ihrem Mann und dem Major. Der befolgt Anordnungen nur, wenn Herrmann sie schriftlich übermittelt.«

»Für uns ist die Rivalität zwischen Herrmann und Groterjan unerheblich. Für uns zählt nur, dass die Leiche wohl eher nicht in der Strohpuppe gesteckt hat. Ich kann mir nicht vorstellen, dass sie sich im Herzogtum auf diese komplizierte Weise eines Toten entledigen würden.«

»Ja. Wir können die Augen nicht davor verschließen. Sie stehen wieder am Anfang, Hansen.«

Kapitel 15

Sönke Hansen haderte den ganzen Tag mit sich selber, weil er sich derart mit der Strohpuppe verrannt und außer dem unwahrscheinlichen Fall, dass vielleicht doch der Schiffer des Elbkutters den Toten nach Langeneß gebracht hatte, keine vernünftige Alternative ins Visier genommen hatte. Petersen hatte ihm noch nicht einmal Vorhaltungen gemacht, doch das konnte Hansen selber auch viel besser und gründlicher.

Abends am Küchentisch war er so still, dass es Jorke auffiel. »Ist irgendwas mit dir?«, fragte sie. »Hast du mit Liselotte gesprochen?«

Hansen schüttelte stumm den Kopf, versenkte mechanisch eine Pellkartoffel und Grießklößchen in der Suppe mit den Fleisch- und Markklößchen und löffelte sie, ohne viel zu schmecken. Er vermied es, Jorke in die Augen zu schauen.

Und erst recht Nils, der tagsüber in Husum herumstromerte, aber rechtzeitig zum Essen zu erscheinen pflegte. Was tat er eigentlich den ganzen Tag? Wieso konnte er sich derart lange mit einem Bericht über die Hallig befassen? Es erhob sich sogar die Frage, ob er wirklich Journalist war. Einen gedruckten Artikel hatte er bis jetzt nicht vorgewiesen.

»Sönke, es ist die erste *Frische Suppe* des Jahres«, sagte Jorke leise mahnend.

»Was? Ach so.« Hansen blickte erstmals in den Teller und sah außer den Klößchen Blätter und Gemüse darin herumschwimmen. »Stammt das Grünzeug etwa aus unserem eigenen Garten?«

»Natürlich«, bestätigte Jorke geduldig. »Löwenzahn, Petersilie, Petersilienwurzel, Brennnesselblätter, Kälberkraut, alles vom ersten Grün, das aus der Erde spitzt. Den Sudden habe ich allerdings aus einem Graben in der Marsch geholt.«

»Die Suppe schmeckt hervorragend, Jorke«, lobte Nils, mit dem Erfolg, dass Hansen wieder eifersüchtig wurde.

»Auch für die Manneskraft junger Männer sehr geeignet«, warf Hansen anzüglich ein. »Aufgesetzt auf Rindfleischknochen, soviel ich weiß, und ihr Mark sorgt für Stärke in wichtigen Körperteilen!«

Jorke sah entsetzt zu ihm herüber.

Die Anspielung war frech gewesen. Aber es war einiges zusammengekommen. Hansen hatte sich auch darüber geärgert, dass Jorke für Nils »Reitende Engel« zubereitet hatte, wie sie ihm abends im Bett gestanden hatte. Die waren nur für sie beide bestimmt. »Die Suppe bringt jeden auf die Beine, nicht nur Wöchnerinnen«, fügte er lahm hinzu.

Nils senkte den Kopf.

Irgendwie beschämt oder verwirrt, fand Hansen, und seine Attacke tat ihm nur halbwegs leid. Nicht genug, um sich zu entschuldigen. Obwohl Jorke das sicher erwartete.

»Du, Sönke«, begann Nils nach langer Zeit und mit rauher Stimme, als sei er sich unsicher, ob er Hansen überhaupt ansprechen sollte. »Ich bin heute wieder im Städtchen umhergelaufen, um Material für meinen Artikel zu sammeln.«

»Ja?« Hansen hörte auf zu kauen und sah Nils aufmerksam an.

»Ich hatte das Gefühl, mir würde jemand folgen.«

»Gerd Müller vielleicht?«

»Ich weiß es nicht. Ich habe Augen in meinem Rücken gespürt, aber wenn ich mich umgedreht habe, war da niemand Verdächtiges. Jedoch weiß ich, wovon ich rede, ich wurde von meiner Zeitung mal mit einem Berliner Kriminalinspektor mitgeschickt, um über dessen Arbeit zu berichten. Tage später wurde er erschossen, und da wusste ich, warum er sich dauernd unauffällig umgesehen hatte. Auf der Streife hatte ich sein unbehagliches Gefühl geteilt.«

»Nils, pass bloß auf dich auf!«, rief Jorke beunruhigt.

»Ich habe übrigens Lüdde getroffen«, ergänzte Nils.

Hansen unterdrückte einen neuerlichen Anfall von Eifersucht. Es ging jetzt um anderes. Der vage Verdacht gegenüber Nils war gestrichen. Er entschloss sich, den beiden das Ergebnis des Gespräches zwischen Petersen und Liselotte wiederzugeben. Seine Zusammenfassung lautete: »Wir stehen also nicht nur wieder am Anfang, was die Leiche betrifft, sondern haben zusätzlich noch das Problem Müller am Hals. Der möchte offensichtlich noch mehr Nektar aus dem Wasserbauamt saugen, um uns nach Strich und Faden fertigzumachen.«

»Und dafür spioniert er sogar Nils aus?«

»Warum nicht?«, hielt Hansen dagegen. »Nils war schon auf der Hallig unser Gast, stand immer offen auf unserer Seite und weiß vermutlich eine Menge über uns.«

Nils schmunzelte, wurde aber schnell wieder ernst. »Lassen wir mal Müller beiseite. Er hat mit dem Toten ja gewiss nichts zu tun. Aber was ist mit dem Pastorensohn Lüdde? Er war auf der Hallig, und er hat beim Beseitigen der Biikereste mitgemacht.«

»Du meinst, nachdem er auf Langeneß verräterische Knochenstücke entsorgt hat, hat er dich hier in Husum heimlich beobachtet, um in Erfahrung zu bringen, was du weißt?«, rief Hansen aus. Er sah Jorke konsterniert an.

Die wirkte genauso betroffen wie er selbst. Dann schüttelte sie entschieden den Kopf. »Nein! Lüdde nicht!«

»Wieso nicht?« Nils war beharrlich.

Jorke schwieg ratlos. »Er ist einfach nicht der Mensch dafür«, sagte sie schließlich.

»Zurück zu Müller«, kommandierte Hansen. »Warum sollte nicht er es sein, der Nils ausspioniert hat?«

»Es könnte sein«, gab Jorke friedfertig zu. Aber in ihrer Miene stand etwas anderes.

»Was ist los, Jorke?«, fragte Hansen direkt. »Du bist anderer Meinung.«

»Ja«, sagte Jorke gedehnt. »Als wir vorgestern in Fahretoft waren, hatte auch ich das Gefühl, unter Beobachtung zu stehen. Und da war Müller doch noch gar nicht in Husum, oder?«

»Wir wissen nicht, wann er gekommen ist. Erzähl, was du erlebt hast, Jorke!«

»Da war ein Mann, der sich sehr für unsere Kutsche interessierte. Er kam auf dem Weg von Fahretoft zur Warft, als ihr noch auf der Deichkrone standet. Als er festgestellt hatte, dass die Kutsche leer war, überquerte er irgendwo den Sielzug, und dann sah ich ihn mal hier, mal dort in der Nähe des Deichs. Er hatte eine Flinte dabei, offensichtlich um sich als Jäger auszugeben, aber ich habe nie einen Schuss gehört.«

»Warum hast du mir das denn nicht erzählt?«, rief Hansen aufgebracht. Er erinnerte sich an den Jäger, der auch ihm aufgefallen war. »Das war wichtig! Der Kerl muss uns mehr als eine Stunde beobachtet haben. Ich habe ihn kurz vor unserer Abfahrt selbst gesehen. Er war aber naiv genug zu glauben, wir würden es nicht bemerken, oder wir würden ihm den Jäger abnehmen.«

»Naivität passt nicht zu Gerd Müller«, widersprach Nils umgehend. »Der ist raffiniert und tückisch und auch viel zu erfahren, um jemanden auf dem Land zu verfolgen, was eindeutig nicht sein Revier ist. Er ist ein Stadtmensch. Glaubt mir, man kann es daran erkennen, wie er sich bewegt.«

»Der Mann, der uns beobachtet hat, benahm sich auf dem Land ja auch tölpelhaft«, wandte Jorke ein.

»Jorke, Tölpelhaftigkeit ist kein Hinweis auf Müller, wirklich. Eher im Gegenteil.«

»Warum glaubst du das?«

»Ich habe mich in Berlin erkundigt«, sagte Nils knapp. »Ich habe dort Freunde, die Müller kennen.«

Unter diesen Umständen pflichtete Hansen Nils bei, und Jorke gab sich geschlagen. Auch wenn sich Müller möglicherweise für alles interessierte, was mit der Hallig und dem Damm zu tun hatte, war es tatsächlich nicht sehr wahrscheinlich, dass er gewusst hatte, wohin der Ausflug die Familie Hansen führen würde. Es sei denn, er hätte schon am Tag vorher im Wasserbauamt spioniert und etwas erfahren. Oder sich zufällig mit Kutschern unterhalten.

»Manchmal habe ich bei Tage schon Angst«, sagte Jorke leise. »Es ist so einsam in diesem Teil der Straße. Das war früher nicht so. Oder?«

»Hier in der Nähe befand sich früher das Henkershaus von Husum«, flocht Nils mit seinem manchmal seltsamen

Humor ein. »Vielleicht wabert der Nachhall der Todesschreie noch durch die Gegend und bestimmt nach und nach die Atmosphäre in der Woldsenstraße.«

»Das bildest du dir ein, Jorke«, versuchte Hansen, sie zu trösten, während er in Richtung Nils drohend mit den Augen rollte.

Jorke sagte gar nichts mehr.

Hansen war müde. Er erhob sich, um zu Bett zu gehen. Jorke machte keine Anstalten, ihm zu folgen, und schon wieder ärgerte er sich.

»Warte, Sönke«, bat Nils mit niedergeschlagener Miene. »Setz dich, ich muss dir was sagen.«

Jetzt packt er aus, dachte Hansen verstört, ich habe es doch gewusst! Aber warum schwieg Jorke, seine mutige Frau? Er hockte sich auf die Kante seines Stuhls, gewärtig, dass schon in diesem Augenblick vielleicht seine Ehe in Trümmern lag.

Nils kramte in den Tiefen seiner Knickerbockerhosentasche, förderte einen Gegenstand aus Bernstein zutage und legte ihn auf den Tisch. »Hier, ein Manschettenknopf.«

Mit zitterndem Zeigefinger zog Hansen ihn näher zu sich heran. Ein runder Bernstein auf einer silbernen Platte. Sehr geschmackvoll. »Hat der irgendwas mit uns zu tun?«

»Ich habe ihn am Schienenanfang des Damms auf Langeneß gefunden.«

Hansen begriff, und in ihm erwachte wieder der Spürhund. Er dachte nur einen Augenblick nach. »Es fragt sich also, wer auf der Hallig Manschettenknöpfe getragen und einen davon verloren hat. Auf keinen Fall jemand von der Hallig. Also entweder jemand, der beim Regierungsbaumeister auf Oland übernachtet hat und mit der Lore gekommen ist, oder ein Besucher vom Festland, den Ingwert Lorenzen abgesetzt hat und der den Damm oder die Feldbahn besichtigen wollte.«

Nils nickte. »Das denke ich auch. Uniformträger können wir ebenfalls ausschließen.«

»Groterjan. Das hilft uns nicht viel weiter, weil er als Täter im Moment ohnehin ausgeschieden ist«, flocht Hansen ein.

»Stimmt. Aber wer kommt überhaupt als Besitzer in Frage? Meiner Ansicht nach tragen nur Bessergestellte Hemden, die mit Manschettenknöpfen verschlossen werden.« Nils legte seinen Arm auf den Tisch und zog den Ärmel seiner Strickjacke hoch. Das Hemd war mit einem unauffälligen Knopf verschlossen.

Hansen schob seinen Arm neben den von Nils auf den Tisch. Auch sein Ärmel war mit einem schlichten Knopf versehen. »Wenn wir Gäste aus Schleswig erwarten, trage ich ein weißes, gestärktes Hemd mit Manschetten«, erläuterte er. »Sonst nie.«

»Und bei hochoffiziellen Feiern im Amt, Sönke«, ergänzte Jorke.

»Das stimmt, bei der Verabschiedung von Amtsleitern und dergleichen.« Hansen krauste die Stirn. »Das grenzt die Zahl derjenigen, die als Besitzer in Frage kommen, etwas ein. Natürlich muss der Knopf nichts mit unserem Fall zu tun haben.«

»Aber er könnte!« Nils' Augen funkelten.

Der Wandel seines Gemütszustands war augenfällig. »Warum warst du eigentlich eben noch so zerknirscht?«

»Oh.« Nils' Gesicht rötete sich.

Hansen legte sein Kinn auf die offene Handfläche und betrachtete ihn nachdenklich. »Du siehst jetzt aus wie eine Klatschmohnblüte. Schlechtes Gewissen, weil du mir den Knopf nicht schon früher gezeigt hast?«

Nils nickte. »Ich dachte, ich könnte den Fall mit Hilfe des Manschettenknopfes alleine aufklären«, bekannte er beschämt. »Es wäre eine so spannende Geschichte für meine Leser gewesen.«

»Was hat sich geändert?« Hansens scharfe Frage ließ Nils zusammenzucken.

»Dass ich den Eindruck hatte, beobachtet zu werden. Damit hat der Fall eine andere Dimension bekommen. Alles, was wir wissen, gehört zusammengetragen, sonst kriegen wir den Täter nicht.«

Wenigstens das hatte Nils eingesehen. Im Übrigen war Hansen eher erleichtert als verärgert. Es ging nicht um Jorke, darüber war er heilfroh.

»Soll ich jetzt gehen?«, fragte Nils.

Hansen blickte fragend zu Jorke. Es war ihrer beider Entscheidung.

»Sönke«, sagte Jorke kopfschüttelnd, »du bist genau wie Nils, wenn es um die Arbeit geht. Rücksichtslos gegen dich und die Deinen, ausschließlich auf die Erfüllung deiner Aufgaben bedacht. Nils ging es um eine Geschichte, die er nicht nur geschrieben, sondern erlebt hat ... Ich kann das verstehen.«

Hansen starrte sie mit offenem Mund an. Dass Jorke zuweilen unter seiner Arbeitswut litt, war ihm gänzlich entgangen.

»Und Nils hat sich gerade noch rechtzeitig besonnen«, ergänzte Jorke.

»Ich hoffe, du willst damit nicht sagen, ich hätte mich noch nie besonnen ...« Doch da sich nun sein Argwohn gegen Nils in Luft aufgelöst hatte, wandte Hansen sich mit versöhnlichem Grinsen an den Journalisten. »Mit Jorkes allumfassendem Tadel will sie uns bedeuten, dass du bleiben sollst. Damit wir zusammenlegen können. Und damit ich auch bleiben darf.«

Zwei Tage später wurde im Treppenhaus des Wasserbauamtes nach Hansen gebrüllt. Mehrere Stimmen, deren Hall sich in den hohen Fluren überschlug und die einander überrollten, befahlen ihn unverzüglich an den Fernsprecher in Petersens Büro.

Hansen, der im Keller war, flog die Treppe nach oben.

Am Telefon war nur ein lautes Weinen zu hören.

»Ich bin es«, rief Hansen verstört, »Sönke Hansen! Wer ist denn dran?«

»Liselotte«, schluchzte die Stimme.

»Was ist los, Liselotte?«

»Müller hat einen ganz bösen Artikel verfasst, einen, der unser Leben zerstört hat. Otto ist vom Dienst suspendiert worden. Was habt ihr nur angerichtet mit eurer Leiche!«

Hansen versuchte vergebens, sie zu beschwichtigen. Aber Liselotte war für nichts empfänglich. »Ich gebe ein Telegramm auf!«, schrie sie noch, völlig außer sich, dann wurde das Gespräch unterbrochen, und das Fräulein vom Amt beanspruchte wie üblich die Aufmerksamkeit des verbliebenen Teilnehmers.

»Du liebe Güte!« Hansen hängte den Hörer ein, ohne zu antworten, und ließ sich schockiert auf Petersens Besucherstuhl sinken.

»Was ist?«

»Der Schmierfink Müller muss ein Glanzstück seines Könnens abgeliefert haben mit der Folge, dass Direktor Herrmann vom Dienst suspendiert worden ist.«

»Haben wir damit zu tun?«

Hansen nickte gequält. »Wahrscheinlich hat Müller unser Gespräch über die in der Strohfigur verpackte Leiche belauscht. Und auch den Verdacht gegen Groterjan mitbekommen. Ich befürchtete es schon. Liselotte Herrmann wird uns die Einzelheiten telegraphieren.«

Petersen zupfte nervös an seiner breiten, dunkelblauen Fliege.

»Müller und Groterjan müssen sich zusammengesetzt und einen Anschlag auf Herrmann per Zeitungsbericht ausgetüftelt haben. Das war wohl nicht sehr schwer, zumal Herrmann aufgegeben zu haben scheint, weil er seiner Pensionierung entgegensieht.«

»Den Eindruck hatte ich selbst«, bestätigte Petersen.

»Müllers Rache an uns wird in einem weiteren Artikel folgen, das ist sicher«, sagte Hansen voraus. »Sobald sich die Aufregung wegen Herrmann gelegt hat.«

»Rache an mir«, verbesserte Petersen. »Ich habe ihn angegriffen.«

»Müller wird einen Rundumschlag starten. Mich kann Groterjan nicht leiden. Ich fürchte, die Sache mit der Leiche werden sie schüren, solange sie können.«

»Mit umso mehr Nachdruck müssen wir uns um die Aufklärung kümmern, damit sie möglichst wenig Zeit dafür haben«, befand Petersen ernst.

Hansen nickte und stand auf. Er war jetzt froh, Nils an seiner Seite zu wissen. Und er schwor sich, sich nie wieder derart einseitig festzulegen, sollte er weiterhin im Wasserbauamt tätig bleiben dürfen. Groterjans Möglichkeiten der Einflussnahme auf fremde Schicksale erschienen ihm mittlerweile beängstigend groß.

Am Nachmittag klopfte der Bote des Post- und Telegraphenamtes an Petersens Tür und ließ sich von ihm persönlich die Aushändigung eines Telegramms bestätigen. Hansen, der den Mann hatte kommen sehen, betrat hinter ihm das Büro seines Chefs.

Gemeinsam lasen sie Liselottes Zeilen, in denen diese Müllers Artikel zusammenfasste: Major Groterjan, Berlin, habe auf Anweisung seines Vorgesetzten, Direktor Herrmann, nichtsahnend eine Strohfigur zwecks Verbrennung zur Hallig Langeneß begleitet, in der sich nach gemeinsamer Aussage des Direktors C. Petersen und seines Stellvertreters S. Hansen, beide Wasserbauamt Husum, ein Toter befunden habe. Der Verdacht, sich auf diese Art einer Leiche entledigt zu haben, falle eindeutig auf Direktor Herrmann, der vom Dienst suspendiert worden sei. Der Fall werde eingehend untersucht.

»Oje. Da habe ich ja was angerichtet«, murmelte Hansen.

»Du bist ja ganz bleich, Sönke«, sagte Petersen mitleidig, aber gefasst. »Unser größtes Vergehen ist wohl, nicht gewusst zu haben, wie skrupellos Zeitungsschreiber der Hauptstadt sein können, wenn sie sich davon einen Gewinn versprechen. Das ist ja eine sehr eigene Art von Berichterstattung.«

»Trotzdem werde ich wohl Jorke darauf vorbereiten müssen, dass man mich ebenfalls vom Amt suspendiert«, meinte Hansen ahnungsvoll.

»Nur über meine …« Petersen brach abrupt ab und verzog das Gesicht.

Hansen grinste trübe. »Nett von dir, zu mir zu stehen, Cornelius. Aber Kerle wie Müller sind anscheinend mit allen Wassern gewaschen. Keine Spur von Moral und Ethik, geschweige denn Verantwortungsgefühl.«

»Unsere einzige Verteidigungsmöglichkeit ist tatsächlich, den Mörder zu finden. Und die wahren Hintergründe dieser ganzen verworrenen Angelegenheit in einem eigenen Artikel zu schildern und Müllers polemische Verdächtigungen Lügen zu strafen. Aber wo bekommen wir einen unvoreingenommenen Journalisten her?«

»Wenn es weiter nichts ist«, sagte Hansen, »den haben wir.«

Bevor Hansen bei der Suche nach dem Täter die Kreise weiter zog, beschloss er, Groterjans Angaben zu überprüfen, um ihn endgültig aus den Reihen der Verdächtigen auszuschließen. Denn schließlich sprach zwar manches gegen ihn, aber ein Beweis war das nicht.

Zu diesem Zweck fuhr Hansen wieder mit der Kutsche zum Bauhof bei Fahretoft. Wie er sich am Telefon vergewissert hatte, befand sich dort die Lore, die vor der beschädigten Stelle im Damm stehengelassen worden war.

Hansen nahm die Lore in Augenschein, die am Ende des Schienenstrangs auf einem eigenen kleinen Hügel stand, umgeben von verschiedenen Baumaterialien. »Schaden hat sie ja nicht erlitten. Hast du sie vom Damm geholt, Tade?«, fragte er den Verantwortlichen vom Bauhof, der mit ihm zu den Schienen gekommen war.

»Ja, habe ich. Als die Reparatur beendet war. Und ich schätze, derjenige, der sie hat stehenlassen, wusste, was er tat. Ich könnte mir denken, dass ein Unerfahrener die Lore in den Deich- und Gleisbruch hineingeschoben hätte, so dass die Lore im Wasser gelandet wäre.«

»Alle Wetter!« Hansen staunte. »Du willst damit sagen, der Kerl konnte abschätzen, dass auch die unbeladene Lore für den Untergrund zu schwer war. Ist er hier etwa beim Dammbau beschäftigt gewesen?«

»Ich will da nicht lange herumspekulieren. Es muss Heinrich Sörensen gewesen sein, der sie zurückbrachte, denke ich. Am Tag nach Biike stand die Lore jedenfalls da. Ich konnte sie von hier aus sehen.«

»Aber du hast keine Person über den Damm zurückkommen sehen?«

»Doch, den Begleiter von Heinrich. Der auch mit ihm nach Oland rübergefahren war. Keine fünf Stunden nach ihrer Abfahrt von hier kam er zurückgestapft. In schweißtreibendem Tempo, sag ich dir. Als wäre der Meermann Ekke Nekkepen hinter ihm her.«

»Da ist keine Verwechslung möglich?«

»Kann man einen Besenstiel mit einem Bären verwechseln?«, war Tades Gegenfrage.

Hansen grinste. »Um es zusammenzufassen: Du hast den Besenstiel, der die Faschinen mit Heinrich zusammen nach Langeneß begleitet hat, spätnachmittags zu Fuß zurückkommen sehen. Heinrich war nicht bei ihm, aber die Lore stand am nächsten Tag jenseits der Bruchstelle, so dass er nach dem Besenstiel aufs Festland gelangt sein muss, entweder noch am Abend oder am Morgen danach. Und du meinst, dass Heinrich der einzige Kandidat ist, der die Gefahr dieser Bruchstelle kannte?«

»Das weiß ich nicht. Auf Langeneß können ja noch andere Arbeiter vom Bauhof zu Besuch gewesen sein, die schnell zu Fuß nach Hause wollten.«

Hansen seufzte. Warum erweiterte sich nur immerfort der Kreis derjenigen, die involviert sein konnten? »Na, dann will ich jetzt mal los.« Er löste die Bremse und ließ die Lore vom Hügel rollen. Dann schob er sie über den Außendeich und befand sich kurze Zeit später schon auf dem Damm.

Kapitel 16

Bauleiter Zimmermann wirbelte in seinem Büro herum, augenscheinlich damit befasst, seine Tätigkeit auf Oland abzuschließen. Auf seinem Schreibtisch stapelten sich Akten, und auf einem Beistelltischchen lagen ausgerollte Zeichnungen von Dammprofilen, Längsschnitten und Grundrissen, die Ecken mit bleigefüllten Blechdosen beschwert.

»Kommen Sie rein, Hansen«, rief Zimmermann – im Gegensatz zu seinem Arbeitsfeld – aufgeräumt. »Setzen Sie sich, wo Sie Platz finden.«

Nanu, er war ja so ungewohnt zugänglich. »Sie sind bestimmt froh, wieder bei der Familie leben zu können«, riet Hansen und schob sein Hinterteil auf einen nur halb belegten Hocker.

»Bei der Familie, ja. Aber dass ich nach Berlin zurückmuss, ist weniger angenehm. Daran wurde ich wieder erinnert, als sich die Herren neulich bei mir einquartiert hatten. Berlin ist ein einziges Wespennest, und obendrein gehen die Wespen völlig unberechenbar aufeinander los. Und Drohnen gibt es natürlich auch, allgemein Schmarotzer genannt.«

Jorke hatte Hansen erzählt, dass sich Zimmermann bei ihrem Besuch auf der Bandixwarf ganz anders gegeben hatte als bis dahin erlebt. Aber so offenherzig, geradezu kritisch, hatte er ihn sich nicht vorgestellt.

Zimmermann fegte unerwartet Papiere von seinem Bürosessel, setzte sich ebenfalls und zog seine Pfeife hervor. »Tut mir leid, dass ich neulich so unhöflich zu Ihnen war. Das ist der Sprachgebrauch in den Ämtern. Man wird davon angesteckt, ohne es zu merken …«

»Aha.« Hansen fragte sich, worauf Zimmermann hinauswollte.

»Ich habe es erst wahrgenommen, als ich den dienstlichen Besuchern sozusagen als halber Einheimischer zuhörte. Sie waren laut und unverschämt …«

»Als unverschämt empfand ich Sie auch«, gab Hansen freimütig zu. »Aber das ist erledigt.«

»Das ist erledigt«, wiederholte Zimmermann grinsend. »Gut so.«

»Eine Frage noch«, schob Hansen ein. »Die Sache mit den Ditten in fremden Ländern …«

»Oje«, seufzte Zimmermann. »Meine Zustimmung zu Ihrer Behauptung, auf den Azoren gäbe es Ditten, sollte sarkastisch sein. Aber ich hatte den richtigen Ton nicht getroffen, und dann ließ ich es auf sich beruhen. Es war nicht reparabel.«

»Nein, das war es wohl nicht«, gab Hansen unter Gelächter zu. »Dieser Missgriff soll dann Ihre Strafe für die Überheblichkeit gewesen sein.«

»Ich nehme sie an. Sind Sie gekommen, um den Dienstraum offiziell zu übernehmen? Hier habe ich noch Chaos, wie Sie selbst sehen, aber die Arbeiterbaracke und der Geräteschuppen sind zur Übergabe bereit.«

»Ach, nichts dergleichen«, antwortete Hansen, »uns im Wasserbauamt plagen im Augenblick ganz andere Sorgen. Wir müssen ein Verbrechen, das sich zwischen dem Festland und der Hallig ereignet hat, schnellstmöglich aufklären, um nicht selber beschuldigt zu werden. Ich hoffe, Sie können uns helfen.«

»Nanu.«

In dem Moment, als Zimmermann seine dienstliche Abneigung gegenüber Berlin erwähnt hatte, hatte Hansen sich entschlossen, ihm reinen Wein einzuschenken, zumal das Vorhandensein der Leiche ja hinreichend bekannt war. Er berichtete ihm lückenlos.

Zimmermann schwieg eine Weile. »Um es zusammenzufassen: Major Groterjan ist Ihrer Meinung nach im Hinblick auf die Strohfigur entlastet, weil er sie nicht zu verantworten hat. Die Verantwortung dafür liegt vielmehr bei Direktor Herrmann, der nun von seinem Amt suspendiert wurde, weil Groterjan den Verdacht leicht auf ihn abwälzen konnte, und dem stimmt man offenbar im Kriegsministerium zu. Aber Sie sind, wie ich Ihnen ansehe, nicht ganz zufrieden damit.«

»Richtig.«

»Groterjan hatte alles Mögliche aus Berlin für das Biikefeuer im Gepäck, erinnern Sie sich? Feuerwerk, Grog und so weiter. Der Kutter besaß einen großen Laderaum, ich habe mich gewundert, was die drei Männer da alles herausschleppten.«

Hansen nickte.

Zimmermanns Gedanken schweiften ab. »Wenigstens zwei, drei Minuten war ich in der Menge am Biikefeuer auf der Suche nach dem Ferkel am Spieß, das ich zu riechen meinte«, berichtete er betroffen. »Ich hatte Hunger.«

»Du liebe Güte«, flüsterte Hansen.

»Doch dann wurde ich von Herrmann in Beschlag genommen und vergaß den verlockenden Bratenduft. Bis eben habe ich nicht mehr daran gedacht. Jetzt wird mir allein bei der Erinnerung daran übel.«

Hätte noch ein winziger Zweifel daran bestanden, dass im Feuer ein Mensch verbrannt worden war, der noch nicht lange tot gewesen sein konnte, war der jetzt endgültig ausgeräumt. Aber darüber zu sprechen war überflüssig. Hansen zog den Manschettenknopf aus der Hosentasche und legte ihn vor Zimmermann auf ein winziges freies Stück Schreibtisch. »Wissen Sie zufällig, wem der hier gehören könnte? Er muss mit dem Verbrechen nichts zu tun haben, aber da er neben den Schienen auf Langeneß gefunden wurde, wäre es möglich.«

»Hübsch«, fand Zimmermann, »Bernstein spricht für einen Einheimischen, finden Sie nicht?«

»Aber …«

»Nein, gesehen habe ich ihn vorher nicht. Die Herren am Tisch der Ehrengäste trugen Gold in den Manschetten. Manche reckten ihre Hände nach den Platten mit Würsten und Schweinebacken, als ob sie sonst nichts zu essen bekämen …«, fügte Zimmermann voller Verachtung leise hinzu.

Der Bauleiter war von den Berliner Kollegen gründlich geheilt. Hansen wechselte das Thema. »Hat Groterjan einen Baum als Gastgeschenk mitgebracht?«

»Ja, das stimmt. Die Eiche liegt noch vor dem Geräteschuppen. Kein Oländer will sie pflanzen, weil es in der versalzten Erde vergebliche Liebesmüh wäre.«

»Das dachte ich mir. Dann suchen wir noch nach einem markant riechenden Käse, der sich innerhalb der Verpackung der Eiche befunden haben soll.«

»Ein Käse war da nicht. Nur spärliche Blätter, die mittlerweile abgefallen sind.«

Hansen grinste. »Vielleicht sind sie aus Abscheu vor dem Laugenburger verdorrt. Aber Scherz beiseite. Jetzt zu den anderen, wichtigeren Fragen.« Hansen hatte inzwischen festgestellt, dass sie gut miteinander konnten und sich Überflüssiges sparen durften. Das lag wohl am Beruf.

Zimmermann nickte und paffte.

»Ich habe von Jorke erfahren, dass Sie so freundlich waren, die Männer mit der schwer beladenen Lore nicht aufzuhalten, als sie die Faschinen herankarrten.«

»Richtig. Fürs Protokoll reichte die Angabe, dass drei Faschinen angeliefert wurden. Reine Schätzung meinerseits. Ich hätte auch hundert schreiben können, lesen wird es sowieso niemand.«

Hansen verzog das Gesicht und sog scharf die Luft ein.

»Was ist?«

»Es waren zwei Faschinen und diese Strohpuppe, die von Anfang an unter Verdacht stand, den Toten enthalten zu haben.«

Zimmermann winkte ab. Er nahm es ruhig, was wiederum Hansen beruhigte. »Bandik hat davon gesprochen. Ich habe das Strohbündel nicht gesehen. Muss zuunterst gelegen haben.«

»Und wer begleitete die Faschinen?«

»Das weiß ich nicht.«

»Kennen Sie denn die Arbeiter, die den Damm errichtet haben, nicht mit Namen?«

»Meine Arbeiter, aber sicher doch. Wir haben ja fast zweieinhalb Jahre miteinander verbracht. Die wohnten in der Arbeiterbaracke, soweit sie nicht Oländer oder Langenesser waren. Allerdings sind mir nur alle Männer, die Oland–Langeneß gebaut haben, bekannt. Fahretoft–Oland war zum Teil vor meiner Zeit.«

»Ach so. Es wäre möglich, dass mindestens einer der beiden Männer eine gute Kenntnis des Damms Fahretoft–Oland besaß. Mir wurde der Name Heinrich Sörensen genannt, ein Bär von Mann.«

»Ja, so einer war dabei«, bestätigte Zimmermann. »Der andere war nur ein Strich in der Landschaft. Der jagte später auf den Schienen zurück, als wäre der Gottseibeiuns hinter ihm her. Das war, bevor wir alle nach Langeneß aufbrachen.«

Das stimmte mit Tade Ketelsens Beobachtung überein. Heinrich und Gerlich hatten die Fracht nach Langeneß also definitiv begleitet. »Wovor hatte er denn solche Angst?«

»Das weiß ich nicht, er hat nicht mit uns gesprochen. Aber es war auffällig.«

Ob Gerlich den Toten gesehen hatte? Oder dessen Kleidung, die möglicherweise durch das Stroh geschimmert hatte? Jedenfalls war die Strohfigur als Versteck für die Leiche wieder im Spiel, und Hansen musste dringend Gerlich befragen.

Sollte ihn dessen Aussage allerdings nicht weiterbringen, erhob sich die Frage, ob die Leiche vielleicht doch unter Kratt auf einem Pferdewagen verborgen zum Holzstoß transportiert worden sein könnte. Was im Ilef ausgeladen worden war, konnte möglicherweise auch von Föhr stammen. Die Insel hatten sie bisher nicht berücksichtigt. »Die Strohpuppe haben Sie wohl überhaupt nicht zu Gesicht bekommen?«

»Nein, hier nicht, und am Holzstoß habe ich nicht darauf geachtet. Wo ich stand, war zu viel Rauch.«

»Deshalb auch der Geruch, den ich auf der Luvseite beispielsweise nicht wahrgenommen habe. Damit ist meine Mission beendet«, sagte Hansen. »Gute Rückkehr nach Berlin.«

»Danke. Ich hoffe, ich kann mich schnell wieder verkrümeln, am besten möglichst weit weg von allen Intrigen der Hauptstadt. Und Ihnen wünsche ich gutes Gelingen bei der Aufklärung des Falls.«

Hansen nickte und griff nach dem Fernsprecher.

Als er nach längerer Wartezeit – die Kutsche musste erst aus Husum kommen – endlich zu Hause eintraf, ging der Sonnabend bereits zu Ende. Hansen unterhielt sich noch kurz am Abendbrottisch mit Jorke, streichelte den schlafenden Agge und ging dann zu Bett. Erst am nächsten Morgen war er wieder gesprächig.

»Stell dir vor, Sönke«, sagte Jorke aufgeregt, »Liselotte hat noch einmal im Amt bei Petersen angerufen, und er hat mir die Botschaft bringen lassen. Otto Herrmann ist weiterhin vom Dienst suspendiert, weil er wegen seiner Verantwortung für die Strohfigur immer noch unter Verdacht steht, die Leiche darin verborgen zu haben, und keiner ihn rehabilitieren kann. Bitte tu doch etwas für ihn!«

»Bin unentwegt damit beschäftigt«, murrte Hansen und bestrich sein Brot mit Erdbeermarmelade. »Sogar am Sonntagmorgen.«

»Und Groterjan ist zum Direktor der Abteilung aufgestiegen.«

Hansen fiel das Messer in die Marmelade. »Nicht möglich!«

»Doch!«

»Unglaublich! Die armen Mitarbeiter im Ministerium. Die werden in nächster Zukunft nichts zu lachen haben.«

»Hoffentlich weitet er sein Betätigungsfeld nicht dauerhaft auf Husum aus«, murmelte Jorke und kniff die Lippen zusammen.

Hansen hätte sie gerne getröstet, aber er war sich selber nicht sicher.

»Hast du denn auf Oland irgendwas Wichtiges herausbekommen?«, fragte Nils.

Natürlich, um sie beide abzulenken, aber allmählich kannte Hansen den Journalisten hinreichend, um nicht mehr argwöhnisch zu sein. Er stand auf ihrer Seite. »Zimmermann hat den Manschettenknopf noch nie gesehen. Alles andere, was ich erfuhr, war eine Bestätigung dessen, was wir schon wissen. Im Augenblick komme ich nicht weiter. Wurdest du noch beobachtet, Nils?«

»Nein, auch nicht.«

»Sackgasse!«

Jorke legte beschwichtigend ihre Hand auf Hansens Arm. »Agge verlangt jetzt schon ganz regelmäßig nach dem Töpfchen, Sönke. Ist doch schön, nicht wahr? Und heute Mittag gibt es einen knusprigen Schweinebraten.«

Wider Willen begann Hansen zu lachen, und Nils fiel ein. »Töpfchen und Schweinebraten. Ich nehme beides als Trost. Danke, Jorke. Hoffentlich ist es nicht das Protestschwein unseres Nachbarn.«

»Nein, nein«, beteuerte Jorke. »Das habe ich schon lange nicht mehr gesehen, genauso wenig wie ihn selbst. Lars hat ja ganz unregelmäßigen Dienst, wie er sagte. Bestimmt versorgt Erk die Sau und lässt sie nicht aus dem Verschlag.«

»Ist wohl auch besser so, dann kann sie keinen Ärger machen.«

Nils, der einen tiefen Teller mit Grütze vor sich stehen hatte, schaufelte abwesend mit einem Esslöffel Erdbeermarmelade hinein, einen Klecks nach dem anderen. Jorke und Hansen wechselten verstohlene Blicke.

Als sich ein Berg Marmelade im Brei angehäuft hatte und das Glas leer war, griff Jorke behutsam ein. »Nils, wird das nicht zu süß? Nicht dass ich dir die Marmelade nicht gönne. Wir haben einen Vorrat, der bis zur nächsten Ernte reicht.«

»Wovon denn?«, fragte Nils und blickte erst da auf seinen Teller hinunter. Erschrecken breitete sich auf seinem Gesicht aus. »Oh! Ich wusste nicht …«

»Ist irgendwas, Nils? Wirst du doch verfolgt?«

»Nein, nein! Mir ist etwas eingefallen.«

»Ja«, ermunterte Hansen ihn, ohne zu erwähnen, dass dem Journalisten anscheinend von Zeit zu Zeit etwas einfiel, was er besser gleich erzählt hätte.

»Diese Würste, die für die Dämme gebunden werden …«

»Die Faschinen, ja.«

»Haben die je nach Verwendungszweck einen unterschiedlichen Umfang?«

Hansen runzelte die Stirn. »Sie werden zwar von verschiedenen Leuten gebunden, aber das Maß ist einheitlich, so dass sie nur kleine Abweichungen aufweisen. Es gibt eine Obergrenze.« Er streckte seinen Unterarm vor und musterte ihn. »Es sind mehrere Einzelbunde, die zusammengebunden werden, insgesamt um die neunzig Zentimeter im Durchmesser. Warum?«

»Ich war doch am Lorenbahnhof, als die beiden Deicharbeiter die Faschinen und die Strohpuppe auf Bandiks Wagen geladen haben. Die eine Faschine war fast doppelt so dick wie die andere. Ich habe mir nichts dabei gedacht. Wo es doch Erddämme und Buschdämme gibt und die Konstruktionen für deren Aufbau je nach Untergrund verschieden sind. Ich habe mir das erklären lassen. Aber jetzt ist mir eingefallen, was ich gesehen habe, und ich frage mich, ob meine Erklärung stimmt …«

Hansen griff sich fassungslos an den Kopf. »Die Würste habe ich bisher außen vor gelassen. Wenn wir rechnen, dass die normale Faschine bis zu neunzig Zentimeter dick ist, könnte die dickere einen Meter achtzig gehabt haben.«

»Na ja, ganz so viel war es nicht.«

»Aber genug, um eine schmächtige Person darin zu verbergen?«

Nils biss sich auf die Lippe und nickte. »Tut mir leid«, murmelte er niedergeschlagen.

»Du kannst nichts dafür! Du hast nicht täglich mit Faschinen zu tun, Nils«, sagte Jorke teilnahmsvoll.

Aber ich, dachte Hansen. Jorkes Bemerkung klang wie eine Anklage, und er war der Angeklagte. Zu Recht.

»Noch etwas fiel mir auf, Sönke.« Nils hatte sich wieder gefasst, und Hansen merkte auf.

»Die beiden, die mit den Faschinen kamen …«

»Ich bin ganz Ohr«, versicherte Hansen.

»Deren Schuhwerk war so auffällig unterschiedlich. Der Dünne hatte Gummistiefel an, der war für den Marsch über den nassen Damm gut gerüstet. Weißt du, wenn wir Wandervögel in Moorgebieten unterwegs …«

»Egal«, unterbrach ihn Hansen barsch.

Nils zuckte zusammen. »Aber der Berserker trug kurze Arbeiterstiefel, und seine Hose war bis an die Knie mit Schlick bespritzt. Und nass war er natürlich auch. Als ob er zu arm wäre, sich Gummistiefel zuzulegen.«

Hansen rekapitulierte einen Augenblick, was er bei Heinrich Sörensen im Haus gesehen hatte. Für arm hatte er ihn jedenfalls nicht gehalten. Und da der Mann beim Bau des ersten Dammes Vorarbeiter gewesen war, besaß er ganz sicher Gummistiefel. »Dafür gibt es nur eine Erklärung«, sagte Hansen bedächtig. »Heinrich hatte nicht vor, nach Langeneß zu gehen. Er sollte lediglich auf dem Hof der Bauverwaltung die Faschinen herstellen. Hinbringen sollten zwei andere Arbeiter sie. Aber Heinrich hat mir selbst erzählt, dass er für den einen eingesprungen ist und die Eisenbahnfahrt mitgemacht hat.«

»Aber«, stammelte Jorke, die wachsbleich geworden war, »würde das nicht bedeuten, dass Heinrich die Leiche in die Wurst gewickelt hat? Unser Nachbar, ein Mörder?«

»Um dich zu zitieren: Nein, Heinrich doch nicht!«, widersprach Hansen voller Überzeugung. »Er ist nicht der Mann dafür! Außerdem waren sie beim Herstellen der Faschinen immer zu zweit. Es wäre völlig abwegig zu glauben, Heinrich hätte zusammen mit einem Mann, den er gar nicht kannte, einen Toten verpackt. Da könnte man eher Ernst Eschelsen verdächtigen, der rechtzeitig das Weite gesucht hat. Angeblich fuhr er los, um weiter südlich eine Stelle zu suchen. Vielleicht ist er aber auch flüchtig.«

Jorke und Nils waren still, während Hansen laut überlegte. »Vielleicht gab es ja auch bereits rudimentäre Faschinen, die jemand begonnen hatte zu binden, Rohprodukte gewissermaßen, davon eine mit einer Leiche, und die mussten nur fertiggestellt werden. Von ahnungslosen Hilfskräften.«

»Wirklich?« Jorke war skeptisch. »Heinrich ist doch keine ahnungslose Hilfskraft.«

»Stimmt, aber er war ja auch gar nicht mehr angestellt. Außerdem wusste er am Morgen noch nicht, dass er nachmittags zur Hallig fahren würde. Die müssen an dem Tag ein großes Durcheinander bei den Arbeitern gehabt haben. Die scheinen auch noch untereinander die zugeteilten Aufgaben getauscht zu haben.«

»Hm«, sagte Jorke. Nils saß still und mit gerunzelter Stirn am Küchentisch.

»Heinrich mag ein Polterer sein und war damals gerade entlassen worden, was seinen Ärger erklären mag, Jorke.

Aber er ist, wie gesagt, aus Freundlichkeit für Eschelsen eingesprungen und hat ihm trotzdem den Verdienst seiner Arbeit zukommen lassen. Du musst um Agge wirklich keine Angst haben.«

»Ja, dann …«

»Ich werde Ernst Eschelsen mal auf den Zahn fühlen. Vielleicht ist er schon zurück.« Und Meier auch, dachte Hansen, selber beunruhigt. Wusste der überhaupt, wer zu welcher Zeit für die Bauverwaltung gearbeitet hatte? Oder wer sich in der Nähe herumgetrieben hatte?

Das Haus der Familie Eschelsen sah, falls das überhaupt möglich war, noch verwahrloster aus als bei seinem ersten Besuch. Beinahe unbewohnt.

Hansen fürchtete schon, dass die Familie ausgezogen sein könnte, als er das Schlurfen von Füßen hörte und kurz darauf die Hausfrau die Tür einen Spaltbreit aufzog. »Ja? Was wollen Sie?«

»Frau Eschelsen, Sie erinnern sich sicher, ich war schon einmal da. Sönke Hansen vom Wasserbauamt.«

»Verschwinden Sie«, schrie die Frau. »Ich weiß, was Sie wollen! Sie wollen Ernst sprechen. Aber der ist immer noch weg, und ich weiß nicht, wo.«

»Hat er sich nicht gemeldet?«, fragte Hansen verwundert.

»Nein! Und auch kein Geld geschickt. Und jetzt lassen Sie mich in Ruhe!«

»Dann wünsche ich Ihnen noch einen schönen Tag«, sagte Hansen gedankenlos und bereute gleich darauf die dumme Floskel, mit der jemand wie Frau Eschelsen gewiss nichts anfangen konnte.

Auf dem Weg zum Wasserbauamt überlegte er erstmals ernsthaft, wer der Tote sein könnte. Seitdem die Faschinen in den Mittelpunkt des Interesses gerückt waren, sprach vieles dafür, dass es jemand war, der für die Bauverwaltung gearbeitet hatte. Hansen fragte sich, ob es sich möglicherweise um Ernst Eschelsen handeln könnte.

Aber da die Ehefrau vor Wut oder Panik unzugänglich war, musste er wohl oder übel darauf verzichten, Genaueres über den Verbleib ihres Mannes von ihr zu erfragen.

Gerlich Hinrichsen war der Nächste auf Hansens Liste. Auch er ein älterer Mann, der entlassen worden war. Hinrichsen öffnete die Tür zu seiner Kellerwohnung selbst. Hansens erster Eindruck war der eines ruhigen und zuverlässigen Mannes, hager und dürr wie jemand, der sein Leben lang harte körperliche Arbeit verrichtet hat. Hansen stellte sich vor.

»Kommen Sie rein, Herr Wasserbauer.«

»Danke.« Hansen folgte Hinrichsen. In der Wohnung schien sonst niemand zu sein. Als Hansen am Küchentisch Platz genommen hatte und in das offene Gesicht seines Gegenübers blickte, schien sich sein guter Eindruck zu bestätigen. »Wir gehen dem Ablauf des Tages nach, als die Faschinen zur Hallig Langeneß gefahren wurden. Es geht um die Gehälter«, schwindelte er.

»Ja?« Gerlichs Miene versteinerte.

»Ja. Herr Meier von der Bauverwaltung weiß nicht genau, ob er das Gehalt an die richtigen Leute ausgezahlt hat. Ihm ist das ungeheuer peinlich. Weil er doch sonst so zuverlässig ist, greife ich ihm unter die Arme. Sind Sie korrekt entlohnt worden?«

»Ja, ja. Bestimmt.«

»Für welchen Arbeitsumfang?«

Es war augenfällig, dass Hinrichsen nicht genau wusste, worauf die Befragung hinauslaufen würde. »Ich habe Faschinen zugerichtet und sie bis zur Hallig Langeneß begleitet. So lautete der Auftrag«, erklärte er vorsichtig.

»Die Faschinen haben Sie zusammen mit Heinrich Sörensen gebunden?«, vergewisserte sich Hansen, dem Heinrich allerdings etwas von einem ihm unbekannten jungen Mann berichtet hatte.

»Ja, habe ich. Aber Heinrich, der gewissermaßen unser Vorarbeiter war, wie früher schon, hat mich auch zum Bahnhof geschickt, um nach der Ankunftszeit des Zuges zu fragen. Außerdem sollte ich den Bahnhofsvorsteher darauf hinweisen, dass er bei Strafe die Marschbahn so lange aufzuhalten hatte, bis wir unsere Fracht eingeladen hätten. Aber der Mann wusste Bescheid, er war schon von Herrn Meier vergattert worden.«

Diesen Teil der Befragung hatte Hinrichsen schlüssig beantwortet. Aber warum wirkte er jetzt so furchtsam? »Und wo war Ernst Eschelsen?«

Hinrichsen knirschte mit den Zähnen. »Ich hab's doch gewusst, dass das nicht gutgeht!«

»Was?«

»Ernst hatte keine große Lust, nach Langeneß zu fahren.«

»Und? Weiter! Ich mache Sie darauf aufmerksam, dass Sie keine Gelegenheit mehr haben werden, für die Bauverwaltung auszuhelfen, wenn Sie nicht rückhaltlos auspacken.«

»Ich tu's ja«, jammerte Hinrichsen. »Heinrich hat Ernst angeboten, für ihn die Fahrt zu übernehmen und ihm trotzdem den Lohn zu lassen. Da war doch nichts Schlimmes dabei! Wenn nur Heinrich und Ernst sich einig waren. Mich können Sie dafür jedenfalls nicht verantwortlich machen!«

»Das tue ich auch nicht.«

Hinrichsen beruhigte sich. »Das mit dem Tausch habe ich aber erst erfahren, als wir schon in der Bahn waren. Auf dem

Hof der Bauverwaltung habe ich Ernst gar nicht mehr gesehen.«

»Gut. Aber warum sind Sie vom Lorenbahnhof Langeneß abgehauen und haben Heinrich allein den weiteren Transport überlassen? Bezahlt wurden Sie für die Begleitung der Würste bis zur Biike an der Kirchwarf. Übrigens: Gab es für die Strohpuppe noch eine Extragratifikation?« Diese Frage stellte Hansen nur, um klarzustellen, dass er über alles Bescheid wusste.

»Heinrich war einverstanden«, stammelte Hinrichsen. »Ich hatte Angst, nicht mehr über die kaputte Stelle im Damm zurückzukönnen. Das Wasser lief auf.«

»Na ja. Das ist wohl verständlich«, merkte Hansen an. »Obwohl Sie ihn gewissermaßen im Stich gelassen haben.«

»Heinrich fürchtet sich vor nichts. Und weil das so ist, hat er nur gelacht und es mir nicht übelgenommen.«

»Und die Strohfigur? Was war mit der?«

»Keine Ahnung. Heinrich meinte, wir müssten sie wegen dem Schild am Hals mitnehmen. Geld haben wir dafür nicht gekriegt. Warum auch? Fracht ist Fracht.«

Des Schildes, korrigierte Hansen im Stillen. Das war glaubwürdig. Heinrich schien sehr verlässlich zu sein. Umso mehr stellte sich die Frage, warum er entlassen worden war. Hansen verabschiedete sich und ließ einen erleichterten Mann am Küchentisch zurück.

Kapitel 17

Der im Allgemeinen so zuverlässige Erhard Meier war auch an diesem Morgen in der Bauverwaltung anzutreffen. Er besprach gerade mit zwei Arbeitern ihre nächsten Aufgaben. Wenn das seine beiden einzigen Leute waren, war die Bauverwaltung unterbesetzt, fand Hansen.

Unterdessen hatte er Gelegenheit, sich auf dem Gelände umzusehen. Ein Berg Kratt fiel ihm auf, daneben lagen kreuzweise aufeinandergeschichtete Schienen für eine Feldbahn und ein Stapel Spickpfähle. Außerdem waren armdicke, ein paar Meter lange gerade Äste vorrätig, vermutlich zum Bau von Lahnungen, sowie kürzere, bereits fertige Faschinen. Mehrere Haufen Kies, Splitt und Schotter waren über den Bauhof verteilt.

Hansen wartete geduldig, bis die Arbeiter gegangen waren und Meier sich ihm widmen konnte. Ja, er habe noch zwei Arbeiter zur Verfügung, versicherte er, aber auch vier seien zu wenig. Gerade wenn nach einem Sturm an mehreren Deichabschnitten Schäden aufgetreten seien.

Kein Wunder, dass an Biiken großes Durcheinander geherrscht hatte. Meiers Klage lieferte Hansen einen guten Vorwand, die Arbeitseinteilung der Hilfskräfte nochmals aufzugreifen.

»Ich bin immer noch den Puppen und den Würsten auf der Spur«, sagte Hansen scherzhaft, aber er entlockte Meier nicht einmal ein Lächeln. Seine Fragen waren offenbar höchst unwillkommen.

»Ja?«

»Ja. Mir ist nicht ganz klar, weshalb ausgerechnet Heinrich Sörensen von Anfang bis Ende die Verantwortung für Herstellung und Transport der Faschinen übernehmen musste. Insbesondere, da er ja sicher mit gutem Grund entlassen worden war.«

Meier ruckte entrüstet den Kopf nach hinten. »Wieso von Anfang bis Ende? Er hat die Würste gebunden, das war alles.«

»Das stimmt nicht. Hinrichsen und Sörensen haben die Faschinen gebunden, anschließend ist Sörensen für Eschelsen eingesprungen und hat sie zusammen mit Hinrichsen per Zug und Kutsche nach Fahretoft begleitet. Sörensen hat die Lore sogar allein über die gefährdete Stelle des Festland-Oland-Dammes geschoben, als Hinrichsen sich geweigert hat. Am Lorenbahnhof auf Langeneß hat Hinrichsen Sörensen schließlich ganz im Stich gelassen, so dass von all deinen Leuten allein Sörensen den Transport der Faschinen bis zur Kirchwarf bewerkstelligt hat.«

Meier verschlug es die Sprache. »Komm mit ins Kontor«, sagte er schließlich. Drinnen setzte er sich und zog das schwarze Protokollbuch aus einer Schieblade seines Schreibtisches. »Ich habe hier vermerkt, dass Sörensen und Hinrichsen für das Binden der Faschinen ausbezahlt wurden und Hinrichsen zusätzlich für die Begleitung zur Hallig. Das Geld für Ernst Eschelsen für die Fahrt auf die Hallig hat

Hinrichsen mitgenommen, was er schriftlich hier bestätigt hat.«

»Das ist doch seltsam, nicht?«

»Was Heinrich Sörensen betrifft, ja.«

Dabei wusste Meier gar nicht alles. Vor allem nicht, dass Heinrich von einem unbekannten jungen Mann gesprochen hatte, der ihm angeblich beim Binden geholfen hatte. Für Hansen war nun gesichert, dass es sich dabei jedoch um Hinrichsen gehandelt hatte, den Heinrich ja kannte. Aber Meier war schon zu aufgebracht, um ihm das auch noch unter die Nase zu reiben. »Warum habt ihr Heinrich entlassen?«

»Er ist zu streitbar. Andauernd hatte er Ärger mit seinen Kollegen. Und mit Vorgesetzten.«

»Also ein Querulant.«

Meier nickte düster. »Das kann man wohl sagen! Für jede Anordnung, die ich traf, verlangte er eine Rechtfertigung und hat niemals gelernt, dass ihm diese nicht zustand. An seiner Arbeit, wenn er denn endlich dranging, war nichts auszusetzen.«

Hansen brauchte nicht lange nach Heinrich zu suchen. Er stand außerhalb des Zauns und schwatzte mit einem der Arbeiter, die vorher ihre Anweisungen erhalten hatten.

»Gibt es irgendwas Neues zu der Strohpuppe?«, fragte er neugierig und verabschiedete sich von dem Kollegen, um Hansen in die Stadt zu begleiten.

»Nichts Neues«, seufzte Hansen. »Letzten Endes ist es nur Zeitverschwendung, sich darum zu kümmern. Mir ist aber noch etwas eingefallen. Der junge Kollege, der dir geholfen hat, die Faschinen zu binden – hat der die Strohpuppe auch gesehen?«

»Sicher. Wir haben beide auf dem Schild gelesen, dass das Teil nach Langeneß sollte. Kopf an Kopf, sozusagen. Er hatte mich extra gerufen.«

»Seinen Namen weißt du immer noch nicht?«

»Nein. Warum hast du Meier denn nicht gefragt? Du warst doch gerade bei ihm.«

»Ach, das ist nicht so wichtig, hab's vergessen. Konnte denn der Kollege überhaupt Würste binden?«

»Ich habe es ihm gezeigt. Anscheinend hat das ganze Jungvolk, das nun für die Bauverwaltung arbeitet, noch nicht viel Erfahrung. Eine ganz schlampig gebundene Faschine habe ich nacharbeiten müssen, so dass sie viel dicker als normal geworden ist. Aber das war ja kein Fehler, da sie nicht zur Reparatur des Dammes dienen sollte. Dicker brennt länger, habe ich mir gesagt.«

Damit war auch das geklärt. An der Faschine mit Übermaß war offenbar nichts Geheimnisvolles. Hansen war, als hätte man ihm schon wieder den Boden unter den Füßen weggezogen.

»Ich bin bekannt dafür, sorgfältig zu arbeiten«, setzte Heinrich stolz hinzu. »Ich habe meine Faschinen immer gemarlt und war trotzdem schneller als die anderen, die nur Knoten gebunden haben. Meine halten länger als die einfach gebundenen, wo sich schon mal ein Knoten löst. Von zweien.«

»Bist du zur See gefahren?«, fragte Hansen erstaunt. »Wegen des Marlens, meine ich.«

»Ja, einige Jahre. Du auch?«

»Nur manchmal auf Fischerbooten mitgesegelt. Aber mit Leidenschaft.«

»Versteh ich. Ich war zwar seit Jahren nicht mehr mit ordentlichen Schiffen auf See, aber doch immerhin manchmal mit Schuten, um ein paar Stunden an den Lahnungen zu arbeiten. Mit geschlossenen Augen konnte ich mich wie auf meinem Handelssegler bei Flaute fühlen.« Heinrich sann seinen Gedanken hinterher, anscheinend mit Sehnsucht, und Hansen verstand ihn gut.

»Waren die Faschinen, die du gemacht hast, eigentlich die ganze Zeit unter Aufsicht?« Hansen stieß in voller Absicht mit der Frage wie ein Falke auf Heinrich hinunter.

Heinrich krauste die Stirn für einen winzigen Augenblick, dann war sie wieder glatt. »Ehrlich gesagt«, begann er, »ich habe ja schon den Beweis, dass du kein Schwätzer bist … Ich war nicht die ganze Zeit auf dem Hof. Kaum hatte ich meinen jungen Helfer zum Bahnhof geschickt, entdeckte ich, dass ich mein Esspaket vergessen hatte. Da bin ich nach Hause gerannt und war noch vor dem Kameraden wieder zurück.«

»Und was hat der Kamerad auf dem Bahnhof gemacht? Den Stationsvorsteher vergattert?«

»Das war nicht nötig. Der wusste Bescheid. Aber sie haben nochmals alle Einzelheiten durchgesprochen. Wo der Gepäckwaggon halten wird, hinten oder vorne. Dass wir ohne Fahrkarten reisen und auch für die Fracht nicht zahlen. Dass uns der Zugschaffner beim Auf- und Entladen helfen muss, damit es schneller geht. Solche Dinge. Die Anweisungen konnten von uns Hilfskräften der Bauverwaltung ja nicht erst am Bahnhof erteilt werden.«

»Ja, das ist klar. Ihr wart vermutlich dankbar, nicht noch die Beglaubigung eines Ministeriums vorweisen zu müssen«, sagte Hansen mit einem Grinsen, das ihm nicht besonders leichtfiel. Ob es nun Jorkes Angst war oder seine eigene erhöhte Aufmerksamkeit, er registrierte, dass Heinrich sich mit seinen stets passenden Antworten nie in Widersprüche verwickelte. Der Mann hatte entweder allergrößtes Glück, oder er war grundehrlich. Oder äußerst schlau.

»Das hätte uns noch gefehlt«, sagte Heinrich und bog in die Straße ab, die zur Kirche führte »Muss hier längs, zum Grab meiner Frau.«

Abends war Hansen immer noch tief in Gedanken, selbst als er Agge auf seinen Knien schaukelte. Aus diesen Grübeleien holte ihn erst Jorke heraus, als sie ihm Agge abnehmen wollte.

»Merkst du eigentlich gar nicht, dass er heruntermöchte?«, fragte sie.

»Wer?«

»Agge!«

»Nein.« Hansen schaute verwundert seinen Sohn an, den er festgehalten hatte, damit er nicht in den stürmischen Bewegungen seiner Beine von Bord ging. Erleichtert lieferte er ihn an Jorke aus. Jetzt erst fiel Hansen auf, dass er an Heinrich gedacht hatte. Einen Mann, mit dem man über die See und die Schifffahrt reden konnte, was er äußerst sympathisch fand, der aber in einem bestimmten Punkt gelogen hatte. Warum eigentlich? War es überhaupt wesentlich für die Aufklärung des Falls?

In tiefdunkler Nacht, als Hansen einsam am Küchentisch sein Bier ausgetrunken hatte, während alle anderen schon in ihren Betten lagen, stand für ihn fest, was er tun würde.

Er würde Lars Ebsen aufsuchen, um ihn zu fragen, ob er wisse, wer die Faschinen und die Strohfigur tatsächlich begleitet hatte. Die Wahrscheinlichkeit war hoch, dass er Dienst auf dem betreffenden Zug gehabt hatte, da der einen Anschluss in das Dänische Königreich und innerhalb des Landes sogar nach Kopenhagen bot. Und einmal musste Lars ja dienstfrei haben. Zumindest würde sein Chef wissen, ob er Urlaub hatte, krank oder anderswo eingeteilt war.

Noch bei Dunkelheit verließ Hansen sein Haus. Nicht einmal Jorke war auf, und Agge würde selbstverständlich noch Stunden schlafen.

Der Stationsvorsteher des Husumer Bahnhofs, den Hansen beim Frühstück unterbrach, bestätigte ihm etwas nörgelig, dass Lars Ebsen am fraglichen Tag Dienst gehabt hatte. Danach putzte er sorgfältig Blutwurstkrümel aus seinen aufgezwirbelten Schnurrbartspitzen. Hansen wartete demonstrativ. Vorgestellt hatte er sich, der Bahnbeamte durfte ihm die Auskunft nicht verweigern, zumal er ihm den Zusammenhang wenigstens oberflächlich erklärt hatte.

Schließlich kam der Mann damit heraus, dass Lars allerdings zum Dienst nicht erschienen sei, den er in Husum hätte antreten sollen. Und das, obwohl er als zuverlässig galt und nur unter dieser Voraussetzung als Däne eine Anstellung bei der Königlich Preußischen und Großherzoglich Hessischen Staatseisenbahn erhalten hatte. Man habe hastig Ersatz beschaffen müssen.

»Ja«, sagte Hansen nachdenklich. Diese Auskunft kam unerwartet und eröffnete Möglichkeiten, die er nicht wahrhaben wollte.

»Sie können es ja mal bei ihm zu Hause probieren«, schlug der Stationsvorsteher vor, um Hansen abzuwimmeln. »Oder in der Klinik. Vielleicht ist er unter die Räder gekommen. Allerdings nicht unter unsere.« Er lachte meckernd.

»Ja, das werde ich«, bestätigte Hansen missmutig. »Er ist ein Nachbar von mir.«

Als Hansen sich abwandte, um zu gehen, bekam er noch mit, dass der Bahnbeamte sich mit der Hand über die Stirn wischte, als hätte er es mit einem Idioten zu tun. So früh morgens kam man schließlich einer staatlichen Dienststelle nicht mit Fragen. Aber Hansen verzichtete auf Klarstellung, die Episode war viel zu unwichtig.

Im Bahnhofsgebäude wimmelte es inzwischen von Männern, die offenbar zum ersten Zug strebten, der erwartet wurde. In den Straßen herrschte nicht weniger Betrieb. Ein Leiterwagen mit Milchkannen kam von der Geest im Osten herein, Arbeiter errichteten Gerüste an Häusern, und frühe Schulkinder trabten mit vollgepacktem Ranzen halb schlafend über die Bürgersteige.

Um seinem Magen den Zusammenstoß mit einem Knirps zu ersparen, der mit gebeugtem Nacken vorwärtshastete, sprang Hansen auf die Straße, nachdem er sich überzeugt hatte, dass er weder mit einer Kutsche noch mit einem Fahrradfahrer kollidieren würde. Eine Bewegung neben Häusern, die schon hinter ihm lagen, rief seine Aufmerksamkeit hervor.

Er sah genauer hin, bemerkte jedoch nichts Auffälliges. Nur gewöhnliche Passanten. Doch als er rekonstruierte, was er gesehen hatte, kam er zu dem Schluss, dass ihn jemand beobachtet haben musste. Und dieser Jemand hatte sich bei Hansens unvermuteter Drehbewegung schnell außer Sicht bringen müssen.

Denjenigen zu verfolgen war sinnlos. Hansen setzte seinen Weg fort, nicht ohne gelegentlich hinter sich zu spähen. Aber der Beobachter zeigte sich nicht mehr.

Dieses Erlebnis bestätigte Hansen endgültig, dass Jorkes Entdeckung in Fahretoft und Nils' Verdacht keine Hirngespinste waren. Aber wer hatte solches Interesse an ihnen, dass er sie alle bespitzelte? Es konnte nur eines bedeuten: Hansen war einem Verbrechen auf der Spur, und der Täter fürchtete, als Mörder entlarvt zu werden.

Vor Lars' Haustür standen keine Holzschuhe, wie bei Dänen üblich. Nun, die konnten auch am Hintereingang abgestellt worden sein. Oder gerade in Benutzung. Aber Hansen hörte keine Geräusche aus dem Garten hinter dem Haus, nicht einmal das Grunzen des Protestschweins. Die Sau hätte seiner Auffassung nach fröhlich grunzen müssen, wenn sie wühlen durfte.

Die Haustür war verschlossen. Lars musste infolgedessen für längere Zeit fort sein, nicht nur für einen Besuch in der Nachbarschaft oder den Einkauf auf dem Markt. Als Hansen sich im Vorgarten umsah, bemerkte er Spuren von Vernachlässigung. In den einstmals sauber abgestochenen Beeten mit den noch fast kahlen Rosensträuchern wucherte Gras, und spärlich gepflanzte Krokusse lagen darnieder und welkten vor sich hin.

Dann hörte Hansen Axtschläge. Jemand legte einen Baum um. Ein Wipfel im Nachbargrundstück schwankte und fiel. Dort war Lars' Nachbar Erk an der Arbeit. Hansen lief auf den Bürgersteig und trat an Erks Zaun. Als es wieder still war, rief er ihm ein kerniges »Moin« zu.

Erk wurde aufmerksam und kam herbei. »Moin, Sönke. Ist was?«, fragte er, die Axt noch in der Hand.

»Ich suche Lars. Ich habe dienstlich mit ihm zu sprechen, aber er hat sich auf dem Bahnhof jüngst nicht sehen lassen. Entgegen seinem Dienstplan. Weißt du vielleicht, wo er sein könnte?«

Erk, ein alter Mann mit schlohweißem Haar, das einstmals weißblond gewesen sein musste, legte die Hand hinter das Ohr und bat um Wiederholung der Frage in langsamerem Tempo.

Hansen, dem Erks Schwerhörigkeit jetzt wieder einfiel, wiederholte geduldig.

Erk schüttelte den Kopf. »Ich habe mich selbst schon gewundert. Wir verstehen uns gut. Seine Sau und ich auch. Seit wir ihr den Verschlag gebaut und mit Stroh ausgestattet haben, ist sie sehr manierlich.«

»Was heißt das?«

»Na, sie ist sauber, setzt ihre Scheiße zuverlässig in einer Gartenecke oder in der Ecke im Verschlag ab, und im Vorgarten wühlt sie auch nicht mehr.«

»Ein höfliches Tier vermutlich. Lässt Lars die Sau denn nicht mehr in den Vorgarten? Statt dänischer Flagge. Du weißt, dass man diese Sorte auch Protestschwein nennt?«

Erk winkte ab. »Mir sind die Preußen und ihre Gesetze völlig egal. Von mir aus könnte die Sau gerne protestieren. Aber Lars hat sie nie mehr ohne Aufsicht herumlaufen lassen. Ich glaube, er hat Angst vor Heinrich. Du und Jorke, ihr wart auf Langeneß, und ich bin alt und hätte mich an einer Schlägerei nicht beteiligen können. Bin zu nichts mehr nutze.«

»Na, na, zu nichts mehr nutze stimmt ja wohl ganz und gar nicht!«, widersprach Hansen nachdrücklich. Ein wenig Zuspruch konnte jeder gebrauchen. »Ich muss da nur an den Verschlag denken ...«

Erk grinste dankbar. »Wollen wir mal rübergehen? Dann kannst du selber sehen ...«

»Das machen wir.«

Der Verschlag war größer, als Hansen vermutet hatte, und schien für die Ewigkeit gebaut zu sein. In der vorderen Abteilung befanden sich Haken, an denen ein Kittel und ein kräftiges Tau hingen. Ein weiterer Haken war frei geblieben. Zwischen dieser Abteilung und der nächsten für die Sau war ein hölzerner Trog stabil angeschraubt. Daneben befand sich die Lattentür, durch die man zum Ausmisten zur Sau kam. Eine dicke Schicht Stroh lag auf dem Boden.

»Lars streut viel mehr Stroh ein als jeder Bauer«, sagte Erk grinsend. »Er wechselt es dauernd. Er liebt sie, und sie soll es bequem haben – nachdem seine Frau fort ist ...«

»Aber jetzt sieht es so aus, als wäre sie ausgezogen.«

»Oder in Urlaub, wie Lars.«

Hansen grunzte zustimmend, um den alten Mann nicht zu beunruhigen. Denn nach Aussage des Stationsvorstehers war Lars einfach verschwunden. Und seine Sau auch, wie ihm jetzt klarwurde. »Ich werde einfach mit ihm reden, wenn er wieder zurück ist«, sagte Hansen betont heiter und verabschiedete sich von Erk.

Jorke füllte gerade Grütze in Därme, während Agge in seinem Stühlchen saß und vor sich hin brabbelte. Eine friedliche Szene, die Hansen ungern störte. Jorke gab ihm mit weit von sich gestreckten Händen einen Kuss, als er sich gesetzt hatte. Er kitzelte Agge unterm Kinn und freute sich, dass sein Sohn jauchzte.

»Eine neue Sorge«, bemerkte Hansen. »Lars scheint verschwunden zu sein, mitsamt seinem Protestschwein.«

»Deswegen also haben wir schon so lange kein Licht mehr in seinem Haus gesehen.« Jorke hörte auf zu stopfen und legte den Kopf schräg. »Seltsam?«

»Seltsam«, bestätigte Sönke. »Erk meinte, Lars sei wohl in Urlaub, aber das stimmt nicht. Er hat sich von einem Tag auf den anderen nicht mehr zum Dienst gemeldet.«

»Eigentlich ist er, glaube ich, stolz, dass die preußische Bahn ihn eingestellt hat. Das Geschimpfe auf die Preußen gehört bei manchen Leuten einfach dazu. Glaubst du nicht auch?«

Hansen nickte oberflächlich. Ihm gingen ganz andere Gedanken durch den Kopf. »Erk hat mir den Verschlag der Sau gezeigt, und dabei ist mir etwas aufgefallen: Die Einstreu war heruntergetrampelt, und die Kotwürste waren breit getreten, einmal von einer Schuhsohle, einmal von der Klaue der Sau.

Dabei hatte Erk mir erzählt, dass die Sau in eine Ecke … na, pischert.«

»Nicht pischert, sondern scheißt. Und wenn sie daran gewöhnt ist, kann man den Kot im Stroh recht einfach erklären«, sagte Jorke wenig beeindruckt. »Die Sau hat Angst gehabt. Sie ist in ihrem Verschlag gejagt worden, wahrscheinlich, um sie einzufangen. Wenn man sie lässt, sind Schweine saubere Tiere, die ihren Abtritt benutzen.«

»Futter war auch nicht mehr da.«

»Wenn Lars vorhatte zu verschwinden, wird er die Sau irgendwohin gebracht haben, wo man sie zu würdigen weiß. Das Schlachten einer gut gefärbten Protestsau wäre unklug, so viele gibt es davon nicht«, meinte Jorke. »Diese rotbunten Sattelschweine können ihre weißen Streifen nämlich auch an Stellen haben, an denen man nicht an den Dannebrog erinnert wird, oder sie haben sogar nur weiße Flecken.«

»Du meinst also, Lars hat seine Dannebrogsau nicht geschlachtet, sondern möglicherweise mitsamt dem Futter für ordentlich Geld verkauft?«, fragte Hansen erstaunt.

»Das denke ich.«

»Aber quieken Schweine nicht, wenn sie eingefangen werden?«, fragte Hansen argwöhnisch.

»Doch. Als wenn's ihnen an den Kragen ginge. Auch wenn sie ihre Leute kennen. Eigentlich müsste es jemand gehört haben.«

»Erk ist schwerhörig, wie wir wissen. Und wir waren zu dem Zeitpunkt auf Langeneß.«

»Und Helene von gegenüber braucht nur auf dem Markt gewesen zu sein, dann hat es niemand gehört.«

Hansen schob die Lippen vor. Auf Jorkes Urteil konnte er sich verlassen. »Ich werde mich im Dänischen Verein erkundigen, ob sie wissen, wo Lars abgeblieben ist. Wenn es einer weiß, dann die. Sofern er seine kostbare Sau an ein Mitglied verkauft oder irgendwo untergestellt hat …«

Jorke schnitt in erhöhtem Tempo und mit verkniffener Miene eine Zwiebel. Ihr Gesicht war auffällig rot, wie Sönke feststellte.

»Ist irgendwas mit dir?«

»Nichts Besonderes«, schnaubte Jorke. »Nur: Ich habe meiner Meinung nach einen Deichbauinspektor geheiratet. Der jeden Sonntag freihat. Aber du gehst dieser Tätigkeit gar nicht nach. Wir jagen vielmehr einer im Feuer auf der Hallig verdorrten Hand hinterher, sind mittlerweile bei Berlinern gelandet und bei Dänen, die ermordet worden sein können oder auch nicht, ganz zu schweigen von einer Sau, die du womöglich des Mordes bezichtigen wirst. Bei Tisch tauschen wir uns über mögliche Mörder aus, und in freier Natur werden wir beobachtet. Ich finde, es reicht!«

Hansen erstarrte vor Schreck. Dass Jorkes anfängliche Begeisterung für die kriminalistische Arbeit sich allmählich in Abscheu verwandelt hatte, war ihm ganz entgangen. »Du hast schon recht. Aber du weißt, wie Petersen denkt. Kein Stäubchen darf auf unsere Arbeit an Deichen und Dämmen fallen.«

»Ich weiß«, murrte Jorke, etwas gemäßigter. »Leichen stören den Betrieb des Wasserbauamtes.«

Kapitel 18

Auf dem Weg in den Außenhafen, wo Hansen etwas zu erledigen beabsichtigte, was mit der Leichenhand nichts zu tun hatte, schaute er bei Meier vorbei, nur um mal eben guten Tag zu sagen. Es konnte nicht schaden, ein bisschen für gut Wetter zu sorgen.

Meier winkte ihn energisch herein. »Bestens, dass du kommst. Ich habe etwas für dich«, sagte er und legte die Hand auf einen Stoß Papiere.

Hansen trat neugierig an den Schreibtisch.

»Herr Zimmermann von Oland war bei mir«, erklärte Meier, »und hat für dich diese Niederschrift hinterlegt. Ich soll sie dir so schnell wie möglich überreichen.«

Hansen nahm die Papiere verwundert entgegen und betrachtete die erste Seite. Es schien eine Art Protokoll dessen zu sein, was Zimmermann am Tag der Biike wann gemacht hatte. Hansen schüttelte verständnislos den Kopf. »Was soll ich damit?«

»Ich weiß nicht. Aber ihm war es ein dringendes Anliegen, die Papiere in deinen Händen zu wissen, bevor er nach Berlin abreist, wie er sagte.«

»Warum hat er sie nicht im Wasserbauamt abgegeben?«

»Er traut gegenwärtig niemandem außer dir und mir.«

So ganz seltsam kam Hansen die Sache nach seinem Gespräch mit dem Bauleiter auf Oland nicht vor. Als er bis zur letzten Seite durchgeblättert hatte, fand er einen an ihn gerichteten Zettel: »Lieber Sönke Hansen. Die Kopie meines Protokolls über die Ereignisse am Tag des Biikebrennens wünsche ich in sicheren Händen. Gruß, Alfred Zimmermann.«

Keine weitere Erklärung. Auch der Bauleiter hegte anscheinend irgendwelche Befürchtungen. Der relativ simple Fund einer Knochenhand im Feuer wuchs sich allmählich zu einer Angelegenheit aus, von der höhere und höchste Beamte sowie Ministerien betroffen waren. Genau wie Jorke angedeutet hatte.

Aber wenn er schon mal in Meiers Baracke war … »Sag mal«, hob Hansen an, »ist dieser Gerlich Hinrichsen eigentlich der Typ Arbeiter, den ihr gewöhnlich einstellt? Er sieht ja aus wie ein Hänfling, der kaum einen Stein hochbekommt.«

Meier lachte schallend. »Gerlich ist zäh wie ein Weidenast, biegt sich, reißt aber nicht. Den kann ich hinstellen, wo ich will – er macht es.«

»Und feige?«

»Nö, wie kommst du darauf?«

»Ich dachte. Wahrscheinlich, weil er so schmächtig wirkt.«

»Da sieht man mal, wie man sich irren kann.«

Hansen schüttelte irritiert den Kopf. »Dann verstehe ich nicht, wieso er entlassen wurde.«

Meier verschränkte die Arme und lehnte sich in seinem Lehnstuhl zurück. »Sieh mal, das ist so. Noch arbeitet Gerlich gut, aber in drei, vier Jahren werden auch seine Kräfte geringer. Wenn wir ihn dann entlassen, wie es früher normal war, steigt uns heutzutage die Gewerkschaft aufs Dach und macht einen Riesenwirbel. Die sind inzwischen sehr mächtig geworden. Entlassen wir ihn aber jetzt wegen Arbeitsmangels, hat er genügend Zeit, sich eine neue Stelle zu suchen. Und wir ziehen uns junge Leute heran.«

»Ist das auf deinem Mist gewachsen?«

»Natürlich nicht. Moderne Ministerien fangen an, so zu arbeiten. Groterjan hat mir die neue Denkweise mal erklärt, als er viel Zeit hatte.«

Vernünftig schien dies alles nicht zu sein, vielmehr hochgradig ungerecht. Unzufrieden in mehrfacher Hinsicht, erledigte Hansen die Angelegenheit im Außenhafen und kehrte dann schnell ins Amt zurück.

Und das keinen Augenblick zu früh. Der Portier hatte Anweisung, Hansen umgehend zu Petersen hochzuschicken.

Hansen holte tief Luft. Was war jetzt wieder passiert?

Petersen nahm ein Telegrammformular zur Hand, sobald Hansen eingetreten war. »Direktor Major Groterjan erwartet unverzüglich unsere umfassende Stellungnahme zu den Abläufen am Tag des Biikebrennens. Insbesondere, weil das Protokoll von Zimmermann im Gegensatz zu unseren Aussagen überhaupt keine Strohpuppe aufweist, dagegen drei Faschinen. Und wörtlich schreibt er: ›Wir werden zu überprüfen haben, ob Zimmermann das Strohgebilde selbst manipuliert hat, um einen Leichnam darin zu verstecken, oder ob es sich um eine fahrlässig schlampige Darstellung handelt. Bei der Gelegenheit bitte ich Sie auch, festzustellen, ob alle Arbeiter, die mit dem Fall Biike betraut waren, an ihre gewohnten Arbeitsplätze zurückgekehrt sind.‹«

Hansen griff sich an den Kopf. »Der Mann ist nicht bei Sinnen. Der unterstellt allen Ernstes, dass Zimmermann einen seiner Arbeiter ermordet hat und ihn mit der Strohpuppe hat verbrennen lassen.«

»Um den Verdacht auszuräumen, müssen wir ganz sauber aufführen, wann sich die Puppe wo befunden hat«, sagte Petersen energisch.

»Zimmermann hatte gar keine Zeit, sie auszuladen, um eine Leiche hineinzustopfen«, meinte Hansen kopfschüttelnd. »Vielmehr hat er die Männer passieren lassen, ohne die Ladung zu inspizieren. Deswegen wusste er nichts von der Strohpuppe, sondern hat drei Faschinen vermutet.«

»Ich hatte eigentlich gedacht, das Strohding hätten wir schon ausgeschlossen …«

»Nicht ganz. Allerdings frage ich mich, wie es technisch möglich sein soll, den Toten von der Spitze des Holzhaufens zum Abrutschen in die brennende Mitte zu bewegen, ohne dass die Zuschauer den kleinsten Verdacht schöpfen. Mein Verdacht gegen die Strohpuppe war vielleicht von Anfang an ein Irrweg. Inzwischen halte ich auch eine Faschine als Versteck für möglich.«

Petersen brummte zurückhaltend.

»Groterjan ist ein typischer Prinzipienreiter. Uns will er wahrscheinlich als neuer Direktor zeigen, wer die Befehlsgewalt hat. Und dieser kleine Widerspruch in den Aussagen reicht ihm, um uns alle zu schikanieren.«

»Was er mit Zimmermann vorhat, wagt man gar nicht auszusprechen«, meinte Petersen. »Er kann ihm abgrundtiefe Schlampigkeit vorwerfen, und wir können nicht einmal widersprechen.«

»Ich weiß schon, was Groterjan mit Zimmermann vorhat«, widersprach Hansen. »Er will ihn entlassen. Zimmermann muss so etwas geahnt haben. Er hat mir die Abschrift seines eigenen Protokolls zu diesem Tag durch Meier übergeben lassen. Ich habe es vorhin bekommen.«

Petersen schwieg.

»Vielleicht sind wir als Nächste dran«, überlegte Hansen laut. »Alle, die mit der Angelegenheit zu tun hatten. Was auch wieder Fragen im Hinblick auf Groterjans Unschuld aufwirft.«

»Das meinst du nicht im Ernst, oder?«

»Ich wollte damit nur klarmachen, dass ich dem Major alles zutraue. Vor allem dann, wenn er begreift, dass dieser außerplanmäßige Eiltransport der Faschinen zur Hallig ein ungeheures Durcheinander bei allen damit befassten Personen zur Folge hatte. Am Ende wusste nicht einmal Meier mehr, wer die Würste wirklich gewickelt, wer sie begleitet und wer sie abgeliefert hat. Groterjan wird zahllose Wunden finden, in die er den Finger legen kann.«

Petersen nickte.

»Aber«, begann Hansen mit erhöhter Lautstärke, »ich sehe auch Wunden, in die wir den Finger legen können. Ich glaube nämlich nicht, dass Groterjan in seiner damaligen Position das Recht hatte, diesen ganzen Zirkus in Gang zu setzen. Zumindest nicht ohne das Wissen seines Vorgesetzten, Direktor Herrmann. Vielleicht auch überhaupt nicht.«

»Die Rechte des Kriegsministeriums werden wahrscheinlich höher bewertet als die der Eisenbahn, Sönke.«

»Ach so. Aber die Angelegenheit geht über nationale Interessen hinaus, sie tangiert die Rechte des Auslands. Stell dir vor, die dänischen Reisenden hätten wegen des längeren Aufenthalts in Husum und des ebenso ungewöhnlich langen Halts an einem Dörfchen nahe Fahretoft ihren Anschluss in Tondern nicht erreicht. Abgesehen davon dürfte das alles enorm viel Geld gekostet haben.«

»Diese Details kannte ich im Einzelnen ja gar nicht«, sagte Petersen erstaunt.

»Nein, natürlich nicht, Cornelius. Ich habe dies alles im Verlauf meiner endlosen Fragerei erfahren, und warum sollten wir außer meiner Zeit auch deine verschwenden?«

»Ich übernehme es, die Kostenseite zu überprüfen.«

»Gut. Übrigens wird auch die Tatsache, dass einer der Arbeiter, Ernst Eschelsen, nicht aufzutreiben ist, ein gefundenes Fressen für Groterjan sein. Nicht einmal Eschelsens Frau weiß, wo er steckt. Angeblich auf Arbeitssuche, aber er meldet sich nicht bei ihr.«

»Das ist doch ein glaubhafter Grund. Er ist außen vor.«

»Nicht ganz. Leider hat Eschelsen für eine Arbeit, die er nicht ausgeführt hat, den Lohn entgegengenommen, wir können ihn bei der Beschreibung der Ereignisse also nicht unerwähnt lassen.«

Petersen zog die Augenbrauen hoch, sah zur Zimmerdecke und faltete die Hände. »Auch noch finanzielle Unregelmäßigkeiten! Dann gnade uns Gott!«

»Groterjan wird es jedenfalls nicht tun.« Hansen schob seinen Stuhl zurück und stand auf. »Dann gehe ich jetzt wohl besser an die Arbeit, um diesen eitlen Major zufriedenzustellen. Dabei hätte ich Wichtigeres zu tun.«

»Warte, Sönke. Da du heute den ganzen Tag außer Haus bist, kann ich dir Groterjans Telegramm erst morgen offiziell vorlesen. Ich hoffe, diese Stunden bringen dich weiter. Länger kann ich eine Antwort aber nicht hinauszögern.«

Hansen grinste. »Jede Minute hilft.«

Anschließend setzte er sich an Zimmermanns Protokoll und blätterte es flüchtig durch, da für mehr im Augenblick keine Zeit war. Der Regierungsbaumeister hatte seine Verwunderung darüber ausgedrückt, dass Groterjan und Heinrich Sörensen sich offensichtlich gut kannten. Auf Groterjans Befehl hin war die Lore mit ihm und anderen Gästen aus

Berlin am Tag der Biike zur Weiche auf Oland zurückgekehrt, um dem entgegenkommenden Heinrich mit seiner Lore eine schnelle Rückkehr zum Festland zu ermöglichen. Sehr eigenartig.

Gerlich Hinrichsen war also weder feige noch ein Schwächling. Der Eindruck, den Hansen bisher von ihm gehabt hatte, stimmte schlicht nicht. Die Frage war auch immer noch, warum Heinrich als seinen Helfer beim Binden der Faschinen einen namenlosen jungen Mann angegeben hatte, statt Hinrichsen zu nennen.

»Ach, der Deichbauer«, erkannte Hinrichsen sehr zurückhaltend, als er Hansen die Tür geöffnet hatte.

»Ja, es hat sich inzwischen so viel Neues ergeben, dass ich mir immer wieder von jemandem bestätigen lassen muss, dass ich alles richtig verstanden habe«, erklärte Hansen und stieg über die Schwelle, ohne hereingebeten worden zu sein. Er wollte Hinrichsen keine Zeit für Ausreden lassen.

»Was denn jetzt noch?«, fragte Hinrichsen ungnädig. Sie standen im Flur, und er wollte Hansen offensichtlich dort abfertigen, statt ihn in die Küche zu bitten.

»Sie sind ein erfahrener Mann beim Deichbau. Und mutig, was bei hohen Wasserständen oder beginnendem Sturm nicht selbstverständlich ist. So habe ich es gehört.«

Hinrichsen neigte zustimmend den Kopf. Seine Miene ließ durchblicken, dass er sich auch geschmeichelt fühlte.

»Warum sind Sie dann wirklich am Tag der Biike vom Lorenbahnhof Langeneß abgehauen, als sei der Gottseibeiuns hinter Ihnen her?«

Der Mann stieß ein ersticktes Geräusch aus, als wäre Hansen ihm an die Kehle gegangen. Mit hängenden Schultern wankte er in die Küche. Hansen folgte ihm und ließ sich auf dem zweiten Stuhl nieder, der unter den Küchentisch geschoben war.

»Ich hatte Angst«, bekannte Hinrichsen und griff nach einer Flasche Köm, die bereits auf dem Tisch stand. Er goss sich ein Schnapsgläschen davon voll.

»Aber doch nicht vor dem auflaufenden Wasser? Wahrscheinlich ja nicht einmal wegen dieser kaputten Stelle im Damm.«

»Natürlich nicht«, sagte Hinrichsen wegwerfend.

»Sondern?«

»Vor der Lore.«

»Blödsinn«, schnauzte Hansen. Veräppeln ließ er sich nicht.

»Aus der Lore stank es. Wie von einem vergammelnden Hundekadaver.«

»Nach Verwesung also«, präzisierte Hansen.

»Ja.«

»Wenn es also ein Hund war …«, setzte Hansen sein Verhör unerbittlich fort, ohne zu erwähnen, dass Groterjan möglicherweise einen seiner geliebten Stinkekäse in der Strohpuppe versteckt hatte, »was wäre daran schlimm gewesen?«

»Ich weiß nicht«, stammelte Hinrichsen verwirrt. »Heinrich benahm sich so seltsam. Er schob die Lore mit gebleckten Zähnen wie ein angreifender Wolf und meinte, ich würde mir den Gestank nur einbilden. Je mehr ich darauf beharrte, dass wir mal auf dem Boden der Lore nachsehen sollten, desto wütender wurde er. Er erklärte mich reif für die Irrenanstalt in Schleswig. Schließlich bin ich bei nächster Gelegenheit abgehauen, das war am Lorenbahnhof. Da stand jemand, der uns beobachtete. Unter dessen Augen fühlte ich mich einigermaßen sicher.«

»Warum?«

»Warum ich mich sicher fühlte, oder warum ich abgehauen bin?«

»Beides.«

»Heinrich ist jähzornig. Schlägt schnell zu. Das ist bekannt. Vor einem Zeugen würde er sich beherrschen. Aber vielleicht nicht mehr auf dem gemeinsamen Rückweg, der mitten durchs Meer führt. Ich wollte nicht als Wasserleiche irgendwo angetrieben werden.«

Heinrichs Jähzorn hatte Hansen selbst erlebt. Ohne viele Worte verabschiedete er sich. Als er die Küche verließ, goss sich Gerlich Hinrichsen noch ein Gläschen ein. Seine Hand zitterte so stark, dass der meiste Schnaps auf dem Küchentisch landete. Kein Zweifel, dieser Mann fürchtete sich immer noch. Aber warum?

Die Frage, warum Heinrich den Namen Gerlich Hinrichsen als Helfer verschwiegen hatte, war beantwortet. Er sollte nichts von dem Verwesungsgeruch erzählen. Unklar war jetzt allerdings, woher der Verwesungsgeruch gekommen war. Von dem Leichnam, der im Feuer nach frisch gebratenem Schweinefleisch gerochen hatte? Doch wohl kaum. Noch konnte Hansen die Frage nicht beantworten.

Jedenfalls war auch Heinrich bestrebt, alles, was geschehen war, unter den Teppich zu kehren, je mehr Hansen nachbohrte. Darin unterschied er sich nicht von den anderen Beteiligten. Jedermann wich aus unterschiedlichen Gründen seinen Fragen aus. Freiwillig erzählte kaum einer etwas. Mit der Begründung: Alles hatte geklappt, die Feierlichkeiten zu Ehren des von Preußen erbauten Dammes waren hervorragend verlaufen.

Nur nicht nach Hansens Meinung. Er blieb stehen, um nachzudenken. Was sollte er jetzt tun? Im Wasserbauamt durfte er sich nicht zeigen, um seinen Vorgesetzten nicht Lügen zu strafen. Er zog seine Taschenuhr heraus. Früher Nachmittag. Im Dänischen Verein würde jetzt vielleicht jemand sein, der ihm Auskunft über den Verbleib von Lars Ebsen und seinem Schwein geben konnte.

Hansen kannte das Backsteinhaus der Dänischen Vereinigung. Die Fahnenstangen rechts und links der Eingangstür gab es noch, aber natürlich hingen dort jetzt keine Flaggen mehr, und einen für ein Protestschwein geeigneten Vorgarten gab es auch nicht.

Von drinnen kamen Geräusche. Hansen klopfte vernehmlich.

»Komm indenfor«, hörte er eine einladende Stimme.

Als er die Tür geöffnet hatte, befand er sich unmittelbar auf der Schwelle zu einem Festsaal. Drei in U-Form aufgestellte Tische waren mit Kaffeegeschirr, Servietten und winzigen Frühlingssträußen eingedeckt. Mehrere Frauen trugen Tortenplatten und Kaffeekannen herum und deponierten sie strategisch günstig. Im Hintergrund verbarg ein Vorhang eine Bühne.

Eine ältere Dame mit kurzgeschnittenen grauen Haaren sah Hansen ermunternd an.

»Goddag. Mit navn er Sönke Hansen«, grüßte er, aber das waren auch schon fast seine gesamten Dänischkenntnisse.

»Goddag og velkommen. Jeg är Gerda.«

Mit dieser freundlichen Begrüßung fühlte Hansen sich ins Haus geladen, streifte seine Schuhe ab, stellte sie ordentlich neben die Tür und tappte auf Socken in den Raum. »Es tut mir leid, aber ich kann kein Dänisch«, entschuldigte er sich.

»Das macht nichts, wir alle sprechen natürlich Hochdeutsch oder Plattdeutsch, wie Sie mögen. Bitte nehmen Sie Platz.«

»Mein Anliegen ist etwas schwierig«, bekannte Hansen.

»Das sind sie häufig zwischen Preußen und Dänen.«

»Ich bin Friese«, entgegnete Hansen fast ein wenig empört. Seiner Meinung nach machte das einen entscheidenden Unterschied, auch wenn Friesen jetzt nicht mehr die Leibwache des dänischen Königs stellten wie vor achthundert Jahren.

Gerda lächelte belustigt, als erriete sie Hansens Gedanken.

Ihm jedenfalls fiel es jetzt leichter, zur Sache zu kommen. »Ich suche nach einem roten Sattelschwein, das einem Nachbarn von mir abhandengekommen ist.«

»Preußen würden sagen: einem Protestschwein, richtig?«

Hansen nickte.

»Und warum sollte es sich bei uns befinden? Werden wir jetzt auch noch des Diebstahls bezichtigt?« Gerdas Stimme war merklich kühler geworden.

»Ich habe mich unglücklich ausgedrückt. Mein Nachbar, der Besitzer, ist Däne. Er ist verschwunden. Wir haben keinen Anhaltspunkt, wo er sein könnte. Meine Frau Jorke sagt, eine so wunderbar an den richtigen Stellen rot-weiß gezeichnete Sau wie die unseres Nachbarn wird nicht einfach geschlachtet. Ich habe deshalb die Hoffnung, dass man in Ihrem Verein Kenntnis hat von dem Tier und ich auf diesem Wege auch Lars finden kann.«

»Das ist etwas anderes. Deine Frau Jorke hat völlig recht. Wie heißt denn dein Nachbar?«

»Lars Ebsen.«

»Ja, den kennen wir natürlich. Er hat sehr unregelmäßige Dienstzeiten.«

»Sein Schwein aber nicht. Und die Umstände sind so, dass ich ernstlich beunruhigt bin.«

Gerda klatschte in die Hände, um die Aufmerksamkeit der anderen Frauen auf sich zu lenken, die daraufhin herbeikamen. In schnellem Dänisch fasste sie zusammen, worum es ging.

Hansen betrachtete sie alle voller Zuneigung. Die Frauen sahen durch die Bank so aus, wie Dänen und Friesen in dieser Gegend eben aussahen, hellhäutig und blond. Manche von ihnen trugen zum Zeichen ihrer Volkszugehörigkeit kleine Anstecker mit den dänischen Farben am Blusenkragen. Wenn er da an Groterjan dachte, den er für einen typischen Preußen hielt, mit seinen dunklen Haaren und dem spitzen, aggressiven Kinn ....

»Lars ist kein Bauer«, sagte eine der Frauen mit rotem Haar und zahllosen Sommersprossen. »Auch nie gewesen. Ich kann mir vorstellen, dass er erkannt hat, wie schwierig es ist, ein Schwein zu passen, wenn man selten und unregelmäßig zu Hause ist. Insbesondere, wenn es sich aus politischen Gründen im Vorgarten aufhalten soll. Und man obendrein dafür sorgen muss, dass ein Preuße zur Hand ist, der sich darüber ärgert. Das ist nicht so leicht.«

Allgemeines Gelächter. Auch Hansen grinste.

»Bei uns ist offenbar über Lars' Verbleib nichts bekannt. Und wir müssen uns nun beeilen«, sagte Gerda entschuldigend. »Die anderen Frauen kommen gleich. Ich denke, unsere Männer wissen besser Bescheid, ob er die Sau verkauft hat. Du solltest in einer Woche gegen Abend wiederkommen, Sönke, da haben wir eine allgemeine Kaffeetafel mit den Männern, die können dir vielleicht weiterhelfen. Du bist herzlich eingeladen. Und bring Jorke mit.«

Hansen dankte ihnen und schlüpfte in seine Schuhe. Vor dem Haus trafen bereits die ersten Frauen ein, deren Fröhlichkeit ansteckend war. So waren sie immer.

Mit einem Lächeln auf den Lippen betrat er sein eigenes Haus, viel früher als sonst nach normalem Dienstschluss. Agge kam ihm auf wackeligen Beinen jauchzend entgegen, und Hansen fing ihn auf und schwenkte ihn im Kreis herum.

»Nanu«, sagte Jorke, »habt ihr euch verabredet? Nils ist auch schon da.«

Beim Essen erzählte Hansen von den dänischen Damen, die ihn so freundlich empfangen hatten. »Wir beide sind übrigens nächste Woche zur Kaffeetafel eingeladen, Jorke.«

»Aber Agge ...«, sagte Jorke zweifelnd.

»Ich kann doch auf ihn aufpassen«, bot Nils an und mampfte den grooten Hans mit leidenschaftlichem Appetit in sich hinein. »Wir verstehen uns gut.«

Hansen sah ihn irritiert an. Erk hatte mit denselben Worten von der Sau gesprochen. Wie eine Stechmücke wirbelte ein Gedanke durch sein Gehirn, den er jedoch nicht zu fassen bekam. Es hatte mit der Sau zu tun.

»Morgen fahre ich übrigens nach Fahretoft«, erklärte Nils. »Mal sehen, ob ich diesen seltsamen Jäger finden kann, der euch beobachtet hat.«

»Gute Idee. Wenn der sich nur als Bauer herausstellt, der Angst hatte, dass wir ihm seine Hasen wegfangen, können wir ihn wenigstens von der Liste streichen. Im Moment ist alles offen wie noch nie. Jeder, der mehr oder minder geschickt mit den Händen ist und Zugang zum Husumer Bauhof hatte, könnte eine Leiche versteckt haben. Sowohl die Faschinen als auch die Strohpuppe waren zwischenzeitlich unbewacht und taugten als Versteck.« Hansen blickte an die Zimmerdecke, weil die Sache so kompliziert war, und unterdrückte ein Stöhnen. Aus dem Augenwinkel meinte er, einen Schatten vor dem Fenster gesehen zu haben, beschloss aber, sich nicht darum zu kümmern. Er begann wirklich schon närrisch zu werden.

»Wenn Agge nachher eingeschlafen ist, gehe ich auch zu Bett«, verkündete Jorke. »Diskutiert ihr ruhig über Leichen, aber ohne mich.«

Hansen sah sie unglücklich an. Aber was konnte er schon machen?

Mitten in der Nacht rüttelte jemand an seiner Schulter. Hansen, der gerade von einem saftigen Schweinebraten geträumt hatte, löste sich nur ungern aus dem Schlaf.

»Lars ist wieder da«, flüsterte Jorke aufgeregt an seinem Ohr, jedoch leise, um Agge nicht zu wecken, der bei ihnen im Zimmer schlief.

»Wie schön«, murmelte Hansen und warf sich auf die andere Seite.

»Nein, hör doch mal zu, Sönke! Ich musste zum Abtritt, und da habe ich Licht in seiner Küche gesehen.«

»Kein Grund, mich zu wecken«, murrte Hansen. »Dann spreche ich eben morgen mit ihm. Aber jetzt ganz bestimmt nicht.«

»Nein, natürlich nicht. Ich dachte nur, du würdest dich freuen …«

»Tue ich, tue ich«, bestätigte Hansen und stellte sich mühsam die kreuz und quer eingeschnittene und gebräunte Kruste seines leckeren Bratens vor. Aber es gelang ihm nicht mehr, sich den Geschmack auf die Zunge zu rufen.

Kapitel 19

Wie versprochen, ging Hansen am nächsten Morgen als Erstes zu Lars' Haus hinüber. Doch auf sein Klopfen antwortete niemand, und die Tür war immer noch verschlossen.

Sollte der Kerl schon wieder auf und davon sein? Dann war seine Sau wirklich eine gigantische Fehlinvestition gewesen. Nun ja, Hansen würde sicher gelegentlich eine vernünftige Erklärung im Dänenverein bekommen.

»Versuch du, später am Tag Lars abzufangen«, bat er Jorke etwas ärgerlich. »Vielleicht holt er gerade Rundstücke, oder er war völlig übermüdet und schläft noch.«

»Jedenfalls brauchen wir ein Zeichen, dass es ihn hier noch gibt«, stimmte Jorke ihm zu.

»Ja, natürlich. Warum sollte es ihn nicht mehr geben? Als Angestellter der preußischen Eisenbahn wird er doch nicht zur dänischen Bahn übergewechselt sein!« Mit sich selber unzufrieden, schlug Hansen den Weg zum Wasserbauamt ein. Dabei wusste er gar nicht, mit wem oder was er haderte. Irgendetwas beschäftigte ihn, ohne dass er darauf kam, was es war.

Nachdem Hansen für Groterjan schriftlich die meisten Details vom Tag des Biikebrennens zusammengetragen hatte, erlaubte er sich auch an diesem Nachmittag, früh nach Hause zu gehen. Ein paar Stunden Freizeit hatte er sich nach dieser öden Schreibtischtätigkeit verdient. Zu neuen Erkenntnissen war er dadurch jedenfalls nicht gelangt.

Jorke empfing ihn in heller Aufregung. »Gut, dass du schon kommst! Nils ist in die Klinik eingeliefert worden! Zum Glück hatten sie noch gerade ein Bett für ihn frei!«

»Warum?«

»Anscheinend hat man ihn niedergeschlagen. Da er dauernd den Namen Sönke gestammelt hat und man in seinem Notizbüchlein Beobachtungen von der Hallig lesen konnte, haben sie einen Pfleger zu uns geschickt. Er sollte sich erkundigen, ob wir ihn kennen.«

Hansen seufzte. »Ich mache mich gleich auf den Weg. Er wollte doch heute nach Fahretoft, oder?«

»Ja«, sagte Jorke mit banger Stimme. »Hoffentlich ist ihm nichts Ernstes passiert.«

Aber natürlich war es ernst, wenn eine häusliche Pflege nicht möglich schien. Hansen hastete so schnell in die Parkstraße, dass er Seitenstechen bekam. Die Klinik war klein, doch es wurde gerade ein neuer Flügel errichtet, der belegte, dass das Krankenhaus Platznot hatte.

Eine Schwester wies Hansen nach oben, nachdem er sich als beamteter Wasserbauer und damit als seriöser Mensch ausgewiesen hatte. Noch bevor er einen Arzt zu Gesicht bekommen hatte, entdeckte er Nils im Flur. Sein Bett sowie zwei weitere Betten nahmen den Platz zwischen den beiden Türen zu den Krankenzimmern ein.

Nils blinzelte Hansen unter einem Kopfverband an, der

ihm bis dicht über die Augenbrauen reichte. Er sah blass aus. »Wasser!«, flüsterte er.

Hansen war dankbar, dass Nils ihn erkannte, und rannte los. Am Ende des Flurs fand er einen Wasserhahn und einige Tassen im Waschbecken.

Dann stützte er Nils hoch und flößte ihm das Wasser ein. Der junge Mann hatte anscheinend einen Branddurst.

»Was machen Sie denn da?«, fragte eine herrische Stimme.

»Wenn Sie schon so fragen«, sagte Hansen und drehte sich zornig um, »ich ertränke gerade Ihren Patienten.«

»Das habe ich befürchtet. Lassen Sie sofort die Tasse los!«

Hansen ließ sie weisungsgemäß fallen, direkt vor die Krankenschwester. Das restliche Wasser bespritzte ihre Schuhe, das bodenlange Kleid und die weiße Gummischürze.

Nach einem erbosten Blick auf Hansen marschierte sie wortlos davon. Er schob die Scherben unter das Bett und holte die nächste Tasse Wasser. Das schwache Lächeln von Nils ließ erkennen, dass er den unausgetragenen Streit begriffen hatte.

Wenig später kam der Arzt. »Ich hörte, es gab Unstimmigkeiten?«

»Nein, gar nicht«, widersprach Hansen. »Die Schwester befahl mir, sofort die Tasse loszulassen, und das habe ich getan.«

Der Arzt lächelte schmallippig. »Wir sind alle etwas überarbeitet. Wir betreuen mit drei Mann die acht regulären Patienten in den Krankenzimmern, dann drei zusätzliche, die Sie hier auf dem Flur sehen. Außerdem kümmern wir uns um das Siechenhaus in der Nordbahnhofstraße, in dem die Patienten mit ansteckenden Krankheiten untergebracht sind. Tag und Nacht.«

»Das wusste ich nicht«, sagte Hansen geknickt, »tut mir leid. Aber Nils brauchte dringend Wasser, er hat gesoffen wie ein Esel.«

»Sind Sie etwa selbst Arzt?«

»Nein, Wasserbauer. Sönke Hansen.« Er grinste entwaffnend.

»Ja, dann.« Der Arzt lächelte jetzt freundlicher und gab Hansen die Hand. »Ich bin Doktor Nielsen. Ihr Freund wurde mit einem schweren Gerät niedergeschlagen, vielleicht einem Knüppel, einem Flintenkolben, einem Dreschflegel …«

Hansen blickte zu Nils, der jetzt bei offenen Augen leise Schnorcheltöne von sich gab. »Mit der Absicht, ihn zu töten?«

»Das wissen wir nicht. Ausgeschlossen ist es nicht. Er wurde von einem Mann gefunden, der im Bauhof des Lorendamms in Fahretoft arbeitet. Glücklicherweise kann man von dort aus telefonieren.«

»Ich weiß. Kann ich Nils mitnehmen?«

»Auf keinen Fall. Wir sind froh, dass die Schädelknochen den Schlag ausgehalten haben, und müssen ihn zur Beobachtung noch hierbehalten. Eine schwere Gehirnerschütterung hat er in jedem Fall. Gegenwärtig ist er bewusstlos, wie man erkennen kann. Vielleicht in vier, fünf Tagen.«

Hansen wippte vor Ungeduld auf den Zehen. »Ich muss Nils dringend etwas fragen. Glauben Sie, dass er morgen wieder bei Bewusstsein ist?«

»Das kann keiner voraussagen, Herr Hansen, tut mir leid.«

»Es sind Menschen gefährdet«, sprach Hansen, aber hinterher wusste er nicht, ob er mit sich selbst oder Doktor Nielsen gesprochen hatte, und auch nicht, ob dieser die Bemerkung überhaupt gehört hatte.

Am Krankenbett von Nils war Hansen unversehens klargeworden, dass es einen Mörder gab, der sie alle nicht nur beobachtete, sondern inzwischen um sich schlug, um sich vor

Entdeckung zu schützen. Und der Mann befand sich in unmittelbarer Nähe.

Wieder zu Hause, umarmte Hansen seine Frau fest. »Du musst mit Agge auf die Hallig fahren«, sagte er bestimmt. »Nils könnte tot sein, meint der Arzt. Er hat wohl großes Glück gehabt …«

»Ich will nicht«, sagte Jorke. »Und halt mich bitte nicht fest wie ein Schraubstock!« Sie befreite sich so energisch aus seinem Griff, dass er sie loslassen musste.

Genau so hatte Hansen sich Jorkes Widerstand vorgestellt. Es gab Situationen, in denen sie hartnäckiger war als ein Maulesel. Er musste seine Taktik ändern. »Wie du möchtest«, sagte er nachgiebig. »Dann bleib du hier, und wir schicken Agge zur Ketelswarf. Brodina und Jellef sind rüstig genug, um ihn großzuziehen.«

»Wieso?«, fragte Jorke verdattert.

»Weil das Leben aller, die als Mitarbeiter, Angehörige oder Mitwisser in diese Sache involviert sind, gefährdet ist. An diesem Mordfall scheint mehr dran zu sein, als wir bisher geahnt haben, und der Mörder hat sich offenbar aus Panik nicht mehr unter Kontrolle. Hätte ich das vorher gewusst, ich hätte die Skeletthand zurück ins Feuer geworfen.«

Jorke hörte ihm jetzt wie versteinert zu.

»Mich braucht man gar nicht niederzuschlagen. Du und Agge, ihr seid die Schwächsten in der Kette derjenigen, die sich um die Aufklärung bemühen. Es reicht, euch auf der Straße nachdrücklich einzuladen, in eine bereitstehende Kutsche mit verhängten Fenstern einzusteigen und mich davon zu benachrichtigen. Ich würde schon bei der Drohung, euch beiden könnte etwas zustoßen, das Nachforschen einstellen.«

Jorke griff sich an den Hals, den eine schöne weiße Spitze bis zur Kehle bedeckte, und holte ein paar Mal tief Luft.

»Gut, ich fahre. Aber glaubst du nicht, dass derjenige uns auf die Hallig folgen wird?«

»Das würde wohl zu schwierig werden für ihn, sofern wir von Ingwert Lorenzen bis Tade Ketelsen auch alle Langenesser instruieren, dass ein Fremder mit Mordabsichten die Hallig heimsuchen könnte.«

»Ist er denn ein Fremder?«

»Das ist die Frage. Aber ich denke, doch.«

»Weißt du«, sagte Jorke, erneut in Sönkes Armen, »ich schäme mich zwar ein bisschen, aber ich bin froh, dass sich Nils' Unschuld auf diese Weise erwiesen hat. Mehrmals habe ich ihn verdächtigt, uns lediglich wegen seines Berichtes zu helfen. Aber was er tut, geht weit darüber hinaus.«

»Ja. Er ist durch und durch redlich. Für jemanden mit seinem Charakter kommt es nicht in Frage, sich herauszuhalten, wenn es gefährlich wird.«

»Da kenne ich noch mehr Männer, die es so halten«, murmelte Jorke in Sönkes Jacke.

Er grinste. Das tat gut.

Am nächsten Morgen verließ Jorke mit Agge und einem Korb voller Lebensmittel ihr gemeinsames Haus für unbestimmte Zeit. Hansen winkte dem Ewer nach und kehrte dann eilends nach Hause zurück, um seine Straßenschuhe gegen kräftige Stiefel zu tauschen. Die Öljacke kam in seinen Rucksack. Vor dem Wasserbauamt wartete bereits die Kutsche auf ihn, die bei Bedarf für die Fahrten der Mitarbeiter verpflichtet wurde.

Im Bauhof an der Lütten Jenswarf erzählte er Tade Ketelsen von der Gefahr, in der Jorke und Agge schwebten, und bat ihn, niemanden über den Damm zu lassen, der ihm unbekannt war oder für den kein Oländer bürgen konnte.

»Warum das?«, fragte Tade höchst erstaunt.

»Du hast doch den Journalisten Nils gerettet. Ohne dich und deinen schnellen Hilferuf über den Fernsprechapparat wäre er wohl tot. Der ihn niedergeschlagen hat, ist ein Mann, der verhindern will, dass wir einen Mord aufklären. Der Mörder treibt sich irgendwo zwischen Husum, Fahretoft und den Halligen herum und ist inzwischen ganz und gar unberechenbar geworden. Du musst die Augen auch offen halten, um dich selbst zu schützen, denn möglicherweise denkt er, du könntest irgendwas beobachtet haben.«

Tade nickte unbeeindruckt und stellte die unterarmlange vierzinkige Hacke, mit der bei Deicharbeiten gewöhnlich schwere Steine geräumt wurden, hinter die Tür.

Als Hansen sicher war, dass Tade aufpassen würde, machte er sich auf den Weg. Wonach er suchte, wusste er nicht, nur dass das auf mehrere Warften verteilte Fahretoft eine Rolle bei der immer gefährlicher werdenden Suche nach einem Mörder spielte.

Die Lütte Jenswarft lag ein ganzes Stück außerhalb der Dorfwarft, ungefähr eine Viertelstunde Fußweg, schätzte Hansen, der mit gespannter Aufmerksamkeit zum Dorf wanderte. Es war nicht kalt, gelegentlich blinkte sogar die Sonne durch die Wolken und warf einen spitzwinkligen Strahl auf ein kleines Fleckchen Erde. Seine Öljacke hätte Hansen vermutlich nicht mitschleppen müssen. In der Ferne drohte wieder einmal eine Wolkenwand, aber die war weit weg.

Er kam an einer weiteren Warft vorbei, passierte Sielzüge und Gräben und beobachtete Vögel. Gänse überflogen ihn auf dem Weg nach Osten, auf nassen Weiden schwammen Schwäne, und er hörte Singvögel in der Nähe und Möwen in der Luft. Alles war so friedlich und schön, dass Hansen sein eigentliches Anliegen fast vergaß. Vor allem seine Vorsicht.

Bis eine Bewegung, die er nur aus dem Augenwinkel sah, seinen Instinkt weckte. Noch während er ein Blitzen bemerkte, das direkt auf ihn zuzukommen schien, warf er sich flach auf die Erde. Unmittelbar danach erfolgte der Knall.

Jemand schoss auf ihn.

Hansen blieb liegen, wo er war, statt der Versuchung nachzugeben, in den Wassergraben neben dem Weg zu rollen. Er spähte in den wider Erwarten düster gewordenen Himmel. Die Wolkenwand kam zügig voran, und jetzt war sie ihm willkommen. Sie würde ihm vielleicht helfen, ungesehen zu entkommen. Er musste nur noch eine Weile warten.

Mit Urgewalt brach das Gewitter los, Blitze zuckten waagerecht von Wolke zu Wolke, und kurze Zeit später fiel rauschender Regen, der einen dichten Vorhang vor Hansens Gesicht bildete. Die Fahrspuren auf dem Weg füllten sich mit Wasser, das ihm zuerst nur entgegenplätscherte und dann in Ströme überging, die sich vor ihm teilten. Zweifellos lag er an einer besonders ungünstigen Stelle, die er nun auf dem Bauch robbend verließ.

Ein paar Meter weiter rutschte die platt gefahrene Böschung unter ihm ab, und er landete zwischen Reethalmen im Graben, wo er sich am Wasser verschluckte und husten musste.

Ein weiterer Schuss wurde in seine Richtung abgefeuert. Als er vorsichtig über die Grabenkante lugte, bemerkte er, dass der Regen bereits schwächer wurde, dann aufhörte und die Sicht wieder einigermaßen gut war.

Auf der Dorfwarft beugten noch heftige Böen einige Bäume fast bis auf die Dächer hinunter, aber Hansen sah niemanden, auch den Schützen nicht.

Unendlich viel später wagte er, sich kriechend auf den Rückweg zum Bauhof zu machen. Der Kerl kannte hier wahrscheinlich jeden Graben und konnte ihn, Hansen, irgendwo erwarten, wo er durch den Sielzug waten musste und in ganzer Gestalt zu sehen sein würde. Oder der Mann konnte auf der Krone des Seedeiches lauern.

Aber anscheinend verfolgte er Hansen nicht. Mit zerfetzter, durchnässter Kleidung und aufgeschürften Händen betrat der Wasserbauinspektor die kleine Bauhütte. Keuchend erzählte er, was passiert war.

Tade betrachtete ihn sprachlos, während er zum Hörer griff und die Kutsche für Hansen rief. Danach holte er eine Flinte aus dem Schrank, lud sie und stellte sie zur Hacke hinter die Tür.

Hansen war dankbar, dass Jorke ihn so nicht sehen konnte. Jacke und Hose waren derart zerfetzt, dass man sie nicht mehr flicken konnte, also warf er sie lieber weg. Dann ging er los, um Erhard Meier in der Bauverwaltung aufzusuchen.

»Du siehst nicht eben wie das blühende Leben aus«, stellte Meier kritisch fest. »Waren die Papiere von Zimmermann so schrecklich?«

»Welche Papiere? Ach so. Nein, für die habe ich noch keine Zeit gehabt. Mich treibt etwas anderes um. Ich wurde in der Marsch zwischen Fahretoft und Bauhof beschossen. Warum?, frage ich dich.«

»Ach was! Da hat jemand gejagt. Hasenbraten ist nicht zu verachten.«

»Ich möchte dich darauf hinweisen, dass ich kein Hase bin. Ich habe direkt in das Mündungsfeuer geblickt. Später musste ich husten, da hat der Kerl wieder auf mich geschossen.«

Meier grunzte ungläubig.

»Hast du eine Ahnung, warum jemand in Fahretoft so feindlich gegenüber Fremden ist? Der Journalist, der bei mir zu Gast ist, wurde vorgestern niedergeschlagen, möglicherweise in Tötungsabsicht. Deswegen wollte ich mich gestern dort umsehen.«

»Aha!« Meier war nicht mehr ganz so abweisend.

»Es muss irgendetwas mit dem Damm nach Oland zu tun haben«, erklärte Hansen. »Der wurde in den letzten Tagen vermehrt benutzt, seit der Biike, genauer gesagt. Kannst du dir darauf einen Reim machen?«

»Eigentlich nicht.«

»Gab es nie Streit zwischen den Oländern und den Fahretoftern? Etwa, weil die Oländer am Dorf vorbeimüssen, wenn sie nach Husum wollen?«

Meier schüttelte den Kopf. »Die Oländer segeln nach Husum. Das ist doch viel einfacher. Und gegen den Damm hat heute niemand mehr etwas. Aber zu Beginn des Dammbaus gab es Ärger, weil die Karren mit dem schweren Material den Weg zwischen der Fahretofter Dorfwarft und der Lütten Jenswarft beschädigt haben. Manchmal sind sich die hin- und zurückfahrenden Karren begegnet, und weil es keine Ausweichstellen gab, ist die Erde an vielen Stellen in die Gräben abgerutscht. Solche Schäden werden grundsätzlich misstrauisch beäugt. In den Dörfern kommt dann die Angst vor Deichbrüchen und Überflutung wieder hoch. Aber eigentlich dachte ich, das wäre überwunden.«

»Die Erfahrung, dass der Weg abrutscht, habe ich selber gemacht. Und ich muss noch dem kleinsten Fingerzeig nachgehen«, widersprach Hansen. »War damals die ganze Dorfgemeinschaft gegen den Dammbau?«

»Nein, es war ein Einziger, der sich zum Wortführer aufschwang und andere mitriss. Aber den Namen habe ich vergessen.« Meier stand auf und ging ein Regal mit verschnürten Aktenpaketen durch, bis er das richtige fand, den Knoten löste und das Konvolut durchblätterte. »Honke Callsen, jawohl, so hieß der. Ein ziemlich streitlustiger Mann, nach meiner Erinnerung.«

»Und wie habt ihr das Problem gelöst?«

»Gar nicht. Der Damm nach Oland wurde fertiggestellt und der Weg zum Schienenanfang ausgebessert. Danach war Ruhe. Und ich hoffe, das bleibt so, trotz der hastigen Anfahrt der schweren Faschinen für die Biike«, sagte Meier nachdrücklich. »So viele Scherereien wie mit eurer Biike hatten wir jedenfalls nicht einmal beim Dammbau.«

Hansen schmunzelte. »Nun, ich kann auch nichts dazu. Die Berliner …«

»Na ja, nicht nur die. Vom Stationsvorsteher bis zum Schiffer des Elbkutters, mit allen gab es nichts als Ärger. Und das nur, weil Berlin uns unter Druck setzte.«

»Mit dem Stationsvorsteher hattest du Ärger?«

»Ja, der hat erst einmal alles abgelehnt, was Groterjan befahl. Wäre nur Lars zur Hand gewesen, hätte ich ihm das überlassen. Der kann ganz gut mit dem Stationsvorsteher.«

»Ach ja?«

»Ja, er ist ein liebenswürdiger, anstelliger Kerl. Der kann mit jedem. Oder fast jedem.«

Außer mit Heinrich, dachte Hansen. »Woher kennst du Lars denn?«

Meier winkte ab. »Ungefähr eine Woche vor der Biike kam Lars zu mir wegen einer Fracht, die wir erwarteten. Noch über den Zaun hinweg beschimpfte ihn Heinrich, und ich bin hinausgegangen, um ihn zusammenzustauchen. Es konnte einfach nicht angehen, dass Heinrich sich mit Leuten anlegte, die hier dienstlich zu tun haben. Der Bauhof ist angewiesen auf pünktliche Lieferung der Materialien, die wir nicht selbst herstellen, verstehst du?«

»Natürlich. Und worum ging es bei dem Streit?«

»Keine Ahnung. Wahrscheinlich Politik. Lars ist Däne.«

»Ich weiß. Lars, Heinrich und ich sind Nachbarn. Wurde Heinrich deswegen entlassen?«

»Dieser Streit war das i-Tüpfelchen in einer Reihe von Vorkommnissen, ja.«

»Und was war mit dem Schiffer des Elbkutters? Hat der auch Ärger gemacht?«

»Der beanspruchte einen Vorzugsplatz an der Pier. Er hätte ein hohes Tier aus Berlin zu befördern, sagte er, und der Mann müsse bequem an Bord gehen können. Mir war nicht klar, dass es sich um Groterjan handelte. So aber bin ich gutgläubig hinmarschiert und habe die Fischer beschwatzt, ihre Stammplätze für ein paar Stunden freizugeben.«

»Groterjan!«, schnaubte Hansen.

»Ja, Groterjan. Der ist übrigens wieder in der Stadt. Auf dich ist er nicht gut zu sprechen.«

Gleich nach seinem Gespräch mit Meier ging Hansen in der Klinik vorbei, um nach Nils zu sehen. Hoffentlich war der inzwischen aufgewacht und konnte irgendetwas zur Sache sagen.

Im Eingang begegnete er Doktor Nielsen, der ihn forschend ansah. »Wollen Sie zu mir oder zu Ihrem Freund?«

»Ich will Nils besuchen, aber Sie können mir natürlich sagen, wie es ihm geht.«

»Ich dachte schon, Sie kämen als Patient«, meinte Nielsen. »Ihre graue Haut macht keinen guten Eindruck. Was haben Sie denn mit sich gemacht?«

»Ich bin beschossen worden, genau dort, wo man Nils niedergeschlagen hat, und musste mich kriechend in Sicherheit bringen. Über eine Strecke von einem halben Kilometer.«

»Aufrecht gehen ist normalerweise besser. Scheint ein kriegerischer Ort zu sein.«

»Deshalb wollte ich gerne mit Nils sprechen, bevor ich mich erneut in dieses Wespennest aufmache.«

Nielsens zweifelnde Miene signalisierte Hansen schon, dass es nicht besonders gut um Nils stand. »Er ist noch ohne Bewusstsein. Wir tun, was wir können, aber viel ist nicht möglich, abgesehen davon, dass er inzwischen im Krankenzimmer liegt und durch einen Paravent abgeschirmt ist. Es kommt vor allem auf seinen eigenen Überlebenswillen an.«

Hansen hörte schreckgeschlagen zu. »Er hat doch noch mit mir gesprochen und auch getrunken ...«

»Die rechtzeitige Wasserzufuhr war ein Glücksfall für ihn. Es ist nicht ungewöhnlich, dass sich der Zustand eines Patienten nach einer solchen Kopfverletzung verschlechtert. Wir denken an Blutungen, die das Gehirn gewissermaßen zusammenquetschen. Jetzt hilft nur Beten.«

»Statt beten werde ich sprechen. Und zwar nicht mit Ihm, sondern mit ihm«, versetzte Hansen grantig und wandte sich abrupt ab, um die Treppenstufen in Sprüngen hochzueilen. Er war sich im Klaren darüber, dass Nielsen seinen Zorn nicht verdient hatte. Aber irgendwo musste er ihn abladen. Am besten bei Ihm.

Nils war wie erwartet nicht bei Bewusstsein. Aber seine Gesichtshaut war rosig und seine Hand, die Hansen in die seine nahm, warm.

Nachdem Hansen gerade erst erfahren hatte, wie schwerwiegend die Kopfverletzung in Wirklichkeit war, schöpfte er bei Nils' Anblick dennoch Hoffnung. Ein liebenswürdiger junger Mann, der für ein Mädchen wie geschaffen war, würde nicht auf diese schmähliche Art sterben.

Hansen begann, Nils alles zu erzählen, was er herausbekommen hatte, selbst Dinge, in die er ihn bis dahin nicht eingeweiht hatte. Auch dass er Jorke mit Agge auf die Hallig geschickt hatte und jetzt nach Fahretoft zu Honke Callsen fahren würde, um ihn wegen der Schäden auf dem Weg zu beschwichtigen. Den Ärger mit dem zum Direktor aufgestiegenen Major Groterjan erwähnte er nur am Rand.

Zuweilen flackerten Nils' Augenlider. Dann hatte Hansen das Gefühl, er würde gleich die Augen aufschlagen und nachfragen, weil er etwas nicht genau verstanden hatte. Dazu kam es dann doch nicht, aber Hansen erhob sich bei weitem nicht mit der gleichen Hoffnungslosigkeit, mit der er gekommen war.

Erst als er hinter dem Paravent hervortrat, fiel ihm auf, dass die drei anderen Patienten hatten mithören können, was er Nils erzählt hatte. Nun, die Reue kam zu spät.

Er begnügte sich mit einem flüchtigen Blick auf die Schwerkranken, hörte ihrem Schnorcheln und schweren Atmen einen Augenblick zu und verließ dann beruhigt das Krankenzimmer.

Kapitel 20

Es mutete Hansen seltsam an, Direktor Major Groterjan im Wasserbauamt zu treffen, nachdem der bereits drei Tage in Husum war. Hochmütiger denn je und mit ausladenden Gesten, die zu seiner lauten Stimme passten, stieg er die Treppe herunter, den schweigsamen Petersen an seiner Seite.

»Ihr Bericht stellt mich nicht zufrieden«, nörgelte Groterjan laut, als er Hansen am Fuß der Treppe stehen sah. »Zu viele Fragen sind nicht beantwortet. Wo ist dieser Ernst Eschelsen? Wo ist Lars Ebsen? Warum blieb eine Lore auf den Schienen stehen? Wer schob sie hin? Warum machen Sie aus einem lächerlichen Manschettenknopf ein wichtiges Ereignis?«

»Es gäbe noch mehr Fragen!«, rief Hansen gereizt nach oben. »Warum haben Sie einen Kutter von der Elbe geheuert, statt sich eines einheimischen Fischers zu bedienen? Wo ist Ihr nach Verwesung riechender Stinkekäse geblieben? In der Lore mit den Faschinen, der Strohpuppe und vielleicht einer Leiche? Um deren Geruch zu kaschieren? Und warum werden wir, die wir uns um die Aufklärung bemühen, niedergeschlagen oder beschossen, seitdem Sie wieder in Husum sind?«

»Ihr Verdacht ist ja wohl die Höhe!«, geiferte Groterjan. »Sie sind ab sofort vom Dienst suspendiert!«

»Nur mit meinem Einverständnis«, machte sich Petersen lautstark bemerkbar.

»Davon darf ich doch wohl ausgehen!« Groterjan blies sich entrüstet auf.

»Nein«, sagte Petersen einfach. »Das Wasserbauamt untersteht dem Kriegsministerium nicht unmittelbar. Da hat auch Schleswig ein Wörtchen mitzureden. Außerdem ist Herr Hansen kurz davor, den Fall aufzuklären. Wenn Sie seine Entlassung auf ministeriellem Weg durchsetzen würden, fiele ein schwerer Verdacht auf Sie. Dafür würde ich sorgen.«

»Würden Sie hingegen meine Fragen ohne Umschweife beantworten«, sekundierte Hansen, »hätten wir schon wieder einen Verdacht ausgeräumt.«

An Groterjans Mundwinkeln blubberte Spucke von nicht artikulierter Empörung.

Hansen wechselte einen Blick mit seinem Chef. Die Situation nicht eskalieren lassen, signalisierte dieser.

Petersen griff behutsam nach Groterjans Unterarm. »Kommen Sie, Herr Direktor. Wir klären das unter uns, außerhalb des Hauses in gemütlicherer Umgebung.«

Hansen verabschiedete sich mit einem kantigen Nicken, die Kehle eng vor unausgesprochenem Zorn auf diesen aufgeblasenen Nichtsnutz.

»Der Major behauptet, vor der Gerüchteküche Angst gehabt zu haben«, sagte Petersen, als am Spätnachmittag Groterjan seinen Besuch im Wasserbauamt beendet hatte und er mit Hansen zusammensaß.

»Gerüchteküche?« Blitzartig schoss Hansen durch den Kopf, dass das sogar stimmen mochte. Aber sicherlich anders, als Groterjan es verstanden wissen wollte.

»Ja. Zuerst verweigerte er jede Auskunft. Nachdem ich ihm klargemacht hatte, dass manche Nasen diesem Käse einen Verwesungsgeruch entnommen haben und wir deshalb rückhaltlose Offenheit zu seinem eigenen Schutz fordern, fügte er sich. Es ging um die Fragen, warum er einen fremden Kutter heuerte und welche Fracht er mit sich führte.«

»Ja!«, sagte Hansen nachdrücklich.

»Den Kutter hat er angeblich geheuert, damit weder das geplante Feuerwerk noch die Baumschenkung frühzeitig die Runde auf der Hallig machten. Das zum Thema Gerüchteküche.«

»Na, das ist aber eine dürftige Begründung«, platzte Hansen heraus. »Und der Käse?«

Petersen grinste. »Den will Groterjan über Bord geworfen haben, nachdem er zuerst angeboten hatte, ihn auf der Stelle zu essen. Daraufhin hatte der Schiffer gedroht, nach Husum zurückzukehren. Einen stinkenden Groterjan wollte er nicht auf seinem Boot haben.«

Hansen brach in schallendes Gelächter aus. »Das könnte stimmen. Zwischen den Zweigen der Eiche, wo er bei der Abfahrt aus Husum angeblich gewesen sein soll, befand sich der Käse bei der Ankunft auf Oland jedenfalls nicht mehr. Das wusste Herr Zimmermann.«

»Man muss Groterjan wohl glauben. Zumindest kann man ihm das Gegenteil nicht nachweisen.«

Hansen grinste immer noch. »Ich kenne, dank meinem Nachbarn Heinrich, einen viel glaubhafteren Grund für das Heuern eines fremden Schiffes. Groterjan soll in Husum käufliche Frauen kennen, von denen er angezogen wird wie die Schmeißfliege vom Misthaufen. Ein Kutterführer von der Elbe ist da vermutlich weniger argwöhnisch und hat auch keine große Gelegenheit zum Schwatzen, aber ein einheimischer Ewerskipper würde vielleicht Lunte riechen. Und dann würde die Gerüchteküche tatsächlich brodeln, womöglich würden die Dampfschwaden das Ministerium erreichen.«

»Huren?«

»Ja. Groterjans Dienstreisen nach Husum finden möglicherweise hauptsächlich deswegen statt. Wahrscheinlich treiben es diese Herren, die dienstlich oft im Kaiserreich unterwegs sind, alle ähnlich. Aber ein ehrgeiziger Major, der im Rang noch aufsteigen will – wer weiß, vielleicht bis zum preußischen Kriegsminister –, ergreift wahrscheinlich besondere Vorsichtsmaßnahmen. Zumal er den Kutter nicht aus eigener Tasche bezahlen musste.«

Das Fest im Dänischen Verein wäre das reinste Vergnügen für Sönke Hansen gewesen, hätte ihn Jorke begleitet und wären die Umstände insgesamt weniger übel gewesen, vor allem immer wieder die Sorge um Nils.

Die Stimmung der vielen Gäste war gelöst. Auch ihm als Friesen gegenüber gab man sich freundlich.

In der Mitte des Saals war ein Quadrat frei gelassen worden, das zum späteren Tanz einlud. Wie bei Hansens erstem Besuch war eine Kaffeetafel vorbereitet, aber die Männer und Frauen waren an diesem frühen Abend festlicher angezogen als neulich, obwohl immer noch deutlich lockerer, als es bei einem offiziellen Ball städtischer deutscher Beamter üblich war. So sah er Stehumlegekragen und anknöpfbare Manschetten bei den Herren und spitzenbesetzte, hochgeschlossene Blusen bei den Damen. Und die meisten trugen dieses dänische Fähnchen am Kragen, das er neulich schon gesehen hatte.

Hansen blickte an sich hinunter: schlank, aber in Alltagskleidung, als käme er gerade aus dem Amt. Zu Hause war ihm das nicht aufgefallen. Jorke hätte ihn so nicht gehen lassen.

Gerda freute sich trotzdem sichtlich, Hansen zu begrüßen. Dann begleitete sie ihn zum Vorsitzenden des Vereins, der Bo Knudsen hieß, und ließ ihn mit diesem allein.

Hansen trug seine Sorge vor, dass Lars immer noch nicht aufgetaucht war und er auf dem Umweg über die Protestsau versuche, ihn zu finden.

»Ich weiß, dass Lars' Sau sehr prägnant gezeichnet ist, wir haben gelegentlich über sie gesprochen. Wo sie abgeblieben sein könnte, wenn sie nicht in ihrem Stall ist – keine Ahnung. Aber sie hat so tolle Merkmale, vielleicht hat er sie zu einem Eber zum Decken gebracht, während er, wie so oft, auf Reisen ist. Dann könnte sie auch schon wieder zu Hause sein. Du solltest immer mal nachsehen«, schlug Bo vor.

Hansen hörte ihm staunend zu. An eine solche Möglichkeit hatte er nicht im Traum gedacht. Für Vererbung und Landwirtschaft war Jorke zuständig.

»Neulich wollte ich mit Lars über die Sau sprechen«, fuhr Bo fort, »denn bei mir hat sich jemand aus Dithmarschen gemeldet, der Lars' Schwierigkeiten wegen der Fahrerei kennt und die Sau gerne übernehmen würde. Beim Jahresfest wollte ich Lars und den Interessenten zusammenbringen, aber Lars ist nicht gekommen, obwohl ich ihm eine Einladung geschickt habe, und hat sich auch nicht entschuldigt.«

»Wann war das?«

»Das ist ungefähr drei Wochen her. Mir fällt gerade noch eine Möglichkeit ein«, sagte Bo. »Lars hat einen Freund auf dem Land in Wimmersbüll bei Tondern. Redlef Eriksen heißt der. Er bewirtschaftet dort einen Bauernhof gleich neben der Mühle. Vielleicht hat Lars die Sau an ihn abgegeben.«

Hansen nickte, ohne zu zeigen, dass er allmählich entmutigt war. »Es ist schwierig, zu Fuß jemanden zu verfolgen, der mit der Eisenbahn unterwegs ist«, sagte er nur.

»Ja, da hast du wohl recht. Am Tisch ist übrigens ein Platz für dich reserviert, ich zeige ihn dir. Komm!« Bo Knudsens Gastfreundschaft war so überwältigend, dass Hansen nicht ablehnen mochte und ihm folgte.

An diesem Abend tanzte Sönke Hansen das erste Mal seit langer Zeit ohne Jorke.

Noch bevor er dazu kam, Lars' Schweinestall ein zweites Mal zu inspizieren, klopfte jemand ungestüm an seiner Tür. Hansen stürzte hin und riss sie auf.

Ein Junge, den er schon öfter gesehen hatte.

»Sie haben mir neulich einen Winterapfel gegeben, wissen Sie noch, Herr Wasserbauinspektor?«, sprudelte er heraus.

Aha, der Junge aus der Nachbarschaft also. Aber er ließ Hansen gar keine Zeit, es zu bestätigen.

»Ihr Freund, der Herr Nils in der Klinik ... Also, Doktor Nielsen schickt mich, um Ihnen Bescheid zu sagen.«

»Besteht Gefahr für Nils?«, fragte Hansen hastig.

Das wusste der Junge nicht. Hansen fuhr in die Schuhe, griff sich seine Jacke und rannte los.

Im Vorraum der Klinik und auf der Treppe befand sich kein Mensch. Waren die etwa alle oben im Krankenzimmer, um Nils zu retten? Trotz Seitenstechen nahm Hansen drei Stufen auf einmal.

»Schön, dass Sie gleich kommen konnten«, rief Nielsen ihm schon von weitem aufgeräumt entgegen.

»Er liegt nicht im Sterben?«, keuchte Hansen.

»Wo denken Sie hin! Es geht ihm gut. Selbst sein Kopf funktioniert.«

»Ich war erschrocken, weil der Bote es so dringend gemacht hat«, bekannte Hansen.

»Kinder«, erklärte Nielsen nachsichtig.

»Ja.« Hansen dachte einen Augenblick sehnsüchtig an Agge, dann trat er an Nils' Krankenbett.

Der Journalist saß halb aufgerichtet und freute sich bei Hansens Anblick. Er war magerer geworden, aber seine Augen funkelten wissbegierig, als er Hansen bat, ihm zu erzählen, wie weit er bei seinen Nachforschungen gekommen war.

Dieses Mal sprach Hansen so leise, dass die anderen Kranken es nicht verstehen konnten.

»Mir ist noch etwas eingefallen«, sagte Nils zum Schluss des Berichts, und Hansen hatte nicht das Herz, ihn zu tadeln. Manche Menschen wurden sich erst nach und nach darüber klar, was sie gesehen hatten und was womöglich wichtig war. »Ich war doch mehrmals am Lorenbahnhof, du erinnerst dich?«

Hansen nickte nachdrücklich.

»Dieser dünne Begleiter der Lore, der Gerlich, machte ja sofort kehrt und rannte über den Damm zurück, als Bandik mit dem Wagen kam und er und Heinrich die Fracht umluden.«

Hansen nickte wieder. Das wusste er bereits.

»Später habe ich auch Heinrichs Rückkehr zum Festland beobachtet. Er schob die Lore, mit der sie gekommen waren. Ich hielt das für selbstverständlich, denn es sah so aus, als ob er mit dem Auftrag unterwegs wäre, Gäste von Oland abzuholen. Gerlichs Benehmen war viel auffälliger.«

»Ja?«

»Aber so selbstverständlich war es vielleicht gar nicht. Es kam nämlich die andere Lore mit den Gästen von Oland entgegen. Da drin saßen Major Groterjan, mein Journalistenkollege Gerd Müller und Herr Zimmermann. Und mitten auf der Strecke, aber schon ziemlich nah an Langeneß, stieg Groterjan aus, und es gab eine Diskussion oder sogar einen Streit mit Heinrich, das war mit dem Fernglas nicht zu unterscheiden. Auf jeden Fall einigten sie sich, und die von Oland fuhren zurück, gefolgt von Heinrich mit seiner Lore.«

»Die Oländer fuhren zurück?« So stand es auch in Zimmermanns Protokoll, aber Hansen wunderte sich doch, dass ausgerechnet der herrische Groterjan gegenüber Heinrich nachgegeben hatte.

»Ja. Was ich mich frage, ist, warum sie nicht einfach die Loren getauscht haben. Und warum ausgerechnet die mit dem weiteren Weg zurückfahren mussten.«

»Das ist ein interessanter Gesichtspunkt!« Hansen überlegte hin und her. »Das Einzige, was ich mir denken könnte, ist, dass Heinrich behauptet hat, seine Lore müsste auf dem kürzesten Weg an Land, zur Reparatur der Räder, sie sei kurz davor, auseinanderzufallen, oder etwas Ähnliches.«

»Oder Heinrichs Lore enthielt etwas, das er nicht vor aller Augen umladen wollte, weil es peinlich oder verräterisch gewesen wäre.«

»Das wäre eine glaubhafte Erklärung. Jedenfalls ist es eine Beobachtung, die dazu beiträgt, Stück für Stück zusammenzusetzen, was an diesem Tag zwischen Oland und Langeneß vor sich gegangen ist. Heinrich hätte es bis zur Lütten Jenswarft geschafft, wenn der Damm noch befahrbar gewesen wäre, was er wohl gehofft hatte. Aber das war er nicht.«

»Warum fragst du diesen Heinrich nicht? Er ist doch ein Nachbar von dir.«

Aus irgendeinem Grund scheute Hansen davor zurück. »Der Kerl ist so reizbar. Er würde annehmen, ich wollte ihn beschuldigen«, sagte er, aber er wusste, dass es eine schwache Ausrede war.

»Aha.« Nils blickte ihn verständnislos an und griff nach einer Tasse Tee, die für ihn bereitstand.

»Trotzdem spielt der Damm vor Fahretoft eine besondere Rolle. Zuerst du, der niedergeschlagen wurde, dann ich, der beschossen wurde. Irgendjemand will verhindern, dass wir dort nachforschen …«

»Übrigens habe ich schwere Schritte hinter mir gehört, kurz bevor ich niedergeschlagen wurde«, fiel Nils Hansen ins Wort.

Hansen sträubten sich die Nackenhaare. Schon wieder! Nils hatte so viel beobachtet und wusste so viel zur Aufklärung beizutragen. Wenn er doch nur beizeiten mit alldem herausgekommen wäre!

Nils merkte von Hansens stummer Klage nichts. Er überlegte mit gerunzelten Augenbrauen. »Da gibt es doch den Arbeiter in der kleinen Baubude …«

»Ja, genau. Tade. Bisher war er glaubhaft. Aber wer weiß das schon?«, grummelte Hansen.

»Die Gelegenheit, einen Toten zu verstecken, hätte er möglicherweise gehabt. Auf dem kleinen Bauhof liegt genügend Material zum Ausbessern des Damms …«

»Ja. Inzwischen kommt jeder, der mit den Faschinen und der Strohpuppe zu tun hatte, in Frage. Wenn es nicht so ernst wäre, würde ich darüber lachen, dass sogar ein Käse eine Rolle spielt. Na, ich muss jetzt gehen.« Hansen klopfte zum Abschied sanft auf das Federbett.

Am Nachmittag sollte einer der Rekonvaleszenten im Krankenzimmer entlassen werden. Bewegungslos saß er auf seinem Bett und wartete auf die Nachricht, dass sein Nachbar mit dem

Pferdewagen eingetroffen sei, um ihn nach Hause zu holen. Seine Gedanken wanderten umher, besonders, wenn sein Blick auf diesen Zeitungsschreiber fiel, der nicht von hier war und der auch nicht das Recht hatte, eines der wenigen Betten der Klinik zu besetzen. Ihm und seinem bestimmt reichen Freund aus einem Husumer Amt würde er in die Suppe spucken.

Er hatte allerhand Geheimnisvolles über die Dämme nach Oland und Langeneß gehört, wenn er auch nicht alles verstanden hatte. Das machte nichts. Fahretoft war genannt worden, und das reichte, um sich vorzustellen, dass von der Bauverwaltung wieder einmal ein Anschlag auf das Dorf geplant war.

Als Erstes würde er Honke Callsen informieren, der war gut darin, Widerstand zu organisieren.

Hansen hatte es Nils nicht sagen mögen, weil es ihn möglicherweise beunruhigt hätte, aber er musste tatsächlich nach Fahretoft, um Tade auf den Zahn zu fühlen. Und, um ihn wegen der Lore zu befragen. Möglicherweise spielte die stehengebliebene Lore eine größere Rolle, als er und Petersen bisher angenommen hatten.

Als Hansen auf dem Bauhof eintraf, stellte er fest, dass inzwischen Kratt angeliefert worden war. Tade war jedoch nicht zu sehen, vermutlich arbeitete er jenseits des Seedeichs. Hansen stieg auf den Deich hoch und sah, dass Tade eine Buhne in der Nähe des Damms ausbesserte.

Als der Deichbauarbeiter Hansen entdeckte, stapfte er mit seinen Gummistiefeln durch den Schlick zurück ans Ufer. In der Hand hielt er die Hacke, die seiner Verteidigung diente. Nach der Begrüßung sagte er: »Ohne Waffe gehe ich nicht mehr aus.«

»Sicher ist sicher.«

»So denke ich auch. Bisher ist mir aber nichts passiert, falls du deswegen gekommen bist.«

»Mir ist noch einiges eingefallen, was ich wissen muss«, wich Hansen der Frage nach Tades Gefährdung aus, denn eine Antwort konnte er darauf nicht geben. »Haben die Männer, die an Biiken mit der Fracht für die Hallig kamen, sich hier lange aufgehalten?«

»Nein, nein. Die haben ratzfatz umgeladen, und weg waren sie. Ich musste mit anpacken.«

Das hatte Hansen sich gedacht. Tade hätte sich an den Faschinen nur zu schaffen machen können, wenn die Husumer Arbeiter zwischendurch fort gewesen wären – wenn sie zum Beispiel in Fahretoft einen Besuch gemacht hätten. Selbst dann hätte Heinrich die Veränderung an der von ihm gebundenen Faschine aber wohl erkannt. Tades Beteiligung war nahezu ausgeschlossen. »Du erinnerst dich doch an die Lore, die wahrscheinlich von Heinrich Sörensen bis zur Bruchstelle geschoben wurde.«

Tade nickte.

»War die in Ordnung? Oder reparaturbedürftig?«

»Verbeult war sie, wie alle alten Loren. Aber sie schnurrte über die Schienen wie eine neue.«

Eine einfache Klärung hatte Hansen schon nicht mehr erwartet. »Enthielt sie irgendetwas, als ihr sie vom Damm geholt habt?«

»Nichts außer gewöhnlichem Schmutz und ein paar Strohhalmen. Und die Reste einer Ratte.«

»Stank die schon?«

»Schon ist gut. Es war nicht mehr viel von ihr übrig, so verwest war die. Suchst du nach etwas Bestimmtem?«

»Nein, eben nicht«, seufzte Hansen und tat den Rattenkadaver als vorläufig uninteressant ab. »Eher nach etwas, das in der Lore nicht zu liegen hat, etwas Ungewöhnlichem ...«

»War nicht. Neben den Schienen habe ich zwar eine Hacke gefunden, die mir nicht gehört, aber das meinst du sicher nicht. So ungewöhnlich ist so ein Ding ja hier am Damm nicht.« Tade lachte über seinen Witz.

Das war interessant. Hatte sich in der Lore Werkzeug befunden? Dass man eine Hacke verlor, ohne es zu bemerken, passierte am ehesten dann, wenn man mehrere Geräte zu schleppen hatte und obendrein in Eile war. Aber wo waren in dem Fall die anderen Werkzeuge hingekommen? Hansen ließ seine Überlegungen vorerst auf sich beruhen, um eine Frage zu stellen, deren Antwort er bereits kannte. »Wie war Heinrich eigentlich angezogen?«

»Mit gewöhnlicher Arbeitskleidung. Wie sonst? Allerdings ohne seine Gummistiefel. Im Hof der Bauverwaltung in Husum muss an dem Tag alles holterdiepolter gegangen sein. Ich war ja sogar der Meinung, Heinrich wäre entlassen.«

»Das war er auch. Aber sie mussten wegen der Eile Leute zurückrufen. Und ich muss auch zurück, Tade. Wahrscheinlich war ich nicht das letzte Mal hier. Es tauchen immer neue Fragen auf.«

»Viel Glück!«, rief Tade hinter Hansen her, der zur Kutsche im Hof der Lütten Jenswarft eilte.

Während der Fahrt überdachte Hansen, was er erfahren hatte. Er weigerte sich zu glauben, dass die Loren wegen des Schmutzes nicht getauscht worden waren. Zimmermann hatte sicher für eine Plane als Unterlage gesorgt. War es wegen des Gestanks? Oder hatte Heinrich Werkzeug mitgenommen, um die Faschinen in den Holzstoß einarbeiten zu können? Seiner vorausschauenden Sorgfalt hätte es entsprochen. Aber dann hätte wohl jedermann die Geräte sehen dürfen. Oder hatte er das Werkzeug möglicherweise aus einem anderen Grund mitgenommen?

Dem würde Hansen in den nächsten Tagen nachgehen müssen. Heute nicht mehr. Es dämmerte, und er war müde.

Das Protestschwein war immer noch nicht wieder in seinem Verschlag, was im Hinblick auf Lars' Verschwinden natürlich nicht viel besagte. Allerdings wurde die Sache mit jedem Tag, den Lars seinem Haus fernblieb, ohne jemanden über seinen Verbleib und den der Sau zu informieren, seltsamer.

Ein ungutes Gefühl überkam Hansen, während er nachdachte und beiläufig mit dem Schuh in der Streu herumkratzte. Plötzlich bemerkte er auf dem nackten Zementfußboden große dunkle Flecke, auch einige Strohhalme schimmerten rötlich.

Er bückte sich und schob die Streu großflächig beiseite. Klumpen von etwas Körnigem, das er als zusammengebackene Getreidekörner identifizierte, fielen ihm in die Hand.

Blut! Blut in einer Menge, die nicht von einer einfachen Verletzung stammen konnte. Lars' Protestsau musste hier geschlachtet worden sein. Aufmerksam geworden, roch Hansen auch den metallischen Geruch von Blut, der vom Gestank des Schweinekots und einer Prise Fäulnis lediglich überlagert wurde.

Hatte etwa der in landwirtschaftlichen Dingen völlig unerfahrene Lars sein Schwein hier geschlachtet und zerlegt? Um es in Portionen heimlich abzutransportieren, damit kein Nachbar es merkte? Oder um es in der Marschbahn mitnehmen zu können? Sehr wahrscheinlich war das alles nicht, aber im Augenblick hatte Hansen keine andere Erklärung. Er musste sich mit Lars' Freund in Verbindung setzen, Redlef Eriksen, von dem Bo Knudsen ihm bei der Feier im Dänischen Verein erzählt hatte.

Der Bahnhof der Marschbahn Richtung Tondern befand sich direkt neben der Mühle von Wimmersbüll, und wiederum daneben lag der Hof von Eriksen. Unter dem Gesumm der rotierenden Mühlenflügel wanderte Hansen zu dem Hof hinüber und traf Eriksen vor dem Mühleneingang an, wo er Säcke mit Mehl auf einen Wagen lud.

Anfänglich war der alte Müller etwas reserviert. Nicht alle Tage bekam er Besuch von einem Deichbauinspektor aus Husum, und er konnte sich auch nicht vorstellen, warum nicht jemand von der Verwaltung kam, wenn es Beschwerden wegen eines Dänen gab. Aber das Eis brach, als Hansen erklärte, dass er auf dem Umweg über die schöne Sau nach Lars suchte.

Eriksen regte sich gleich auf, als Hansen die Sau erwähnte. »Er will sie schlachten lassen, ich weiß. Schade drum. Ich habe abgeraten. Soll er sie doch verkaufen!«

Hatte Hansen sich verhört? »Er *will* sie schlachten?«

»Ja. Er will mich benachrichtigen, wenn es so weit ist, irgendwann an einem kalten Tag im Spätherbst, denke ich, vorher schlachtet man nicht. Dann fahre ich runter nach Husum, schlachte und zerlege die Sau. Jetzt im Frühjahr und Sommer kann Lars es einrichten, sie zu passen, wenn sie in seinem Vorgarten herumläuft. Dann hat er den Preußen seinen Protest hinreichend gezeigt, wie er meint, und damit ist auch gut.«

»Die Sau ist tot«, erklärte Hansen. »Lars hat sie schon geschlachtet.«

Redlef richtete seine alterstränenden Augen auf ihn und bewegte bedächtig den Kopf hin und her, wie ein Bär an der Leine. »Lars nicht! Auf keinen Fall!«

»Warum nicht?«

»Er kann es nicht. Er fällt um, wenn er Blut sieht. Zwischen uns war abgemacht, dass ich nach dem Schlachten die Blutwurst koche – einen Kessel wollte Lars besorgen –, das grob zerlegte Fleisch in einer Kiste hierherbringe und meine

Frau und ich die restliche Arbeit erledigen. Würste stopfen, Schinken räuchern, Kochfleisch in Gläsern haltbar machen, was eben so anfällt. Wir hatten abgemacht, wer was kriegt. Poten und Snuten zum Beispiel mag Lars nicht. Wir haben uns schon darauf gefreut. Und wir sind doch befreundet …« Redlefs Stimme wurde tonlos und blieb ihm im Halse stecken, während er auf seine Schuhe starrte.

Auch Hansen musste sich räuspern. »Das ist nun wohl zu spät. Das Blut wurde auf dem Boden vergossen, und das Fleisch ist verschwunden. Genau wie Lars.«

Redlef hob ruckartig den Kopf. »Blut auf dem Boden? Das macht kein Schlachter, der sein Handwerk versteht. Blut wird aufgefangen. Es ist nicht weniger kostbar als alles andere. Du kennst doch Schwarzsauer, Blutgrützwurst …«

Hansen verstand. »Denkst du jetzt an einen Dieb, dem es nur um das Fleisch zu tun war? Schlachten, zerlegen und weg?«

Redlef lächelte verschmitzt, trotz seiner Sorge um Lars. »Das weiß ich nicht. Das Denken ist anscheinend deine Aufgabe. Wirst du nicht zum Denken herumgeschickt, obwohl du Deiche bauen solltest?«

»Mit meinem Vorgesetzten wärst du ein Herz und eine Seele, Redlef«, sagte Hansen und hielt ihm die Hand zum Einschlagen hin. »Leider gibt es Leute in Berlin, die ihre Fragen für wichtiger halten als unsere Deiche.«

Auf dem Weg zum Bahnhof fiel ihm ein, dass der nächtliche Besucher in Lars' Haus wahrscheinlich gar nicht Lars selbst gewesen war. Offenbar gab es einen Dieb, der nicht nur an der Sau, sondern auch an Wertgegenständen im Haus interessiert gewesen war.

Kapitel 21

Die Möglichkeit, dass Lars in den Mord an dem Unbekannten im Biikefeuer verwickelt sein könnte, hatte Hansen vorläufig verworfen. Sein von allen als freundlich geschildertes Wesen schloss dies fast aus. Seine Empfindlichkeit gegen Blut und seine Absprache mit Redlef ließen die Schlachtung der Sau außerdem als völlig losgelöst von den Ereignissen, die Hansen aufklären sollte, erscheinen. Das Protestschwein musste die Begehrlichkeit eines Diebes geweckt haben, der wusste, dass Lars im Augenblick kaum zu Hause war.

Es bestand jedenfalls kein Grund zu der Annahme, dass der unfreundliche Stationsvorsteher Hansen darüber informieren würde, dass Lars wieder im Dienst war und, gegebenenfalls, auf welcher Strecke. So blieb nur die Vermutung, dass entweder Lars in der Nacht, als in seinem Haus Licht brannte, kurz da gewesen war, um etwas zu holen, und sich mit dem Verschwinden seiner Sau still abgefunden hatte, weil der Dienst ihn zur Gänze forderte. Möglicherweise räumte er auch einer Anzeige wegen eines Protestschweins bei der preußischen Staatsgewalt keine Erfolgschance ein.

Oder es handelte sich tatsächlich um einen gewöhnlichen Dieb, der auf alles aus war, was Geld bringen konnte, und ins Haus eingebrochen war.

Dies alles erklärte Hansen nach seiner Rückkehr aus Wimmersbüll gerade dem Teddybären auf seinen Knien, Agges Liebling, der in der Eile versehentlich nicht eingepackt worden war, als er eine Bewegung vor dem Fenster sah. Er erinnerte sich an den Schatten, den er vor einigen Tagen in der Dunkelheit bemerkt hatte. Schon wieder ein heimlicher Beobachter?

Es klopfte an der Tür.

Draußen stand Frau Eschelsen, eine jammervolle kleine Person, deren Schultertuch heruntergerutscht war und deren Haarknoten sich aufgelöst hatte. Über ihre bleichen Wangen fielen regennasse Strähnen. »Ich brauche Hilfe«, stammelte sie und strich sich mit beiden Händen fieberhaft über die angegraute Schürze.

»Von mir?«, fragte Hansen überrascht, fasste sich aber gleich wieder und war überdies erleichtert, dass die Bewegung vor dem Fenster eine so harmlose Erklärung gefunden hatte. Frau Eschelsen war mit einer dünnen Strickjacke im kalten Frühlingsregen völlig unpassend angezogen. »Dann kommen Sie mal herein!«

Sie trat zögernd ein. »Sie haben Besuch, ich habe Sie reden hören, ich will nicht stören.«

»Nein, das tun Sie nicht, ich bin allein.« Hansen konnte ihr beim besten Willen nicht erklären, dass er seine dienstlichen Sorgen gerade mit einem Plüschtier besprochen hatte. Er wunderte sich allerdings, dass sie zu wissen schien, dass seine Frau nicht anwesend war und auch sein Gast nicht.

Die Besucherin musterte mit großen Augen den Esstisch mit den sechs Stühlen und dann das ganze Wohnzimmer, als wäre ihr so eine normale bürgerliche Einrichtung völlig fremd.

»Setzen Sie sich«, bot Hansen freundlich an.

»Ich wollte Sie bitten, ob Sie für mich in den Fernsprechapparat sprechen könnten. Sie haben doch einen im Amt, stimmt's?«

Das war ein ungewöhnliches Ansinnen. Wer telefonieren wollte, ging zum Post- und Telegraphenamt. Und bezahlte dafür. »Worum geht es denn?«

»Mein Ernst hat sich immer noch nicht gemeldet, und ich kriege langsam Angst, weil ich kein Geld mehr habe und meine Kinder hungern, ich weiß mir keinen anderen Rat, als seinen Bruder, den Adam Eschelsen, zu fragen, ob der was gehört hat.« Sie spulte all das in beträchtlicher Geschwindigkeit herunter, und Hansen hörte ihre Angst und Not heraus.

Im ersten Augenblick wollte er ablehnen. Private Gespräche durften von den Fernsprechern im Amt prinzipiell nicht geführt werden. Dann fiel ihm ein, dass die Frage, wo Ernst Eschelsen abgeblieben war, zu Groterjans Liste unerledigter Fragen gehörte. »Wo ist denn Adam Eschelsen zu finden? Wie kann man ihn erreichen?«

»Ganz einfach«, antwortete Frau Eschelsen siegesgewiss. »Er ist in Kiel bei der Post- und Telegraphengesellschaft angestellt.«

»Sagten Sie nicht, Ernst sei nach Süden gereist, um eine Stelle zu finden?«

Frau Eschelsen nickte fest. »Eben. Warum nicht in Kiel?«

Sie wusste offenbar nicht, wo Kiel lag. Aber es hatte keinen Sinn, ihr das zu erklären. Hansen lag auch die Frage auf der Zunge, ob ihr Mann sich nicht einfach abgesetzt haben könnte, um den Geldsorgen der Familie zu entgehen. Aber das wäre zu grausam gewesen. »Gut, ich werde sehen, was ich tun kann.«

Frau Eschelsen erhob sich bedächtig, stützte die Fäuste auf den Tisch und sah sich begehrlich um. »Schön haben Sie es hier. Manche Leute haben im Leben einfach Glück, nicht?«

Hansen antwortete nicht, schob aber die Wohnzimmertür unmissverständlich weiter auf. Widerwillig verließ Frau Eschelsen den Tisch in der Raummitte, streifte unnötig eng an Hansen entlang und schritt mit betonten Hüftbewegungen, die sie vielleicht für elegant oder gar einladend hielt, zur Haustür. Hansen sah ihr nach. Jorke hätte nüchtern geurteilt, sie wackele mit dem Po, um auf Männer aufreizend zu wirken.

In der offenen Haustür blieb sie stehen und spähte in alle Richtungen, als ob sie auf jemanden warte. Einen winzigen Augenblick lang hatte Hansen die Vision, ein Mann käme die Straße herunter, um Frau Eschelsen den Arm zu bieten und mit ihr davonzuspazieren.

Hansen setzte sich wieder aufs Sofa und ließ den Teddybären auf seinen Knien hopsen. Statt nur um Lars kreisten seine Gedanken jetzt auch um Ernst Eschelsen. Zwei Männer, die schon einige Zeit nicht auffindbar waren, genauer gesagt seit der Biike. Gab es noch mehr, was sie miteinander verband? Hansen kam zu dem Schluss, dass den Bahnangestellten und den Deicharbeiter wenig verband.

Viel Gemeinsames gab es dagegen zwischen den drei Deichbauern Ernst Eschelsen, Gerlich Hinrichsen und Heinrich Sörensen. Alle drei hätten, im Gegensatz zu Lars, die Möglichkeit gehabt, einen Toten nach Langeneß zu schmuggeln. Und Tade, hatte der doch etwas damit zu tun?

Er würde sich zunächst auf die drei Ersten konzentrieren.

Die dumpfen Schläge, die Hansen am nächsten Morgen weckten, brachten sofort die Erinnerung an Hämmer, Klöpfel und Hacken zurück und dass er Heinrich danach fragen wollte.

Aus dem Fenster sah er, dass Heinrich in seinem Garten einen Pfahl einschlug, mit dem er einen jungen Pflaumenbaum stützen wollte. Sisalschnur und Messer lagen neben ihm.

Hansen beeilte sich mit dem Anziehen und rannte dann die Treppe hinunter. Sein Nachbar befestigte gerade mit Achterschlingen den Baum am Pfahl. »Moin«, rief er ihm zu.

Heinrich grüßte gutgelaunt zurück. Ein Schwall Schnapsatem traf Hansen.

»Wird er in diesem Jahr schon tragen?«, fragte der Deichbauinspektor. »Wenn ja, kann ich von meiner Seite gleich miternten, so nah, wie er am Zaun steht.«

Heinrich unterbrach seine Arbeit nicht. »Du bist herzlich eingeladen. Mit viel Glück im nächsten, wahrscheinlich eher im übernächsten Jahr. Aber das macht nichts, ich bin geduldig.«

Hansen lachte. »Zumindest mit Bäumen, wenn du es sagst.« Er erhielt für seine als Spaß gemeinte Bemerkung einen eisigen Blick.

»Wolltest du was?«

So gut gelaunt war Heinrich offenbar doch nicht. Hansen beschloss, sofort zur Sache zu kommen. »Musstest du eigentlich neulich Werkzeug mitnehmen, um die Faschinen sachgerecht in die Biike einzubauen?«

»Ich hatte jedenfalls Werkzeug dabei. Ich arbeite sorgfältig, wie du weißt. Dass die Halligleute die Biike lieber selber fertigmachen, konnte ich ja nicht wissen. Warum fragst du?«

Hansen grunzte laut und böse. »Dieser Groterjan klemmt mir mit seinem Bericht im Nacken wie ein Affe. Aus meiner Sicht sind seine Fragen völlig unerheblich, aber seitdem er Direktor geworden ist …«

»Verstehe.«

»Weißt du eigentlich, dass der Major schon wieder hier war?«

Heinrich grinste dreckig. »Den rieche ich schon von weitem. Und mich wird er nicht los.«

Hansen wunderte sich über den Sprachgebrauch. Sollte das bedeuten, dass Heinrich an Groterjans Besuchen beteiligt war? »Warum geht er eigentlich in Uniform zu diesen Frauen? Ich dachte, so etwas ginge sehr heimlich vor sich.«

Heinrich legte die Hände auf den Pfahl, stützte das Kinn darauf und lachte schallend. »Nicht mehreren Frauen, einer Frau! Da sieht man mal, was ein Beamter vom Leben versteht! Ich organisiere die Treffen zwischen Groterjan und seiner Braut schon so, dass es unverfänglich ist. Die Uniform ist seine beste Tarnung.«

»Ach so«, sagte Hansen dümmlich, um nicht zu erkennen zu geben, dass er inzwischen so etwas geahnt hatte. Allerdings nicht, dass Heinrich freimütig erzählen würde, dass er die Treffen organisierte. Wer die Frau war, würde ihn auch interessieren. So ganz nebenbei, denn Jorke würde ihn fragen.

Einen Adam Eschelsen gab es im Kieler Telegraphenamt tatsächlich. Hansen gelang es nach einiger Zeit, ihn an die Sprechmuschel zu bekommen. Er hatte eine laute, quäkende Stimme, die unangenehm anzuhören war. Selbst Petersen, der an seinem Schreibtisch saß, spitzte befremdet die Ohren und hielt den Bleistift still.

Nein, Adam hatte schon lange nichts von seinem Bruder gehört, und nein, der war auch nicht bei ihm in Kiel gewesen. Aber er würde sich nicht wundern, wenn Ernst abgehauen wäre.

»Warum?«, fragte Hansen.

»Die Frau hat ihm doch Hörner aufgesetzt, kaum dass sie verheiratet waren«, blaffte Adam. »Und gucken Sie sich mal den Jungen an! Der ist nie und nimmer von meinem Bruder. Ernst ist so dunkel wie ich und das Weib auch. Ich hab's meinem Bruder gesagt, aber davon will der nichts wissen. So ein Dämlack!«

»Können Sie Frau Eschelsen denn raten, wo sie Ernst suchen soll?«

»Ach, Sie rufen für das Weib an? Hat die auch Sie um den Finger gewickelt? Ich dachte, Sie suchen Ernst dienstlich.«

»Ich suche ihn dienstlich«, erklärte Hansen würdevoll. Es war ihm ausgesprochen peinlich, sich im Beisein seines Vorgesetzten derart verteidigen zu müssen. »Es hätte ja sein können, dass Sie Frau Eschelsen um Ihres Neffen willen helfen wollen.«

»Dass er nicht mein Neffe ist, habe ich Ihnen ja gerade erklärt. Fräulein, Sie können die Verbindung trennen.«

Hansen hängte den Hörer mit einem Seufzer auf. »Ich gehe jetzt zur Bauverwaltung«, verkündete er düster.

»Du hast dir doch im Zusammenhang mit Frau Eschelsen nichts zuschulden kommen lassen, oder?«, forschte Petersen.

»Was meinst du?« Hansen machte eine verdrossene Miene, natürlich wusste er, was sein Vorgesetzter meinte.

»Na ja, du warst doch allein im Haus. Oder ist Nils schon aus der Klinik entlassen?«

»Glaubst du im Ernst, dass ich einen Aufpasser brauche!«, schnaubte Hansen. Er schüttelte sich. »Dieses Frauenzimmer ist eine grässliche Person. Sie hat's tatsächlich bei mir versucht. Ich war gar nicht darauf gefasst.«

»Das kann ich mir denken. Sei vorsichtig.«

»Bei der Bauverwaltung? Da gibt es keine Versuchungen, da kann mir nichts passieren«, sagte Hansen, der gerade seine Laune wiederfand. »Erhard Meier ist ein Mann, der seine Ärmelschoner wahrscheinlich noch am Feierabend trägt. Bestimmt hat er sie auch bei der Hochzeitszeremonie nicht abgelegt. Im Prinzip äußerst korrekt, er würde auch nach einem verlorengegangenen Bleistift suchen, bis er ihn findet – ungeachtet der Akten, die vielleicht darüber liegenbleiben.«

»Was heißt im Prinzip?«

»Na ja, am Tag der Biike hat er die Übersicht verloren. Die Arbeiter haben ihre Arbeit selber eingeteilt und auch für die Auszahlung der Gelder gesorgt. Nichts stimmte, aber alle waren zufrieden.«

Petersen entließ ihn mit einem Schmunzeln.

»Moin, Erhard.« Hansen setzte sich, ohne aufgefordert worden zu sein.

»Moin. Möchtest du nicht gleich dein Lager hier aufschlagen?«, fragte Meier pikiert.

»Wenn es nach dem Major ginge, sollte ich das wohl tun. Ich möchte wetten, er will wissen, ob die Arbeiter, die die Faschinen nach Langeneß begleitet haben, Werkzeug mithatten.«

»Nein, hatten sie nicht. Ich habe es ihnen extra untersagt. Groterjan hatte befohlen, dass sie die Faschinen am Holzstoß ablegen und dann unverzüglich zurückfahren.«

»Warum das denn?«

»Das hat er nicht begründet. Aber weißt du, was ich vermute?«

Hansen schüttelte erwartungsvoll den Kopf. Meier war begierig, seine Vermutung loszuwerden.

»Das Ganze war doch sowieso mit seinem Vorgesetzten nicht abgesprochen, obwohl der anwesend war. Eisenbahn aufhalten, Kutsche mieten und was nicht noch alles! Das verstößt doch gegen mindestens zehn Vorschriften. Groterjan hat das alles riskiert, um sich für seinen künftigen Aufstieg als schneidiger Offizier in höchste Ränge zu empfehlen. Mal ganz deutlich unter uns: Ich nehme an, dass er im letzten Augenblick kalte Füße bekam.«

»Inwiefern?«

»Hätten meine Männer am Aufbau des Holzstoßes mitgearbeitet, wären sie doch eingeladen worden, mitzufeiern, meinst du nicht?«

»Selbstverständlich.«

»Und wären die Nacht dort geblieben«, fuhr Meier triumphierend fort. »Wie hätte ich das verbuchen sollen?«

Hansen musste lachen. Typisch Meier. Für Groterjan gab es wahrscheinlich im Hinblick auf seine Karriere noch ganz andere Aspekte als Meiers Buchhaltung. »Markiert ihr euer Werkzeug eigentlich?«, fragte er harmlos.

»Aber sicher: Wir brennen jedem Stiel BHH ein, Bauhof Husum. Sonst wäre der Schwund wohl doch ziemlich groß.«

»Gab es eigentlich wieder Beschwerden über den etwas ramponierten Weg zwischen Fahretoft und dem Dammanfang?«

»Diesmal nicht, nein. Wenigstens das nicht.« Meier atmete erleichtert auf.

Hansen beschloss, noch am selben Tag nach Fahretoft zu fahren, um dort gleich zwei Fliegen mit einer Klappe zu schlagen. Er machte sich auf den Weg zum Bahnhof, wo er bestimmt eine Kutsche finden würde.

Neben sich hörte er hastige Schritte und sprang beiseite, bereit, sich gegen den vermeintlichen Angreifer zu verteidigen.

Es war Gerlich Hinrichsen. Er schnaufte laut und hatte vor erkennbarer Aufgeregtheit Hansens nervöse Reaktion gar nicht mitbekommen.

»Ich habe Ihnen neulich nicht alles erzählt«, bekannte er mit weit aufgerissenen Augen. »Aber jetzt, wo die Frau vom Ernst bei mir war …«

»Ja?«, ermunterte ihn Hansen.

»Die Frau Eschelsen fürchtet auch, dass Ernst was zugestoßen ist. Er ist schon so lange weg. Nicht dass die Liebe groß ist, aber sie braucht ihn …«

»Warum sagen Sie ›auch‹? Haben Sie die gleiche Befürchtung?«, fragte Hansen.

»Na ja«, druckste Hinrichsen herum. »Ich habe da was von einem Toten läuten hören … Ich habe Angst, es könnte Ernst sein. Wo er sich doch mit seinem Bruder Adam so am Fernsprechapparat verkracht hat. Er hat's mir erzählt, war immer noch fürchterlich aufgeregt.«

»Sie meinen also, Adam könnte Ernst getötet haben?«, fragte Hansen erstaunt. »Kennen Sie ihn denn?«

»Nein. Aber wer sollte es sonst gewesen sein?«

»Herr Hinrichsen, was auch immer mit Ernst ist, ich glaube, Adam kann man von jeglichem Verdacht freisprechen«, sagte Hansen entschieden. »Ich habe mich mit ihm auf Bitte von Frau Eschelsen unterhalten.«

»Wenn Sie meinen. Ich wollt's ja nur gemeldet haben.«

»Und Heinrich Sörensen?«, fragte Hansen ins Blaue hinein.

»Was ist mit dem?«, schnappte Gerlich. »Den habe ich seit Langeneß nicht gesehen.«

»Sie fürchteten sich neulich so vor ihm.«

Ohne Antwort trollte sich Gerlich so plötzlich, wie er aufgetaucht war. Hansen sah ihm verwundert hinterher. Gerlichs Verdacht gegenüber Adam hielt er aus dem Gefühl heraus für unwahrscheinlich, sein Schweigen in Bezug auf Heinrich hingegen für bemerkenswert.

Was ihn jedoch weit mehr beschäftigte, war die Frage, wer das Gerücht von einem Toten in Umlauf gebracht hatte.

Hansen setzte seinen Weg fort und winkte schon von weitem dem Kutscher. Der nickte, kam ihm entgegen und ließ ihn einsteigen. Auf dem harten Lederpolster widmete sich Hansen in Gedanken wieder den beiden Fliegen, die er zu schlagen hatte. Die erste war Tade Ketelsen, bei dem er sich die gefundene Hacke ansehen wollte.

Tade warf die eben gespaltenen Holzklötze in die Schiebkarre und lud Hansen ein, in die Bauhütte mitzukommen, wo jetzt zwei Hacken und eine Flinte neben der Tür standen. »Es war die ganze Zeit nichts los«, sagte Tade zufrieden, »da habe ich meine Hacke nicht ständig mit mir herumschleppen wollen. Keine verdächtigen Personen.«

»Und es gab auch keinen Ärger wegen des heruntergefahrenen Weges? Ich bin ja neulich selbst in den Graben gerutscht, als ich wegen des Regens kaum etwas sehen konnte.«

»Keinen«, beteuerte Ketelsen.

»Und meine private Sorge: Wollte kein Fremder auf die Hallig fahren?«

»Keiner. Vor ein paar Tagen ist Meier mit einem seiner neuen Arbeiter nach Oland gefahren, um Zimmermanns Haus mit den Nebengebäuden zu kontrollieren. Das war alles an Besuchern. Und die sind abends zurückgekommen.«

Hansen nickte erleichtert. »Beide Hacken sind als Eigentum des Bauhofs gekennzeichnet, oder?«

Tade zeigte auf den Brand. »Alles mit BHH. Wir sind ja eine Außenstelle von Husum.«

»Gut, dann mache ich mich jetzt auf nach Fahretoft, um mit Honke Callsen zu sprechen. Eine Erklärung und ein bisschen Beschwichtigung für den beschädigten Weg kann nicht schaden.« Diese zweite Fliege hatte zwar nichts mit dem Mord zu tun, aber ein wenig Ablenkung konnte Hansen durchaus gebrauchen.

Unterwegs überlegte er sich, wie er das Gespräch mit Callsen am geschicktesten anfangen sollte. Denn auch wenn Berlin während des Dammbaus die Verantwortung getragen hatte, war doch das Wasserbauamt in Husum für die lokalen Vorkommnisse zuständig, wie Auskolkung, Deichbruch oder einen beschädigten Weg. Selbst für Fehler in der Planung, die nicht bei ihnen gelegen hatte, würden sie geradestehen müssen.

Callsen besaß den größten Hof auf der Gabrielswarft, ein Wohnhaus mit im rechten Winkel angebautem Stall. Vor der Stalltür an der kurzen Seite dampfte der recht hohe Misthaufen, auf den Hansen im Vorbeigehen einen Blick warf: Kuhdung. Der Hof war aber groß genug, um ein oder zwei Pferde zu ernähren, passend zu dem Leiterwagen vor dem Stall.

Besonders ordentlich schien Callsen allerdings nicht zu sein. Überall standen oder lagen Gerätschaften herum. Hansen steuerte auf den breitbeinig und mit den Fäusten in den Hüften dastehenden Hofbesitzer zu, der ihn augenscheinlich schon erwartete.

Callsen war noch etwas größer als Hansen und doppelt so breit. Hansen wunderte sich, dass der Mann so angriffslustig wirkte, war doch bisher keine Beschwerde über den Weg eingegangen.

Ohne jede Verbindlichkeit blaffte Callsen: »Was wollen Sie denn?«

»Hansen, vom Wasserbauamt in Husum. Ich möchte mich erkundigen, ob Sie Unannehmlichkeiten durch den neulich verstärkten Wagenverkehr auf dem Weg zur Lütten Jenswarft hatten. Es täte uns leid.«

»Nein.« Callsen breitete seine massigen Arme aus, als wollte er Hansen den weiteren Weg zum Haus versperren.

Unhöflicher Kerl! Während Hansen ihn fixierte, bemerkte er, dass hinter Callsen eine schmale Rauchsäule aufstieg, die nicht aus dem Schornstein kam. Sie verwehte über dem Kopf des Bauern, und im selben Augenblick erschnupperte Hansen, dass hier geräuchert wurde. Wurst oder Schinken, denn gefischt wurde in der Marsch nicht. Hunger machte sich in seinem Magen bemerkbar.

»Hören Sie, wir beschweren uns nicht, wir brauchen nichts von Ihnen, also gehen Sie.«

Callsen musste eine Menge Ärger mit der Bauverwaltung gehabt haben, dass er so unfreundlich war. Hansen überdachte, ob er ihn irgendwie besänftigen könnte, als seine Gedanken irritiert abschweiften. Wieso räucherte jemand zu dieser Jahreszeit. Hatte er jetzt, im März, geschlachtet? Sehr unüblich. Ihm fiel ein, was Redlef Eriksen ihm erzählt hatte.

»Na, was ist?«, rief Callsen erzürnt. »Muss ich Sie eigenhändig vom Hof tragen?«

In diesem Augenblick trat ein junges Mädchen aus dem Haus, vermutlich eine Magd. In den Händen trug sie ein Brett, auf dem Fleischpäckchen lagen, eingeschnürt wie gemarlt. Hansen schmunzelte in sich hinein. Noch eine Art, den Marlschlag zu verwenden: außer für Segel und Faschinen auch für Schinken.

Die Magd blickte nicht auf, sie hatte damit zu tun, den Fleischberg auszubalancieren, die Zunge im Mundwinkel. »Dies sind die Letzten, Honke«, sagte sie unterwürfig, während sie auf den Räucherofen zusteuerte.

»Verdammichnochmal!«, fluchte Callsen. »Könnt ihr Weiber nicht gucken, bevor ihr auf den Hofplatz kommt?«

Das Mädchen sah so hastig hoch, dass einige Fleischpäckchen vom Brett rutschten. Callsen rührte keinen Finger, um ihr zu helfen, aber Hansen sprang hinzu. Von Nahem erkannte er, wie verhärmt und ängstlich das Mädchen aussah, dabei war sie bestimmt nicht älter als sechzehn oder siebzehn Jahre.

Hansen fühlte einen harten Griff um seinen Oberarm und wurde abrupt auf die Füße gezerrt. »Und jetzt hauen Sie ab. Sie merken doch, dass Sie hier nicht erwünscht sind!«, gauzte Callsen.

Ja, das merkte Hansen und wunderte sich. Callsens Benehmen war zu extrem, als dass es sich mit den Straßenschäden erklären ließe. Kurz bevor Hansen die Ack erreichte, fielen ihm ein Spaten und eine Axt auf, die nebeneinanderstanden, als ob sie zusammen benutzt worden wären. Der Axtstiel bestand aus frischem, hellem Holz, und das schwarze Brandzeichen BHH stach Hansen ins Auge. Mit einem raschen Blick überzeugte er sich, dass der Spaten ebenfalls aus dem Bauhof stammte.

Klaute Callsen Werkzeuge? Oder hatte Heinrich seine hier untergestellt?

Kapitel 22

Hansen kehrte um. Honke Callsen stand noch da wie vorher, die Magd kniete blind vor Tränen auf dem Boden und tastete laut schluchzend nach den Fleischpäckchen, die ihr immer wieder vom Brett rollten.

Hansen zeigte auf die Werkzeuge der Bauverwaltung. »Wie kommt es, dass die hier stehen? Die gehören Ihnen nicht.«

Callsen zuckte gleichgültig mit den Schultern. »Irgendwann aufgesammelt. Die Arbeiter aus Husum sind schlampig.«

Was man von dem umsichtigen Heinrich eigentlich nicht sagen konnte, wie Hansen wusste. Dennoch hatte Tade die kurze Hacke am Deich gefunden. Eile oder Schlampigkeit? Callsens Antwort bot leider keinen Angriffspunkt. »Jagen Sie?«

»Sicher. Wie jedermann.«

»Wer ist denn jetzt im März in der Marsch unterwegs, um Hasen zu jagen?«

Wieder ein Schulterzucken.

Die Magd war endlich fertig mit dem Aufsammeln der Räucherstücke und wollte sie in ihrer Verzweiflung offenbar zurück ins Haus tragen.

Callsen, der sie die ganze Zeit im Auge behalten hatte, war in Blitzgeschwindigkeit neben ihr und gab ihr eine schallende Ohrfeige. »In den Rauch damit«, brüllte er voller Jähzorn, während das Fleisch über den Hof rollte.

Erneut begann die nun laut heulende Magd, die Päckchen aufzusammeln, während Callsen zu Hansen zurückschlurfte.

»Misshandeln Sie immer die Ihnen anvertrauten jungen Mädchen?« Hansen war unendlich erbost, bemühte sich aber, es sich nicht anmerken zu lassen. »Ich glaube, dass Sie den Journalisten Nils Nordmann niedergeschlagen und auf mich geschossen haben. Und Sie können sicher sein, dass ich es herausbekomme.«

Callsen lachte so behäbig, dass seine gelb-schwarz gestreifte Weste bebte, und verschränkte die dalbendicken Arme vor der Brust. »Sie? Sie können ja nicht mal den Besitzer eines harmlosen Manschettenknopfes finden. Sie sind ein Aufschneider, Herr Wasserbauer!«

Die Unverfrorenheit dieses Mannes verschlug Hansen die Sprache. »Wir sprechen uns noch«, sagte er warnend und verließ endgültig den Hof.

Ein in den Augen von Callsen erbärmlicher Abgang, das war ihm klar. Das Gelächter des Mannes verfolgte ihn noch, als er schon den Weg erreicht hatte.

Hansen war unversehens aufgegangen, dass Callsen Dinge wusste, von denen er keine Ahnung haben konnte. Es war kaum möglich, dass der Bauer irgendwann ihre häuslichen Diskussionen belauscht hatte. Und von Petersen oder Zimmermann konnte er es auch nicht wissen. Die außerordentlich unangenehme Schlussfolgerung lautete, dass im Krankenzimmer jemand zugegen gewesen sein musste, der alles, was Hansen dem bewusstlosen Nils in tiefer Niedergeschlagenheit berichtet hatte, an Callsen weitererzählt hatte. Hansen war selber schuld. Er hätte sich ohrfeigen mögen.

Ihn tröstete nicht einmal der Umstand, dass ein Bauer ihn auf seinem Wagen nach Langenhorn mitnahm, wo er in die Marschbahn steigen konnte. Die ganze Fahrt über grübelte er nach, was er alles preisgegeben hatte und was Callsen infolgedessen wissen konnte.

»Ich sage doch, dass du dir hier ein Bett aufschlagen sollst«, schimpfte Erhard Meier, als Hansen in sein Kontor stürmte. »Was willst du denn jetzt schon wieder? Ehrlich gesagt, störst du mich bei der Arbeit.«

»Ich weiß«, sagte Hansen ungerührt. »Du hast mir doch vor einiger Zeit erzählt, dass Honke Callsen sich wegen des beschädigten Weges anhaltend beschwert hat.«

Meier grummelte Zustimmung.

»Weißt du auch, dass er Werkzeuge der Bauverwaltung auf seinem Hof stehen hat?«

»Callsen? Nein, weiß ich nicht.«

»Dann hat er nie am Damm gearbeitet?«

»Nein.«

»Hat Honke Callsen möglicherweise etwas mit Heinrich Sörensen zu tun?«

»Viel. Sie sind Vettern, die häufig zusammenglucken. Auf Jagd vor allem.«

»Vettern!«, stieß Hansen aus. Das erklärte einiges.

»Was sollen deine merkwürdigen Fragen? Unsere Werkzeuge werde ich von Tade abholen lassen. Callsen muss sie gefunden haben. Es gehen schon mal welche verloren.«

»Ja, gut«, sagte Hansen und stand auf, ohne Meiers Frage zu beantworten. »Das war alles.«

»Danke für die Mitteilung.«

Im Wasserbauamt angekommen, eilte Hansen sofort die Treppe hoch, um mit Petersen zu sprechen. Die Verwandtschaft von Heinrich und Callsen eröffnete plötzlich Zusammenhänge, an die bisher nicht zu denken gewesen war. Ganz abgesehen vom Schinkenräuchern zur falschen Jahreszeit.

Petersen hatte das Gesicht in die Hände gestützt, als Hansen in sein Büro stürmte. Abrupt hob er den Kopf und sah seinen Mitarbeiter derart niedergeschlagen an, dass dessen Herz heftig zu klopfen begann.

»Was ist passiert?«, fragte Hansen bestürzt.

»Groterjan setzt alle Hebel in Bewegung, um deine Entlassung einzuleiten. Frau Liselotte Herrmann hat angerufen, um dich zu warnen.«

»Woher glaubt sie das zu wissen?« Hansen war nicht überzeugt.

»Sie hat ihre eigenen Quellen im Ministerium, wie sie sagt. Sie setzt ihre ganze Hoffnung darauf, dass wir, schon aus eigenem Interesse, den Fall lückenlos aufklären und damit auch nachweisen können, dass der Tote nichts mit der Strohpuppe zu tun hat. Die Suspendierung ihres Mannes müsste danach wohl wegen erwiesener Unschuld aufgehoben werden, und sie hofft, dass es auch dir hilft.«

»Tja. Wenn das so einfach wäre ...«

»Frau Liselotte bleibt übrigens endgültig bei ihrem Mann. In dieser Situation lässt sie ihn nicht allein. Das möchtest du Jorke mitteilen.«

Hansen lächelte trübe. »Jorke würde mich auch nicht alleinlassen. Wir könnten uns auf ihren Hof zurückziehen, und ich würde Bauer auf Langeneß.«

»Auf keinen Fall wirst du das tun. Ich vermute, dass es dir nicht liegt, Pfähle einzuschlagen und Kuhklauen zu beschneiden. Bist du weitergekommen?«

Hansens angespannte Züge lockerten sich. »Ich glaube, ja. Ich war heute auf dem Hof von Callsen in Fahretoft, um ihn wegen des erneut schlechten Straßenzustandes zu beruhigen. Das interessierte ihn aber gar nicht. Er war vielmehr hochgradig nervös, als ich kam, weil er gerade seinen Räucherofen in Betrieb hatte, der mit einer großen Menge Schinken bestückt werden sollte. Seine Magd hat er grob beschimpft und misshandelt, weil sie nicht darauf geachtet hat, dass Besuch auf dem Hof war.«

»Aber warum? Wenn er ein oder auch zehn Jungschweine räuchert, ist das doch seine Sache.«

»Ja, aber so dämlich ist wirklich kein Bauer. Jetzt im Frühjahr, wo allmählich immer mehr Futter zur Verfügung steht. Nein, Callsen muss Fleisch in größeren Mengen von außerhalb erhalten haben und ist jetzt anscheinend dabei, es zu verarbeiten. Er wusste, dass ich auf der Suche nach einem Schwein bin, und hatte offensichtlich Angst, dass ich meine Schlüsse ziehen würde.«

»Woher wusste er das?«

Hansen knirschte beinahe mit den Zähnen. »Eine Indiskretion. Übrigens sind Callsen und mein Nachbar Heinrich Vettern.«

»Sollte deine Andeutung stimmen, hätte Heinrich das Schwein in Lars' Abwesenheit geschlachtet und zerlegt, und sein Vetter verarbeitet es. Lebendig konnte Heinrich es ja nicht nach Fahretoft schaffen.«

»Genau so. In sich ist das alles bestürzend logisch und erklärbar …«

Petersen sah Hansen prüfend an. »Aber? Was ist mit dieser Indiskretion?«

»Mir ist ein riesiger Fehler passiert. Ich habe Nils während seiner Bewusstlosigkeit haarklein erzählt, wie weit ich gekommen war. Bei solchen Verletzungen soll es hilfreich sein, mit dem Kranken zu reden, hat mir Jorke mal erzählt – über das, was ihn am meisten interessiert, dachte ich. Einer der vermeintlich Schwerkranken, der Verbindungen zu Callsen haben muss, hat wohl mitgehört. Vielleicht ein Nachbar. Wahrscheinlich weiß Callsen bis aufs i-Tüpfelchen alles über unseren damaligen Kenntnisstand. Und damit auch Heinrich.«

Als Petersen sich nicht äußerte, stemmte Hansen sich mühsam wie ein alter Mann in die Höhe. »Ich mache dann mal weiter«, murmelte er resigniert und ging.

Zu allem anderen musste Hansen sich jetzt noch um seine Verteidigung kümmern. Den Fall aufzuklären wäre zwar hilfreich, aber das brauchte Zeit, und er war ja ohnehin ganztägig damit befasst.

Er beschloss daher, zum Gegenangriff überzugehen. Er musste unbedingt erfahren, wer die Frau war, an der Groterjan so sklavisch hing, dass er wegen ihr öfter die mühselige Reise von Berlin nach Husum auf sich nahm. Vielleicht ließe sich damit etwas anfangen. Einen Skandal würde der Major nicht überleben. Nils würde einen Artikel darüber in Berlin mit Kusshand loswerden, und das würde Groterjan wissen.

Informationen über die Frau konnte Hansen nur von Heinrich erhalten. Während er auf dem Weg zu dessen Haus war, überlegte er erneut, was er Nils alles erzählt hatte. Oder vielmehr, was er nicht erzählt hatte. Dazu gehörte vor allem das Blut im Verschlag der Protestsau, das hatte er erst später entdeckt. Heinrich wusste davon nichts. Einstweilen galt das Schwein also nur als verschwunden.

Die Pforte zu Heinrichs Garten war geschlossen, aus dem Haus drang kein Laut, und was er schon befürchtet hatte, bewahrheitete sich: Heinrich war nicht zu Hause. Hansens letzte Hoffnung war, dass sein Nachbar hinter dem Haus im Garten arbeitete.

Doch dort war niemand, nur schütteres Gras auf einem Gelände, das völlig unbearbeitet war, obwohl Heinrich hier weder Hühner noch Gänse zog. Am kleinen Anbau, dem Pumpenhaus, stand ein alter Handwagen, der Hansens Neugier weckte. So einen könnten sie in diesem Sommer schon für Agge gebrauchen.

In dem hier wurden allerdings keine Kinder auf eine Lustfahrt mitgenommen. Dunkle Flecken und vertrocknete Fasern, die an den Holzstäben klebten, rissen Hansen schnell aus seinen Gedanken an Agge heraus. Er bückte sich und schnüffelte. Er roch nichts, aber er zweifelte nicht daran, dass es sich um Blut und Fleischklümpchen handelte.

Ein weiterer kleiner Beweis für seinen Verdacht gegen Heinrich als Schweinedieb. Offenbar hatte sein Nachbar die zerlegte Sau im Handwagen nach Fahretoft gezogen, ohne die Hilfe des Leiterwagens von Vetter Callsen. Anscheinend war die Schlachtung eine spontane Tat gewesen.

Hansen beeilte sich, Heinrichs Garten zu verlassen, auch wenn er seine Anwesenheit hätte erklären können. Er achtete sogar darauf, dass keine Passanten in der Nähe waren, als er in sein eigenes Haus schlüpfte.

Im Flur wurde er sich bewusst, dass er sich reichlich merkwürdig benahm.

Hansen behielt Heinrichs Haus im Auge und sah abends endlich Licht in dessen Küche. Er fuhr schnell in die Holzpantinen und lief hinüber.

Heinrich war beim Abendessen und hatte schon ein Quantum Bier aus einem deckellosen Holzkrug konsumiert. Umso besser, dachte Hansen.

»Willst du?«, fragte Heinrich und deutete auf den Krug.

»Gerne, hab ja Feierabend«, sagte Hansen herzlich. Schließlich sollte sein Besuch als völlig privat durchgehen. Nach dem Zuprosten und dem ersten Schluck wagte er einen Vorstoß. »Dieser Groterjan ist ja ein mächtig hartnäckiger Bursche, er sitzt meinem Chef und mir immer noch im Nacken. Er ist dabei, Karriere in höchste Ämter zu machen, und will anscheinend bald wiederkommen, um uns zu schikanieren.« Das war ein Schuss ins Blaue.

Heinrich grinste wissend. »Übermorgen.«

»Uns hat er nicht informiert«, versetzte Hansen erbost. »Will uns wohl überraschen. So ein hinterhältiger …«

»Arsch«, ergänzte Heinrich grob, als Hansen das passende Wort fehlte.

»Nun ja«, stimmte Hansen zu, selbst erschrocken, auf was er sich einlassen musste, um an seine Informationen zu kommen. »Hoffentlich verläuft sein Treffen mit der Frau …«

»Hure«, verbesserte ihn Heinrich mit einer genüsslichen Grimasse.

»Also gut. Ich hoffe, die Hure erfüllt alle seine Wünsche, damit er gute Laune hat.«

»Das macht sie«, erklärte Heinrich überlegen. »Du würdest dich wundern, wie sie im Dienst …«, er kicherte so ausgelassen, dass er sich verschluckte, »aussieht, wenn du ihr schon mal bei Tag begegnet bist.«

»Tatsächlich? Wie denn?«, fragte Hansen in der Hoffnung, noch mehr zu erfahren.

Heinrich drohte ihm scherzhaft und etwas trunken mit dem Finger. »Nein, nein, Hansen, so schnell überlistest du mich nicht. Das Weib ist meine Angelegenheit, kümmere du dich um Schweine.«

Hansen versteinerte für einen Augenblick. Hatte er mit Heinrich je über seine Suche nach dem Protestschwein gesprochen? Er war eigentlich sicher, dass er es nicht getan hatte, schon um Heinrich nicht zu reizen. Die Information musste von Callsen stammen. »Hat keinen Sinn«, sagte er, ohne sich seinen Verdacht anmerken zu lassen. »Lars wird seine Sau abschreiben müssen. Die wurde bestimmt gestohlen, meinst du nicht?«

»Klar! Und zwar von einem renitenten Dänen, der sich einen Höllenspaß daraus macht, uns und unsere Regierung zu verhöhnen, obwohl er hier von unserem Geld lebt, verflucht noch mal!« Heinrich schüttete in seinem Ärger einen halben Becher Bier hinunter und goss sich gleich aus dem Krug nach.

Hansen nippte an seinem Becher und umging damit eine Antwort. Er überlegte, wie er sich am besten davonstehlen könnte. In diesem reizbaren Zustand war mit Heinrich nicht gut Kirschen essen. In dem Moment entdeckte Hansen, dass ihm der Zufall entgegenkam. »Brennt bei dir was an?«, fragte er mit geblähten Nüstern.

»Nö, wieso?«

»Es riecht danach«, rief Hansen hinter Heinrich her, der bereits in die Küche taumelte. An diesem Abend war er wirklich kanonendun.

Als Heinrich nach geraumer Zeit zurückkam, sagte er nur: »Heringe. Hatte vergessen, dass sie in der Pfanne braten.« Dann spähte er in den Krug und schüttelte ihn. »Leer. Warum bist du eigentlich gekommen? Wolltest du was?«

»Kleiner Nachbarschaftsbesuch«, erklärte Hansen hochgestimmt, weil es ihm erfolgreich gelungen war, sein Anliegen zu verschleiern. »Ich bin allein. Jorke ist doch auf Langeneß ...«

»Und der junge Mann?«

»Nils. Der ist noch in der Klinik. Aber es geht aufwärts mit ihm.«

»Ihr könnt ja gelegentlich beide rüberkommen, wenn er wieder raus ist.«

Das verstand Hansen als Verabschiedung. Er schob seinen Becher zurück. »Machen wir. Na, dann will ich mal …«

Heinrich nickte träge und blieb sitzen, als Hansen die Küche verließ.

Er war mit sich zufrieden. Zwei Informationen hatte er bekommen. Groterjan kam übermorgen und wollte ganz sicher am selben Abend zu seiner Geliebten, erstens. Zweitens, die Frau war offenbar ein unscheinbares Gänschen, verstand es aber, sich herauszuputzen.

Gegen Mittag des übernächsten Tages tauchte Nils überraschend im Wasserbauamt auf. Er war aus der Klinik entlassen worden und bat Hansen um den Hausschlüssel, falls er bei ihm noch willkommen sei. Selbstverständlich war er das. Hansen ging gleich mit, er hatte noch einen Besuch zu machen.

Nils hatte sich gut erholt. Sein Gedächtnis war vollkommen zurückgekehrt, und keinerlei Schwindelgefühl behinderte ihn. Er habe großes Glück gehabt, hatte ihm Doktor Nielsen erklärt. Bei der Schwere seiner Verletzungen hätte es auch ganz anders ausgehen können. »Man kann wohl von einem Mordversuch ausgehen«, beendete er seinen Bericht. »Für eine Anzeige müsste ich nur eben wissen, wer es war.«

»Ich habe einen Verdacht«, berichtete Hansen. »Honke Callsen in Fahretoft. Der steckt tief in der Sache drin. Er ist ein Vetter von Heinrich, von dem ich Stück für Stück herausbekommen habe, dass er praktisch an allem beteiligt war, was sich zwischen Husum und der Hallig abgespielt hat.«

»In meinem Zimmer lag einer aus Fahretoft. Er wurde vor mir entlassen.«

Hansen seufzte und erzählte von dem Schnitzer, der ihm unterlaufen war.

»Alles gut und schön«, sagte Nils energisch. »Aber dieser Callsen kann ja nicht schon vorher gewusst haben, dass ich dich bei der Suche nach einem Mörder unterstütze. Ich muss für ihn ein völlig fremder Spaziergänger mit Block und Bleistift in der Hand gewesen sein. Da hätte er doch eher angenommen, dass ich ein Künstler bin wie die vielen, die hier rumlaufen, um das beschauliche Leben der Friesen zu malen.«

»Da hast du nicht unrecht.«

»Ich war immer der Meinung und bin es noch, dass mir jemand von Husum nach Fahretoft gefolgt ist.«

»Deiner Kutsche mit seiner Kutsche?« Hansen zog eine zweifelnde Grimasse.

Nils kratzte sich am Kopf und ließ die Hand sofort sinken. »Au. Ja, stimmt auch wieder. Daran habe ich nicht gedacht.«

»Es gäbe noch eine Möglichkeit, und zwar, dass wir in unserem Haus belauscht worden sind. Ich hatte manchmal das Gefühl, dass da draußen bei Dunkelheit jemand rumlungert. Wenn wir beim Abendessen lebhaft diskutieren, kann man uns wahrscheinlich sogar bei geschlossenen Fenstern reden hören.«

»Ich weiß noch, dass es den grooten Hans gab, als ich beschloss, nach Fahretoft zu fahren. Das ist mein Lieblingsgericht.«

»Das muss der Lauscher mitbekommen haben. Er oder einer, den er beauftragt hat, ist dir nicht nach Fahretoft gefolgt, sondern hat dich dort erwartet.«

»Klingt plausibel.«

»Und in derselben Nacht hat Jorke mich geweckt, weil in Lars' Haus Licht brannte. Irgendjemand treibt sich nachts hier herum«, sagte Hansen aufgebracht. »Womöglich jemand, der lauscht und stiehlt.«

»Da müsste man drüber nachdenken«, schlug Nils vor. »Guck mal, das Plakat vom Biikefeuer hängt immer noch.«

Von der Litfaßsäule aus war Hansens Haus schon zu sehen. Auch von weitem wirkten die Häuser von Heinrich und Lars unbewohnt. Erk werkelte an seinem Gartenzaun. Komisch, dass man es den Häusern ansieht, dass niemand drin ist, dachte Hansen und schloss die Tür auf. »Wenigstens bei Tage sucht uns niemand heim. Mach es dir gemütlich, Nils. Ich will gerade nur den Brief lesen, der heute gekommen ist, dann mache ich uns etwas zu essen.«

Die Nachricht war in Druckbuchstaben geschrieben und ohne Anrede. *»Ich habe gehört, dass Du nach einem Mörder von der Hallig suchst«*, las Hansen. *»Es heißt bei uns: Enhve So tys best um sin ejn Griis.*[3] *Du bist deshalb ein Idiot, unter den Deutschen nach dem Kerl zu forschen.* Lars Ebsen ist *mit einem Begleiter* auf der Hallig gewesen. *Lars wurde nach der Rückkehr von der Hallig in Lübeck gesehen, aber sein Begleiter, ein Freund von mir, ist spurlos verschwunden. Ich hatte schwer dabei und finden es raus.*[4] *Aber es stimmt.«*

»Du liebe Zeit«, murmelte Hansen ratlos und drehte den Umschlag um. Aber natürlich schrieb ein anonymer Infor-

3 Plattdänisch: Jede Sau hält am meisten von ihren eigenen Ferkeln (falsche Orthographie).

4 Sprachgebrauch von der deutsch-dänischen Grenze.

mant seinen Namen nicht auf die Rückseite. Er ging ins Wohnzimmer. »Nils, lies mal bitte und sag, was du davon hältst.«

Eine Weile studierte Nils das Schreiben gründlich, ohne sich zu äußern. »Merkwürdig«, befand er schließlich. »Vor allem die Sprache. Ist die wirklich von hier?«

»Ich bin nicht sicher. Sie kommt mir seltsam vor. Ich werde Gerda vom Dänischen Verein fragen. Was mich mehr beschäftigt, ist, dass wir es ja wirklich mit zwei verschwundenen Personen zu tun haben. Der Schreiber weiß, dass wir Lars suchen, und der andere, von dem er redet, könnte Ernst Eschelsen sein. Demnach hätte Lars Ernst ermordet und wäre nun flüchtig. Selbst das Protestschwein und das nächtliche Licht würden in diese Geschichte passen.«

Nils hörte aufmerksam zu. »Aber?«

»Ich kann es nicht glauben.«

»Das ist natürlich keine in unserem Rechtssystem zugelassene Begründung.«

»Ich weiß. Im Augenblick plagen mich sowieso andere Sorgen. Ich erzähle es dir nach dem Essen.«

»Ich muss heute Nachmittag einen Besuch bei Ernst Eschelsens Frau machen«, stöhnte Hansen nach der Mahlzeit, die aus vier Spiegeleiern für jeden und Brot bestand. »Diese Frau wirkt schlampig und primitiv und versucht anscheinend trotzdem, ihren Charme über jedes Mannsbild auszuschütten, das ihr begegnet.«

»Soll ich mitgehen? Ich habe schon lange nichts Erheiterndes mehr erlebt.« Nils schien begierig zu sein, wie ein Kind auf ein Bonbon.

»Warum nicht?«, sagte Hansen belustigt. »Wir werden uns gegenseitig beschützen.«

An diesem Tag machte Frau Eschelsen einen etwas seriöseren Eindruck, zumindest war sie frisiert, der Haarknoten war ordentlich befestigt, und ihr Gesicht sah sauber aus. Die Schürze hingegen war noch schmutziger als neulich.

»Ach, der liebe Herr Hansen«, rief sie emphatisch, bevor sie Nils hinter Hansen entdeckte. Dann musterte sie Nils wie ein potentielles neues Opfer, die Lippen zu einem schmalen, unzufriedenen Strich zusammengekniffen.

Wie bei seinem ersten Besuch beabsichtigte sie offenbar nicht, Hansen hereinzulassen. Nils und er blieben vor der Tür im verdreckten Flur stehen, wo der Mörtel von den Steinen bröckelte und die wenige Farbe, die noch an der Wand haftete, Kritzeleien der Gosse aufwies.

»Ich habe mit Adam telefoniert«, berichtete Hansen, der sich am liebsten die Nase zugehalten hätte, weil der beißende Uringestank kaum zu ertragen war.

»Und, was weiß er von meinem Ernst?«, fragte sie und blinzelte Nils verschwörerisch lächelnd zu.

»Nichts.«

»Nichts? Zur Hölle mit Ihnen! Und dann kommen Sie her und stören mich beim Ankleiden?«, rief sie, wobei ihr schelmisches Gehabe unvermittelt in Wut umschlug.

»Ich habe Ihnen den Anruf versprochen und war Ihnen die Antwort schuldig. Guten Tag, Frau Eschelsen.« Hansen drehte sich so abrupt um, dass er mit Nils zusammenstieß. Er schob ihn Richtung Haustür.

»Meine Güte, der möchte man ja nicht ein zweites Mal begegnen«, sagte Nils auf der Gasse und stieß Luft aus, als hätte er lange den Atem angehalten.

»Für mich war es schon das dritte Mal. Ich vermute fast, dass sie mich in die Wohnung gebeten hätte, wenn du nicht dabei gewesen wärst.«

»Glaube ich nicht«, widersprach Nils. »Ihre Wohnung dürfte derart verkommen sein, dass sie sich hüten würde, einen besseren Herrn zu sich einzuladen. Damit würde sie dich doch ein für alle Mal abschrecken.«

»Du sprichst, als gehörten solche Leute zu deinem täglich Brot«, sagte Hansen erstaunt.

Nils nickte ernst. »Tun sie. Ich komme in verschiedenen Milieus herum, das bringt der Beruf mit sich.«

»Da bin ich aber dankbar, dass ich es nur mit Deichprofilen, Spickpfählen und Faschinen zu tun habe«, seufzte Hansen, um sich schnell zu korrigieren: »Na ja, mit Faschinen weniger.«

Nils lachte leise.

»Bist du müde nach diesem Spaziergang?«

»Nein, wieso?«

»Du hast immerhin mehrere Tage im Bett gelegen. Soviel ich weiß, schrumpfen einem da die Beinmuskeln auf Zündholzstärke zusammen«, erklärte Hansen sachkundig.

Nils sah ihn verdutzt an, dann grinste er breit. »Wollen wir einen Wettlauf bis zum Ende der Gasse machen?«

»Bloß nicht. Dann halten die Leute mich für verrückt und glauben gar nichts mehr, was ich ihnen über die Gefahren steigender Wasserstände und unsere Maßnahmen dagegen erzähle.«

»Akzeptiert. Zieltest du mit deiner Frage auf etwas Bestimmtes, oder war das reine Fürsorge in Vertretung von Jorke?«

»Nein, das war alles andere als Fürsorge. Es war der Beginn eines Anschlags. Ich muss heute Nacht Heinrich ausspionieren. Das hat allerdings nicht direkt etwas mit unserem Fall zu tun. Groterjans Hure soll lediglich meiner Verteidigung dienen, damit ich Zeit gewinne und den Fall kläre, bevor der Major meine Entlassung organisieren kann. Willst du mit?«

Kapitel 23

»Sönke, ich habe das Gefühl, du tust Dinge, die Jorke nicht gutheißen würde«, verkündete Nils, als er umgezogen im Wohnzimmer erschien. Seine schwarze Öljacke mit Kapuze war eine perfekte Tarnung für die Nacht.

»Stimmt«, sagte Hansen, der auf dem Sofa saß und die Beine in eine schwarze Hose einfädelte. »Gut, dass sie auf Langeneß ist. Ich wundere mich selbst, wie sehr ich mich von meinen eigenen Grundsätzen entferne. Aber immerhin geht es um meine nackte Haut. Die würde Groterjan mir nämlich zu gerne abziehen.«

»Ohne Haut wärst du unansehnlich, fürchte ich.«

»Und das würde Jorke sofort bemängeln. Sie mag sie. Zum Glück ist sie praktisch veranlagt und würde vorschlagen, dass ich sie verteidige. Meine Haut, meine ich.«

Nils brummte seine volle Zustimmung. »Anfangs hatte ich dich übrigens für einen steifen, unnahbaren Beamten gehalten.«

Hansen musste lachen, als er an Zimmermanns Erklärung für dessen Wandel dachte. »Hoffentlich nur in der allerersten Minute.«

»Länger war es auf keinen Fall.« Nils warf einen forschenden Blick aus dem Fenster. »Es dämmert.«

»Dann wird es schnell so dunkel sein, dass Heinrich das Haus verlassen kann. Ich habe ihn so verstanden, dass er Groterjan inzwischen bei jedem Besuch mit dieser Frau zusammenbringt. Vielleicht hat der Major nur ganz am Anfang die bekannten Huren besucht und sich jetzt eine zugelegt, die ihm besser gefällt.«

»Das heißt, der Ort wechselt. Aber er kommt als Offizier in Uniform, hast du gesagt …?«

»Ja, Heinrich meinte, ebendas sei seine Tarnung.«

»Was bedeutet, dass Groterjan vermeintlich im Auftrag des Kriegsministeriums unterwegs ist. Irgendwann verkrümelt er sich dann. Heinrich dagegen holt die Frau ab und begleitet sie«, mutmaßte Nils, der im Schutz der Fensterlaibung die Straße beobachtete. »Was eigentlich selbstverständlich ist, da eine Dame bei Dunkelheit nicht allein herumspazieren kann, ohne ihren guten Ruf zu verlieren.«

Hansen war schon weiter in seinen Überlegungen. »Ein Hotel oder ein Logierhaus kommt unmöglich in Frage. Es kann sich also nur um ein Privathaus handeln. Ich vermute, Groterjan sorgt sich besonders um Diskretion, weil es anscheinend ein dauerhaftes Verhältnis ist. Und stell dir vor, die Frau wäre gar keine Hure. Vielleicht gehört sie nicht nur in die besseren Kreise, sondern ist die Gattin eines Mannes der stadtbekannten Eliten. Als Ehemänner wären Ärzte, Apotheker, Stadtverordnete, sogar der Stadtdirektor denkbar! Das gäbe einen Skandal, auch für die Frau, und den werden beide mit allen Mitteln zu vermeiden versuchen.« Er überlegte einen Augenblick. »Je höher der gesellschaftliche Rang, desto besser für meine Verteidigung. Allerdings hat Heinrich die Frau als Hure bezeichnet.«

Nils schmunzelte. »Gibt es bei euch keine Huren unter den Frauen der Stadtverordneten?«

Hansen lachte aus vollem Hals.

»Psst. Heinrich kommt«, flüsterte Nils. »Mit brauner Jacke ordentlich gekleidet und in hohen Stiefeln übrigens. Ich vermute, er will als Stallknecht durchgehen. Das passt. Als solcher ist er im Auftrag eines höhergestellten Mannes eine glaubwürdige nächtliche Begleitung für eine vornehme Dame.«

»Ich hatte mir schon Gedanken gemacht, wie er das anstellen will«, pflichtete ihm Hansen bei, während er nach seiner Jacke griff und zur Tür ging. »Bei Tage sieht man ihm den Arbeiter an. Aber ich habe schon gemerkt, dass er nicht dumm ist.«

Sie folgten Heinrich in großem Abstand. Im Gegensatz zu dessen knallenden Absätzen bemühten sie sich, so leise wie möglich zu gehen. Wie er suchten sie den schwarzen Schatten der Häuser. Der Mond lag noch tief am Himmel, aber schnelle Wolken sorgten für wechselndes Licht.

Es schien, als wollte Heinrich zum Schloss oder zur Stadtmitte. Im Kuhsteig, auf den er einbog, belebte es sich etwas, aber viele Menschen waren nicht mehr unterwegs.

Heinrichs erste erkennbare Vorsichtsmaßnahme bestand darin, die Marienkirche auf einem Umweg anzusteuern. Vor der Südmauer der Kirche blieb er stehen und sah sich um. Erstmals sichteten sie das verschnürte Päckchen, das er unter dem Arm hielt.

Hansen zog Nils hastig in die Einmündung zur Roten Pforte, wo sie sich in den tiefergelegten Eingang eines Geschäftshauses drückten.

Heinrich wartete mit verschränkten Armen und ohne Unruhe zu zeigen. Dies überraschte Hansen. Er hatte angenommen, Heinrich würde die Frau in Sichtweite eines teuren Mietshauses in Empfang nehmen. Dann wäre es recht einfach gewesen, herauszubekommen, wer sie war. Unter diesen Umständen ließe jedoch nichts auf die Identität der Frau schließen.

»Er holt sie nicht ab«, flüsterte Nils in Hansens Ohr. »Sie muss hier ganz in der Nähe wohnen.«

»Sie kommt schon«, wisperte Hansen, da er das ferne Klacken von Schuhen hörte, das sich schnell verstärkte.

Einen Augenblick später rauschte eine kleine Gestalt um die Ecke der Kirche. Am auffallendsten an ihr war ein vogelnestartiger Hut, der sie um einen Kopf größer machte. Ein über dem Boden weit geschnittener Mantel, der sich zu einer Wespentaille verengte, schwang im Takt ihrer Schritte. Die Hände steckten in einem dunkelbraunen Pelzmuff, passend zum Reversbesatz und zum pelzbesetzten Saum.

»Die kenne ich doch«, murmelte Hansen, verwirrt durch die rot geschminkten Lippen, die ihm auffielen, als ein plötzlicher Mondstrahl sie traf. »Das ist … das ist …«

»Frau Ernst Eschelsen«, gluckste Nils hinter der Hand.

»Die Verwandlung ist unglaublich.« Aber jetzt wurde Hansen auch klar, was Heinrich gemeint hatte.

Hansen und Nils beobachteten, dass Frau Eschelsen und Heinrich sich begegneten, als wären sie Hausherrin und Knecht. Sie neigte beiläufig den Kopf, Heinrich verbeugte sich. Aus der Ferne musste man sie zweifellos für eine vornehme Dame halten, die zu ihrer Sicherheit von ihrem Reitknecht begleitet wurde.

Die Kirchturmuhr schlug acht, als Hufgeklapper und das Rattern von Kutschenrädern ertönte. Heinrich und Frau Eschelsen lösten sich von der Kirchenmauer und traten auf den freien Marktplatz. Die Kutsche hielt. Heinrich half der Dame galant ins Innere, reichte ihr sein Paket hinterher, schloss den Schlag hinter ihr und sprach dann kurz mit dem Mann auf dem Bock, dem er einen Umschlag übergab. Der Kutscher erhielt seine Anweisungen und das Fahrgeld, vermutete Hansen.

Die Kutsche wendete und fuhr auf der Süderstraße ostwärts. Dort gab es zwar noch Wohnhäuser, aber vor allem führte die Straße hinaus aus der Stadt und auf die Geest. Verfolgen konnten sie sie natürlich nicht.

Hansen starrte dem Gefährt unzufrieden nach. Insgeheim hatte er doch gehofft, irgendeinen Beweis zu erhalten, dass die Frau mit oder zu Groterjan unterwegs war.

Heinrich machte auf den Hacken kehrt und marschierte entschlossen Richtung Norden, vermutlich wollte er auf kürzestem Weg nach Hause. Glücklicherweise, denn so konnte er Hansen und Nils nicht durch einen Zufall irgendwo in der Stadt überraschen. Hansen wollte es gerade Nils erklären, als dieser ihn unterbrach.

»Lass uns in einer Kneipe ein Bier trinken. Wenn Heinrich sieht, dass bei uns kein Licht brennt, brauchen wir vielleicht eine Ausrede.«

Der erste Krug Bier half beim Nachdenken. »Weißt du was«, sagte Hansen, »ich vermute, dass in Heinrichs Paket Kleider für Groterjan waren. Der Major steigt im Schutz der Dunkelheit irgendwo zu, zieht sich um, und die beiden treffen als Paar in dem Haus ein, das Heinrich vorher organisiert hat.«

Die beiden Männer blieben bis kurz vor Mitternacht in der Kneipe. Als sie endlich nach Hause zurückkehrten, war bei Heinrich alles dunkel.

Sönke Hansen konnte trotz des ungewohnten Biergenusses lange nicht einschlafen. Groterjan und dessen Anklage gingen ihm nicht aus dem Kopf. Petersen würde ihm beistehen, da war er sicher, aber der war möglicherweise genauso gefährdet wie er selbst. Als Hansen endlich glaubte, sich eine brauchbare Taktik zurechtgelegt zu haben, schlief er dann doch ein und wachte im Morgengrauen wieder auf.

Nils hatte an diesem Tag nichts Besonderes vor. Er sagte, es gehe ihm wieder gut und vielleicht werde er durch Husum streifen und Protestschweine zählen.

Hansen lachte, etwas nervös.

»Du erwartest heute Groterjan im Amt, stimmt's?«, forschte Nils, dem wenig zu entgehen schien.

»Ja.«

»Aber was hat er gegen dich in der Hand? Schließlich nur den Irrtum mit der Strohpuppe, oder?«

»Unfähigkeit. Ich konnte den Fall bisher nicht aufklären. Ich sollte auf seine Anordnung ein Protokoll über den Ablauf des Tages der Biike anfertigen, inklusive der Erklärung, wie die Hand ins Feuer geraten sein könnte. Bis Letzteres nicht lückenlos geklärt ist, stehen wir alle unter Verdacht: das Ministerium, das Wasserbauamt, die Bauverwaltung.«

»Warum hat er eigentlich die Kriminalpolizei nicht eingeschaltet?«

Hansen zuckte mit den Schultern. »Ich habe den Eindruck, dass man in den Ministerien viele Dinge lieber intern regelt. Was in den meisten Fällen bedeuten dürfte, dass man sie unter den Teppich kehrt. Aus Angst, dass sonst zu viel schmutzige Wäsche gewaschen würde und zu viele Köpfe rollen müssten. Womöglich würde man auch noch ganz andere Verfehlungen entdecken, die mit der ursprünglichen gar nichts zu tun haben.«

»Müsste man mal untersuchen. Wie dem auch sei, Groterjan wird sich wundern, wenn plötzlich sein Kopf ins Rollen kommt.«

»Ich hoffe, dass meine Kalkulation nicht ein böses Ende nimmt. Na, mal sehen«, sagte Hansen gedämpft.

Nils ließ ihn wortlos gehen, ein Zeichen, dass auch er besorgt war. Hansen hatte ihm gar nicht erzählt, dass er für diesen Morgen ins Amt befohlen worden war. Groterjan war telefonisch angekündigt worden, und es war klar, dass Hansen zu erscheinen hatte, um sich zu verteidigen.

Auf dem Weg ins Amt ging Hansen durch den Kopf, dass Nils gemeint hatte, er würde Protestschweine zählen gehen. Drollige Idee. Und noch drolliger, dass er selbst gleich darauf einem begegnete, an einer Stelle, wo er noch nie eines gesehen hatte. Hansen wusste nicht einmal, dass hier Dänen wohnten. Er blieb am Gartenzaun stehen. »Hallo, du«, sagte er und streckte seine Hand einladend über den Zaun. »Geht es dir gut? Pass auf, dass du nicht geklaut und geschlachtet wirst.«

Das Schwein kam angelaufen und schnorchelte mit seinem feuchten Rüssel an Hansens Hand entlang.

»Nein, da kann unser Dan ganz unbesorgt sein«, sang eine melodiöse Stimme mit dänischem Akzent. »Schließlich erfüllt er seine Aufgabe als Protestschwein voller Leidenschaft.«

Hansen fühlte sich ertappt und sah erschrocken auf. Im Hauseingang stand eine Frau mit einer quadratischen Figur wie ein Schlachterbursche. Im Dänischen Verein hatte er sie gar nicht gesehen, sie wäre ihm sicher aufgefallen. »Moin, moin«, grüßte er verlegen.

»Mojn«, sagte sie. »Haben Sie selbst auch ein Schwein? Schweine bringen Erntesegen. Und Kindersegen. Freyr, dem Gott der Fruchtbarkeit, ist der Eber Gullinbursti heilig, seiner Frau die Sau. Haben Sie Kinder?«

»Einen Sohn, Agge«, antwortete Hansen, so fasziniert wie überrumpelt.

»Sie werden noch mehr Kinder bekommen. Tragen Sie eine Fibel mit einem eingeprägten Schwein.« Mit diesen Worten zog die Frau sich ins Haus zurück. Hansen starrte ihr noch nach, als die Haustür mit einem leisen Geräusch zufiel.

Seltsame Begegnung.

Hansen hätte nicht glaubhaft erklären können, warum, aber er änderte spontan sein Ziel. Das Wasserbauamt und Groterjan waren ihm plötzlich nicht mehr so wichtig. Ihn zog es auf der Stelle ins Vereinshaus der Dänen. Es war der Hinweis auf das Schwein, der ihn ins Grübeln gebracht hatte.

Da es noch früh am Morgen war, konnte Hansen dort eigentlich keine Aktivitäten erwarten. So war es denn auch. Zwei Frauen wischten den Boden, sonst war niemand da. Sie sprachen wenig Deutsch oder hatten keine Lust, es zu tun, und die Verständigung verlief schwerfällig. Hansen erfuhr lediglich, dass Gerda erwartet wurde.

Er schwang sich auf einen Tisch, unter dem der Fußboden bereits feucht war, und beobachtete die Frauen. Wie anscheinend üblich, trugen sie als Zeichen der Solidarität und Zusammengehörigkeit die dänische Flagge als Brosche an der Bluse.

Plötzlich ging ein Ruck durch Hansen. Fibeln, Anstecker … In seinem Kopf summte es, und wieder durchzuckte ihn ein Gedanke, den er nicht halten konnte. Was hatte es mit diesen Ansteckern auf sich? Er musste einen in die Hand bekommen, um ihn zu befühlen.

Nach einer Weile kam Gerda. Sie freute sich, ihn zu sehen. »Du kommst hoffentlich, um mir zu erzählen, dass Lars wieder da ist?«

»Nein, leider nicht. Ihr wisst also auch nichts von ihm?«

Sie schüttelte betrübt den Kopf.

Hansen zog den Brief, der am Vortag gekommen war, aus der Tasche, strich ihn glatt und legte ihn Gerda vor. »Was meinst du zu diesem Schreiben?«

Gerda las und krauste die Stirn. »Es sind Äpfel und Birnen. Der Satz in dänischer Sprache, dass man sich zuerst um die eigenen Ferkel kümmern soll, stimmt schon, wenn er auch in breitestem Dialekt des Sönderjysk geschrieben ist, so wie man eben spricht, aber nie schreibt. Und der vorletzte Satz ist Reichsdänisch, aber eins zu eins ins Deutsche übersetzt. Beides passt überhaupt nicht zusammen.«

»Das Gefühl hatte ich auch«, meinte Hansen erleichtert.

»Ich hoffe, du entschuldigst, aber auf mich macht das Schreiben den Eindruck, als hätte ein Deutscher versucht, einen Dänen zu imitieren. Das ist aber danebengegangen. ›Ich hatte schwer dabei‹ und so weiter ist dagegen zwischen Tondern und Flensburg bei Deutschen die übliche ländliche Ausdrucksweise.«

»Du weißt gut Bescheid.«

»Ich bin Deutschlehrerin.«

Hansen schmunzelte. »Wir sollen also glauben, dass Lars durch einen Dänen des Mordes bezichtigt wird, obwohl der Verfasser in Wirklichkeit ein Deutscher ist, der das Dänische nicht beherrscht«, fasste er zusammen.

»Ja, das denke ich.«

»Gut, dann ist das so weit geklärt. Noch etwas, Gerda. Ich habe einen etwas sonderbaren Wunsch«, sagte Hansen, vor Nervosität fast vibrierend. »Dürfte ich deine dänische Flagge für zwei Stunden ausleihen?«

Gerda spürte seine Dringlichkeit. Ohne Protest oder Nachfrage nestelte sie den Anstecker ab und händigte ihn Hansen aus. »In zwei Stunden bin ich noch hier.«

Hansen rannte fast nach Hause.

Das metallene Plättchen, das in der Hand des Toten geklemmt hatte, lag in einer Schieblade seines Sekretärs. Hansen setzte sich ans Fenster, durch das strahlender Sonnenschein fiel, und hielt Gerdas Anstecker daneben.

Die Maße der beiden Gegenstände waren identisch. Auf der Rückseite des Fundstücks waren schwache Abdrücke erkennbar, wo wahrscheinlich die Nadel befestigt gewesen war. Und das Weiß am Rand der Vorderseite befand sich dort, wo das weiße Kreuz des roten Dannebrog auf dem Anstecker endete.

Der Tote konnte Lars sein. Oder er war der Mörder, dem der Tote den Anstecker abgerissen hatte. Aber das hielt Hansen aufgrund seiner bisherigen Ermittlungsergebnisse für eher unwahrscheinlich.

Gerda war wie versprochen noch im Vereinshaus. Hansen legte ihren Anstecker auf einen Tisch und den gefundenen daneben. »Ich fürchte, Lars ist tot«, sagte er mit belegter Stimme.

Gerda starrte ihn mit großen Augen an.

»Wir haben auf Langeneß einen Toten gefunden, der nicht zu identifizieren war. Diese Plakette ist alles, was außer ein paar Knochen von der Leiche übrig blieb, und bisher wusste ich sie nicht zuzuordnen.«

Gerda schwieg erschüttert und befestigte ihr Fähnchen mit zitternden Fingern wieder an ihrer Bluse. »Kein Zweifel möglich?«

»Ich glaube nicht«, antwortete Hansen bedauernd und wartete, bis Gerda sich wieder gesammelt hatte. Ihm war noch etwas anderes eingefallen. »Es gibt noch ein Indiz, das auf Lars hindeutet. Am Tag unserer Biike habt ihr hier abends ein Fest gefeiert, richtig? Mit Kaffee und Kuchen, Musik und Tanz.«

»Ja.«

»Lars war eingeladen, ist aber nicht gekommen, hat mir Bo Knudsen erzählt.« Hansen sah Gerda abwartend an.

»Stimmt.«

Er zog den Manschettenknopf aus der Hosentasche, den Nils am Ende der Lorenschienen gefunden hatte. »Kennst du diesen Knopf?«

»Nein. Man behält aber auch nicht jedes Schmuckstück im Kopf, das man mal gesehen hat. Wir Dänen tragen viel Bernstein.«

»Und die Männer Hemden mit Manschetten, wie mir bei eurem Fest aufgefallen ist.«

Gerda, die immer noch den Manschettenknopf anstarrte, nickte. »Ja, ja. Ein wenig festlicher als bei unseren Nachmittagskaffees sollte es schon zugehen.«

»Dieser Knopf wurde am Tag unserer Biike auf Langeneß gefunden«, erklärte Hansen. »Vermutlich war Lars bereits für das Fest umgekleidet, als er zu Tode kam.«

»Barmherziger Gott«, rief Gerda, »wie schrecklich!«

»Er muss vorher noch an einem anderen Ort gewesen sein, von dem aus er unauffällig auf die Hallig transportiert werden konnte.«

Gerda hielt sich am Tisch fest, zog sich einen Stuhl heran und setzte sich.

»Es tut mir leid«, murmelte Hansen. »Ich hätte es dir etwas schonender eröffnen sollen.«

»Kennst du den Mörder? Werdet ihr ihn zur Rechenschaft ziehen, obwohl Lars Däne war?«, fragte Gerda matt.

»Die Suche nach dem Mörder kann erst jetzt richtig losgehen, nachdem wir wissen, wer der Tote ist. Aber wir werden ihn fassen, das kann ich dir versprechen. Und zu deiner Beruhigung: Ich glaube nicht, dass Lars erschlagen wurde, weil er Däne ist. Es gibt auch Leute, die aus ganz und gar unpolitischen Gründen einfach nur Verbrecher sind.«

Gerda sah Hansen zweifelnd ins Gesicht. »Na gut, ich glaube dir. Auch bei uns gibt es schlechte Menschen.«

»Dabei wollen wir es belassen«, sagte er dankbar. »Ich werde euch bis ins Kleinste über das unterrichten, was wir herausbekommen. Der Täter ist vermutlich der Briefeschreiber, und dem steht wohl das Wasser bis zum Hals.«

Danach zog Hansen seine Schuhe an und schlug den Weg zum Wasserbauamt ein.

»Wo waren Sie?«, herrschte Groterjan den Deichbauinspektor an, kaum dass dieser Petersens Büro betreten hatte.

Petersen, der außer Sicht von Groterjan am Fenster stand, schlug mit entgeisterter Miene die Hände zusammen, den Blick gen Stuckdecke gerichtet.

Sei jetzt bloß vorsichtig, hieß das, aber Hansen beabsichtigte nicht, sich zu ducken. »Wo ich war, ist eigentlich völlig gleichgültig«, entgegnete er schroff. »Ich bin immer noch mit der Aufklärung des Todesfalls befasst, und heute früh ergab sich etwas, das den Durchbruch bringen könnte.«

»Ergab sich, ergab sich. Haben Sie endlich etwas Substantielles herausgefunden?«

Spielte Groterjan mit seinem aufgeregten Gehabe nur Theater? Hansen war jedenfalls die Ruhe selbst. »Ja. Ich weiß jetzt, wer der Tote ist.«

»Und?«, bölkte Groterjan. »Lassen Sie sich doch nicht jede Silbe einzeln aus den Zähnen ziehen!«

»Ein Däne. Damit ist Berlin entlastet. Ein rein lokaler Fall.«

Petersens Schultern sackten vor Erleichterung nach unten, aber Groterjan fuhr fort, nervös mit der Reitpeitsche an seine Stiefel zu schlagen, wie es seine Gewohnheit war.

»Ich kann mich erinnern, dass Sie unser Ministerium beschuldigt haben. Und dafür werden Sie mit Ihrem Amt bezahlen. Dass Sie jetzt Ihren Irrtum zugeben, wird Sie nicht retten, Herr Hansen. Der von Ihnen angerichtete Schaden ist zu groß. Der ehemalige Direktor Herrmann ist Ihr erstes Opfer, und die Presse hat die Anschuldigung aufgegriffen.«

»Direktor Herrmann ist nicht ...«

Petersen unterbrach Hansen. »Wer ist es, Herr Hansen?«

»Lars Ebsen, ein dänischer Bahnangestellter der Marschbahn. Einer der beiden Vermissten. Den Täter werden wir bald haben, denke ich. Übrigens steht dieser Todesfall möglicherweise im Zusammenhang mit Ihrer eigenmächtigen Verfügung über die Marschbahn, Herr Major.«

»Was? Ich rate Ihnen, es nicht zu übertreiben, Hansen! Erst war es die Strohpuppe, in die wir Berliner angeblich eine Leiche gepackt hatten – jetzt soll ich schuld am Tod eines Mannes sein, den ich noch nie gesehen habe ...«

»Es geht vor allem darum, dass Sie über die Köpfe Ihrer Vorgesetzten hinweg und ohne jede Befugnis Ihrer Dienststelle einen Zug aus privaten Gründen lange haben warten lassen. In diesen Wirren ist Ebsen möglicherweise umgekommen.«

Groterjan lachte höhnisch. »Wie meine Dienststelle sich mit anderen Dienststellen einigt, lassen Sie mal meine Sorge sein. Sprechen wir lieber von Ihnen!«

Dieser Versuch war danebengegangen. Hansen nahm es zur Kenntnis, ohne sich seinen Ärger anmerken zu lassen. »Bitte sehr.«

»Sie versprachen schon vor Tagen die Aufklärung des Mordes ...«

»Nein, ich versprach ein Protokoll!«

»Wie dem auch sei. Da Sie sich also nicht imstande sehen, die Sache vollends aufzuklären, werden dann wohl andere die Untersuchung fortführen«, sagte Groterjan an Petersen gewandt mit einem höhnischen Lächeln. »Ich glaube nicht, dass jemand, der für diese Serie von falschen Anschuldigungen, Vermutungen und Irrwegen verantwortlich ist, für ein höheres Amt im Beamtenstatus geeignet ist. Was ich jetzt höre, bestärkt mich nur in meiner Ansicht. Was meinen Sie?«

Petersen wollte gerade antworten, aber Hansen ließ ihn nicht zu Wort kommen, damit er sich nicht auch noch um Kopf und Kragen redete. »Major Groterjan!«, sagte er mit so schneidender Stimme, dass dieser wieder zu ihm herumschnellte. »Im Verlauf unserer gründlichen Nachforschungen sind wir auf allerhand überraschende Entdeckungen gestoßen, Nebeneffekte gewissermaßen, die wir natürlich nicht alle publik machen möchten, weil sie für die Betreffenden sehr peinlich sein könnten.«

Groterjans Lippen schmolzen zu einem tabaksbeutelähnlichen Gebilde zusammen. Er sah Hansen abwartend an. »Und?«

»Die nächtlichen Straßen von Husum sind manchmal so aufschlussreich für Beobachter des untersten sozialen Milieus wie die von Berlin, schätze ich. Es gibt natürlich nicht ganz so viele Liebesdienerinnen wie dort und keine Nachtlokale. Aber dafür fallen solche Frauen hier sofort auf. Wenn eine Liebesdienerin wie eine Dame in Pelz und Seide gehüllt ist, fragt man sich natürlich, woher dieser zur Schau gestellte Reichtum kommt. Insbesondere, wenn die Frau bei Tage bettelarm ist.«

Das Klopfen der Reitpeitsche am Stiefel hörte auf und ging in ein Vibrieren über. »Und was hat das mit mir zu tun?«, erkundigte sich Groterjan in mokantem Ton.

»Ja, da haben Sie völlig recht, Herr Direktor. Ich wollte Ihnen nur verdeutlichen, dass wir bei Tag und Nacht unterwegs sind, um den Fall aufzuklären, und dabei unerwartete Erkenntnisse gewinnen.«

Groterjan hüllte sich in Schweigen.

Hansen wandte sich an seinen Chef. »Ich glaube, wir haben die Verpflichtung, die Polizei darauf aufmerksam zu machen, Herr Petersen. Ich beziehe mich auf eine bestimmte Frau. Sie wird in informierten Kreisen als Hure bezeichnet. Da wir keine Sittenpolizei in Husum haben, wird man sicher um Hilfe aus Berlin ersuchen, um sie und ihren ständigen Galan dingfest zu machen. Vielleicht ist er Ihnen sogar bekannt, Major.«

Petersen schüttelte mit irritiertem Stirnrunzeln den Kopf.

»Andererseits geht es uns nichts an«, fuhr Hansen fort. »Womöglich kommen wir nach Abschluss unserer Mordermittlungen zu dem Schluss, dass wir uns nicht überall als kompetent darstellen können und besser schweigen sollten. Bis es so weit ist, sollten wir übrigens kein Wort über den Fall verlauten lassen, zu wem auch immer.«

Groterjan zog eine Taschenuhr unter der Uniformjacke hervor und studierte sie intensiv. »Ich bin zum Essen verabredet, ich muss mich dann von den Herren verabschieden. Guten Tag.«

Schneller, als Petersen protestieren konnte, war er aus dem Raum geeilt. Er vergaß, die Tür hinter sich zuzumachen.

»Was sollte das denn, Hansen?«, polterte Petersen, als die Schritte des Majors auf der Treppe verklungen waren.

»Diese Hure wird uns unsere Ämter retten, hoffe ich«, erklärte Hansen und erzählte Petersen die ganze Geschichte.

Sein Chef blieb skeptisch.

Kapitel 24

Am nächsten Tag ging Hansen mit der Hoffnung ins Amt, auf seinem Weg das Protestschwein und dessen Besitzerin zu sehen. Beide waren trotz der frühen Uhrzeit tatsächlich schon im Garten, wo sie emsig die Erde umwühlten, und wieder blieb Hansen stehen.

Das Schwein kam schnüffelnd herbei, die Frau räumte Äste und trockenes Laub weg, das ihre gelben Blümchen bedeckte. »Ich wollte mich bei Ihnen beiden bedanken«, sagte Hansen laut.

»Hat Ihnen mein Schwein geholfen?«, fragte sie, mit den Knien auf dem Boden.

»Ja. Vor allem die Tatsache, dass es ein Protestschwein ist. Ich konnte ein Rätsel lösen.«

»Das ist gut. Und vertrauen Sie sich auch ruhig Freyr und seiner Frau weiterhin an. Agge wird dann sicher bald ein Geschwisterchen bekommen.« Sie umfing das Schwein, das inzwischen unter ihrer Hand an den Knollen der Blümchen wühlte, und zog es davon weg. Sie nickte Hansen aufmunternd zu.

»Ich werde mit Jorke sprechen«, versprach er verlegen und winkte der Frau zum Abschied.

An der nächsten großen Straße lief Hansen zu seiner Überraschung Ernst Eschelsen über den Weg. »Sie sind wieder hier?«, fragte er spontan und blieb stehen.

»Und warum nicht?«, sagte Eschelsen in frechem Ton. »In Hamburg ist es schön, aber so schön auf Dauer nun auch wieder nicht. Und man kann nicht immer bei Kumpeln unterkriechen.«

»Ihre Frau hat sich Sorgen gemacht. Ich habe auf ihre Bitte hinter Ihnen hertelefoniert.«

»Sie macht sich nie Sorgen um mich«, widersprach Eschelsen kratzbürstig. »Höchstens, dass ich womöglich zu früh wiederkomme.«

»Was heißt das denn?«

Eschelsen lachte höhnisch. »Na, wenn sie endlich einen reichen Freier an der Angel hat, wäre ich doch dumm, plötzlich hier aufzukreuzen.«

Unversehens wurde Hansen klar, dass Eschelsens Frau ihn benutzt hatte. »Prostitution ist illegal«, sagte er rechtschaffen und wusste im selben Augenblick, dass er sich besser auf die Zunge hätte beißen sollen.

»Na und? Glauben Sie, als Arbeiter hat man eine Wahl? Vor allem, wenn man Knall auf Fall entlassen wird. Ich habe im Süden keine Arbeit gefunden. Ein Mantel mit Pelzkram dran wird uns eine Weile über Wasser halten. So ist das nun mal, wenn man zum Proletariat gehört, Hansen.« Eschelsen setzte seinen Weg fort.

Hansen sinnierte hinter ihm her. Erstens war er erleichtert, dass er sich in Lars nicht geirrt hatte. Der war nun rehabilitiert, wenn auch wahrscheinlich tot. Aber es gab noch einen anderen Aspekt: Eine politische Wende schien sich anzubahnen. Auch einfache Männer wie Eschelsen organisierten sich allmählich in Gewerkschaften und kommunistischen Zusammenschlüssen, um sich gegen Leute vom Schlage Groterjans aufzulehnen. Die vom Schlage Hansens nicht zu vergessen. Ein Jahrzehnt früher hätte Eschelsen eine solche Sprache gegen höhere Beamte nicht geführt. Dann fiel Hansen etwas Näherliegendes ein: Groterjan war vermutlich schon abgereist, wenn sich Eschelsen so sorglos in Husum herumtrieb.

»Hat Groterjan sich für heute nochmals angekündigt?«, fragte Hansen seinen Chef, um seinen Tagesablauf planen zu können.

»Nein, im Gegenteil. Der Portier hat mir einen schriftlichen Gruß von ihm hochgereicht. Der Major bedankt sich darin für unser Gespräch, das er gerne fortgesetzt hätte, aber er müsse unerwartet abreisen.«

»Gut«, sagte Hansen erleichtert. »Ich hoffe, dass damit meine Entlassung erledigt ist. Sein Stillhalten gegen unser Schweigen. Das wird er begriffen haben.«

»Meinst du?« Petersen hatte immer noch Zweifel.

Sein Optimismus ist ihm im Laufe der Amtsjahre offenbar verlorengegangen, dachte Hansen. »Ja, da bin ich mir ziemlich sicher. Ich widme mich jedenfalls schleunigst wieder dem Fall«, verkündete er laut. »Jetzt, wo so gut wie feststeht, wer der Tote ist, wird der Mörder wahrscheinlich erst recht in Panik geraten. Ich denke, sein Brief war das erste Signal dafür.«

»Wer weiß es denn, außer uns beiden?«

»Mit Sicherheit der ganze Dänische Verein. Bei der Sorge, die sich diese Leute um Lars machten, war es unmöglich, Gerda um Stillschweigen zu bitten. Und Groterjan natürlich. So etwas spricht sich blitzschnell herum, wie ich erfahren musste. Gerlich wusste zum Beispiel, dass ein Gerücht von einem Toten umlief, als ich noch dachte, es sei hier bei uns ein wasserdichtes Geheimnis.«

»Wo willst du diesmal anfangen?«

»Wieder bei Heinrich. Ernst Eschelsen kommt als Mörder nicht in Frage. Er war nach eigener Aussage in Hamburg, um dem Freier seiner Frau aus dem Weg zu gehen. Das ist glaubhaft. Gerlich wiederum hatte große Sorge, dass Ernst der Tote sein könnte. Darüber hinaus ließ er in mehreren Gesprächen durchblicken, dass er Angst vor Heinrich hat. Begründete Angst.«

»Sei vorsichtig. Panik bei einem jähzornigen Mann kann lebensgefährlich sein.«

»Ich passe auf, so gut es geht, Cornelius. Mir ist inzwischen übrigens noch etwas eingefallen, das den Verdacht erhärtet, Heinrich könnte wissentlich eine Leiche in der Lore transportiert haben. Gerlich hat mir erzählt, dass Heinrich fuchsteufelswild wurde, als er ihn auf den Verwesungsgestank in der Lore hinwies. Und ich selber war zufällig anwesend, als ein starker Geruch nach verbrennendem Fett durch Heinrichs Wohnung waberte. Er selbst hat es gar nicht bemerkt, ich musste ihn auf die Brandgefahr aufmerksam machen.«

»Du meinst, mit seinem Geruchsorgan stimmt etwas nicht.«

»Es scheint so, ja. Man könnte meinen, Heinrich hätte vermutet, dass der Tote in der Lore schon verdächtig roch, dabei war es nur ein Rattenkadaver. Vielleicht war das auch der Grund, weshalb er die Lore nicht wechseln wollte, als Zimmermann ihm mit den Gästen entgegenkam. Gerlich ist jedenfalls in Todesangst abgehauen, weil er Heinrich kennt.«

Petersen sog hörbar die Luft ein und wiegte den Kopf. »Allmählich glaube ich, es wäre besser, die Polizei hinzuzuziehen.«

»Lass uns noch zwei, drei Tage warten, bis ich ganz sicher bin«, bat Hansen.

»Ungern.«

Es war keine vollständige Ablehnung. Hansen verabschiedete sich rasch, bevor sich Petersen möglicherweise besann.

Dem Urteil seines Chefs hinsichtlich der Gefahr, die von dem jähzornigen Heinrich ausging, stimmte Hansen selbstverständlich zu. Prinzipiell jedenfalls. Immer noch war er der Meinung, dass Heinrich zwar jähzornig war, aber nichts in seinem Wesen dafür sprach, dass er einen vorsätzlichen Mord begangen hatte. Dennoch beabsichtigte Hansen, zur Vorsicht Nils mitzunehmen, falls es kritisch werden sollte. Im Augenblick war das allerdings noch nicht der Fall.

Da er seit zwei Tagen bei Heinrich kein Licht gesehen hatte, vermutete Hansen, dass er vielleicht auf dem Land neue Treffpunkte für Groterjan auskundschaftete und erst spätnachts nach Hause kam.

Sein erster Gang bei der Suche nach Heinrich führte ihn zu Erhard Meier. Der hatte Heinrich schon seit geraumer Zeit nicht gesehen. »Warum auch? Die Hilfsarbeiter wissen, dass sie benachrichtigt werden, wenn ich sie brauche.«

»Zumindest Ernst Eschelsen ist wieder da und zu Hause«, konnte Hansen ihm berichten.

»Den brauche ich eigentlich weniger, dann noch lieber Heinrich.«

»Warum?«, fragte Hansen überrascht.

»Heinrich ist wenigstens zuverlässig, im Gegensatz zu Eschelsen. Bei dem weiß man nie, ob er einhält, was er verspricht. Noch am Tag der Biike hat er erst zugesagt, die Faschinen zu begleiten, eine Stunde später hat er wieder abgesagt, und ich musste lange auf ihn einreden, doch zu kommen. Mir ist fast der Kragen geplatzt, weil die ganze Organisiererei in der kurzen Zeit sowieso kaum zu bewerkstelligen war. Auf solches Hin und Her kann ich gerne verzichten. Nein, Heinrich ist für die Erledigung von Aufgaben besser geeignet. Wenn er nur seinen Mund halten könnte!«

Nachdenklich verabschiedete sich Hansen von Meier. Bisher hatte er – abgesehen von Heinrichs Jähzorn – eigentlich eher positive Urteile über dessen Arbeitsverhalten gehört beziehungsweise sich selber gebildet. Und einer, mit dem man über die Leidenschaft zum Meer und zu Schiffen schwärmen konnte ... Allerdings sprach der Diebstahl des Protestschweins eindeutig gegen Heinrichs Charakter.

Hansen wanderte an der Südseite des Hafens bis jenseits der Drehbrücke und fragte fast jeden Fischer, den er auf seinem Boot entdeckte, nach Heinrich. Keiner hatte ihn jüngst gesehen.

Nils war im Haus, als Hansen zurückkam. »Du, Sönke, mir ist eingefallen, wer dich in der Klinik belauscht und später den Zuträger gespielt haben könnte«, sagte er. »Das muss ein spilleriger Alter gewesen sein, der schwer gehustet und sich wider Erwarten erholt hat. Vielleicht gehört er zu Heinrichs Sippe. Aus Fahretoft stammte er jedenfalls.«

»Heinrichs Sippe? Die scheint eher solch bärenartige Figuren wie Heinrich und Callsen in der Familie zu haben. Und auch wenn dich das magere Hemd aus der Klinik nicht niedergeschlagen haben kann, werden wir allen Fahretoftern aus dem Weg gehen, wenn wir zum Bauhof fahren.«

»Wir fahren nach Fahretoft?«, fragte Nils interessiert.

»Ja, auf der Suche nach Heinrich. Nachdem Ernst Eschelsen und Gerlich Hinrichsen als Mörder ausgeschieden sind, müssen wir uns mit Heinrich näher befassen. Er ist der Einzige, der noch in Frage kommt. Wenn nicht, bin ich mit meinem Latein am Ende. Dann war es ein Unbekannter.«

»Und warum müssen wir zum Bauhof?«

»Tade Ketelsen, der dort seit Jahren arbeitet, scheint Heinrich ganz gut zu kennen. Schon aus der Anfangszeit des Dammbaus nach Oland.«

»Aha.«

»Übrigens ist Eile geboten, denn im Hafen ist inzwischen überall bekannt, dass ich nach Heinrich fahnde. Wenn er Dreck am Stecken hat, wird er jetzt das Weite suchen.«

»Du bist derjenige, der noch keine Stiefel anhat, wenn ich mal darauf hinweisen darf.«

Hansen blickte auf seine Stadtschuhe hinunter. »Stimmt. Es könnte übrigens gefährlich werden, jetzt mehr denn je, das ist dir klar? Aber ich muss das zu Ende bringen, schon um meiner eigenen Stellung willen. Wenn du dich zurückziehen möchtest, würde ich das verstehen.«

»Ich bin mit meinem Bleistift schwer bewaffnet, wie immer«, erklärte Nils. »Und diesmal werde ich ihn auch benutzen.«

Hansen grinste.

Der Zufall wollte es, dass die Kutsche, die vom Wasserbauamt üblicherweise gemietet wurde, auswärts war. Auf dem Bahnhofsvorplatz, zu dem sie hoffnungsvoll gelaufen waren, stand auch keine andere Kutsche herum. »So ein Pech«, grummelte Nils. »Wo wir es so eilig haben.«

Während sie noch unentschlossen warteten, rollte eine Kutsche heran, die Hansen unbekannt war, ihr Standort konnte nicht Husum sein.

Eine Frau stieg mit einem kleinen Mädchen aus. Den guten Wünschen des Kutschers entnahm Hansen, dass sie aus Fahretoft stammten und nach dem Kauf eines Nachthemdes zur Eppendorfer Klinik in Hamburg reisen sollten.

»Fahren Sie zufällig zurück nach Fahretoft?«, fragte Hansen den Kutscher.

»Kann ich machen«, bot der Mann an. »Für gewöhnlich stehe ich in Dagebüll.«

»Hervorragend!« Hansen blinzelte Nils zu, hoffte, dass dieser verstand, und schwang sich auf den Kutschbock. Nils kletterte auf die Hinterbank. »Wir müssen südlich von Fahretoft irgendwo im Feld halten. Wasserbauer sind wegen der Zerstörungen auf dem Zufahrtsweg zum Damm im Dorf nicht so gerne gesehen. Kennen Sie vielleicht einen Schleichweg zum Bauhof?«

Der Kutscher lachte. »Den gibt es nicht. Ich schlage vor, ich fahre an Fahretoft vorbei auf die Verlängerung des Holländerdammes. Von dort gibt es einen Weg zum Bauhof, der von Fahretoft nicht einzusehen ist.«

»In Ordnung.«

»Aber die Fahretofter haben schon recht«, setzte der gesprächige Kutscher fort. »Als ich letztens auf dem Zufahrtsweg unterwegs war, ist ein Rad ins Rutschen gekommen. Beinahe wären wir in den Graben gestürzt. Meine Kutsche war zu schwer beladen, um ehrlich zu sein. Ich war froh, als wir die Lütte Jenswarft heil erreicht hatten. Es war sowieso eine abenteuerliche Fahrt, die vergesse ich nie.«

»Wieso?«, hakte Hansen gleich nach.

»Ich hatte Order, in Langenhorn auf den Zug zu warten. Der Zugführer wusste Bescheid. Dann haben zwei Männer solche Reisigdinger, wie man sie benutzt, um das Ufer zu schützen, ausgeladen, und der Schaffner hat ihnen dabei geholfen. Außerdem hatten sie noch eine Strohfigur dabei. So etwas hatte ich noch nie als Fracht. Alles sollte zur Hallig Langeneß.«

»Na, so was«, sagte Hansen ermunternd. »Und das Zeug war so schwer?«

»Ja, eine von den Holzrollen war besonders dick. Ich musste auch noch mithelfen, sie in die Kutsche zu wuchten. Wir waren zu viert für ein Ding, das so leicht aussah, als könnte ein Kind es stemmen! Ich habe mich gewundert, aber der kräftigere von den beiden Deicharbeitern erklärte mir, dass es sich um eine Senkfaschine handeln würde, und die sei mit Steinen gefüllt.«

Heinrich! Mit Steinen beschwerte Senkfaschinen wurden bei Flussregulierungen eingesetzt, aber nicht im Küstenschutz. Das war also die plausible Erklärung, die Heinrich für einen Laien parat hatte. »Was es nicht alles gibt«, sagte Hansen teilnahmsvoll. »Wir beide, mein Kamerad und ich, sind jedenfalls leichter und keine Gefahr für eine Kutsche.«

Die weitere Fahrt über sann Hansen dem Bericht hinterher, und auch der Kutscher schwieg, nachdem er seine Sensation losgeworden war. Hansen kam zwangsläufig zum Schluss, dass Heinrich wirklich beschlagen war, was Damm- und Deichbau betraf.

In der Ferne war Fahretoft sichtbar, als der Kutscher sie hinausließ. »Das dürfte die günstigste Stelle sein«, meinte er.

Der Weg war nicht weiter, als wenn man von Fahretoft kam. Es wäre jedenfalls zu riskant gewesen, unter Callsens Augen mit der Kutsche die Dorfwarft zu umrunden.

»Wenn ich früher daran gedacht hätte, den Kutscher zu befragen, hätte ich bei seiner Erzählung wohl Unrat gewittert«, sagte Hansen unzufrieden.

»Aber hättest du ihn gefunden?«

»Wohl kaum, jedenfalls wäre es sehr zeitraubend gewesen, alle Kutscher der Umgebung zu befragen. Übrigens wäre ein Leiterwagen für diesen Zweck ja besser geeignet gewesen, ich hätte wohl eher danach gesucht. Aber Groterjan hat vermutlich eine Kutsche bestellt, weil er aus Berlin nur Kutschen kennt. Und Erhard Meier hat genau das ausgeführt, was ihm befohlen worden war.«

Sie schwitzten beim Wandern. Hansen suchte mit den Augen immer wieder die Umgebung ab, sah aber nur einmal jemanden aus weiter Ferne, der aufgrund seiner Statur nicht Callsen sein konnte, vermutlich ein Kind. Auch ein Reiter trabte durch die Marsch. Aber alles wirkte völlig normal.

Einmal machten sie eine Pause, damit Nils sich erholen konnte. Als sie am Bauhof angelangt waren, löschten sie zunächst ihren Durst aus einer Flasche. Währenddessen warteten sie auf Tade, der nach geraumer Zeit auf dem Seedeich erschien und mit einem Korb in der Hand herunterstapfte.

»Moin, moin«, grüßte er. »In letzter Zeit geht es bei mir ja wie im Taubenschlag zu.«

»Meinst du uns?«

»Euch und andere Tauben«, sagte Tade und zeigte ihnen den Korbinhalt. »Blaumuscheln. Sie fühlen sich an den Steinen des Damms mittlerweile schon richtig heimisch. Zwei, drei Jahre nach dem Bau dauerte es, aber dann wuchsen sie an. Nicht alle Leute essen sie gern, aber ich durchaus. Ist eine willkommene Abwechslung.«

»Flogen hier denn auch fremde Tauben durch? Du weißt, warum ich in Sorge bin.«

Tade winkte ab. »Ich weiß, ich weiß. Ich passe auf wie ein Schießhund, Sönke. Nein, Fremde sind nicht über den Damm gegangen, nur wie immer dreimal in der Woche der Postbote und vorhin Honke Callsen.«

Hansens aufmerksames Lächeln gefror.

»Callsen kam zu Pferd. Er wollte nach Nordmarsch zum Ratmann, um dem vorzuschlagen, die Halligbutter in Zukunft nicht in Wyk zu verkaufen, sondern nach Husum zu schicken. Er meinte, er würde sich um den Verkauf … Was ist denn, Sönke?«

»Ich muss sofort nach Langeneß«, flüsterte Hansen, heiser vor Aufregung. »Callsen ist ein Schläger. Wer weiß, was er und Heinrich ausgeheckt haben.«

Kapitel 25

Honke Callsen wanderte zügig über die Sandwege der Hallig Langeneß, einen Rucksack auf dem Rücken und in der Hand den kräftigen Stock, mit dem er sein Vieh von Weide zu Weide zu treiben pflegte.

Seine Idee, die Butter, die auf der Hallig erzeugt wurde, in Husum zu verkaufen, fand er gar nicht mal so schlecht. Den Weibern würde dadurch die Seefahrt nach Wyk erspart, wo sie in unregelmäßigen Abständen Butter, Schafwolle und Strickstrümpfe feilboten, waren sie doch ohnehin besser am häuslichen Herd und im Stall aufgehoben. Die Ehemänner würden das zu schätzen wissen, denn so könnten sie ihre Frauen besser unter Aufsicht halten. Wer wusste schon, was sie am Tag der Wyker Tour zwischen Ankunft und Abfahrt in der Badestadt mit den fürstlichen Gästen sonst noch so trieben.

Allerdings hatte Callsen überhaupt nicht vor, mit dem Ratmann oder sonst jemandem über diesen Plan zu sprechen.

Sein Ziel war die Ketelswarf, und er hatte ein weitaus unterhaltsameres Anliegen.

»Moin, moin«, rief Callsen gutgelaunt und betrat die Küche des Payenshauses, als ginge er dort täglich ein und aus.

»Moin«, grüßte Brodina zurück, die am Küchentisch Kartoffeln schälte.

Callsen nahm seinen Rucksack ab, zog einen Stuhl unter dem Tisch heraus und setzte sich unaufgefordert.

»Willst du mit Jorke sprechen?«, fragte Brodina, etwas verunsichert.

»Ja, genau. Mit Jorke Hansen.«

Nachdem sie keine weitere Erklärung erhielt, erhob Brodina sich und tappte schwerfällig zur Küchentür. »Jellef, kommst du mal?« Dann holte sie die Kartoffelschüssel, setzte sich auf den Hocker, der vor dem Herd stand, und schälte weiter.

In der Diele waren Jellefs Schritte zu hören, dann, wie er aus den Holzschuhen stieg und sie an die Wand schob. Kurz darauf betrat er die Küche. »Wir haben Besuch?«, fragte er beim Anblick von Callsen, der kühl und unbeteiligt auf seinem Stuhl saß.

»Das weiß ich nicht«, antwortete Brodina misstrauisch.

»Wieso, da sitzt er doch.« Jellef streckte Callsen freundlich die Hand zum Gruß hin. »Wer bist du denn?«

»Honke Callsen aus Fahretoft.«

»Ich bin Jellef. Du willst vermutlich zu Jorke, die ist aber gerade in der Nachbarschaft.«

Callsen nickte. »Bring mir einen Becher Milch. Wandern macht durstig.«

Jellef runzelte die Stirn und blickte zu Brodina hinüber, die mit ratloser Miene die Schultern hochzog. »Du kannst Wasser haben. Wünsche kannst du nachher bei Jorke vorbringen, der gehört der Hof. Außerdem stehen die Kühe noch trocken.«

»Dann eben Wasser«, warf Callsen lässig hin. »Kannst du Jorke holen?«

»Nein.« Jellef tauchte einen Becher in den Holzbottich, der das Haushaltswasser enthielt, und stellte ihn auf den Tisch. »Kann ich dir vielleicht weiterhelfen? Damit du nicht auf Jorke zu warten brauchst.«

Callsen, der sich von dem Wasser bedient hatte, schüttelte den Kopf.

Jellef gab auf und setzte sich. Schweigend warteten sie, nur das Schälgeräusch der Kartoffeln durchbrach die Stille.

Kurze Zeit später quietschte die Haustür, und Agges freudiges Quieken erfüllte die Diele. Dann kam Jorke herein, wunderte sich ein wenig über den ihr unbekannten Gast und begrüßte ihn mit Handschlag. »Bist du zu Besuch auf der Hallig? Bei wem, wenn ich fragen darf?«

»Bei dir.«

Jorke krauste abwartend die Stirn. Nicht jedem war es gegeben, sich gut verständlich zu machen. Sie setzte sich dem Fremden gegenüber und nahm Agge auf den Schoß. »Wer bist du, und woher kommst du?«

»Honke Callsen. Fahretoft.«

»Planst du einen Handel mit uns?«, fragte Jorke weiter und bemühte sich, ihre Ungeduld zu unterdrücken. »Dann musst du dich an Jellef wenden. Er führt den Hof.«

»Ja, einen Handel, den habe ich vor.« Callsen bückte sich, holte den Rucksack auf seine Knie und schnürte ihn auf.

Jorke wurde allmählich unruhig. Was war mit diesem Mann los?

Callsen kramte eine dreizinkige Hacke heraus, wie sie beim Deichbau benutzt wurde, und legte sie neben sich auf die Bodenfliesen. Die Tigerkatze, die wie immer durch die

Küche strich, gab plötzlich einen Schrei von sich und landete auf vier Pfoten vor dem Herd.

Jorke bückte sich und spähte unter dem Tisch hindurch. Callsen musste den Kater mit dem Fuß durch die Luft katapultiert haben. Plötzlich fröstelte sie. Sie versuchte sich einzureden, dass Callsen wegen der Deichbauarbeiten mit Sönke sprechen wollte. In ihrem Hinterkopf wirbelte trotzdem das Wort Fahretoft herum. Dort war Nils niedergeschlagen worden, und dort hatte jemand Sönke und sie beobachtet. Der seltsame Besucher stammte von dort. Und die schwere Hacke konnte auch als Waffe dienen.

»Kräftiges Werkzeug, nicht?«

Erleichtert, dass der Mann endlich mal von sich aus etwas sagte, fand auch sie die Worte wieder. »Ist die Hacke jemandem bei den Arbeiten am Deich verlorengegangen, und du willst sie abliefern?«, fragte sie und gab sich Mühe, ihre Stimme fest klingen zu lassen.

»Nein.« Plötzlich warf Callsen sich nach hinten, dass die Stuhllehne knackte, und gab ein tiefes, grollendes Lachen von sich. »Du hast Angst, stimmt's? Frauen haben immer Angst vor mir.«

»Ich weiß nicht, was Sie von mir wollen«, rief Jorke aufgebracht und ging zum Sie über, weil sie inzwischen begriffen hatte, dass der Mann kein Besucher mit lediglich ungelenken Umgangsformen war.

Callsen griff sich die Hacke und warf sie nach dem Kater. Er wurde am Rücken getroffen, sank zu Boden und blieb liegen. Jorke drückte Agge ungestüm an sich und beugte sich über ihn, um ihn zu schützen.

Callsen, der sie beobachtete, lachte wieder, trug seinen Stuhl zur Küchentür und hob im Vorbeigehen seine Hacke auf. Diesen Augenblick, da er den anderen den Rücken zuwandte, nutzte Jellef, um von seinem Stuhl hochzuschnellen. Er schaffte nur einen Schritt Richtung Vorratskammer, die eine Stufe höher lag, bis Callsen herumschnellte. Er hieb Jellef blitzschnell eine Zinke der Hacke in den Hosenbund und riss ihn daran zurück. »Nicht so schnell, Freund«, knurrte er. »Ihr bleibt alle hier, bis ich was anderes befehle.«

Jetzt war endgültig geklärt, dass dieser Fremde als Feind gekommen war. »Was wollen Sie von mir?«, fragte Jorke mit gefestigter Stimme, während sie aus dem Augenwinkel beobachtete, wie Jellef sich stöhnend aufrichtete. Gottlob hatte er sich nicht das Rückgrat gebrochen.

Callsen setzte sich wieder, aufreizend träge, legte die Hacke ab und leckte sich die Lippen. »Von dir will ich gar nichts. Ich will mit deinem Mann verhandeln.«

»Der ist doch gar nicht hier!«, rief Jorke. »Den finden Sie im Wasserbauamt!« Sie würde Sönke vom Telefon im Bauleiterhaus auf Oland aus warnen können. Außerdem waren im Amt viele Männer beschäftigt, die diesen Callsen überwältigen konnten, wenn er auch dort mit Hilfe einer Hacke zu verhandeln versuchte.

Jorkes Hoffnung löste sich beim Anblick von Callsens süffisantem Grinsen auf wie Morgennebel.

»Er kommt sicher bald.« Callsen legte sich die Hacke quer über die Knie, ruckte sich in eine bequeme Position und verschränkte die Arme.

»Wieso?«, fragte Jorke verwirrt.

Callsen hüllte sich in Schweigen, und eine Weile blieb es ruhig.

Plötzlich gab Brodina ein leises Wimmern von sich. »Ich muss mal«, flüsterte sie verängstigt.

Jorke hatte keinerlei Hoffnung, dass Callsen die alte Frau gehen lassen würde. Dazu war er zu schlau und zu gefühllos.

»Dann pischere in deine Röcke!«, befahl er denn auch grob.

Brodina fing an zu weinen.

»Lass laufen, Brodina«, sagte Jorke warmherzig. »Wir sind hier vielleicht noch Stunden gefangen.«

»Ist keine Lore hier?«, fragte Hansen und spähte argwöhnisch zum Schienenende.

»Nein, die hat Callsen. Er will heute noch zurückkommen. Mit Butter und Sahne. Worüber regst du dich eigentlich so auf, Sönke?«

»Versteh doch, Tade! Wir suchen Heinrich Sörensen überall wegen eines Mordes, den er wahrscheinlich begangen hat, und sein Vetter Honke Callsen ist mit ihm im Bunde. Ich fürchte um meine Frau und meinen Sohn, die auf der Hallig sind! Dabei hatte ich sie bewusst dorthin geschickt, damit sie außer Gefahr sind.«

»Ah, so. Vielleicht ist es aber auch ganz harmlos, und Callsen …«

Hansen kümmerte sich nicht mehr um Tades Einwände. Für Erklärungen blieb keine Zeit. Er setzte sich und begann, seine Hosenbeine bis unter die Knie hochzukrempeln. »Wie viel Vorsprung hat Callsen?«

»Eine Stunde vielleicht … Zu Fuß ist er schnell.«

Nils in seinen Knickerbockern war schon bereit für die Wanderung über den Damm. »Kann ich unsere Wasserflasche bei Ihnen auffüllen?«, wollte er von Tade wissen.

Tade nickte und hastete trotz seiner Vorbehalte zu seinem Haus und Nils hinter ihm her. Als Nils zurück war, stapften er und Hansen den Deich hoch.

Geraume Zeit war vergangen, als jemand an die Küchentür klopfte. »Bleib draußen, Sönke!«, schrie Jorke.

Aber Callsen war schon aufgesprungen und hatte die Tür aufgerissen. Mit einer Hand zog er Hansen an der Jacke in die Küche, mit der anderen ließ er die Hacke drohend über dessen Kopf schweben, bis er freiwillig folgte.

Jorke schluchzte vor Erleichterung, dass nichts passiert war, dann riss sie sich zusammen. »Sönke, er will mit dir verhandeln, sagt er. Deshalb hält er uns hier fest. Ich weiß nicht, worüber.«

»Ich ahne es.« Hansen lehnte sich an den Kamin, in dessen Herdstelle die Glut längst erloschen war, weil niemand nachgelegt hatte. Mit einem Rundblick überprüfte er, wie es den Anwesenden ging. Verletzt war niemand, außer dem Kater, der anscheinend tot war. Jorke wirkte gefasst, sie hielt Agge, der in ihren Armen eingeschlafen war. Brodina gab einen markanten Geruch von sich und hüllte verschreckt den Kopf in ihr schwarzes Schultertuch. Jellef schien geistig abwesend zu sein. Gut zu wissen, dass niemand in Panik war.

Nils, der Hansen in die Küche gefolgt war, hatte sich auf den Boden gesetzt. Er kramte in seiner Jackentasche nach Papier und Bleistift. Zum Mitschreiben, vermutete Hansen.

»Also los, Callsen! Was wollen Sie?«, eröffnete Hansen die Verhandlung.

»Nichts. Ich verhandele für meinen Vetter Heinrich.«

»Das dachte ich mir. Was will er?«

»Abhauen, weit weg, vielleicht in ein anderes Land, wo es gerechter zugeht.«

»Und warum ist er nicht schon fort?«

»Das kann er nicht, er hat keine Papiere. Sie suchen ihn und wahrscheinlich auch schon die Polizei.«

»Zu Recht. Heinrich hat einen Mord begangen.« Hansen zweifelte jetzt nicht mehr daran, dass Heinrich der Täter war. Geiseln nehmen zu lassen war ein Schuldeingeständnis.

»Das war kein Mord«, ereiferte Callsen sich. »Dieser Lars Ebsen hat einen Streit angefangen, und Heinrich hat sich gewehrt.«

»Vom Wehren in einem Wortstreit stirbt man nicht. Heinrich muss mit einer Waffe auf Lars losgegangen sein.«

»Nur mit der Faust!«, bölkte Callsen aufgebracht. »Der Kerl hatte eine Eierschale als Schädel. Dafür kann Heinrich doch nichts.«

»Wir können beide nicht wissen, was Heinrich wirklich gemacht hat«, sagte Hansen in der Hoffnung, dass Callsen sich beruhigte. Wahrscheinlich war er genauso jähzornig und unberechenbar wie sein Vetter. »Er hätte die Polizei rufen sollen. Die hätte einen Arzt zu Rate gezogen, und der hätte Heinrichs Behauptung, dass es ein Unfall war, bestätigen können. Stattdessen hat er Lars' Leichnam verbrannt.«

»Es war sicherer, die Leiche verschwinden zu lassen. Heinrich wollte doch als Ersatzmann weiter für die Bauverwaltung arbeiten.«

Hansen schüttelte den Kopf über so viel Naivität. »Und was erwarten Sie von mir?«

»Sie werden der Polizei unsere Bedingungen mitteilen. Die sollen Heinrich einfach gehen lassen, er ist kein böser Mensch. Er kann es sich leisten, weit wegzuziehen. Der Fernsprechapparat im Bauleiterhaus auf Oland funktioniert, den können Sie benutzen. Da meldete sich heute früh ein nettes Fräulein.«

»Und Sie?«

»Oh, ich werde solange mit diesen gastfreundlichen Leuten hier in der Küche zusammensitzen. Sobald die Polizei versprochen hat, Heinrich die nötigen Papiere auszustellen, ist alles gut. Dann verschwinde ich, und ihr melkt weiter eure Kühe, die noch trocken stehen. Und trinkt eure Milch alleine.«

Das war Dummheit. Damit würden weder Heinrich noch Callsen, der sich mitschuldig gemacht hatte, durchkommen. Hansen schüttelte verstohlen den Kopf.

Callsen beobachtete ihn. »Sollte das aber alles ganz anders ablaufen, als Heinrich und ich es geplant haben, weniger gemütlich, meine ich, schlage ich deinen kleinen Jungen mit dem Ding hier zu Brei.« Er hielt die Hacke in die Höhe.

Das war der Alptraum, den Hansen um jeden Preis hatte verhindern wollen. Er folgte Jorkes zitterndem Finger, der auf den erschlagenen Kater zeigte. Er nickte. Er wusste, was auf dem Spiel stand. Solange er aber noch keinen Ausweg hatte, musste er Callsen beschäftigen. »Haben Sie Nils niedergeschlagen?«

Der Berserker grinste. »Ich sage nichts.«

»Und auf mich geschossen?«

»Das war ich«, bestätigte Callsen. »Ich bin ein guter Schütze.«

Womit er wohl sagen wollte, dass er Hansen getroffen hätte, wenn er gewollt hätte. Hingegen war Nils wohl von Heinrich niedergeschlagen worden, aber einen Vetter denunzierte man nicht. Hansen fiel noch etwas ein. Callsen würde wegen Beihilfe zum Diebstahl einer Sau zur Rechenschaft gezogen werden. Das erwähnte er lieber nicht. Aber etwas anderes: »Warum ist Heinrich in Lars' Haus eingebrochen?«

»Ich sage nichts«, wiederholte Callsen. »Aber ich könnte mir denken, wenn er schon wegen Lars verreisen muss, dass er sich von ihm das Fahrgeld geholt hat.«

»Du musst telefonieren gehen, Sönke!« Jorkes Fingerknöchel wurden weiß vor Anstrengung, sich zu beherrschen. Agge wachte auf und begann zu weinen.

Jellef stemmte sich zum Stehen hoch. »Jorke, ich halte das nicht mehr aus hier. Mir geht es nicht gut. Mich geht das Ganze auch nichts an. Ich will raus, Callsen!«

»Du bleibst hier! Übrigens, Hansen, ich warne dich. Wenn hier plötzlich ein Haufen Nachbarn vor dem Haus steht oder jemand durchs Fenster schießen will ... Bevor das passiert, ist dein Agge tot.«

»Glaub ihm«, rief Jorke verzweifelt. »Er ist schnell wie eine Kreuzotter und grausam.«

Die Erfahrung hatte Hansen selbst gemacht. Callsen würde nicht zögern, sein Vorhaben auszuführen, selbst wenn er wegen Mordes würde hängen müssen. Die Vettern klebten zusammen wie Pech und Schwefel. »Ich werde telefonieren«, sagte er gepresst.

Jorke biss sich auf die Lippen und nickte ihrem Mann unmerklich zu. Verzweiflung lag in ihren Augen, und er hatte keine Möglichkeit, sie zu beruhigen.

»Nils!«

Der Journalist kritzelte in sein Notizbüchlein, in dem er anscheinend das Gespräch festhielt, und sah ziemlich uninteressiert zu Hansen hoch. »Ja, ja, ich kümmere mich um sie, wenn ich meine Skizzen beendet habe.«

Hansen nickte, keineswegs beruhigt angesichts des seltsamen Verhaltens der beiden Männer. Nils würde es im Notfall nicht mit Callsen aufnehmen können, nur war seine Anwesenheit für Jorke vielleicht ein kleiner Trost. Jellef, auf den Jorke sich sonst immer hundertprozentig verlassen konnte, war mit seiner letzten Bemerkung zum Rätsel geworden. Konnte es sein, dass sich der Verwalter jetzt in der Not als Feigling herausstellte?

Callsen vermutete offenbar, dass Hansen nur scheinbar nachgegeben hatte oder sich gegen seinen Befehl sträubte.

Geräuschvoll stand er auf, zeigte herrisch auf die offene Tür und beförderte Hansen mit einem kräftigen Stoß in den Rücken nach draußen.

Hansen trat einen Eilmarsch zum Damm an, ohne nach rechts oder links zu sehen. Er wagte nicht, jemandem zu erzählen, was gerade auf der Ketelswarf geschah. Dazu fürchtete er viel zu sehr, dass Nachbarn, die Callsens Charakter nicht kannten, versuchen würden, helfend einzugreifen. Und dass dies mit dem Tod von Agge enden würde.

Am Lorenbahnhof schob Hansen die leere Lore von dem kleinen Hügel herunter, auf dem sie stand, und sprang dann auf die Kupplung, um Kräfte zu sparen, solange sie rollte. Mechanisch schob, lief und sprang er, während die Gedanken auf der Suche nach einer Lösung durch seinen Kopf wirbelten. Noch fand er keine.

Der Fernsprechapparat funktionierte tatsächlich, und das Fräulein vom Amt konnte ihn zum Glück sofort mit Petersen verbinden.

Mit den Worten »Es ist eine Katastrophe eingetreten« begann Hansen seinen Bericht.

Kapitel 26

Heinrich Sörensen war noch nie groß im Land herumgekommen. Hamburg war bisher sein weitestes Ziel gewesen. Erstmals hatte er jetzt eine Reise nach Berlin angetreten, und die war überraschend problemlos vonstattengegangen.

Für die Fahrt hatte er sich städtisch herausgeputzt. Im dunklen Jackett mit passender Hose und Weste, dazu eine ordentliche braune Reisetasche, unterschied er sich nicht von den Berlinern und anderen Auswärtigen, die mit ihm zusammen am Lehrter Bahnhof aus dem Zug stiegen.

Er hatte noch Zeit für einen Stadtbummel, bis die Ämter am Abend schlossen und er sich seinem Vorhaben widmen konnte.

Berlin war schon am Bahnhof wirbelig und aufregend, für ihn wie gemacht, fand er auf Anhieb. Nachdem er sich eine Weile umgesehen hatte, stieg er ziellos in die nächste Straßenbahn, wechselte auf eine andere Linie und verließ sie, wo ihm die Umgebung zusagte.

Zu seiner Freude entdeckte er, dass es sich um ein Vergnügungsviertel handelte. Die Straße hieß Friedrichstraße. Hier drängten sich Brauhäuser, Varietés, Spelunken und Amüsierbühnen aneinander. Heinrich wanderte gemächlich umher, betrachtete neugierig Plakate, auf denen freizügige Damen abgebildet waren, und erkannte mit Kennerblick auch die lebenden Gegenstücke, die vor Hauseingängen schon früh am Nachmittag ihre Dienste anboten.

Die Blicke einiger Frauenspersonen folgten ihm. Selbstgefällig richtete er seine Fliege. Er konnte sich gut vorstellen, dass man ihn aufgrund seiner stattlichen Statur für einen neuen Kunden oder auch Kuppler hielt. Auch andere Aufgaben kämen für ihn in diesem Viertel in Frage. Er hatte sich eingehend informiert und blickte nun optimistisch in die Zukunft. Die konnte er sich gut hier in Berlin vorstellen, es würde ihm mehr einbringen als seine verschwiegene nächtliche Zusatztätigkeit in Husum, wo er nie mehr als Vorarbeiter geworden war.

Kurz vor Einsetzen der Dämmerung wurde es Zeit, Groterjan abzufangen. Heinrich machte sich auf den Rückweg zum Lehrter Bahnhof. Ganz in der Nähe sollte sich das Generalstabsgebäude des preußischen Kriegsministeriums befinden. In der am Feierabend vorbeihastenden Menge fand er jemanden, der ihm Auskunft geben konnte.

Die Ingenieursabteilung entdeckte er dank der Wegweiser im benachbarten Hinterhof. Sie hatte nur einen Eingang, zu dem Heinrich durch einen Torbogen gelangte. Er konnte Groterjan gar nicht verfehlen.

Heinrichs Geduld wurde auf die Probe gestellt, aber dann endlich verließ Groterjan das Haus. Vor dem Tordurchgang zur Straße blieb er stehen und zündete sich in aller Ruhe eine Zigarette an.

Das passte gut, es bedeutete, dass er Zeit hatte. Heinrich

spazierte ohne Eile in den Hof und blieb vor Groterjan stehen.

Groterjan kniff die Augen zusammen und tat zwei schnelle Züge. Er musterte Heinrich von Kopf bis Fuß. »Bist du es wirklich?«

»Ja, bin ich«, sagte Heinrich selbstgefällig. »Ich wollte Sie mal besuchen.«

»Tja«, sinnierte Groterjan unschlüssig, nahm nervös noch zwei Züge und trat die Zigarette dann aus.

»Es gefällt mir hier in Berlin«, schwatzte Heinrich, der nicht wusste, was er sonst hätte sagen sollen, und sah sich um. »Ist mehr los als in Husum.«

Groterjan lachte knapp. »Willst du dein Tätigkeitsfeld nach Berlin verlegen? Das dürfte wohl eine Nummer zu groß für dich sein. Oder würdest du gerne dein Haus in Husum mit einer stinkenden Kellerwohnung tauschen, in der du nur gebückt stehen kannst?«

Heinrich wurde wütend, aber er bezwang sich. Er wusste, dass man sich in der Hauptstadt nicht so geben durfte, wie einem zumute war.

»Wollen wir zusammen einen trinken?«, fragte Groterjan schließlich und sah dabei so aus, als würde er alles andere lieber tun.

Das störte Heinrich weniger, er war begeistert. »O ja, in einer Kneipe zu zweit ist es besser als allein. Gerne!«

Groterjan zögerte. »Nein, lieber bei mir zu Hause, da sind wir ungestört.«

»Sie wollen sich mit mir in der Öffentlichkeit nicht zeigen«, behauptete Heinrich beleidigt. »Dabei habe ich mich fein angezogen.«

»Stimmt. Wirklich stadtfein. Aber über Husum und Strohpuppen sollten wir in einer Kneipe ganz bestimmt kein Wort verlieren. Was meinst du, wie viele Ohren hier weit aufgesperrt sind. Es wimmelt von Zuträgern und Tratschtanten!«

»Ach so.« Besänftigt folgte Heinrich Groterjan in dessen Heim.

Die Wohnung des Direktors Groterjan lag im ersten Stock eines ehrwürdigen Gebäudes und war schon auf den ersten Blick geräumig. Der Major gab sich zwar nicht die Mühe, Heinrich die Zimmer zu zeigen, aber er konnte ja die Türen zählen. Sieben sollten ausreichen für einen Mann, dessen Frau abgehauen war und der keine Kinder hatte, wie Heinrich wusste.

Umso überraschter war Heinrich, dass ein junges Mädchen mit weißer Schürze und einem Häubchen auf dem Kopf in den Salon kam, kaum dass sie Platz genommen hatten. Damit hatte er nicht gerechnet, und er hoffte, dass sie ihm nicht im Weg sein würde.

Sie machte einen Knicks und fragte, ob sie Kaffee bringen dürfe.

»Jawohl und Kognak«, orderte Groterjan.

»Darf ich das Gepäck des Herrn in den Flur mitnehmen?« Sie richtete ihre Frage an Heinrich.

»Auf keinen Fall«, sagte er und legte zur Sicherheit eine Hand auf die Henkel der Reisetasche, die an der Seite markant ausgebeult war.

Groterjan zündete sich wieder eine Zigarette an und schob Heinrich das Lederetui hin, damit er sich selber bediente. Der merkte wohl, dass er vom Major nicht wie ein gleichrangiger Besucher behandelt wurde, und das gefiel ihm gar nicht.

»Was für Neuigkeiten gibt es in Husum?«, erkundigte sich Groterjan, als er zwei Gläser Kognak eingeschenkt hatte und sie einander zuprosteten.

Heinrich zuckte mit den Schultern. »Eigentlich keine, ich wüsste nichts.«

»Die Namen des Toten und seines Mörders sind immer noch nicht bekannt?«

»Soviel ich weiß, nicht.« Dass Hansen ihm bedenklich nahe gekommen war, würde Heinrich dem Major bestimmt nicht erzählen. Das wusste nur Honke. »Sie haben bei Ihrem Besuch in Husum vor ein paar Tagen also auch nichts gehört?«

»Nicht das Geringste«, beteuerte Groterjan hastig.

Heinrich sah ihm forschend ins Gesicht. Groterjan schien die Wahrheit zu sagen. Umso besser. Wenn hier in Berlin nichts von den neuesten Erkenntnissen in Husum bekannt war, hatte er auch keinen Anlass, seine kleine Allzweckwaffe anzuwenden. Gedankenvoll tätschelte Heinrich seine Reisetasche.

Der Kaffee wurde gebracht. Groterjan trank ihn schnell aus, und Heinrich sah sich genötigt, mitzuhalten. Nach einem zweiten Glas Kognak gab es nichts mehr zu besprechen, und Groterjan erhob sich, nachdem er mit einem zierlichen Glöckchen geklingelt hatte.

Als das Dienstmädchen die Haustür nachdrücklich hinter ihm geschlossen hatte, fiel Heinrich auf, dass der Direktor ihn wie einen Dienstboten entlassen hatte. Aber jetzt war es zu spät. Zumindest für den Moment. Aufgeschoben war nicht aufgehoben. Es war ja nicht sein letzter Besuch bei Groterjan gewesen.

Als Hansen in das Haus auf der Ketelswarf zurückkehrte, schien dort alles ruhig zu sein, zum Glück nicht grabesstill, denn er hörte Jorke sprechen. Auch dass sich an dem üblichen Sammelsurium von lebensnotwendigen Dingen in der Diele nichts verändert hatte, trug zu seiner Beruhigung bei.

Vorsichtig rief er »Ich bin es« und trampelte geräuschvoll vorbei an den Haken mit Jacken, einer Laterne und einem dünnen Tau, wo auch die Glüb zum Fangen von Garnelen und der Aalkamm neben aufgereihten Stiefeln an der Wand lehnten. Nervös klopfte er an die Küchentür.

Callsen öffnete sofort. Nachdem Hansen seine leeren Hände vorgezeigt hatte, durfte er eintreten.

Jorke lächelte ihn erleichtert an. Sie saß auf dem Alkovenbett, in das sie Agge zum Schlafen gelegt hatte, und streichelte den Kleinen sacht.

Hansen nahm seine vorherige Position am Herd ein und sah sich um. Brodina hielt immer noch krampfhaft die Schüssel mit den fertiggeschälten Kartoffeln fest, und Nils hockte unverändert auf dem Boden. Von Callsen unbemerkt, zwinkerte er Hansen zu, was man als gutes Zeichen nehmen konnte.

Nur Jellef hing mit kläglicher Miene auf seinem Stuhl und machte den Eindruck, als würde er bald zusammenbrechen. Jorke, die Hansens forschenden Blicken folgte, zog die Schultern hoch. Anscheinend kannte sie Jellef so nicht.

»Was ist?«, fragte Callsen ungeduldig. »Komm endlich mit der Sprache raus, Hansen!«

»Ich habe alles an meinen Chef, den Herrn Petersen, weitergegeben. Der spricht mit der Polizei. Mehr konnte ich nicht erreichen. Jetzt muss man abwarten. Morgen früh soll ich nachfragen.«

Brodina heulte vor Schreck auf.

»Wir müssen auch etwas essen«, gab Jorke zu bedenken. »Und Agge braucht seinen Brei, sobald er aufwacht.«

»Dieser kümmerliche Bursche da«, sagte Callsen und wies mit dem Kinn auf Jellef, »wohin wollte der? Was ist hinter der Tür da?«

»Unsere Vorratskammer. Und da drunter ist der Halbkeller. Beide Räume haben keine Fenster«, antwortete Jorke rasch.

»Na gut. Ich setze mich zu eurem Agge ans Bett, und du holst was zu essen. Die Vorratskammer muss ja eine zweite Tür haben, sonst hätte der Bursche nicht versucht, dort hinein zu entwischen. Solltest du in die Nähe dieser Tür kommen, Weib, weißt du, was passiert.«

Jorke nickte stumm, und Hansen hatte sie noch nie mehr geliebt als in diesem Augenblick, in dem sie so tapfer war. Er selber hingegen krampfte die Hände zu Fäusten, als Jorke ihren Platz dem Berserker mit der Hacke überließ und nach nebenan ging.

Nach einer Weile kam sie mit Brot, einem Schmalztopf und Sauerfleisch zurück und lud alles auf dem Küchentisch ab.

»Schneid das Brot und tu jedem was auf einen Teller, mir auch!«, befahl Callsen.

»Ich will nichts«, jammerte Jellef und sank noch mehr in sich zusammen.

Jorke kümmerte sich nicht um ihn, schnitt Brot auf, gab Sauerfleisch auf die Teller und reichte sie weiter, mitsamt Gabel. Callsen, der wieder auf seinem Stuhl saß, bekam eine doppelte Portion, seiner Größe entsprechend.

Irgendetwas lag in der Luft. Hansen war so angespannt, dass er fast keinen Bissen herunterbekam.

Jellef rutschte vom Stuhl. »Jorke, ich kriege wieder einen Anfall«, keuchte er.

»Was für einen Anfall?«, fragte Callsen ungerührt, während er mit dicken Backen und offenem Mund mampfte.

»Oh, er hat die Fallsucht«, sagte Jorke nach einem winzigen Augenblick der Verblüffung. »Fallsüchtige stecken selten jemanden an, wenn sie schmatzen, heißt es. Ich glaube, Sie brauchen davor keine Angst zu haben. Wir sind bisher auch gesund geblieben.«

Callsen rückte seinen Stuhl ein Stückchen zurück und starrte angewidert auf Jellef hinunter, der die Augen verdrehte und in Abständen zu schmatzen anfing.

Hansen hatte noch nie etwas von Jellefs Fallsucht gehört. Aus dem Augenwinkel sah er, dass Nils seinen noch halbvollen Teller behutsam von den Knien auf den Boden schob, unbeobachtet von Callsen, der abgelenkt war. Nils bereitete sich auf etwas vor.

»Frische Luft! Ich muss an die Luft, sonst kotz ich!«, wisperte Jellef, der dem Ende nahe schien.

»Ich will in Ruhe essen! Schleift den Kerl raus und legt ihn so ab, dass ich ihn im Auge behalten kann! Lasst die Küchentür offen«, bölkte Callsen irritiert, sprang auf und setzte sich auf einen Hocker am Herd, wo er Diele und Küche im Blick hatte. »Dann kommt ihr wieder rein.«

Eine Weile lag Jellef noch auf dem Dielenboden, wobei seine Arme zuckten und seine Beine Löcher in die Luft trampelten. Schließlich wurden die Bewegungen schwächer.

»Euer Freund stirbt«, kommentierte Callsen zufrieden und begann einen weiteren Berg Sauerfleisch, den Jorke ihm auf den Teller gehäuft hatte, in sich hineinzuschaufeln.

Jellef richtete sich mühsam zum Sitzen auf. »Ich brauche Seeluft! Kann ich die Glüb mitnehmen, Jorke? Wenn ich die schiebe, wirbele ich das Wasser schneller auf und kotze auch nicht. Ich verspreche es. Vielleicht fange ich sogar Porren.«

»Salzwassertropfen in der Luft sind das beste Gegenmittel bei einem Anfall von Fallsucht«, ergänzte Jorke, an Callsen gewandt. »Das hat der Apotheker in Husum uns empfohlen.«

Hansen dämmerte inzwischen, dass Jellefs Auftritt gespielt war und er irgendetwas vorhatte. Porren gab es zu dieser Zeit in Ufernähe überhaupt nicht.

Callsen, der geräuschvoll kaute, sah Jorke einen Augenblick nachdenklich an und drehte den Kopf dann wieder in Jellefs Richtung.

Er verstand nichts. Die Situation überforderte ihn, wie Hansen erkennen konnte.

»Ich muss kotzen«, quengelte Jellef.

»Dann hau endlich ab. Ich setze mich wieder zu eurem Jungen, wenn ich mit Essen fertig bin«, knurrte Callsen für alle zur Warnung.

Jellef rappelte sich auf, fiel hin und versuchte es aufs Neue. Callsen kümmerte sich nicht mehr um ihn, bis Jellef auf unsicheren Füßen aus der Diele noch einmal in die Küche gewankt kam. »Wo ist denn der Eimer, Jorke?«

Nils zog die Beine an, bereit, aufzuspringen, und auch Hansen spannte die Muskeln an.

In diesem Moment hob Jellef die Glüb und schlug sie Callsen über den Kopf. Das feinmaschige Netz entfaltete sich und hüllte den Mann bis zur Hüfte ein. Während Callsen Teller und Gabel losließ und mit den Armen kämpfte, um sich zu befreien, rannte Hansen in die Diele, um das Tau zu holen. Noch im Laufen knüpfte er einen Palstek.

Zu dritt gelang es ihnen, Callsen zu bändigen. Schließlich lag der Bauer mit eng an den Körper geschnürten Armen auf dem Fußboden und trat mit aller Gewalt um sich.

Sie mussten ihn in die Diele ziehen und sich austoben lassen. Mit einem weiteren Tau um die Beine war er wehrlos.

Hansen machte sich erneut auf den Weg zum Fernsprecher im Bauleiterhaus. Er war noch nicht zur Tür hinaus, als er Callsen sagen hörte: »Ich muss mal kacken.«

»Mach in die Hose«, empfahl Jellef. »Wir bugsieren dich in den Garten, da kannst du stinken, soviel du willst.«

In aller Eile alarmierte Hansen den Nachbarn Arfast, der sofort hinüberlief, um den Kerl zusammen mit Jellef und Nils zu bewachen, dann rannte Hansen die Ack hinunter. Die drei Männer waren Herr der Angelegenheit.

Am Tag darauf kamen die beiden Schutzleute aus Husum. Sie hatten den Auftrag, Callsen für die Seereise fertig zu machen. Die Arme wurden ihm hinter dem Rücken mit Handschellen zusammengeschlossen, die Beine an den Waden so gefesselt, dass er nur kleine Schritte machen, aber immerhin bis zum Leiterwagen gehen konnte.

Hansen wies die Polizisten darauf hin, dass Callsen eine Gefahr für alle war, die sich in seiner Nähe aufhielten. Sie wussten es. Und sie hatten Order, den Geiselnehmer noch vor dem Ablegen so zwischen den Klampen festzuzurren, dass er sich nicht über Bord stürzen konnte.

Ein paar Stunden danach stieg auch die Familie Hansen an Bord eines Ewers und segelte zum Festland zurück.

Kapitel 27

Sönke Hansen befand sich in Petersens Büro, als der Fernsprecher klingelte. Petersen hob ab und ließ sich verbinden. »Ach, Herr Zimmermann, wie geht es Ihnen?«

Petersen lauschte einen Augenblick sehr interessiert. »Moment, am besten erzählen Sie ihm das selbst, er ist gerade bei mir.« Er reichte Hansen den Hörer.

»Moin, Herr Hansen«, sagte Zimmermann. »Ich wollte Ihnen etwas mitteilen, von dem ich nicht weiß, ob es überhaupt von Bedeutung ist. Ich fand es jedenfalls seltsam. Vor zwei Tagen habe ich hier in Berlin diesen Bären von einem Mann gesehen, der die Lore über den Damm nach Langeneß geschoben hat, wissen Sie noch? Ich glaube, Sie nannten ihn Heinrich Sörensen.«

»Der wird von den Polizeibehörden wegen Mordes gesucht, Herr Zimmermann«, platzte Hansen heraus. »Wo haben Sie ihn gesehen?«

»Sie wissen ja, dass die preußischen Bauvorhaben an den Küsten in der Ingenieursabteilung des Kriegsministeriums angesiedelt sind. Ich hatte routinemäßig Rapport erstattet und wollte das Haus verlassen, als ich Ihren Heinrich auf Direktor Groterjan zugehen sah. Sie trafen sich im Hof, sprachen eine Weile miteinander und verließen den Hof dann gemeinsam.«

»Sie ahnen ja gar nicht, wie wichtig das für uns ist, Herr Zimmermann. Wissen Sie, wo die beiden hingegangen sind?«

»Nein, das weiß ich nicht«, bedauerte Zimmermann. »Aber das lässt sich sicher bei Groterjan erfragen. Moment mal! Wegen Mordes wird dieser Heinrich gesucht? Könnte Groterjan in Gefahr sein?«

»Das wäre möglich«, gab Hansen nachdenklich zu. »Bisher schien es allerdings, als wären sie Komplizen. Heinrich ist von hier geflüchtet und erhofft sich wahrscheinlich Hilfe von Groterjan. Bitte erwähnen Sie dem Major gegenüber nichts von unserem Telefongespräch.«

Petersen wedelte mit der Hand, um Hansens Aufmerksamkeit zu erregen, und streckte sie dann nach dem Telefonhörer aus.

»Herr Petersen will mit Ihnen sprechen, Herr Zimmermann. Ich sage tschüss und besten Dank für Ihre aufmerksame Hilfe!«

»Wir organisieren unverzüglich die Verhaftung von Heinrich Sörensen. Bitte unternehmen Sie nichts in diesem Zusammenhang, Herr Zimmermann. Der Mann ist gefährlich.«

Zimmermann lachte so herzhaft, dass es im Raum widerhallte. Hansen rückte näher, um mithören zu können.

»Da brauchen Sie nicht die geringste Sorge zu haben. Mit Groterjan als Direktor ist der Laden noch unangenehmer geworden, als er vorher schon war. Ich habe soeben den Dienst quittiert.«

»Herzlichen Glückwunsch«, sagte Hansen laut.

»Danke, danke. Sollte noch etwas sein, erfahren Sie meine Adresse hier im Amt. Ein Telefon besitze ich nicht. Übrigens habe ich Ihnen gestern einen Zeitungsartikel von Gerd Müller in den Postkasten gesteckt. Sie werden sich wundern.«

Petersen bedankte sich, legte auf und ließ sich sofort wieder mit dem Amt verbinden, um die Verhaftung von Heinrich zu organisieren.

Hansen brauchte dabei nicht anwesend zu sein. Er ging, um das Protokoll der Geschehnisse zu vervollständigen. Sobald man Heinrich verhaftet hatte, wäre diese unsägliche Geschichte endlich zu Ende, wenn man auch nicht von einem glücklichen Ende sprechen konnte.

Hansen schrieb den ganzen Tag ungestört, schrieb, strich durch, verbesserte und schrieb aufs Neue. Er scheute sich nicht, hervorzuheben, mit welch klugem Plan Jellef sie alle befreit hatte. Auch Nils erwähnte er, der mit seiner gespielten Gleichgültigkeit für Callsen zu keinem Zeitpunkt ein Feind gewesen war, mit dem er hatte rechnen müssen. Am späten Nachmittag war Hansen fertig. Bevor er mit dem Bericht zu Petersen hochgehen konnte, kam dieser schon zu ihm ins Büro.

»Heinrich Sörensen ist verhaftet worden«, berichtete er erleichtert. »Im Gegensatz zu Callsen hat er keinen Widerstand geleistet. Er will verhandeln.«

»Das erzählte uns Callsen schon«, warf Hansen ein. »Seine Argumente sind so naiv, dass man die Schläue, die er an den Tag gelegt hat, um seine Spuren zu verwischen, damit nur schwer in Einklang bringen kann.«

»Das glaube ich sofort. Zimmermann hat noch mal angerufen. Er wurde als Zeuge hinzugezogen und hat mir erzählt, was er dabei erfahren hat.«

»Weiß er, warum Heinrich überhaupt nach Berlin gefahren ist?«

»Er wollte Groterjan um Hilfe angehen, da sie doch schon fast befreundet waren. Seiner Meinung nach war es eine beachtliche Leistung, dem Major eine verschwiegene Hure und immer wieder neue Orte für ihre Treffen zu besorgen, auch wenn er dafür gut bezahlt wurde. Diese Schuld wollte er einfordern.«

»Groterjan sollte also zwischen der Polizei und ihm vermitteln für den Fall, dass er gefasst würde.«

»Stimmt. Aber es kommt noch schlimmer. Callsen wusste offenbar nicht alles. Für den Fall, dass Groterjan sich geweigert hätte, Heinrich zu helfen, oder wenn er gar die Polizei um Hilfe gebeten hätte, hatte Heinrich eine schwere Deichbauhacke in seiner Reisetasche. Zusätzlich zu seiner Beteuerung, er habe Lars Ebsen gewissermaßen aus Versehen erschlagen, kommt jetzt noch eine weitere Begründung, warum man ihn angeblich freilassen muss. Und die lautet, dass er Groterjan *nicht* erschlagen hat, obwohl er es gekonnt hätte.«

»Heinrich beansprucht eine Belohnung dafür, dass er einen Mord nicht ausgeführt hat. Der Mann hat seltsame Vorstellungen von Recht und Unrecht. Dabei ist er intelligent. Zuweilen hat er mir bei meinen Fragen so listig den Wind aus den Segeln genommen, dass ich damals dachte, er sei außergewöhnlich ehrlich oder habe einfach Glück. Mitnichten. Er war scharfsinnig genug, um Fallen zu erkennen.«

»Ja, man mag diesen Widerspruch kaum glauben. Aber für Heinrich scheint das alles sehr logisch zu sein. Wie auch immer die Polizei in Berlin weiter verfährt: Wir können beruhigt Feierabend machen«, sagte Petersen. »Sobald dein Bericht fertig ist, schicke ich ihn ab.«

»Er ist fertig«, sagte Hansen. »Ich wollte ihn dir gerade bringen.«

»Schön. Morgen geht er raus.«

Der Artikel von Gerd Müller, den Zimmermann aus Berlin geschickt hatte, war mit einer dicken Überschriftenzeile versehen: *»Wüste Zustände an der Nordseeküste. Sowohl die Qualität des Dammbaus als auch die der örtlichen Aufsichtspersonen lässt zu wünschen übrig. (Kleiner Exkurs am Rande: Der Damm Festland–Hallig Oland weist bereits Schäden auf, die das Befahren der Schmalspurschienen mit der Lore nicht mehr gestatten. Niemand sorgt für Abhilfe.) Zurück zum eigentlichen Bericht: Da geschieht ein Mord innerhalb der Bauverwaltung, für die das Wasserbauamt von Husum verantwortlich ist, und keiner will wissen, wer der Täter, ja noch nicht einmal, wer das Opfer ist.*

Die Leiche gerät in einen Holzstoß und wird verbrannt. Niemand wundert sich darüber. Offensichtlich entledigt man sich im Wasserbauamt unerwünschter Personen routinemäßig entweder im Feuer oder im weiten und verschwiegenen Meer. Das ist natürlich schlauer, als bei der Kriminalpolizei von Berlin um sachkundige Amtshilfe zu bitten. Nach dem Motto: Alles bleibt unter uns.

Eine im Gesamtgeschehen nebensächliche und fast schon zu erwartende Entgleisung: der tätliche Angriff des Wasserbauamtsleiters auf einen erfahrenen Journalisten, der kam, um sich, wie es sich gehört, die Erlaubnis zu einem Interview geben zu lassen.

Da kann man nur sagen: Gottlob haben wir in der Ingenieursabteilung des preußischen Kriegsministeriums einen neuen, mit Herz und Hand zupackenden Direktor. Sein Name: Major John Groterjan. Männer seines Schlages gestal-

ten dieses Kaiserreich. So ist zu hoffen, dass der Major alsbald eine Abteilung der Berliner Kriminalpolizei beauftragt, diesen unhaltbaren Zuständen in Husum ein Ende zu bereiten. Im Zusammenhang damit sollte auch die unsägliche rot-weiße Schweinerasse ausgerottet werden, die von Dänen unter der Bezeichnung Husumer Protestschwein gehalten wird. (Dazu mehr in einem späteren Artikel.)«

»Hoffentlich wird Müller für seinen verlogenen Artikel entlassen, wenn man unseren Bericht in Berlin zur Kenntnis genommen hat«, meinte Hansen mit einem Seufzer.

»Vermutlich nicht.« Petersen bestrich das Zeitungspapier mit Kleister und klebte es zu dem ersten Artikel des Herrn Müller. »Ich frage mich, was Müller und Groterjan verbindet. Ob es nur das Geld ist oder ob sie eine persönliche Beziehung verbindet. Die Artikel von Müller sind derart weit von der Wahrheit entfernt, dass es einen handfesten Grund geben muss.«

»Vielleicht kann Nils es herausfinden«, sagte Hansen hoffnungsvoll.

Einen Tag später schon erfuhr Nils einiges, was die Sache beleuchtete. Da er den Fernsprecher in Petersens Raum benutzte, konnten sowohl der Wasserbauamtsleiter als auch Hansen teilweise verstehen, was der Sprecher am anderen Ende der Leitung berichtete.

Im Mittelpunkt eines Gerüchtes, das durch das Kriegsministerium geisterte, standen seltsame Anschuldigungen gegenüber Direktor Groterjan. Es ging dabei um internationale Verwicklungen. Dänemark hatte sogar den deutschen Konsul einbestellt und ihn gefragt, wie es möglich sei, dass die Preußisch-Hessische Eisenbahngemeinschaft gültige Verträge mit der Dänischen Staatsbahn über Anschlüsse für Reisende zugunsten einer privaten Aktion für eine Nordseeinsel verletze.

Groterjan wiederum hatte den Stier bei den Hörnern gepackt und versucht, unverzüglich die Öffentlichkeit auf seine Seite zu ziehen. Er hatte die Redaktion der *Berliner Allgemeinen Zeitung* unter Druck gesetzt, so dass diese einwilligte, Müllers infamen Artikel vorzuziehen. Damit sollte das Heldentum des Majors belegt und die kleine Unannehmlichkeit für die dänischen Fahrgäste erklärt werden, die sich wahrlich nicht für eine Auseinandersetzung auf diplomatischer Ebene eignete.

Jedoch schien der Redaktion diese Interpretation der Ereignisse am Tag der Feierlichkeiten auf Langeneß zweifelhaft, und so wurde Nils um eine Gegendarstellung gebeten. Als er den Hörer aufgehängt hatte, drehte er sich strahlend um. »Hast du das gehört, Sönke? Stell dir vor, ein Artikel von mir in der *Berliner Allgemeinen Zeitung*!«

Hansen klopfte ihm auf die Schulter. »Glückwunsch! Das hast du dir redlich verdient!«

Petersen trommelte auf die Lehnen seines Bürostuhls. »Die Kosten für die ganze Aktion zu berechnen überstieg übrigens auch wegen der Verwicklung mit dem Ausland meine Möglichkeiten, wie ich feststellen musste. Da hatte ich zu viel versprochen«, meinte er bedauernd.

»Das macht nichts«, entschuldigte Hansen großzügig. »So wie es aussieht, wird Groterjan nicht über die Kosten stolpern, sondern als Verursacher von diplomatischen Unstimmigkeiten. Und ein Aufstieg zum Kriegsminister kommt überhaupt nicht mehr in Frage.«

»Das dürfte dann auch Müllers Hoffnung auf eine große Zukunft als Vertrauter eines der wichtigsten Minister zunichtemachen«, schloss Nils hochzufrieden.

Drei Tage später rief Liselotte im Wasserbauamt an. Petersen ließ Hansen holen. Er zog sich einen Stuhl heran und setzte sich zu seinem Chef an den kleinen Tisch an der Wand. Gemeinsam lauschten sie, was Liselotte zu erzählen hatte.

»Euer Bericht hat ordentlich Wirbel ausgelöst«, frohlockte sie. »Das Schönste ist, dass Otto dadurch rehabilitiert wurde. Dafür sitzt Groterjan jetzt in der Tinte, und Direktor ist er auch nicht mehr. Er wurde wegen Falschaussage und Verleumdung meines Gatten sowie Unzucht mit sofortiger Wirkung vom Dienst suspendiert, und es kann sein, dass er degradiert oder rausgeworfen wird. Auf Unzucht steht Gefängnis.«

»Aber ich habe doch gar keine Einzelheiten über Groterjans Privatleben geschrieben«, wandte Hansen verdattert ein. »Das ging mich nichts an, weil es den Totschlag an Lars nicht berührte.«

»Das hat mit deinem Bericht nichts zu tun, Sönke, für die Suspendierung wegen Unzucht hat Heinrich gesorgt. Der hat ausgepackt, wie Otto sagt, als er begriffen hatte, dass man ihn nicht laufenlassen würde. Er hat detailliert beschrieben, welch verruchte Dinge Groterjan mit Huren treibt, weshalb sich wohl die wenigsten darauf einlassen. Körperliche Grausamkeit gegenüber den Frauen ist ein Grund dafür, dass Berlin für ihn als Betätigungsfeld nicht in Frage kam. Irgendwann wären Gerüchte aufgekommen.«

»Hätte Heinrich nichts gesagt, wäre Groterjan möglicherweise davongekommen, oder?«

»Was die Unzucht betrifft, ja. Anfangs hatte er geleugnet, Heinrich zu kennen. Das wurde allerdings durch Zimmermanns Zeugenaussage widerlegt. Üblicherweise wird bei Personen dieses hohen Dienstgrades in Fällen von Hurerei weggeschaut. Aber das war wegen der vielen Mitwissenden nicht mehr möglich. Hätte man vorher gewusst, was Heinrich alles zu erzählen hat, wären weder Herr Zimmermann noch Otto bei der Befragung Heinrichs zugelassen worden. Der hat bewusst ausführlich über Groterjan berichtet. Eines seiner Motive war …«

»Rache!«, fiel Hansen ihr ins Wort.

»Ja, Heinrich wollte sich ausdrücklich an den höheren Gesellschaftsschichten rächen, die ihm nicht erlaubt haben, weiter aufzusteigen als bis zum Vorarbeiter. Wegen seines Hasses auf die besitzende Klasse hat er sogar in Kauf genommen, selbst wegen Kuppelei bestraft zu werden.«

Hansen übernahm den Hörer. »Bei einem Mann mit derart verquerem Denken ist es schwierig, die Gründe für seine Handlungen zu verstehen. Gottlob brauchen wir uns mit Vermutungen nicht mehr herumzuschlagen«, sagte er mehr zu sich selbst. Dann fiel ihm Frau Eschelsen ein. »Was wird aus der Frau, die Groterjans bizarre Wünsche erfüllte?«

»Es handelt sich um schwere Unzucht, Sönke«, antwortete Liselotte barsch.

Hansen fiel ein, was Jorke über das Verhältnis Liselottes zu ihrem Mann erfahren hatte. »Ja, vieles fällt unter Unzucht, wie wir wissen …« Hansen hörte Liselottes hastiges Einatmen. »Gab es da nicht eine Petition zur Abänderung dieses harten Paragraphen im Reichstag?«

»Ja, stimmt«, sagte Liselotte zögernd.

»Der kleine Junge der Eschelsens, anscheinend ein waches Kerlchen, sieht aus, wie Agge in drei oder vier Jahren aussehen wird.«

»Ich habe dich verstanden, Sönke. Vermutlich wusste Frau Eschelsen keinen anderen Ausweg, als Groterjan zu Diensten zu sein.«

»Das meinte ich«, beschloss Hansen zufrieden das Gespräch und übergab wieder an Petersen.

Eine tiefe Stimme sprach unvermutet in den Hörer. »Sie bekommen einen ausführlichen Bericht von mir. Privat natürlich.«

»Besten Dank, Herr Direktor Herrmann«, sagte Petersen höflich und hängte den Hörer auf. »Für uns ist die Geschichte beendet, Sönke.«

»Ja. Für mich ist allerdings immer noch nicht ganz geklärt, warum Groterjan von Meier unbedingt wissen wollte, wer die Lore auf dem Damm hat stehenlassen. Ob er sich nur vergewissern wollte, dass Heinrich wirklich wie befohlen zum Festland zurückgefahren ist? Kontrollsucht, wie Meier meinte? Oder wollte er sich Heinrichs Wohlwollen erkaufen, als er einwilligte, mit seiner Lore die längere Strecke nach Oland zurückzufahren und Heinrich den Vortritt auf den Schienen zu lassen?«

»Womöglich hatte er Angst, dass Heinrich zu viel von ihm weiß, und ahnte, dass er davon Gebrauch machen würde«, sagte Petersen nüchtern. »Oder Heinrich hat ihn bereits erpresst. Das würde ich vermuten, so überlegt, wie der Mann vorgegangen ist.«

Die Sache ist beendet, dachte Hansen auf dem Weg zu seinem Haus. Nicht ganz. Freyr und dessen Ehefrau Freyja, die ihm die stämmige Dänin so eindringlich ans Herz gelegt hatte, gingen ihm nicht aus dem Kopf. Er würde mit Jorke darüber reden. Reden allein würde allerdings nicht ausreichen.

Im Hausflur lief ihm Agge jauchzend entgegen. Der Kleine hatte bereits alle Kümmernisse seines jüngsten Aufenthalts auf der Ketelswarf vergessen.

»Alles glücklich beendet«, sagte Hansen mit Agge auf dem Arm zu Jorke, die herbeieilte, um ihn mit einem Kuss zu begrüßen.

Worterklärungen

Aalkamm: altes, heute verbotenes Gerät zum Fangen von Aalen
Ack: Auffahrt auf die Warf
Auskolken: auswaschen; durch fließendes Wasser entstehen Hohlräume im Damm
Beinwurz: Beinwell, Comfrey
Biike: Frühjahrsfeuer am 21. Februar
Blaumuschel: Miesmuschel (Mytilus edulis)
Bünn: Kasten zur Aufbewahrung lebender Fische
Buschdamm: Damm aus Buschlagen, die mit Pfählen festgehalten und mit Klei aufgefüllt werden
Dalben: im Wasser eingerammte Pfähle
Ditten: rechteckige Platten aus Dung zum Heizen und Kochen
Dittenschacht: Schacht vom Dachboden (mit dem Dittenvorrat) in die Küche
Dörns: beheiztes Wohnzimmer
Erddamm: Damm aus festgestampftem Kleiboden
Ersatzspieren, Spieren: Rundhölzer wie Bugspriet, Gaffel, Baum
Ewer: Schiffstyp
Faschinen, Würste: Buschwerkgebinde
Feldbahn: Arbeitsbahn mit 90 cm Spurweite
Fenne: Weide
Fething: Wasserspeicher auf der Warf
Gaffel: Spiere zum Aufspannen des Segels

Geest: Sandrücken oberhalb der Marsch
Gleisrahmen: tragbare Gleise ohne Unterbau
Glüb: Netz zum Fangen von Garnelen (Krabben) in Ufernähe
Grandweg: geschotterter Weg
Grooter Hans: Mehlbeutel
Halsen: wenden vor dem Wind
Heeg: Name eines Priels
Hever: Strom im Wattenmeer
Hock: Pferch
Hünne: Wellhornschnecke (Buccinum undatum)
Kälberkraut: Giersch
Kanonendun: volltrunken
Kartoffeldänisch: abfällige Bezeichnung für Sønderjysk
Käsebrett: Brett unter dem Reet zum Reifen der Käselaibe
Katschur: schräger Teil der Raumdecke
Klampe: Vorrichtung zum Befestigen von Tauwerk
Klei: entwässerter Schlick
Köm: Schnaps
Kratt: Niederwald
Lahnung: Holzpflockreihen, dazwischen Buschwerk
Laschen: festbinden
Laugenburger Käse: Erfindung
Litfaßsäule: Anschlagsäule für Plakate, erfunden von dem Berliner Drucker Ernst Litfaß
Marlen: den Marlschlag knüpfen
Marlschlag: eine Reihe einfacher Knoten
Moin (Friesisch), mojn (Dänisch): moi = schön; Kurzform von schönen guten Tag (etymologisch nicht ganz geklärt)
Nost: Trog zum Tränken von Vieh
Palstek: ein sich nicht zusammenziehender Knoten
Passen, etwas passen: aufpassen
Pesel: nicht beheizbares Wohnzimmer
Pisser: Klaffmuschel (Mya arenaria)
Plicht: vertiefter Sitzraum im hinteren Teil des Bootes
Poten und Snuten: Füße und Rüssel
Porren: Nordseegarnelen, Krabben
Prahm: Schiffstyp ohne eigenen Antrieb

Preußischer Fuß: 31,38 cm
Pricken: Wasserstraßenmarkierung
Ratmann: Bürgermeister auf der Hallig (alt)
Regal: Staatsrecht in früheren Zeiten
Ridd: Name eines Priels
Rollholz: Faschine
Schute: Schiff ohne eigenen Antrieb
Senkfaschine: mit Steinen gefüllte Faschine
Sønderjysk: südjütischer Dialekt
Sood: Zisterne für Regenwasser
Spaken: treten
Spickpfähle: Pfähle zum Befestigen der Faschinen
Spökenkieker: Menschen mit »zweitem Gesicht«
Stör: Fluss oder Fisch
Stulp: Metall- oder Tonhaube zum Schutz des Herdfeuers
Sudden: Strandwegerich in Salzwiesen
Südwester: Kopfbedeckung der Seeleute
Tinkeltuut, Pl. Tinkeltuten: Gemeine Strandschnecke (Littorina littorea)
Warf: aufgeschütteter Siedlungshügel (auf Langeneß: Warf, auf anderen Halligen und Inseln sowie dem nordfriesischen Festland: Warft)
Waschbord: auf den Schiffsrand aufgesetzte Planke
Zingel: Schleuse in Husum seit 1432

Austernrezept

Reitende Engel
(Angels on Horseback oder Anges à Cheval)

Die ungeöffneten, saubergeschrubbten und von Pocken befreiten Austern über kochendem Wein dämpfen, bis sie sich öffnen. Alternativ einige Stunden in den Tiefgefrierer legen.

Das Austernfleisch auslösen, trockentupfen, leicht salzen und pfeffern.

Pro Auster eine halbe Scheibe Frühstücksspeck (dänischer Frühstücksspeck) um das Muschelfleisch wickeln und mit Zahnstochern sichern.

Von beiden Seiten unter dem Grill bräunen, bis der Speck knusprig ist.

Auf gebutterten Toastbrotscheiben servieren.

Sönke Hansens erster Fall

Kari Köster-Lösche

Mit der Flut kommt der Tod

Kriminalroman

Husum 1894: Eine von den Fluten gefährdete Hallig, ein mutiger Wasserbauinspektor in heikler Mission, ein rätselhafter Toter im Sand und ein verdächtiges Schiff mit dubioser Ladung – der fulminante Auftakt zu der neuen historischen Krimireihe von Erfolgsautorin Kari Köster-Lösche.

»Für Fans historischer Romane besteht akute Suchtgefahr.«
Welt am Sonntag

Sönke Hansens zweiter Fall

Kari
Köster-Lösche

Der Austernmörder

Kriminalroman

Frühjahr 1895. Am Strand von Föhr wird ein Boot mit einem Toten angetrieben, dem eine Auster auf die Brust geheftet ist. Doch als Wasserbauinspektor Sönke Hansen der Sache auf den Grund gehen will, wird er wegen angeblicher Veruntreuung von Deichbaugeldern selbst vor den Anklagerichter geführt. Eine haltlose Verdächtigung, die offensichtlich nur darauf zielt, ihn an weiteren Nachforschungen zu hindern …

»Dem sympathischen Wasserbauinpektor Sönke Hansen möge ein langes literarisches Leben beschieden sein.«

Buchkultur

Sönke Hansens dritter Fall

Kari
Köster-Lösche

Das Grab im Deich

Kriminalroman

Im halbfertigen Deich der Hallig Langeneß wird die Leiche eines Neugeborenen entdeckt. Wer ist die Mutter? Und warum musste das Kind sterben? Wasserbauinspektor Sönke Hansen nimmt die Ermittlungen auf, die ihn bis in das feine Seebad Wyk auf Föhr führen. Dann liegt ein Badegast tot auf der Sandbank, und in Sönke Hansen keimt ein furchtbarer Verdacht …

KNAUR

Sönke Hansens vierter Fall

Kari
Köster-Lösche

Die letzte Tide

Kriminalroman

Ein abgetakeltes Handelsschiff, auf dem Seemänner auf rätselhafte Weise zu Tode kommen. Kostbare Schmuggelware, die viele Begehrlichkeiten weckt. Und ein Diebstahl von solcher Brisanz, dass eine internationale Krise droht, sollte er nicht schnellstens aufgeklärt werden.

KNAUR